おおえ
けんざ
ぶろう

大江健三郎
文集

おおえ
けんざぶろう

取り替え子
チェンジリング

被偷换的孩子

［日］大江健三郎／著

许金龙／译

人民文学出版社

著作权合同登记号　图字　01-2023-1675

TORIKAEKO
by OE Kenzaburo
Copyright © 2000 OE Kenzaburo
All rights reserved.
Originally published in Japan.
Chinese (in simplified character only) translation rights arranged with
OE Kenzaburo, Japan
through THE SAKAI AGENCY.

图书在版编目(CIP)数据

被偷换的孩子/(日)大江健三郎著;许金龙译.—北京:人民文学出版社,
2023
（大江健三郎文集）
ISBN 978-7-02-017904-6

Ⅰ.①被… Ⅱ.①大…②许… Ⅲ.①长篇小说—日本—现代 Ⅳ.①I313.45

中国国家版本馆 CIP 数据核字(2023)第 045579 号

责任编辑　陈　旻
装帧设计　李思安
责任印制　张　娜

出版发行　人民文学出版社
社　　址　北京市朝内大街 166 号
邮政编码　100705

印　　刷　北京汇林印务有限公司
经　　销　全国新华书店等

字　　数　382 千字
开　　本　880 毫米×1230 毫米　1/32
印　　张　11.75　插页 3
印　　数　1—5000
版　　次　2023 年 5 月北京第 1 版
印　　次　2023 年 5 月第 1 次印刷

书　　号　978-7-02-017904-6
定　　价　50.00 元

如有印装质量问题,请与本社图书销售中心调换。电话:010-65233595

"大江健三郎文集"编委会名单

（按姓氏拼音排列）

顾　问：
　　陈众议　　刘德有　　莫　言　　铁　凝
统　筹：
　　黄志坚　　李　岩　　谭　跃　　肖丽媛　　臧永清
主　编：
　　许金龙
编　委：
　　陈建功　　陈　旻　　陈晓明　　陈喜儒　　程　巍
　　川村凑　　次仁罗布　崔曼莉　　丁国旗　　董炳月
　　高旭东　　侯玮红　　黄乔生　　李贵苍　　李　浩
　　李建英　　李敬泽　　李修文　　李永平　　梁　展
　　刘魁立　　刘悦笛　　栾　栋　　彭学明　　平野启一郎
　　邱春林　　邱雅芬　　施爱东　　史忠义　　王　成
　　王小王　　王亚民　　王奕红　　王中忱　　尾崎真理子
　　翁家慧　　吴　笛　　吴晓都　　吴义勤　　吴岳添
　　吴正仪　　吴之桐　　小森阳一　徐则臣　　徐真华
　　许金龙　　严蓓雯　　阎晶明　　杨　伟　　叶　琳
　　叶　涛　　叶兴国　　于荣胜　　沼野充义　赵白生
　　赵京华　　中村文则　诸葛蔚东　朱文斌　　宗仁发
　　宗笑飞

代 总 序

大江健三郎——从民本主义出发的人文主义作家

许金龙

在中国翻译并出版"大江健三郎文集",是我多年以来的夙愿,也是大江先生与我之间的一个工作安排:"中文版大江文集的编目就委托许先生了,编目出来之后让我看看是否有需要调整的地方。至于中文版随笔·文论和书简全集,则因为过于庞杂,选材和收集工作都不容易,待中文版小说文集的翻译出版工作结束以后,由我亲自完成编目,再连同原作经由酒井先生一并交由许先生安排翻译和出版……"

秉承大江先生的这个嘱托,二〇一三年八月中旬,我带着与人民文学出版社外国文学编辑室负责人陈旻先生共同商量好的编目草案来到东京,想要请大江先生拨冗审阅这个编目草案是否妥当。及至到达东京,并接到大江先生经由其版权代理人酒井建美先生转发来的接待日程传真后,我才得知由于在六月里频频参加反对重启核电站的群众集会和示威游行,大江先生因操劳过度引发多种症状而病倒,自六月以来直至整个七月间都在家里调养,夫人和长子光的身体也是多有不适。即便如此,大江先生还在为参加将从九月初开始的新一波反核电集会和示威游行做一些准备。

在位于成城的大江宅邸里见了面后,大江先生告诉我:考虑到上了年岁和健康以及需要照顾老伴和长子光等问题,早在此前一年,已经终止了在《朝日新闻》上写了整整六年的随笔专栏《定义集》,在二〇一三年这一年里,除了已经出版由这六年间的七十二篇随笔辑成的《定义集》之外,还要在两个月后的十月里出版耗费两年时间创作的长篇小说《晚年样式集》(*In Late Style*),目前正紧张地进行最后的修改和润色,而这部小说"估计会是自己的'最后一部长篇小说'"。对于我们提出的小说全集编目,大江先生表示自己对《伪证之时》等早期作品并不是很满意,建议从编目中删去。

在准备第一批十三卷本小说(另加一部随笔集)的出版时,本应由大江先生亲自为小说全集撰写的总序却一直没有着落,最终从其版权代理人酒井先生和坂井春美女士处转来大江先生的一句话:就请许先生代为撰写即可。我当然不敢如此僭越,久拖之下却又别无他法,在陈旻先生的屡屡催促之下,只得硬着头皮,斗胆为中国读者来写这篇挂一漏万、破绽百出的文章,是为代总序。

在这套大型翻译丛书即将出版之际,我想要表达发自内心的深深谢意,也希望亲爱的读者朋友们与我一同记住并感谢为了这套丛书的问世而辛勤劳作和热忱关爱的所有人,譬如大家所敬重和热爱的大江健三郎先生,对我们翻译团队给予了极大的信任和支持;譬如大江先生的版权代理商酒井著作权事务所,为落实这套丛书的中文翻译版权而体现出良好的专业素养和极大的耐心;譬如大江先生的好友铁凝女士(大江先生总是称其为"铁凝先生"),为解决丛书在翻译和出版过程中不时出现的问题而不时"抛头露面",始终在为丛书的翻译和出版保驾护航;譬如同为大江先生好友的莫言先生,甚至为挑选这套丛书的出版社而再三斟酌,最终指出"只有人民文学出版社才是最合适的选择";譬如亦为大江先生好友的陈众议教授,亲自为组建丛书编委会提出最佳人选,并组织各语种编委解决因原作中的大量互文引出的困难;譬如翻译团队的所有成员,无一不在兢兢业业地辛勤劳作;譬如这套丛书的责编陈旻先生，以其值得尊重的专业素养，极为耐心和负责且高质量地编辑着所有译文；又譬如我目前所在的浙江越秀外国语学院，为使我安心主编这套丛书而提供了良好的工作环境并协助成立"大江健三郎文学研究中心"……当然，由于篇幅所限，我不能把这个"譬如"一直延展下去，惟有在心底默默感谢为了这套丛书曾付出和正在付出以及将要付出辛勤劳作的所有朋友、同僚。感谢你们！

另外，为使以下代序正文在阅读时较为流畅，故略去相关人物的敬称，祈请所涉各位大家见谅。

一、从民本主义出发

1.古义人：一个日本婴儿的乳名及其隐喻

日本四国岛松山地区的大濑村是座依山傍水的小山村，建于峡谷中一块纺锤形盆地。这座小村庄位于内子町之东，石锤山西南，为重峦叠嶂所围拥。小山村只有一条东西走向的街道，与从村边流淌而下的小田川大致平行。由于河流的上游和下游分别为群山所遮掩，盆地里的小村庄看似被山峦和森林完全封闭，状呈口小腹大的瓮形。一九三五年一月三十一日，一个小生命就在这个村子里的大江家呱呱坠地，曾外祖父随即为襁褓中的婴儿取了"古义人"这个含有深意的乳名。

所谓"古义人"之"古义"，缘起于日本江户中期古学派大儒伊藤仁斋（一六二七年八月——一七〇五年四月）的居所兼授学之所"古义堂"。在位于京都堀川岸边的那所小院里，伊藤仁斋写出了其后成为伊藤仁斋学系重要典籍的《论语古义》《孟子古义》和《语孟字义》等论著，继而与其子伊藤东涯共同创建了名震后世的堀川学派，陆续拥有弟子多达三千余人。这位古学派大儒（或曰堀川派创始人）肯定不会想到，《孟子古义》等典籍及其奥义，会经由自己学系的后人，传给乳名为古义人的婴儿——五十九年后获得诺贝尔文学奖的大江健三郎，并被其内化为自己的道德观和伦理观，成为静静流淌于其文学作品底里的一股强韧底流，而"古义人"这个儿时乳名，则不时以"义""义兄"和"古义"以及"古义人"等人物命名，不断出现在《万延元年的Football》（1967）、《致令人眷念之年的信》（1987）、《燃烧的绿树》（三部曲）（1993—1995）和"奇怪的二人配"六部曲（2000—2013）等诸多小说作品中。譬如长篇小说《别了，我的书！》开首第一句便开门见山地表示："虽说已经步入老年，可长江古义人还是因暴力原因身负重伤后第一次住进了医院。"为了更清晰地暗示读者，作者大江特意在日文原版正文第一行为"長江古義人"这几个日文汉字加了旁注"ちょうこうこぎと"。这里的"ちょうこう"是固有名词，指涉中国的"长江"，而"こぎと"，则是"古义人"之音读，在日语中与"古義堂"谐音，作者借此清晰地告诉读者，文本内外的古义人经由曾外祖父和古义堂所接受的民本思想，其源头在于长江所象征的中国。关于"古义人"这个名字的缘起，大江本人曾在《大江健三郎口述自传》里作如此回忆：

　　古义人的名字中，就融汇了这个学派的宗师伊藤仁斋的古学思想。我从阿婆那里只听说，曾外祖父曾在下游的大洲藩教过学问。他处于汉学者的最基层，值得一提的是，他好像属于伊藤仁斋的谱系，因为父亲也很珍惜《论语古义》以及《孟子古义》等书，我也不由得喜欢上了"古义"这个词语，此后便有了"奇怪的二人配"这三部曲①中的Kogi②，也就是

---

① 在写作《大江健三郎口述自传》时，大江已发表同以长江古义人为主人公的《被偷换的孩子》《愁容童子》和《别了，我的书！》这三部长篇小说，后三部长篇小说《优美的安娜贝尔·李　寒彻颤栗早逝去》《水死》和《晚年样式集》尚未创作和发表，故此处有"三部曲"之说。
② Kogi为"古义"的日语读音。

古义这么一个与身为作者的我多有重复的人物的名字。①

"古义"这个字词所承载的民本思想,与其后接受的日本战后民主主义思想以及经大江本人丰富和完善过后的人文主义思想一道,浑然形成大江健三郎之宏大博深且独具特色的文艺思想——勇敢战斗的人文主义和果敢前行的悲观主义。

2. 由莫言引发的思考和回溯

大江的曾外祖父与孟子学说结下的不解之缘,要从其家族所从事的造纸业说起。大江的故乡大濑村所在地区的经济主要依靠农业和林业支撑,历史上曾是全国木蜡的主要产地,这里还生产利用森林中的黄瑞香树皮制作的纸浆,用以生产优质和纸。日本学者黑古一夫教授曾多次前往此地做田野调查,他认为"江户时代的大江家以武士身份采购山中特产,到了明治仍然继承祖业从事造纸业"②。其实,大江家作为批发商除了收购山中的柿干等山货外,从江户时代传承下来的造纸业才是其主业,自山民手中收集黄瑞香树皮并在河水中浸泡过后,将从中撕下的真皮加工为特殊纸浆,再向内阁造币局提供这种特殊纸浆以供其制造纸币。当时,日本全国一共只有几家作坊能够生产这种特殊纸浆原料。战后,由于货币用纸发生了变化,便不再使用这种纸浆原料。

为了更好地经营祖传产业,大江的曾外祖父年轻时曾前往大阪(或是京都),在古学派大儒伊藤仁斋学系开办的学堂里研习儒学,更准确地说,是研习孟子的相关学说,尤其是其中的民本思想和易姓

---

① 大江健三郎著,许金龙译《大江健三郎口述自传》,贵州人民出版社,二〇一九年三月,第10页。
② 黑古一夫著,翁家慧译《大江健三郎传说》,中国广播电视出版社,二〇〇八年三月,第22页。

革命思想。二〇〇八年二月二十一日下午,在东京都郊外小田急沿线的成城宅邸里,大江对来自中国的老朋友莫言这样解释曾外祖父专程学习儒学的原委:

> 曾外祖父年轻时曾在大阪的新兴商人间开办的私塾里学习孟子的相关学说。在当时的日本,普遍认为孔子的《论语》有利于天皇制,因而比较欢迎《论语》,同时认为孟子学说中含有反天皇制的因素,便对孟子及其学说持反对态度。不过也有个例外,那就是江户时期的儒学家伊藤仁斋对孟子持肯定态度,认为后世诸家大多根据其时的统治阶层利益来阐释儒学,比如对朱子学也是如此,这就越来越背离了儒学的真义,所以需要回到原典中去寻找古义,想要以此为据,用以构建自己的思想体系,他还写了一本题为《孟子古义》的研究类专著。相较于宣扬孔子及其《论语》的私塾古义堂所授教材《论语古义》,曾外祖父选择了《孟子古义》的学术观点,并将这些观点传给了儿时的我。早在孩童时代,我就觉得《孟子古义》中的"古义"是个好词,就接受了这其中的"古义"这个词语。①

在被莫言的同行者问及"你的曾外祖父是个商人,为什么要去学习儒学?"时,大江则这样对他的老朋友莫言解释道:

> 当时的日本商人都认为,经商是为得利,而若想得利,首先便要有义。若是不能义字当头,即便获利,也不会长久。本着这个义利观,曾外祖父就专程前去学习儒学中的"义",却不料被儒学的博大精深所深深震撼,更是与《孟子古义》中有关易姓革命的理论产生共鸣,在学习结束后,就带着据说是伊藤仁斋手书的"義"字挂轴回到家乡,却不再经商,而是在村里挂上那个"義"字挂轴,就在那挂轴下教授村里人学习儒学。再往后,就去邻近的大洲藩教授儒学去了。

---

① 根据二〇〇八年二月二十一日下午大江健三郎与莫言对谈现场所录文字整理而成。

莫言的访问引出大江对自身家学渊源的关注和回溯,那次访谈结束后,或许是认为自己未能更为透彻地向莫言阐释古学派的义利观,两年后的二〇一〇年三月,大江在刊于《朝日新闻》的专栏文章里,如此引用了三宅石庵①在怀德堂发表的讲义:

> 所谓利,是人的合理之判断,无外乎"正义"——义——的认识论之延长。实际上,商人绝不应考虑利用彼等职业追求利益,而应考虑从"义"这种道德原理出发之伦理性活动。义在客观世界中被转为行动之际,利无须努力追求亦不为欲望所乱便会"自然"呈现。"利者,纵然不使刻意相求,利亦将如影随形也。"②

这显然是日本近世儒学教育家对《易经》中"利者,义之和也"的解读,典出于《易经》"为乾之四德"中"元者,善之长也。亨者,嘉之会也。利者,义之和也。贞者,事之干也"。孟子在《孟子·梁惠王上》中亦曰:"王!何必曰利?亦有仁义而已矣。王曰'何以利吾国?'大夫曰'何以利吾家?'士庶人曰'何以利吾身?'上下交征利而国危矣。"我们也可以将孟子向梁惠王所作谏言,理解为孟子学说在《易经》义利观的基础上所做的寓言式诠释。

3.大江对"古义"的再阐释

与莫言的访问时隔大约一年半后的二〇〇九年十月六日,在台北举办的第二届"大江健三郎文学学术研讨会"上,大江对莫言、朱天文、陈众议、小森阳一、许金龙、彭小妍等中日两国作家和学者更为详尽地讲述了曾外祖父学习儒学的背景:

---

① 三宅石庵(1665—1730),日本江户中期的儒学家,曾任怀德堂第一任堂主。
② 大江健三郎著,许金龙译《定义集》,贵州人民出版社,二〇一九年三月,第280页。

......我在孩童时代有个名为"古义人"的乳名。我的曾外祖父是中国哲学的研究者。……伊藤仁斋作为研究日本近世的中国哲学的学者而广为人知,他运用中国古典的正统解读法,写了"古义"(系列)的论著,准确地说,是《论语古义》和《孟子古义》等论著。

江户时代,有着基于近世的领导人和政治家的中国哲学意识形态。日本一直存在来自中国朱子的朱子学传统,及至日本近世,就出现了两个不同于朱子学的、对于古典的理解。其一,是作为学者而出现的著名的荻生徂徕这个人物,他主张把中国哲学真正视作古老的文本,遵循文本的本义进行解读。他的这种解读就成了武士和知识阶层的哲学,当德川幕府封建体制崩溃、发生明治维新、发生叫作明治维新的革命之际,就成了赋予日本知识分子力量的思想来源之一。……不过在这同一时期,另有一个对民众传授中国哲学的人,传授与政府的、权力方的解读相悖的中国哲学的人,此人就是伊藤仁斋。我的曾外祖父学习了这种中国哲学,便在自己的房间里挂起从先生那里得到的字幅,那上面有了不起的大人物手书的"義"字。曾外祖父将其悬挂起来,就在那下面教授我们那里的人学习中国哲学。曾外祖父说,这么大的字幅,是伊藤仁斋亲手所书。

这里需要介绍一下大江所说的、在日本以天皇为中心的意识形态之下,孔子与孟子学说在日本社会受容与传承的际遇迥然相异——"普遍认为孔子的《论语》有利于天皇制,因而比较欢迎《论语》,同时认为孟子学说中含有反天皇制的因素,便对孟子及其学说持反对态度"。以此观照孔孟学说东传日本的历史,孔子学说在圣德太子时期便奠定了儒家正统的地位,演变为天皇制伦理的法理基础和伦理基础,而孟子学说,则由于民贵君轻的基本政治伦理天然违背了天皇制自上而下的尊卑观,从而成为东传日本之儒教的异端。这种尊孔抑孟的主流意识形态,直至伊藤仁斋的出现,才得到反思和受到批判。

4.不受历代天皇欢迎的孟子及其学说

《论语》早在三世纪后半叶便开始传往日本,公元二八五年,"百济博士王仁由于阿直歧的推荐,率治工、酿酒人、吴服师赴日,并献《论语》十卷、《千字文》一卷,这就是汉文字流入日本之始。其后继体天皇时(513—516)百济五经①博士段杨尔、高丽五经博士高安茂、南梁人司马达赴日,又钦明天皇时(554)五经博士王柳贵、易博士王道良等赴日,这可以说是以儒教为中心之学术文化流入日本之始"②。如果说这大约三百年间的儒学传入是时断时续的涓涓细流,那么到了七世纪,即中国的隋唐时期、日本的推古天皇时期,这涓涓细流就成了奔腾于日本本土文化这个河床中的汹涌洪流,广泛而持久地滋润着干涸的本土文化。在这个时期,有史可考的日本第一位女天皇炊屋姬,也就是推古天皇,为了抗衡把持朝政的权臣苏我马子,故而册封自己的侄儿、已故用明天皇的儿子厩户皇子为皇太子,这位皇太子便是后世盛传的圣德太子。其对内实施了一系列改革,对外则不断派遣遣隋使和遣唐使,如饥似渴地吸收和消化来自中国的先进文化,这其中就包括从中国大量引入的儒学和佛教文化。圣德太子更是学以致用,很快便基于儒佛文化亲自拟就并于六〇四年颁布旨在对官吏进行道德训诫的《十七条宪法》,试图以此为基础建立以天皇为核心的中央集权体制。该《宪法》除去第二条之"笃信三宝"和第十条之"绝忿弃嗔"取自佛教经典外,其余各条尽皆出自儒学经典和子史典籍。北京大学哲学系的朱谦之老先生曾对此做过清晰的梳理:

---

① 五经为《诗经》《尚书》《礼记》《周易》和《春秋》这五部典籍,是我国保存至今的最为古老的文献,也是我国古代儒家的主要经典。
② 朱谦之著《日本的朱子学》,人民出版社,二〇〇〇年十二月,第4页。

第一条"以和为贵"本《礼记·儒行》及《论语》"礼之用和为贵";"上和下睦"本《左传》成公十六年"上下和睦"与《孝经》"民用和睦,上下无怨"。第三条"君则天之,臣则地之"本《左传》宣公四年"君天也"与《管子》;"天覆地载"本《礼记·中庸》"天之所复,地之所载";"四时顺行"本《易·豫卦》"天地以顺动,故日月不过而四时不忒";"上行下靡"本《说苑》。第四条"上不礼而下不齐"本《韩诗外传》及《论语》"道之以德,齐之以礼,有耻且格"。第五条"有财之讼,如石投水,泛者之讼,似水投石",本《文选》李潇远《运命论》"其言如以石投水,莫之逆也"。第六条"无忠于君,无仁于民"本《礼记·礼运》"君仁臣忠";"惩恶劝善"本《左传》成公十四年。第七条"人各有任,掌宜不滥,其贤哲任官",本《尚书·咸有一德》之"任官惟贤材";"克念作圣"本《尚书·说命篇》。第八条"公事靡盬"本《诗经·唐风·鸨羽》,《鹿鸣之什·四牡》之"王事靡盬"。第九条"信是义本"本《论语》"信近于义"。第十条"彼是则我非"本《庄子》;"如环无端"本《史记·田单传》。第十二条"国靡二君,民无二主",本《礼记·坊记》"天无二日,土无二主"及《孟子》。第十五条"背私向公,是臣之道矣",本《韩非子·五蠹》篇"自环者谓之私,背私谓之公",与《左传》文公六年"以私害公非忠也";"千载以难待一圣"本《文选·三国名臣传序》。第十六条"使民以时,古之良典"本《论语·学而》篇"节用而爱人,使民以时"。①

由此可见,无论在形式上还是内容上,《论语》和"五经"都对《十七条宪法》带来巨大影响,从而为建立以天皇为核心的中央集权体制做了前期准备。当然,我们在这里需要关注的是,这部宪法引入《论语》者有四,而引入《孟子》者则为一。也就是说,在大规模引入中国儒学的初期阶段,或许是对于孟子有关易姓革命的民本思想不甚了解,圣德太子还是对孟子表示出了敬意,尽管在《宪法》中的参

---

① 朱谦之著《日本的朱子学》,人民出版社,二〇〇〇年十二月,第5—6页。

考和引用大大少于孔子的《论语》。

圣德太子去世后,孝德天皇在大化二年(646)颁布《改新之诏》,史称大化改新,提出"公民公地",将皇族和大贵族的土地收归天皇所有,"确立天皇的最高土地所有权及以天皇为中心的中央集权制。儒学的天命观及与之相联的符瑞思想成为革新的重要理论基点"①,由此正式成立中央集权国家,并将大和之国名更改为日本国。随着神话传说故事《古事记》(712)和编年体史书《日本书纪》(720)的问世,日本历代天皇越发强调皇权天授、万世一系,及至明治维新后由伊藤博文起草并实施的《大日本帝国宪法》,更是借助日本传统中对天皇的尊崇,以法律形式确认天皇秉承皇祖皇宗"天壤无穷之宏谟"的神意,继承"国家统治大权"的上谕,其权力神圣不可侵犯,从而被赋予国家元首和统治权的总揽者之地位②,集统治权、军权和神权于一身。于是,"民为贵,社稷次之,君为轻",强调主权在民、人民福祉才是政治活动之最大目的等孟子的政治主张,便不可避免地与日本历代统治阶层的利益发生了猛烈碰撞。至于孟子所提"贼仁者谓之贼,贼义者谓之残。贼残之人,谓之一夫。闻诛一夫纣矣,未闻弑君也"③等易姓革命的政治主张,更是为日本历代统治阶层所不容,不但代表皇室利益的公家不容,即便是代表幕府利益的武家也决不能接受。于是,在孔子自被奈良朝奉为"文宣王"(768)并享有王者至尊的一千余年间,孟子非但不能享受亚圣的荣光,就连其著述《孟子》也不得输入日本,致使坊间四处流传,不可将《孟子》由唐土带回

---

① 刘宗贤、蔡德贵著《当代东方儒学》,人民出版社,二〇〇三年十二月,第155页。
② 请参阅收录于《日本国宪法》之《大日本帝国宪法》,讲谈社学术文库2201,第61—77页。
③ 引自伊藤仁斋著《孟子古义》第34—35页之《孟子·梁惠王下·2》相关内容。

日本，否则将会在回航途中遭遇海难……这大概就是大江健三郎对莫言所说的"普遍认为孔子的《论语》有利于天皇制，因而比较欢迎《论语》，同时认为孟子学说中含有反天皇制的因素，便对孟子及其学说持反对态度"的历史背景和政治背景了吧。

5. 以民意代天意的民本思想

这种尊孔抑孟的现象到了幕府时代也没有任何改变，"作为军事独裁政权的幕府政权一直提倡武士道及尚武精神，而儒家的伦理道德思想在武士道形成过程中成为一个重要的思想来源，统治者及其思想家们利用儒学阐释武士道，汲取了儒学忠、勇、信、礼、义、廉、耻等道德观念，依其统治利益所需改造儒学，冀以充实武士道"①。尤其到了德川幕府时期，"出于加强思想统治，维护并发展幕府政治、经济制度的需要，在国家意识形态方面，由佛儒并用转向独尊儒家思想学说，把儒学定为官学，同时强行禁止'异学'。……倡'大义名分'，把纲常伦理绝对化的程朱理学作为占统治地位的主导思想"②。这里有两点需要注意：一是"依其统治利益所需改造儒学，冀以充实武士道"；二是"把纲常伦理绝对化的程朱理学作为占统治地位的主导思想"。前者是说幕府根据其统治利益所需而任意"改造"儒学，用以"充实武士道"；后者则表明被幕府选中的、可供其"改造"的儒学或曰官学，便是"把纲常伦理绝对化的程朱理学"了。由此可见，经过种种"改造"的这种所谓儒学，就只能是遭到严重篡改的"儒学"，为统治阶层的伦理纲常保驾护航的"儒学"了。这种儒学，便是大江口中的"来自中国朱子的朱子学"，也就是被权力中心所指定的官学。为了

---

① 刘宗贤、蔡德贵著《当代东方儒学》，人民出版社，二〇〇三年十二月，第156页。
② 同上，第167页。

对抗这种官学,"及至日本近世,就出现了两个不同于朱子学的、对于古典的理解。……有一个对民众教授中国哲学的人,教授与政府的、权力方的解读相悖的中国哲学的人,此人就是伊藤仁斋"①。

　　大江在这里提及的伊藤仁斋是江户时期古学派中具有代表性的重要学者,而伊藤仁斋所在的"古学派是日本儒学的重要派别,也是官学朱子学的反对派。古学派学者认为只有古代儒学才具有真义,汉唐以后的儒学全是伪说。他们尊信三皇、五帝、周公、孔子,以古典经典为依据,冀望从古典中寻找作用于社会的智慧源泉,重新构建不同于朱子学、阳明学的思想体系,实际是希望以复古的名义打破当时朱子学的一统天下。古学派的先导者是山鹿素行,另外两个著名人物分别是堀川学派的伊藤仁斋、萱园学派的荻生徂徕。他们在思想意识形态上具有共同的特点,政治上代表被闲置的贵族及中小地主阶级等在野民间势力"②。这里说的是在德川时代中期,占全国人口百分之八十多的农民附属于大小藩主,而这大大小小的藩主又附属于大名,各大名则附属于"大将军"德川幕府。随着德川幕藩制在政治方面和经济方面开始出现危机,其封建体制开始瓦解,近代思想也便从中逐渐萌发并发展起来,就这个意义而言,与朱子学对抗的古义学的出现和发展,也就是历史的必然了。尤其在享保年间,日本全国的农村经济因商业高利资本的侵入而衰落之际,风起云涌的农民暴动在震撼德川幕府封建统治基础的同时,也给维护封建等级制度和伦理纲常的朱子学带来沉重打击。正是在这种背景下,"初奉宋儒,……及年三十七八始出己见"的伊藤仁斋叛出朱子学,转而在《论语》和《孟子》等古典中寻找真义,认同孟子"天视民视,天听民

---

① 根据"大江健三郎文学学术研讨会"台北会议录音整理而成的资料。
② 刘宗贤、蔡德贵著《当代东方儒学》,人民出版社,二〇〇三年十二月,第164页。

听"，即以民代天、以民意代天意的民本思想，主张以仁义为王道，所以仁者之上位，虽说是天授，其实更是人归。对于失去民心民意、引发天怒人怨的残暴之君，则认为其已被以民意为象征的天道所抛弃，从而可以对其放伐。

6. 以革命颠覆不义的理想主义呼声

在详细阐释孟子的放伐理论时，伊藤仁斋更是在《孟子古义》里缜密地为孟子如此辩护道：

> 孟子论征伐。每必引汤武明之。及其疑于弑君者。乃曰闻诛一夫纣矣。未闻弑君也。盖明汤武之举。仁之至。义之尽。而非弑也。……何者。道也者。天下之公共。人心之所同然。众心之所归。道之所存也。传曰。桀放于南巢。自悔不杀汤于南台。纣诛于牧野。悔不杀文王于羑里。夫天下非一汤武也。向使桀纣自悛其恶。则汤武不必征诛。若其恶如故。则天下皆为汤武。不在彼则在此。不在此必在彼。纵令彼能于南巢牧野之前。得杀汤武。然不改其恶。则天下必复有如汤武者。出而诛之。虽十杀百戮。而卒无益。故汤武之放伐。天下放伐之也。非汤武放伐之也。天下之公共。而人心之所同然。于是可见矣。孟子之言，岂非万世不易之定论乎。宋儒以汤武放伐为权变。非也。天下之同然之谓道。一时之从宜之谓权。汤武放伐即道也。不可谓之权也。①

在当时看来，伊藤的宣言是何等的大胆。如果说在中国的历史上，易姓革命早已屡见不鲜，素有改朝换代之说的话，那么在日本这个所谓天皇万世一系的国度里，伊藤仁斋的以上话语可谓大逆不道了。所谓弑君，用日语表述便是"下克上"，明显包括"犯上作乱"和"以下犯上"等道德和伦理层面的指责，但是伊藤仁斋在纣王被杀这

---

① 伊藤仁斋著《孟子古义》卷一，第35页。

件事上,却全然不做这种语义上的认可,倒是完全依孟子所言,认为武王伐纣是诛杀贼仁贼义之独夫而非弑君,可作为正义行为予以认可和鼓励,因为"夫天下非一汤武也。向使桀纣自悛其恶。则汤武不必征诛。若其恶如故。则天下皆为汤武",更是强调汤武放伐是天下之同然的"道也",而不是宋儒(或曰维护幕府等级制度的朱子学)所批评的从宜之"权变"。

伊藤仁斋笔下的"道",其后被暴动之乡的年轻商人所接受、所宣传、所传承,并取其宗师伊藤仁斋居所兼私塾的古义堂之"古义"二字,为自己的曾外孙命名为"古义人"。这个乳名为"古义人"的孩子多年后在作品里借小说人物之口讲述了这个乳名的背景:"宴会将近结束时,大黄突然说起古义人这个名字的由来。当然,这是以笛卡尔的西欧思想为原点的,然而并不仅仅如此。在与大阪——当时的大阪——有着贸易往来关系的这块土地上,不少人曾前往商人们学习儒学的学校怀德堂。古义人的名字中,就融汇了这个学派的宗师伊藤仁斋的古学思想。"① 至于伊藤仁斋在上文中提及汤武放伐时所认定并高度评价的"道",时隔大约四百年之后,大江在《万延元年的Football》里做出了这样的回应:

> 关于武装暴动的原因,那位与我有书信往来的老教员乡土史家,既未否定,亦未积极肯定我母亲的意见。他具有科学态度,强调在万延元年前后,不仅本领地内,即使整个爱媛县内也发生了各类武装暴动,这些力量和方向综合在一起的矢量指向维新。他认为本藩惟一的特殊之处,就是万延元年前十余年,藩主担任寺院和神社的临时执行官,使本藩的经济发生了倾斜。此后,本藩向领地城镇人口征收所谓"万人讲"日钱,

---

① 大江健三郎著,许金龙译《被偷换的孩子》,译林出版社,二〇〇八年十月,第109页。

向农民征收预付米,接着是"追加预付米"。乡土史家在信末引用了一节他收集的资料:"夫阴穷则阳复,阳穷则阴生,天地循环,万物流转。人乃万物之灵长,若治政失宜,民穷之时,岂不生变乎!"这革命启蒙主义中有一股力量。①

在这里,大江借小说人物之口说出"人乃万物之灵长,若治政失宜,民穷之时,岂不生变乎!"其以革命颠覆不义的理想主义呼声,显然来自《孟子·梁惠王下》的相关内容及其在日本的传承者伊藤仁斋的影响。不仅如此,大江还把以上经其改写的话语定义为"革命的启蒙主义",而且特意指出其中蕴藏着"一股力量"。更具体地说,这既是对孟子"贼仁者谓之贼,贼义者谓之残。贼残之人,谓之一夫。闻诛一夫纣矣,未闻弑君也"等易姓革命主张的认同,也是在借伊藤仁斋对此所做的解读而赋予故乡暴动历史以正当性和合理性,让所有暴动者及其同情者据此获得伦理上的支撑——"夫天下非一汤武也。向使桀纣自悛其恶。则汤武不必征诛。若其恶如故。则天下皆为汤武"。显然,故乡的历史暴动史实与先祖传播的孟子有关"民本"和"革命"思想融汇在了一起,森林中的农民暴动叙事所体现的朴素村落政治观和斗争史,恰恰是"民本"古义与"革命"的现代左翼思潮相结合的表现,更是大江在未来的人生中接受战后民主主义思想的伦理基础。

二、暴动之乡的森林之子

1. 大濑村的暴动历史

作为大江文学的重要构成部分,大江的革命想象不仅萌发于曾

---

① 大江健三郎著,邱雅芬译《万延元年的Football》,人民文学出版社,二○二一年四月,第88页。

外祖父《孟子古义》之家学影响,无疑也受到故乡暴动历史世代口耳相传的浸染,将边缘与中心的权力抗衡内化为一种本土化的体悟。大江的"古义人"乳名和其接受孟子民本思想以及易姓革命思想的土壤,恰恰是故乡大濑村这块历史上暴动频发的土地,正如大江在北京的一次讲演中所言:

> 而我,则在边缘地区传承了不断深化的自立思想和文化的血脉。对于来自封建权力以及后来的明治政府中央权力的压制,地方民众举行了暴动,也就是民众起义。从孩童时代起,我就被民众的这种暴动或曰起义所深深吸引。……我曾写了边缘的地方民众的共同体追求独立、抵抗中央权力的长篇小说《万延元年的Football》。这部小说的原型,就是我出生于斯的边缘地方所出现的抵抗。明治维新前后曾两度爆发起义(第二次起义针对的是由中央权力安排在地方官厅的权力者并取得了胜利),但在正式的历史记载中却没有任何记录,只能通过民众间的口头传承来传续这一切。……与中心进行对抗的边缘这种主题,如同喷涌而出的地下水一般,不断出现在此后我的几乎所有长篇小说之中。①

那么,作为大江革命想象的原型,故乡大濑村的革命暴动,是如何在德川幕府和其后的明治政府中央权力及其各级官吏等代理人的压制下被频频触发的呢?这些革命原型又与大江自身的文学建构有着何种关联?

当然,由于官方长年以来的持续遮蔽或改写,我们已经很难从官方记载中查阅并还原当年的暴动起因以及过程等完整信息了。大江本人在其作品以及讲述中所提供的信息亦缺乏完整性和系统性,更

---

① 大江健三郎著,许金龙译《北京讲演二〇〇〇》,《中华读书报》,二〇〇〇年十月十八日。

由于其小说的虚构性，小说叙事的史料价值也有待考鉴。与此同时，通过口耳相传的民间文学形式以及亲身参与了暴动文化之传播的老人们，亦随岁月流逝而日渐减少，其所提供的信息亦有模糊不清之处。所幸笔者在当地做田野调查时，曾获得一份非公开出版的方志。结合当地老人的回忆以及大江本人的讲述或文字记叙，得以大致瞥见当地暴动的肇因和状貌。这份由内子町志编撰委员会编写的《新编内子町志》第七节之《农民暴动》这个章节里有一个题为"大洲藩农民暴动（騷動）"的列表2-7：

年　号	公元	暴动名称
寛保元年	1741	久万山騷動
延享四年	1747	御藏騷動
寛延三年	1750	内子騷動
宝暦十一年	1761	麻生騷動
明和七年	1770	藏川騷動
明和八年	1771	麻生騷動
寛政元年	1789	柳沢騷動
文化六年	1809	阿藏騷動
文化七年	1810	横峰騷動
文化十三年	1816	大洲紙騷動
文化十三年	1816	村前騷動
文政十一年	1828	菅田騷動
天保八年	1837	柳沢騷動
天保八年	1837	横峰騷動
文久二年	1862	小藪騷動
文久三年	1863	宇和川騷動
慶应二年	1866	奥福騷動
明治四年	1871	廃藩置県騷動

| 明治四年 | 1871 | 郡中騷動 |
| 明治四年 | 1871 | 臼杵騷動 |

——以上为发生于大洲藩或与藩相关联的暴动。其资料来源于影浦勉「伊予農民騷動史話」「愛媛鼎史」『大洲市誌』和「高橋文書」。①

这份列表清晰标注了大濑村所在的大洲藩地区,自一七四一年至一八七一年这约一百三十年间,发生被官方蔑称为"骚动"的暴动共计二十次。也就是说,暴动平均每六年半便会爆发一次。这里需要说明的是,图表所列远不及实际曾经发生的暴动次数,譬如一七八八年肇始于大江家所在小山村的大濑暴动,就未能列入其中。在这片范围有限的区域内,如此高频度(有的地方甚至重复数次)发生暴动的原因不一而足,不过其主因不外乎来自各级官府的压榨、商人投机、官商勾结、粮食歉收、物价(尤其是粮食价格)高涨等等,这一点从大米和大豆在一八六一年至一八七〇年这十年间的涨幅便可略见一斑(2-8):

年号	公元	大米	大豆
文久元年	1861	205 錢	218 錢
二年	1862	250 錢	272 錢
三年	1863	290 錢	260 錢
元治元年	1864	400 錢	364 錢
慶应元年	1865	650 錢	540 錢
二年	1866	2000 錢	1140 錢
三年	1867	1800 錢	869 錢
明治元年	1868	6000 錢	5700 錢

---

① 内子町志编撰委员会著《新编 内子町志》,一九九六年十月,第161页。

二年	1869	12000 钱	10000 钱
三年	1870	14500 钱	21000 钱

——以上为一石粮食之价格。其资料由知清吉冈文书所作。①

  正如大江自述的"明治维新前后曾两度爆发起义（第二次起义针对的是由中央权力安排在地方官厅的权力者并取得了胜利）"②，即列表2-7分别发生于一八六六年的奥福暴动③和一八七一年的废藩置县暴动。从列表2-8可以看出，在大江经常提及的这两场暴动前后短短十年时间内，大米价格从一八六一年的二百零五钱猛涨至一八七〇年的一万四千五百钱，同期的大豆价格则从二百一十八钱猛涨至二万一千钱，前者涨至七十点七倍，后者更是狂涨至九十六点三倍。按照这个势头，未能列入的一八七一年（即发生废藩置县暴动之年）的涨幅估计越发让人心惊肉跳。至于物价何以如此疯涨的主要原因大致如下：首先是江户末期农民阶层开始分化，大量贫困农民为借钱度日而将农地转手他人，只能依靠佃耕勉强糊口；其二则是巧取豪夺了大量土地的地主和富商与藩府加强勾结，通过向藩府提供金钱而获得更多特权，转而利用这些特权变本加厉地盘剥贫困农民；再就是大厦将倾的德川幕府在政治上开始出现崩溃迹象，在经济方面则出现全国性物价高涨，尤其是猛涨的大米价格更使得贫困农民和底层民众的生活越发艰难；第四，雪上加霜的是，在庆应二年

---

① 内子町志编撰委员会著《新编 内子町志》，一九九六年十月，第190页。
② 大江健三郎著，许金龙译《北京讲演二〇〇〇》，《中华读书报》，二〇〇〇年十月十八日。
③ 一八六六年七月十五日发生在包括大江健三郎故乡大濑村在内的奥筋地区的、规模达万余人的农民暴动。因暴动领导人名为福五郎（亦有福太郎、福二郎、福次郎之说），当地人便取奥筋中的奥以及福五郎中的福，将该暴动称之为奥福暴动。

(1866),遭遇了前所未有的大歉收,与藩府素有勾结的投机商人乘机将大米价格猛涨。正如大江在作品里所总结的那样:"人乃万物之灵长,若治政失宜,民穷之时,岂不生变乎!"于是,这一年的七月十五日,大江家所在的大濑村便爆发了名为"奥福骚动"的大暴动,前后历时三天,至十七日时共计波及三十余村庄,参与者多达一万余人。

这次暴动的经纬大致如下:该年七月某日,大濑村村民福五郎(亦有福太郎、福二郎、福次郎之说)因家中无粮,向村吏提出借用村中存米,随即遭拒,却发现村吏将米借给来村里出差的医生成田玄长,便与村吏发生激烈争执。福五郎由此痛恨贪图暴利的商人,决定发动村民一同上访,同村的神职人员立花丰丸于是承担其参谋,以福五郎之名撰写檄文并广泛散发于周围数十村庄,呼吁大家奋起暴动,不予合作之村庄则予烧毁!早已对为富不仁的富商心怀怨恨的数十村庄的农民纷纷加入暴动队伍。七月十五日晚间,赞成福五郎主张的大濑村村民捣毁村里的酒铺,在福五郎号令下开往内子镇,中途参加者络绎不绝,至十六日暴动队伍已达三千余人,当天在内子镇打砸店铺约四十间,继而在五十崎打砸店铺约二十间。及至十七日,共有三十个村庄、一万余人参加暴动。大洲藩府急遣信使往江户幕府报警,同时不断派人游说福五郎等三四位暴动头领,至当日晚间,福五郎等人被说服,继而解散暴动队伍。在参加暴动的农民相继回村后,三位暴动头领遭到抓捕,其中大濑村的福五郎以及同村的立花丰丸其后死于狱中……

诸如此类的暴动景象,通过世代的传述,在民间文学的传承下,从历历在目的口头讲述,化为跃然纸上的文学形象。这些暴动记忆和历史人物原型,促动大江以大濑为革命对峙的中心向压迫性体制发出挑战,而将暴动革命历史传承给大江的媒介,正是阿婆这位民间文学的讲述者,暴动革命故事则作为元文本化入大江对于村庄暴动的文学虚构之中。

2.阿婆的暴动故事元文本

为儿时大江栩栩如生地讲述奥福其人和奥福暴动这段历史的人,是大江家里名为毛笔的阿婆。多年后,《读卖新闻》记者尾崎真理子采访时曾提及大江面对阿婆栩栩如生的讲述而心神荡漾的过往:"那个'奥福'物语故事,当然也是极为有趣,非同寻常。据说您每当倾听这个故事时,心口就扑通扑通地跳。由于听到的只是一个个片段,便反而刺激了您的想象。"①于是大江便这样对记者回忆了当年的情景:

> 是啊,那都是故事的一个个片段。阿婆讲述的话语呀,如果按照歌剧来说的话,那就是剧中最精彩的那部分演出,所说的全都是非常有趣的场面。再继续听下去的话,就会发现其中有一个很大的主轴,而形成那根大轴的主流,则是我们那地方于江户时代后半期曾两度发生的暴动,也就是"内子骚动"(1750)和"奥福骚动"(1866)。尤其是第一场暴动,竟成为一切故事的背景。在庞大的奥福暴动物语故事中,阿婆将所有细小的有趣场面全都统一起来了。

> 奥福是农民暴动的领导者,他试图颠覆官方的整个权力体系,针对诸如刚才说到的,其权力及至我们村子的那些权势者。说是先将村里的穷苦人组织起来凝为强大的力量,然后开进下游的镇子里去,再把那里的人们也团结到自己这一方来,以便聚合成更强大的力量。那场暴动的领导者奥福,尽管遭到了滑稽的失败,却仍不失为一个富有魅力的人。我就在不断思考奥福这个人的人格的过程中,度过了自己的少年时代。②

---

① 大江健三郎著,许金龙译《大江健三郎口述自传》,贵州人民出版社,二〇一九年三月,第8页。
② 同上,第8—9页。

……

是祖母和母亲讲述给我并滋养了我的成长的乡村民间传说。在写作《万延元年的 Football》时,我的关心主要集中在那些叙述一百年前发生的两次农民暴动的故事。

祖母在孩提时代,和实际参与这些事件的人们生活在同样的社会环境里,所以,她所讲述的民间故事,常常会添加进她当年亲自见过的那些人的逸闻趣事。祖母有独特的叙事才能,她能像讲述以往那些口耳相传的民间故事那样讲述自己的全部人生经历。这是新创造的民间传说,这一地区流传的古老传说也因为和新传说的联结而被重新创造。

她是把这些传说放到叙述者(祖母)和听故事的人(我)共同置身其间的村落地形学结构里,一一指认了具体位置同时进行讲述的。这使得祖母的叙述充满了真实感,此外,也重新逐处确认了村落地形的传说/神话意义。①

病迹学(Pathographie)研究成果表明,儿时的生长环境对于成人后的价值取向和审美取向都将产生重要影响,这对于川端康成和三岛由纪夫来说如此,对于大江健三郎来说也并不例外。在"心口扑通扑通地跳"着倾听阿婆讲述奥福故事的过程中,少儿大江的情感却在不知不觉间开始倾向遭到压榨的暴动者一方,从而产生了与弱势群体共情的义愤,以至于"在不断思考奥福这个人的人格的过程中,度过了自己的少年时代"。然而,这种感情倾向却面临一个无法回避的尴尬,那就是在日本这个国度里,被称为"骚动"的农民暴动明显带有被官方蔑视的语感,而暴动本身更是被认为是"下克上"的大不敬,亦即中文语感中的"以下犯上"和"犯上作乱"之负面语义。这显然是儿时大江的情感所不愿接受的,正是在这种情感冲突的背

---

① 大江健三郎著,王中忱译《在小说的神话宇宙中探寻自我》,引自《我在暧昧的日本》,南海出版公司,二〇〇五年十一月,第 7—8 页。

景下,经由曾外祖父传承的易姓革命思想和民本思想才开始具有意义,才能为暴动之乡的这个小童提供了伦理上的支撑,用以抗拒"下克上"所带来的道德和伦理层面的负面指责,从而"在不断思考奥福这个人的人格的过程中,度过了自己的少年时代"之际,顺理成章地"在边缘地区传承了不断深化的自立思想和文化的血脉",将《孟子古义》中的易姓革命思想和民本思想内化为自己的道德观和伦理观,为其于日本战败后接受战后民主主义作了道德、伦理和理论上的前期准备。

另一方面,由于阿婆"在孩提时代,和实际参与这些事件的人们生活在同样的社会环境里,所以,她所讲述的民间故事,常常会添加进她当年亲自见过的那些人的逸闻趣事",而且阿婆"给我讲述(奥福)故事中的人物。故事情节只是一些片段,所以能够激发我勾连故事的能力。奥福是本地农民起义的故事中一个无法无天而且非常可爱的人物,用我后来遇到的语言来说是一个 trickster①"②,故而在引发少儿大江倾听兴趣的同时,还培养了其进行再创作的能力。

如果说,经由曾外祖父传承的《孟子古义》中的易姓革命思想和民本思想,从道德和伦理上支撑少儿大江"在边缘地区传承了不断深化的自立思想和文化的血脉"的话,那么,熟稔戏剧演出的阿婆用"独特的叙事才能"对儿时大江讲述当地暴动故事,在培养其勾连故事之能力的同时,亦为大江进行了一场文学启蒙,使得"从孩童时代起,我就被民众的这种暴动或曰起义所深深吸引。……我曾写了边缘的地方民众的共同体追求独立、抵抗中央权力的长篇小说《万延元年的 Football》。这部小说的原型,就是我出生于斯的边缘地方所

---

① 意为神话和民间传说中的精灵、既有社会秩序的破坏者。
② 大江健三郎著,王成译《我的小说家修炼法》,中央编译出版社,二〇一九年十一月,第6页。

出现的抵抗",而且"与中心进行对抗的边缘这种主题,如同喷涌而出的地下水一般,不断出现在此后我的几乎所有长篇小说之中"!由此可见,从发表于一九六七年的《万延元年的 Football》到晚近创作的长篇小说《优美的安娜贝尔·李 寒彻颤栗早逝去》(2007)以及《晚年样式集》(2013),随处可见的有关历史暴动叙事,既是大江的儿时记忆,也是其文学母题,还是其抗拒权力中心、用以构建根据地/乌托邦的重要依据。当然,这种叙事策略也使得其文学中的历史维度具有越来越开阔的空间。

3."我在文学作品中构建的根据地/乌托邦确实源自毛泽东"

仍然是在大江文学的历史叙事空间里,早在大江的少年时代,曾有两个于日本战败后从中国遣返回故乡大濑村的退伍老兵帮助大江家修缮房屋,在小憩期间,这两个退伍老兵盘膝而坐,聊起侵华期间所执行的杀光、烧光和抢光之三光政策,让少年大江第一次知道"皇军"在中国期间犯下的累累战争罪行,在其为之深感愧疚和惊恐不安的同时,也对战争时期的军国主义教育之虚伪有了更为深刻的认识。这两位老兵还说起在中国战场攻打八路军根据地时狼狈情状,他们告诉在一旁倾听的少年:八路军的根据地大多建在地势险要之处。由于八路军与中国老百姓是鱼水之情,所以攻打根据地的日军部队尚未到达目的地,就有发现日军行踪的老百姓向八路军通风报信,于是八路军便在根据地设好埋伏,待日军进入伏击圈后就枪炮大作,打得日军如何丢盔弃甲、如何死伤狼藉、如何狼狈逃窜……

村里这两个退伍老兵的无心之言,却在少年大江的内心掀起巨浪:如果本地历史上多次举行暴动的农民也像八路军那样,在家乡深山老林里的险要处构建根据地的话,那么家乡的历史会如何演变?日本的历史是否会是另一种模样?带着这个久久萦绕于心的思考,大江在东京大学仔细且系统地研读了《毛泽东选集》四卷本,尤其关注第一卷里《中国的红色政权为什么能够存在?》。这篇文章是毛泽东于一九二八年十月五日所作,在第六章《军事根据地问题》中第一次提及"根据地"并做了如下阐释:

> 边界党还有一个任务,就是大小五井和九陇两个军事根据地的巩固。……这两个地形优越的地方,特别是既有民众拥护、地形又极险要的大小五井,不但在边界此时是重要的军事根据地,就是在湘鄂赣三省暴动发展的将来,亦将仍然是重要的军事根据地。巩固此根据地的方法:第一,修筑完备的工事;第二,储备充足的粮食;第三,建设较好的红军医院。把这三件事切实做好,是边界党应该努力的。①

所谓"根据地"是军事术语,而且从以上引文中可以发现其历史并不悠久,是军事对峙中处于弱势的红军为更好地保护己方有生力量而于险峻之处据险而守,同时争取时间和空间发展和壮大己方力量。中国第一次国内革命战争时期由红军创建的根据地如此,抗日战争时期由八路军所建的根据地也是如此,同时辅以游击战、麻雀战、坚壁清野、储存粮食、建立伤兵医院以及灵活运用"敌进我退、敌驻我扰、敌疲我打、敌退我追"等游击战术,与强敌进行周旋。

在东京大学就读期间学习了《毛泽东选集》中有关根据地的相关论述后,大江开始将这些论述与家乡的暴动史乃至日本的近代史联系起来加以思考。当然,历史不可复制,故而大江开始考虑在自己的文学作品中构建根据地,构建以中国革命模式复制的根据地。于是,"暴动"和"根据地"字样开始频繁出现在大江的小说文本里。譬如在不足十万字的小长篇《两百年的孩子》中译本里,如果用电脑检

---

① 毛泽东著《毛泽东选集》(第一卷),人民出版社,一九九一年六月第二版,第53—54页。

索"暴动"/"一揆",可以发现共有二十二处。对"逃散"进行检索,则有五十三处。两者相加,总共七十五处。这里所说的"逃散",是指在日本的中世和近世,农民为反抗领主的横征暴敛而集体逃亡他乡。这种逃亡有两个特征,一是数个、数十个村庄集体逃亡;二是这种有时多达数千人、数万人的逃亡,往往伴随着与领主武装的战斗。同样使用电脑检索的方法对《两百年的孩子》进行检索,还可以发现含有"根城"和"根据地"的表述各有二十处,一共四十处。这里所说的"根城",在日语中主要有两个语义,其一为主将所在城池或城堡;其二则是暴动民众的据守之地,或是盗贼的巢穴。"根据地"的语义为"军队等队伍为修整、修养或补给而设立的据点",在大江的文学词典里,这个单词显然源于中国第一次国内革命战争时期创建的根据地,抗日战争期间用以抵御侵华日军、争取抗战胜利的根据地;当然,这也是大江赖以在小说中构建根据地/乌托邦的原型。

二〇〇六年八月,笔者曾在东京对大江做过一次采访,现摘录其中涉及"根据地"的内容引用如下:

> 许金龙:您于一九七九年发表了长篇小说《同时代的游戏》,相较于中国传统文化中桃花源式的那种逃避现实的理想,这部作品中的乌托邦则明显侧重于通过现世的革命和建设达到理想之境。从这个文本的隐结构中可以发现,您在构建森林中这个乌托邦的过程中,不时以中国革命和建设为参照系,对以毛泽东为首的老一辈革命家所进行的艰苦卓绝的长征、建立根据地并通过游击战反击政府军的围剿、发展生产以提高物质生活水平等给予了肯定,也对江青等"四人帮"在"文化大革命"中祸国殃民的举止表示了谴责,同时也在思索中国在革命和建设过程中遇到的一些问题以及解决方法,试图从中探索出一条由此通往理想国的具有普遍意义的通途。当然,您在自己的文学世界里建立根据地的尝试,《同时代的游戏》显然不是第一次,也不会是最后一次。其实,

早在《万延元年的 Football》中,甚至更早的《揪芽打仔》等作品中,就已经出现了"根据地"的雏形。我想知道的是,您在文本中构建的根据地/乌托邦是否是以毛泽东最初创建的根据地为原型的?当然,您在大学时代学习过毛泽东的著作,那些著作里有不少关于根据地的描述,您是从那里接触到根据地的吗?

大　江:正如你所指出的那样,我在文学作品中构建的根据地/乌托邦确实源自毛泽东的根据地。而且,我也确实在毛泽东的著作中接触过根据地,记得是在《毛泽东选集》第一卷的前半部分。

许金龙:是在《中国的红色政权为什么能够存在?》那篇文章里?

大　江:是的,应该是在这篇文章里。围绕根据地的建立和发展,毛泽东在文章里做了很好的阐述。不过,我最早知道根据地还是在十来岁的时候。战败后,一些日本兵分别被吸收到国民党军队和共产党的八路军里。参加了八路军的日本人就暗自庆幸,觉得能够在中国的内战中存活下来,而参加国民党军队的日本人却很沮丧,担心难以活着回日本。他们之所以这么想,是因为在侵华战争中,他们分别与八路军和国民党军队打过仗,说是国民党军队没有根据地,很容易被打败,而八路军则有根据地,一旦战局不利,就进入根据地坚守,周围的老百姓又为他们提供给养和情报,日本军队很难攻打进去。后来在大学里学习了毛泽东著作后,我就在想,我的故乡的农民也曾举行过几次暴动,最终却没能坚持下来,归根结底,就是没能像毛泽东那样建立稳固的根据地。可是日本的暴动者为什么不在山区建立根据地呢?如果建立了根据地,情况又将如何?这是我一直在思考的问题,并且在作品中表现了出来。①

在以上引文中提及的长篇小说《同时代的游戏》第五章所叙述的故事发生在明治初年,村庄＝国家＝小宇宙这个共同体决心独立

---

① 大江健三郎与许金龙对谈:《大江健三郎将访中国,深受鲁迅及毛泽东影响》,《环球时报》,二〇〇六年九月一日。

于"大日本帝国",准备抗击帝国陆军的讨伐。长期以来,人们根据共同体的创始者破坏人通过梦境传达的指示,利用山里的特产木腊与海外进行贸易的盈余做了大量的战争准备,构筑起巨大的堤堰,蓄水淹没自己的村庄,并在堤坝上用沥青写上"不顺国神,不逞日人"的标语,以示与天皇治下的"大日本帝国"决裂的决心,同时进行坚壁清野,在山上的森林里储存粮食,建起野战医院,把壮年男女武装起来组织成游击队,还建立兵工厂以制造武器……除此以外,有人还考虑以各种语言致信各国,呼吁世界上被压迫的民族团结起来,说是"尤其是致中国的信,真想面交很快就将与大日本帝国军队开始全面战争的中国共产党军队"①。

在这些准备工作大致就绪后,政府派遣的"大日本帝国陆军混成第一中队"也临近了。这支武装到牙齿的正规军常年在这一带镇压农民暴动,现在受命前来攻打这个共同体,以将其纳入天皇统治下的"大日本帝国"势力范围。由于这一带山高林密,又是连日滂沱大雨,部队便艰难地沿着略微平坦一些的河滩溯流而上。在村庄这个共同体派出的侦察人员发现"皇军"已临近时,水库里的水也蓄到了最高水位,于是,村庄=国家=小宇宙的人们点燃预先埋置的炸药炸开堤堰,开始了长达五十天之久的、抗击"大日本帝国"陆军的游击战。

呼啸而下的洪水瞬间便吞噬了混成第一中队的所有官兵及其携带的军马。政府第一次派遣来的军队遭到了全军覆没的彻底失败。于是,其后又派遣了由一位作战经验丰富的大尉率领的中队前来攻打。共同体由此正式开始了抗击"皇军"的游击战争。

---

① 大江健三郎著,李正伦等译《同时代的游戏》,作家出版社,一九九六年四月,第232页。

当大尉率领的部队占领村庄时,却发现这是座空无一人的村庄,甚至看不到一条狗。也就是说,共同体实行了最为彻底的坚壁清野。部队在这个被废弃的村子里,连洁净的水都找不到一口,便派出小部队寻找水源,却被游击队打了埋伏。于是,被缴了枪械后释放回来的士兵报告说,游击队就在这山中的森林里。到了夜间,共同体放出的老狼以及野狗让士兵们感到惊恐,而游击队设置的、可以切割下双腿的陷阱,更是让士兵们不敢轻易进入山林。

不久,大尉便开始了他的第一次搜山清剿,部队排成横列,每隔五米站上一个士兵。而游击队方面则在转移非战斗人员的同时,由青壮村民组成若干三人战斗小组,利用有利地形埋伏下来,相机射击某一个搜山士兵,然后再将其两侧的士兵引诱过来一并射杀,使得"皇军"遭受巨大伤亡,不得不铩羽而归。

大尉指挥的第二次大规模战斗,是吸取前次横向搜山失败的教训,命令士兵纵向攻入森林深处,以破解"堪称游击战之基础的原始森林的神秘力量",并伺机破坏密林里的兵工厂,却被共同体的孩子们以迷路游戏的方式引入迷魂阵……当"皇军"士兵们被诱入伏击圈后,"游击队员从藏身之处用西洋弓射出的箭没有声音,突如其来的袭击防不胜防。森林里的大树很高,日光像雾一般从枝叶的缝隙泻下,难以计数的蝉发出震耳的蝉鸣,弓箭的声音根本听不到。埋伏者瞄准出现在树枝所限的狭窄空间处的敌人,箭无虚发。在惟蝉鸣可闻的巨大静默里,大日本帝国军队的士兵中有十二人中箭身亡,另有十二人身受重伤。没有一个士兵发现新设置的兵工厂"①。

由于游击队控制了水源,大尉怀疑水源被施放了毒药,不敢再使

---

① 大江健三郎著,李正伦等译《同时代的游戏》,作家出版社,一九九六年四月,第253—254页。

用那里的泉水,转而组织运输队从山外连同粮食一同运往驻地,从而加重了运输队的负担,致使行动迟缓,被游击队在途中趁天黑夜暗之机混入运输队,"结果是担任护卫的士官和两个士兵扔下运粮队逃跑了。于是,大量粮食就被运进了密林里游击队的帐篷"①。

在大尉审问游击队的俘虏时,这些俘虏提供的信息更是让大尉心智混乱。第一个俘虏状似老实地交代说:"这个抵抗战争是从整个中国以及藏在长白山山脉的朝鲜反日游击战传过来,组织了共同战线,甚至不久就有援军到达,实际上自己就是负责和海外联系的负责人……"②在他的话语中,不时还"夹杂着一些他瞎编乱造的中国话和朝鲜话"③。第二个俘虏的交代更是玄乎,说是把森林里新发现的矿物质送到德国加以精炼,以其为原料,即将研制出新型炸弹,如果炸弹中的化学物质出事,"半个森林就可能一扫而光"④……

在屡屡失败的压力下,大尉决定用最狠毒的手段镇压这些"为了反抗大日本帝国而钻进森林"⑤的顽固山民,那就是运来大量汽油,准备火烧森林,"漆黑之夜充血的眼珠上,也许映现出了他们追赶着躲避大火而东奔西跑的半裸的女人们,也许映现出他们自己正在强奸或杀人的自我影像。直到此刻为止毫无趣事可言的战争,使他们的意识浓缩为一个观念——战争就是血腥欲望的爆发,他们今天晚上得出了这个结论,并且决定今后一定照此实行。不久之后,在转战于中国和南洋各地时,他们的这个血腥欲望果然就得到满足了"⑥。

---

① 大江健三郎著,李正伦等译《同时代的游戏》,作家出版社,一九九六年四月,第260页。
② 同上,第263页。
③ 同上,第263页。
④ 同上,第264页。
⑤ 同上,第266页。
⑥ 同上,第271页。

面对火烧森林的严峻局面,共同体在疏散了儿童后便集体投降了,其中大约一半人口得到的却是大尉的如下话语:"你们是真正地对大日本帝国发动叛乱、掀起内战的人,你们犯下的叛国罪行必须受到应得的处罚,我以军事法庭的名义宣布你们的死刑!"在进行了五十天的抵抗之后,共同体中的大约一半村民被血腥屠杀了,死在大日本帝国的淫威之下……幸运的是,共同体的半数儿童却随着徐福式的大汉逃离了杀戮,踏上寻找希望的远方。

4."我在小说里想要表现的确实不是绝望"!

从以上梗概的隐结构中不难看出,对于《同时代的游戏》第五章中关于创建根据地和开展游击战的内容,中国的读者都会比较熟悉,准确地说,应是"似曾相识"。在《毛泽东选集》第一卷之《中国的红色政权为什么能够存在?》、第六章《军事根据地问题》中,毛泽东早在一九二八年就曾准确地指出:"巩固此根据地的方法:第一,修筑完备的工事;第二,储备充足的粮食;第三,建设较好的红军医院。"① 大江在《同时代的游戏》中修筑水淹敌军的水库,正是第一条所说的工事,而且还是大型工事。而预先储备粮食以及抢夺敌军运粮队,则是第二条的完美体现。对于设立野战医院以及转送难以救治的伤员这一措施,我们完全可以理解为是对第三条"建设较好的红军医院"的模仿和再现。至于文本中更为具体的彻底疏散人口、切断敌军水源、深夜放狼以及野狗骚扰敌人、引诱敌军深入密林以便相机袭击等内容,恐怕中国的中学生都可以将其精准地概括为"坚壁清野""诱敌深入""敌进我退,敌驻我扰,敌疲我打"……这些战术是战争中弱

---

① 毛泽东著《毛泽东选集》(第一卷),人民出版社,一九九一年六月第二版,第53—54页。

势一方因地制宜地抗击强势一方的战术,在中国战争史上最早提出以上战术的是朱德,而根据国内战争的严峻局面对此予以总结并将其上升到理论和战略高度的则是毛泽东。尤其在抗日战争期间,八路军和新四军依据这个战略战术不断发展壮大,创建、依托根据地展开游击战,最终为赢得抗日战争做出了自己的贡献。

另一方面,从《同时代的游戏》这个文本中有关"尤其是致中国的信,真想面交很快就将与大日本帝国军队开始全面战争的中国共产党军队""这个抵抗战争是从整个中国以及藏在长白山山脉的朝鲜反日游击战传过来,组织了共同战线"等等表述,清楚地表明其作者大江健三郎非常了解中国共产党领导的八路军、新四军所进行的抗日战争及其战略、战术,这个了解既有少年时代的记忆,也有大学时代对毛泽东相关军事理论的学习,恐怕还与大江于一九六〇年夏天对中国进行为时一月有余的访问时所接受的相关影响有关。由此可见,大江在写作《同时代的游戏》这部小说前,曾充分接受中国有关根据地和游击战的影响,因而当其考虑在政治和文化意义上的边缘之地,也就是故乡的森林里构建根据地/乌托邦时,大量引入了中国式游击战的因素也就不足为奇了。

由此我们可以确定,作者大江健三郎在构建位于边缘的森林中这个根据地/乌托邦的过程中,确实在以中国革命和建设的模式为参照系,对以毛泽东为首的老一辈革命家所进行的艰苦卓绝的长征、建立根据地并通过游击战反击政府军围剿、发展生产以提高物质生活水平等给予了充分肯定,同时也在思索中国在革命和建设过程中遇到的一些问题及其解决方法,希望从中探索出一条由此通往理想国的具有普遍意义的通途,并试图在自己文本里设计出一个更具普遍性的乌托邦。

在此后出版的《致令人眷念之年的信》《两百年的孩子》《愁容童

子》《别了,我的书!》以及《水死》和《晚年样式集》等长篇小说中,大江对权力中心改写乃至遮蔽边缘地区弱势群体之历史的做法进行了无情的嘲讽,借助森林中口耳相传的神话/传说和历史复制乃至放大遭到政府遮蔽的山村和森林里的历史,把那座神话/传说的王国进一步拓展为森林中的根据地/乌托邦——超越时空的"村庄=国家=小宇宙",清晰地提出了文化人类学意义上的边缘与中心的概念,使其"得以植根于我所置身的边缘的日本乃至更为边缘的土地,同时开拓出一条到达和表现普遍性的道路"①。这种从边缘和历史出发的叙事策略显然与"马克思主义批评理论一直在努力使文学批评具有历史维度"的主张高度契合,因为这种主张"认为需要返回历史,把历史当作重要的出发点来理解文化生产、批评概念、意识形态、政治和社会的范畴"②。就这个意义而言,大江在小说文本中频频引入暴动历史以展开边缘叙事也就不难理解了。这里还有一个需要关注的地方,那就是从这一时期开始,大江在表述森林中那些神话/传说和历史时,清醒地意识到在日本这个封建意识和保守势力占据强势的国度里,包括森林中那些山民在内的弱势者的历史,一直被强势者所改写、遮蔽甚或抹杀。譬如发生在大江故乡的几次农民暴动,就完全没有被记载在官方的任何文件中。为了抗衡强势者/官方所书写的不真实历史,大江以《同时代的游戏》和其后的《M/T与森林中的奇异故事》《致令人眷念之年的信》和《优美的安娜贝尔·李 寒彻颤栗早逝去》等晚近小说为载体,从"根据地"民众的记忆而非官方记载中,把故乡的神话/传说乃至当地历史中一些具有重大意义的部分

---

① 大江健三郎著,许金龙译《我在暧昧的日本》,引自《我在暧昧的日本》,南海出版公司,二〇〇五年十一月,第96页。
② 张京媛著《新历史主义与文学批评·前言》,《新历史主义与文学批评》,北京大学出版社,一九九七年,第2—3页。

剥离、复制乃至放大出来,试图以此在某种程度上还原历史真实,回归历史原貌,进而抗衡官方书写或改写的不真实历史。

我们还需要注意的是,这种根据地/乌托邦叙事在大江的文学作品中也是在"与时俱进"——最初近似于中国国内革命战争时期和抗日战争时期的军事根据地,譬如《同时代的游戏》里的根据地和游击战;当其长篇小说《愁容童子》中的边缘性特征被中心文化逐步解构之后,在故乡森林里建立根据地的基本条件便不复存在,于是在《别了,我的书!》中,大江就通过因特网建立新型根据地,将根据地建立在边缘地区那些拥有暴动历史记忆的边缘人物的内心里,同时吸收和团结共同传承历史记忆的年轻人;及至在《水死》中,大江更是将抨击的矛头直接指向国家权力的象征:以修改历史教科书的形式强奸一代代青少年的日本文部科学省高级官员……

儿时的暴动记忆就这样在大江健三郎的诸多小说中不断变形,作者据此在绝望中发出呼喊,试图由此探索出一条通往希望的小径,正如大江在一次接受采访时所说的那样,"我在小说里想要表现的确实不是绝望"[①]!

三、一九六〇年的访华:由民本主义向人文主义嬗变

一九六〇年初夏时节,这个世界正处于躁动和不安之中——在亚洲的韩国,推翻李承晚政权的学生运动轰轰烈烈;在非洲,被西方大国长期殖民的诸多国家正全力争取民族独立,以摆脱殖民统治;在南美洲的古巴,反美浪潮一浪高过一浪;在拉美地区,同样正在兴起

[①] 大江健三郎与许金龙对谈:《我在小说里想要表现的确实不是绝望》,《作家》,二〇二〇年八月号,第54页。

争取民族独立的群众运动;在苏联,则因美国 U2 间谍飞机事件而怒火冲天;也是在这个时期,东西方首脑会谈正式决裂。六十年代冷战背景下的左翼反文化(counter culture)运动,更是使得全球青年先后掀起运动狂潮。众所周知,当时的日本更不是桃花源,反对《日美协作与安全保障条约》的全国性群众运动如火如荼,年轻学生们在这场运动风潮中纷纷走上街头。

一九六〇年,大江健三郎年届二十五岁,在校期间曾参加被称为"安保斗争"前哨战的"砂川斗争"。这里所说的"砂川斗争",是指一九五五年以农民、工会会员和学生为主体的日本民众反对美军扩建军事基地的群众斗争,也是日本社会在战后迎来的第一场大规模反战运动。在此后的一九六〇年一月十九日,日本政府与美国正式签署经修改的《日美协作与安全保障条约》(简称为《日美安全保障新条约》),以取代日美两国政府于一九五一年与《旧金山和约》一同签署的《日美安全保障条约》。在国会审议过程中,有人对条约中"为了维持远东地区的和平安全"之"远东"的范围表示质疑时,时任外相的藤山爱一郎表示这个范围"以日本为中心,菲律宾以北,中国大陆一部分,苏联的太平洋沿海部分"。藤山对《日美安全保障新条约》之"范围"的解释,几乎立刻就引发人们对战前和战争期间的所谓"大东亚共荣圈"的痛苦记忆,不禁怀疑日本政府是否试图再次侵略包括"中国大陆一部分"的亚洲诸国。不同于砂川斗争时期以学生为主体的抗议活动,这时不仅学生对政府的意图产生怀疑,就连绝大部分民众也都对此产生了怀疑,从而相继投身到反对缔结《日美安全保障新条约》的群众运动中来。大江健三郎此时刚刚从东京大学毕业,在文坛上已经小有名声,却从不曾淡忘将人文主义传授给自己的渡边一夫教授所引用的丹麦语法学家克利斯托夫·尼罗普之名言"不抗议(战争)的人,则是同谋",当然也必然地出现在了这数百万的示威群众之中。

二〇〇六年九月,在访问中国社会科学院的主题演讲中回忆当年这场大规模抗议活动时,大江表示"当时我认为,日本在亚洲的孤立,意味着我们这些日本年轻人的未来空间将越来越狭窄,所以,我参加了游行抗议活动。正是在这个过程中,我和另一名作家被作为年轻团员吸收到反对修改安保条约的文学代表团里"①。这里所说的文学代表团,是以野间宏为团长的日本第三次访华文学代表团。在这个大动荡的历史时期,在反对签署《日美安全保障新条约》的大规模游行示威活动中,青年作家大江健三郎开始了他的第一次出国之旅,与"另一名作家"开高健一同对尚未与日本恢复外交关系的中国进行了为期三十八天的访问。大江参加的这个访华团全称为"访问中国之日本文学家代表团",团长为野间宏(作家),团员计有龟井胜一郎(文艺评论家)、松冈洋子(社会评论家)、竹内实(随团翻译)、开高健(青年作家)、大江健三郎(青年作家),另有担任代表团秘书长的白土吾夫(时任日中文化交流协会事务局主任)。访问结束后,白土吾夫公布了一行七人计三十八日访华之旅的大致日程。这里需要说明的是,应该是顾虑到复杂的日本国内情势,出于安全考虑,这个日程并未列入当时被视为敏感的内容,譬如六月一日,日本文学代表团在广州参观毛泽东于一九二四年创办的农民运动讲习所;六月十六日,周恩来总理突然出现在代表团所在的王府井全聚德烤鸭店,对从东京大学毕业不久的大江健三郎进行慰问;六月十七日,代表团全体成员怀着悲痛心情,为悼念六月十五日晚间在国会大厦被警察殴打致死的东京大学女生桦美智子,前往人民英雄纪念碑

---

① 大江健三郎著,李薇译《北京讲演二〇〇六》,引自《大江健三郎文学研究》,百花文艺出版社,二〇〇八年七月,第1页。

敬献花圈并由团长野间宏致悼词……

就在日本文学代表团访华期间,反对岸介信政府签署《日美安全保障新条约》的日本民众在东京连日举行大规模示威抗议,六月五日,多达六百五十万示威者参加抗议活动;六月十日,为阻止美国总统艾森豪威尔于九月十九日访日,示威群众在羽田机场团团包围为艾森豪威尔如期访日打前站的总统秘书 James Hagerty,致使其最终被美军直升机救出;六月十五日,五百八十万示威群众参加反对《日美安全保障新条约》签字和阻止美国总统访日的活动;当天晚间,七千余名示威学生冲入国会,与三千名防暴警察发生激烈冲突,东京大学女生桦美智子被殴打致死,示威群众与政府之间的矛盾进一步激化;六月十六日,焦头烂额的岸信介政府请求艾森豪威尔延期访日,最终被迫取消访日安排。在条约即将生效的当天夜晚,三十三万示威群众再次包围国会,试图阻止条约生效。然而,声势浩大的日本安保斗争终究未能阻止条约自动生效,却也迫使岸信介内阁于六月二十三日下台,艾森豪威尔总统则终止访日。这里需要重点提请注意的是,随着岸介信内阁的倒台,其准备修改于一九四七年生效的《日本国宪法》第九条的计划也随之束之高阁,为日本战后持续维护和平宪法、走和平发展道路打下了良好基础。正因为如此,大江才能在半个多世纪后自豪地表示:"在战后这七十年间,日本人拥有和平宪法,不进行战争,在亚洲内部坚定地走和平发展的道路,也就是说,在战后这七十年里,我们一直在维护这部民主主义与和平主义的宪法。其中最大的一个要素,就是有必要深刻反省日本如何存在于亚洲内部,包括反省那场战争,然后是面向和平……在战后这七十年里,日本没有发动战争,关于这一点,日本人即便得到积极评价也是可以理解的。"[①]"反省"是上述话语的关

[①] 大江健三郎与许金龙对谈:《我在小说里想要表现的确实不是绝望》,《作家》,二〇二〇年八月号,第54页。

键词,也是大江从人文主义者渡边一夫那里继承、坚守并内化了的道德和伦理——"保持具有人性的反省……因为我们已经决定将这种反省置于正面而去思考"①。当然,和平宪法第九条能维系至今日,也是有赖于大江等当年参加反对签署《日美安全保障新条约》的这一批抗议者以及后来者,尤其是民众组织"九条会"长年间的不懈努力。

就在这如火如荼的抗议活动中,青年作家大江健三郎受邀参加以老一辈作家野间宏为团长的日本文学代表团,前往中国进行为期一月有余的访问,以获得中国对这场大规模群众抗议运动的支持。在羽田机场与新婚刚刚三个来月的妻子由佳里以及作家安部公房等朋友话别时,大江特地叮嘱妻子:为了使八十年代少一个因对日本绝望而跳楼自杀的青年,因此不要生孩子。时隔三十八天后,还是在羽田机场,刚刚结束中国之旅回到日本的大江却对前来机场迎接的妻子说:还是生一个孩子吧,未来还是有希望的。那么,这一个来月的中国之旅到底发生了什么,竟使得大江的态度发生如此之大的变化?而且,发生变化的仅仅是对待生孩子的态度吗?我们不妨回顾一下大江访华的大致经过。

在这一个多月的访问中,代表团一行先后访问了广州、北京、上海和苏州等地,与中国各界进行了广泛接触和交流,参观了工厂、机关、人民公社、学校、幼儿园、展览馆等,并多次参加声援日本人民反对《日美安全保障新条约》的集会和游行。在此期间,大江应邀为《世界文学》杂志撰写了特邀文章《新的希望之声》,表示日本人民已经回到了亚洲的怀抱,并代表日本人民发誓永远不背叛中国人民的深情厚谊。此外,他还在一篇题为《北京的青年们》的通信稿中表

---

① 大江健三郎著《解读日本当代的人文主义者渡边一夫》,岩波书店,一九八四年,第79—80页。

示,较之于以人民大会堂为首的十大建筑,万里长城建设者的子孙们话语中的幽默和眼睛中的光亮,更让他对人民共和国寄以希望。大江发现,无论是历史博物馆讲解员的眼睛,钢铁厂青年女工的眼睛,郊区青年农民的眼睛,还是光裸着小脚在雨后的铺石路面上吧嗒吧嗒行走着的少年的眼睛,全都无一例外地清澈明亮,而共和国青年的这种生动眼光,大江在日本那些处于"监禁状态"的青年眼中却从不曾看到过。这个发现让大江体验到一种全新的震撼和感动,一如他在同年十月出版的写真集里所表述的那样:"我在这次中国之行中得到的最为重要的印象,是了解到在我们东洋的一个地区,那些确实怀有希望的年轻人在面向明天而生活着。我不认为他们中国年轻人的希望就会原样成为日本人的希望。我同样不认为他们中国年轻人的明天会原样与日本人的明天相连接。不过,在东洋的这个地区,那些怀有希望的年轻人面向明天的姿态却给我带来了重要的力量。"①

当然,更让大江为之震撼和感动的,是中国人民在真诚和无私地支持日本人民反对修改《日美安全保障新条约》。六月中上旬,东京连日来爆发了数百万人参加的大规模示威活动,而在上海和北京,大江一行则先后参加了一百二十万人和一百万人规模的示威游行,以声援日本国内的抗议活动。或许是出于保护大江健三郎这个青年作家的考虑吧,白土吾夫的日程记录里没有列入周恩来总理得知东京大学女生桦美智子于十五日夜晚被警察殴打致死的消息后,于十六日放下手中工作特地前来慰问大江健三郎事宜——这一天,周恩来总理及其随从人员赶到王府井全聚德烤鸭店的二层,就桦美智子在国会大厦被警察殴打至死、另有千余示威者被逮捕一事,向正在与赵

---

① 大江健三郎著,许金龙译「中国の若い人たち、子供たち」,『写真 中国の顔』,現代教養文庫,一九六〇年十月,第146页。

树理等人同桌就餐、尚不知情的大江健三郎表示慰问。四十六年后，在回忆当时的情形时，大江这样说道：

> 在门口迎接我们一行的周总理特别对走在最后的我说：我对于你们学校学生的不幸表示哀悼。总理是用法语讲这句话的。他甚至知道我是学习法国文学专业的。我感到非常震撼，激动得面对着闻名遐迩的烤鸭连一口都没咽下。
>
> 当时，我想起了鲁迅的文章。这是指一九二六年发生的三·一八事件。由于中国政府没有采取强硬态度对抗日本干涉中国内政，北京的学生和市民组织了游行示威，在国务院门前与军队发生冲突，遭到开枪镇压，四十七名死者中包括刘和珍等鲁迅在北京女子师范大学教授的两名学生。……我回忆着抄自《华盖集续编》中的一段话，看着周总理，我感慨万分，眼前这位人物是和鲁迅经历了同一个时代的人啊，就是他在主动向我打招呼……鲁迅是这样讲的：
>
> "我目睹中国女子的办事，是始于去年的，虽然是少数，但看那干练坚决，百折不回的气概，曾经屡次为之感叹。至于这一回在弹雨中互相救助，虽殒身不恤的事实，则更足为中国女子的勇毅，虽遭阴谋秘计，压抑至数千年，而终于没有消亡的明证了。倘要寻求这一次死伤者对于将来的意义，意义就在此罢。
>
> "苟活者在淡红色的血色中，会依稀看见微茫的希望；真的猛士，将更奋然而前行。……"
>
> 那天晚上，我的脑子里不断出现鲁迅的文章，没有一点儿食欲。我当时特别希望把见到周总理的感想尽快告诉日本的年轻人。我想，即便像我这种鲁迅所说的"碌碌无为"的人，也应当做点儿什么，无论怎样，我要继续学习鲁迅的著作。①

---

① 大江健三郎著，李薇译《北京讲演二〇〇六》，引自《大江健三郎文学研究》，百花文艺出版社，二〇〇八年七月，第2—3页。

在大江的头脑里,血泊中的桦美智子与血泊中的刘和珍叠加在了一起,化为"虽殒身不恤"的女子英雄。中国人民的真诚支持,周恩来总理的亲切慰问,陈毅副总理的会见,尤其是其后第五天(即六月二十一日)晚间,毛泽东主席于上海接见日本文学代表团时所表示的"像日本这样伟大的民族,是不可能长期接受外国人统治的。日本的独立与自由是大有希望的。胜利是一步一步取得的,大众的自觉性也是一步一步提高的"①等勉励,给了日本文学代表团中最年轻的大江以极大的震撼和感动。多年后,大江曾对笔者表示:早在大学时代,自己就已熟读《毛泽东选集》四卷本,对其中的《湖南农民运动考察报告》《星星之火,可以燎原》《实践论》和《矛盾论》尤为熟悉,所以毛主席在会谈中的不少话语刚刚被翻译出来,自己便随即知道这些话语出自《毛泽东选集》哪一卷的哪一篇文章。会见结束后,毛主席等中国领导人站在门口,与日本朋友一一握手话别。当时,从东京大学毕业不久的青年作家大江照例排在日本代表团的队尾,终于轮到大江上前告别时,毛主席一手握住大江的手,用另一只手指点着大江说道:你年轻,你贫穷,你革命,将来你一定会成为伟大的革命家。这段话语其实是毛主席在会见期间对日本客人所说内容的一部分,大意是一个成功的革命家必须具备几个条件:一是要贫穷,穷则思变,才会参加革命;二是要年轻,否则很可能在革命成功之前就已经牺牲;三是要有革命意志,否则就不会参加革命。多年后当大江获得诺贝尔文学奖并接受德国一家媒体采访之际回想起了毛主席的这段话语,便对这家媒体不乏幽默地表示:毛泽东主席曾于一九六〇年预言自己将会成为伟大的革命家,现在看来,毛主席只说对了一半——自己虽

---

① 白土吾夫著「中国訪問日本文学代表団の三十八日の旅」,『写真 中国の顔』,現代教養文庫,一九六〇年十月,第178頁。

未能成为伟大的革命家,却也成了伟大的小说家。在二〇〇八年八月接受另一次采访时,大江对采访者回忆道:与毛主席握手时,感到毛主席的手掌非常大,非常绵软,非常温暖,这种感觉已经连同毛主席当时所说的话语一道,早已固化在自己的头脑里,在每年临近六月二十一日的时候,就会提前嘱咐妻子订购茉莉花,因为日本原本没有这个物种,是从中国移植到日本来的,所以并不多见。及至到了二十一日这一天,自己就会停下所有工作,面对那盆订购来的茉莉花,缅怀一九六〇年六月二十一日夜晚聆听毛泽东主席和周恩来总理教诲时的情景。讲述这段话语的这一天恰巧也是六月二十一日,大江便对采访者指着花盆中绿叶掩映的小小白色花蕾如此说道:

> 今天,我妻子买来三盆白色的茉莉花(把"茉莉花"念成了"毛莉好"),是从中国移植来的,就摆在客厅的中央。花开得非常可爱,经常传来阵阵幽香。我想起自己二十五岁的时候,中国领导人在上海接见了我。我记得自己在见到毛主席和周总理之前,前方有一条狭长的走廊,走廊两旁开满了洁白的花。花的浓郁幽香从两侧沁入鼻腔(用左、右手的食指分别指向两个鼻孔),我们就沿着茉莉花曲曲折折地向前深入。走廊的尽头就是毛泽东主席、周恩来总理、陈毅副总理,还有当时的上海市负责人柯庆施。在我的记忆中,毛泽东主席、周恩来总理、陈毅副总理,还有茉莉花,都是紧紧联系在一起的。这就是亚洲伟大的人物给我留下的最美好的记忆。我和帕慕克见面时,经常对他说:"帕慕克,你记着,我是毛泽东主席的一位朋友!"(大笑起来)其实也不能算朋友,但我见过他!①

鲁迅的启示,周恩来总理的慰问,毛泽东主席的勉励,不可避免地为大江的人生观带来重大影响。这种影响首先显现在回国时在羽

---

① 大江健三郎与许若文对谈:《卡创作了一个灵魂,并思索着诗歌……》,《当代作家评论》,二〇〇九年第一期,第95页。

田机场对新婚妻子由佳里所说的那番话语——"还是生一个孩子吧，未来还是有希望的"。这种对未来抱持希望的积极变化当然也反映在了其后的创作态度中。相较于初期作品中在"铁屋子"里发出的"含着大希望的恐怖的悲声"，在相继发表于《文学界》一九六一年一月号和二月号的中篇小说《十七岁少年》和《政治少年之死》中，大江简直就是在呐喊了。这两部短篇小说为姐妹篇，前者叙述了一个十七岁少年为摆脱孤独和焦躁，受雇于右翼分子，成为所谓"纯粹而勇敢的少年爱国者"。后者仍然以独白的口吻，叙述这个十七岁的主人公在忠君的迷幻中，"为了天皇而刺杀"了反对封建天皇制的"委员长"。这两部无情抨击封建天皇制之虚幻、右翼团体之虚伪的姐妹篇一经发表，随即受到右翼团体的威胁。在右翼的巨大压力下，刊载该作品的《文学界》没有征得大江本人同意，便在该刊三月号上发表谢罪声明。从此，《政治少年之死》在日本被禁止刊行，直至二〇一八年七月被收入讲谈社版"大江健三郎全小说"之前的这半个多世纪里，未能被收录在大江的任何作品集里。对于标榜言论自由和出版自由的日本这个所谓的民主国家，这个事实本身不能不说是个绝妙讽刺。当然，这两篇作品的创作对于大江本人来说也是一个历史性转折，此后，作为一名知识分子，大江总是有意识或下意识地站在边缘角度，开始用审视甚至批判的目光注视着权力和中心，越来越靠近鲁迅所坚持的批判立场。

　　这次访问中国给大江带来的另一个重大影响，就是亲眼看到了革命获得成功的中国，并了解到中国革命的全过程。这已经不是此前空泛的革命想象，而是一个实实在在的成功范例，是中国自古以来的以民为本的最佳实践范例，是使得亿万民众得以摆脱战乱、贫困和屈辱，逐步走向富裕与和平的最佳实践范例。无疑，这是人道主义（由于人道主义和人文主义同出法语"humanism"之词源，我们当然可以认为这也是人文主义)在中国这片辽阔土地上获得的巨大成功。这个范例之所以成功,在很大程度上取决于在革命初期,毛泽东等革命家在实践中摸索和总结出"以农村包围城市,最终夺取全国胜利"的革命道路。中国革命的这个成功经验给了青年作家大江健三郎以极大启示,在思考故乡的暴动历史时便有了一个很好的参照系,同时开始考虑将这个策略移入自己的文学创作之中。也是在这一时期,在中国宏大革命愿景的反衬下,大江开始觉察自己"陷入了作为作家的危机,因为,我在自己写作的小说里看不到积极的意义……自己未能在作品中融入积极的意义并向社会推介。我意识到了这个问题,开始怀疑将自己人生的时光倾注到作家这个职业中是否值得"[1]。也就是说,为了迎合高度商业化的新闻界,刚刚踏足文坛的青年作家大江不得不接二连三地创作"有趣的小说"而非具有"积极的意义"的小说。倘若不如此,就可能像诸多崭露头角不久便被高度商业化的媒体短期使用后无情抛弃的新作家那样退出文坛。然而,无论是少年时代接受的战后民主主义教育,还是大学时代学习的欧洲人文主义,尤其是这次访问中国、亲眼看见人文主义在中国获得巨大成功后引发的诸多思考,都让大江开始怀疑是否值得用自己的整个人生来迎合新闻界的商业价值取向而不断写作以往那种"有趣的小说"。答案当然是否定的,因为这些"有趣的小说"对于深陷艰难困境的人类个体乃至群体完全不具备人文主义价值!大江由此开始有意识地把故乡的山林作为根据地/乌托邦,借《万延元年的Footabll》中的农村暴动叙事抗衡官方话语体系中的"明治维新百年纪念活动";尤其在《两百年的孩子》里,运用转换时空的科幻手法,

---

[1] 大江健三郎著,许金龙译《作为〈广岛札记〉的作者》,引自《广岛札记》,翁家慧等译,中国广播电视出版社,二〇〇九年,第1页。

让自己三个孩子的分身往来于以往、现在和未来,让他们目睹历史上的暴动,并经历未来日本复活国家主义之际,孩子们在故乡的山林中找到具有共产主义特征的、彼此友爱的乌托邦。这个故事的梗概大致如下:

三个小主人公决定在暑假结束前,再进行最后一次冒险,而这次冒险的目的地,则是八十年后的当地山林。当他们来到未来之后感到震惊的是,原本茂密的大森林由于人为原因而开始颓败,在他们无意中闯入一座超大型建筑物附近时,却因未携带所谓输入个人详细信息的 ID 卡,而被戒备森严的保安队关在屋子里,其后送交县知事进行讯问。这时他们才知道,县知事正在这里举办一个大型集会,奇怪的是,出席集会的那些动作整齐划一、鱼贯而入的少男少女们穿戴的却是迷彩服和贝雷帽。后来他们在农场/根据地询问千年老树遭焚毁之事时了解到一个让他们不寒而栗的事实:在所谓"国民再出发"的口号下,未来的日本政府"掀起了精神纯化运动"的国家宗教,利用被修改的宪法烧毁国家宗教之外的所有教会、寺院和神社,以取消人们原先无论是基督教、佛教还是神道教的宗教信仰,试图从精神上对国民进行高度控制。作为具体措施,则强制性地要求人们必须随身携带输入个人详细信息的 ID 卡。同样可怕的是,政府动员了全国百分之九十的青少年参加了这场运动,并让这些少男少女头戴贝雷帽、身穿迷彩服,组建为一支规模庞大、组织严密的准军事组织……

显而易见,大江是在借助专门为孩子们创作的这部小说教导他们和她们如何与过往的历史进行对话,如何了解历史事件在其发生之时意味着什么,如何理解该历史事件对于当下甚或未来具有怎样的意义。

或许是担心在这部小说里对孩子们提出的预警不够充分,还不足以引起孩子们的足够重视和警觉,大江在其后第三年出版的长篇小说《别了,我的书!》里,更是借用与其在文本内的分身"长江"之日语发音相谐的"征候"来表征自己的工作:"我要做的工作,是在某些事件发生之前,就收集其细微的前兆。在那些前兆堆积的前方,一条无可挽救的、不可返回的、通往毁灭方向的道路延伸而去。……我所要写作的'征候',则要以全世界为对象,预先摸索出它前进的方向和道路。"①而且,这位由民本主义出发的人文主义作家为了让大多数孩子们都能阅读到这些"征候",特意提出要把记载这些"'征候'的书架调到适当的高度,以便十三四岁的孩子谁都能打开箱子阅读其中资料。因为,惟有他们才是我所期待的阅读者,而且,有关'征候'的我的想法,也都是试图唤起他们颠覆记录于其中的所有毁灭的标志的想法"②。大江将自己的人文主义课程对孩子们阐释得非常清晰且浅显易懂:他要将通往"无可挽救的、不可返回的、通往毁灭方向的道路"之"征候"和"预兆"告知孩子们,以期让他们产生"想法",去颠覆"其中的所有毁灭的标志",以便"创造出明亮、生动、确实体现出人的尊严的未来",而非"充满黑暗、恐怖和非人性的未来"③!我们可以将这段话语视作大江对孩子/新人的热切期许,还可以将其视为大江及其文学的人文主义核心价值观。

当然,未来也不是全无希望。还是在那片森林里,在两百年前农民举行暴动的旧址上,从南美以及亚洲各国来到此地的劳动者们以农场为基础,重新建立起了"龋根据地"。在这个根据地里,"由于成

---

① 大江健三郎著,许金龙译《别了,我的书!》,译林出版社,二〇〇八年十月,第318页。
② 同上。
③ 大江健三郎著,许金龙译《走的人多了,也便成了路!》,引自《大江健三郎文学研究》,百花文艺出版社,二〇〇八年七月,第21—22页。

年人在农场和食品加工厂里忙于工作,孩子们便依据'韶根据地'从创始之初便传承下来的志愿工作制度过着集体生活。有趣的是,这里的语言是混有日语和父母祖国语言的各种话语,而孩子们则只使用自己的语言……"①

或许有人会认为故事并不能代表现实,更不可能是未来的真实再现,对于二〇六四年那个未来所显现出来的可怕前景,我们大可不必在意。遗憾的是,东京大学学者小森阳一教授肯定不会同意这样的看法。在讨论《两百年的孩子》这个故事里未来的可怕前景时,小森教授表示,大江在作品里描绘的可怕未来,实际上现在已经开始出现——日本政要不顾曾遭受侵略战争伤害的亚洲各国人民反对,接连参拜供奉着甲级战犯的靖国神社;日本政府强行通过所谓国旗国歌法,要求学校的教职员工和所有学生在开学和毕业仪式上起立,在国歌声中向国旗致礼,而不愿向那面曾侵略过亚洲诸国的国旗敬礼者,轻则影响升职,重则被开除公职,在右翼政客石原慎太郎任东京都知事期间,这种处分更是严厉,据小森教授说,他的几个朋友已经因此而被开除公职;就在前几年,日本数十位国会议员在美国报纸上刊载大幅广告,说是不存在慰安妇问题,还恬不知耻地说什么那些慰安妇是自愿卖淫者,其收入有时甚至超过日本军队里的将军;更让人忧虑的是,日本保守派正在竭力修改和平宪法,尤其是这部宪法中的第九条有关日本永久性放弃战争、不成立海陆空三军的条款,试图为全方位复活国家主义清除最大的障碍。日本筑波大学学者黑古一夫教授的观点与小森教授相近,他认为日本的政治主导权始终掌握在保守派手中,他们期望从根本上改变日本战后开始实施的民主主义,复活战前的价值观……

---

① 大江健三郎著,许金龙译《两百年的孩子》,百花文艺出版社,二〇〇七年九月,第254页。

综上所述,大江所描述未来社会的阴暗前景,就不是毫无根据的空穴来风了,而是基于对现实的忧虑甚或预警。为了大多数人的希望,大江通过《两百年的孩子》这个故事,以艺术手法为人们展示了以往(被官方遮蔽了的暴动史)、现在(日本当下试图修改和平宪法的政治现状甚或准备违宪参战)和未来(日本几十年后极可能出现全面复活国家主义的阴暗前景),并借法国诗人、哲学家和评论家保尔·瓦莱里之口,向我们表明了历史、当下和未来的关系。尽管未来的前景是黯淡的,但是这位老作家也明确地告诉人们,情况并没有糟糕到绝望的地步,那里毕竟还有一群心地善良的人在农场/根据地里坚持自己的操守,抵制来自官方的高压,烧毁严重侵犯人权的 ID 卡,以各种方式不让孩子们参加那个准军事组织,等等。至于如何在了解历史的基础上创造美好的未来,不妨以大江在北大附中结束演讲时的一段话语来提供一种参考:

> 你们是年轻的中国人,较之于过去,较之于当下的现在,你们在未来将要生活得更为长久。我回到东京后打算对其进行讲演的那些年轻的日本人,也是属于同一个未来的人们。与我这样的老人不同,你们必须一直朝向未来生活下去。假如那个未来充满黑暗、恐怖和非人性,那么,在那个未来世界里必须承受最大苦难的,只能是年轻的你们。因此,你们必须在当下的现在创造出明亮、生动、确实体现出人的尊严的未来,而非前面说到的那个充满黑暗、恐怖和非人性的未来。我憧憬着这一切,确信这个憧憬将得以实现。为了把这个憧憬和确信告诉北京的年轻人以及东京的年轻人,便把这尊老迈之躯运到北京来了。之所以这么做,是因为已然七十一岁的日本小说家,要把自己现在仍然坚信鲁迅那些话语的心情传达给你们。①

---

① 大江健三郎著,许金龙译《走的人多了,也便成了路!》,引自《大江健三郎文学研究》,百花文艺出版社,二〇〇八年七月,第21—22页。

对于这段话语中出现的通往"充满黑暗、恐怖和非人性的未来"之可能性,大江无疑是悲观的,却决不是绝望的,更是在鼓励中国和日本的孩子们"必须在当下的现在创造出明亮、生动、确实体现出人的尊严的未来",坚定不移地憧憬着孩子们通过自己的努力,将免于陷入"充满黑暗、恐怖和非人性的未来",并且借助鲁迅的话语引导孩子们"希望是本无所谓有,无所谓无的。这正如地上的路;其实地上本没有路,走的人多了,也便成了路"。由此可见,大江既是果敢前行的悲观主义者,更是勇敢战斗的、由民本主义升华的人文主义者。

四(上)、源自鲁迅的"始自于绝望的希望"

1.初识鲁迅

在论及大江文学中的世界文学影响时,学界一直关注来自拉伯雷及其鸿篇巨制《巨人传》、但丁及其不朽长诗《神曲》(全三卷)、布莱克及其神秘长诗《四天神》和《弥尔顿》、萨特及其存在主义代表作《自由之路》、巴赫金及其狂欢化和大众笑文化系统之论著、艾略特及其长诗《荒原》和《四个四重奏》、奥登及其短诗《美术馆》、本雅明及其论著《论历史哲学纲要》等作家、诗人和学者以及他们的作品之影响,却很少有人注意到鲁迅和他的文艺思想在大江文学生涯中的存在和重要意义。其实,早在少年时期、学生时代乃至成为著名作家之后,大江都一直在阅读着鲁迅,解读着鲁迅,以鲁迅的文学之光逆行于精神困境和现实阴霾中。

正如大江在晚年间(二〇〇九年一月十七日)对铁凝和莫言追忆其所传家学时所言:"我的妈妈早年间是热衷于中国文学的文学少女……"[①]大江的母亲,彼时的日本女青年小石非常熟悉并热爱中

[①] 大江健三郎、莫言、铁凝著,许金龙译《中日作家鼎谈》,《当代作家评论》,二〇〇九年第五期,第52页。

代 总 序

国现代文学。在一九三四年的春日里,小石偕同对中国古代文化颇有造诣的丈夫大江好太郎由上海北上,前往北京大学聆听了胡适用英语发表的演讲。在北京小住期间,这对夫妇投宿于王府井一家小旅店,大江的父亲大江好太郎与老板娘的丈夫聊起了自己甚为喜爱的《孔乙己》,由此得知了茴香豆的"茴"字竟然有四种写法。在人生的最后一天,大江好太郎将这四种写法连同对"中国大作家鲁迅"的敬仰之情,一同播散在自己的三儿子大江健三郎稚嫩和好奇的内心底里,使其随着岁月的流逝在爱子的内心不断萌发和成长。

二〇〇八年二月二十一日下午,仍然是在位于小田急沿线的成城别墅区的大江宅邸,大江对来访的老友莫言讲述家世时曾如此提及自己邂逅鲁迅的缘起:

> ……那是一九四四年十一月的一个冬日,是父亲在世的最后一天,恰逢一个传统节气,当时自己家里的经济条件还算不错,不少孩子依循旧俗到家里来讨点儿小钱,父亲坐在火盆旁喝酒,把零钱放在手边,邻居的孩子用草绳裹着的棒子在屋里叭叭叭地跳上一圈以示驱鬼,父亲就给几个小钱以作酬谢。冬日里天气很冷,自己陪坐在父亲身边,没人来的时候就陪父亲聊天。父亲便说起中国有个叫作鲁迅的大作家非常了不起。自己由此知道,父母曾于整整十年前的一九三四年经由上海去了北京,住在东安市场附近,小旅店老板娘的丈夫与父亲闲聊时得知眼前这位日本人喜欢阅读鲁迅作品,还曾读过《孔乙己》,便告知作品里的茴香豆的茴字有四种写法,并把这四种写法教给了父亲。父亲在世的这最后一天很长一段时间里,自己一直在倾听父亲讲述鲁迅及其小说《孔乙己》。父亲介绍了鲁迅这位"中国大作家"及其小说《孔乙己》之后,也说起了"茴香豆"的"茴"字的四种写法,边说边随手用火钩在火盆的余烬上一一写下四个不同的"茴"字,使得第一次听说鲁迅和《孔乙己》的自己兴奋不已,"觉得鲁迅这个大作家了不起,《孔乙己》这部小说了不起,知道这一切以及茴香豆的茴字有四种写法的父亲也很了不起,遗憾的

51

是自己现在只记得其中三种写法,却无论如何也记不得那第四种写法了"。母亲后来告诉自己,父亲当晚回房睡觉时,说是以前认为老大老二有出息,现在想来是看错了,以后健三郎肯定会有大出息,自己讲到鲁迅的时候,健三郎眼睛都是直的,都放出光来,这孩子对学问抱有强烈的欲望,其他几个孩子却没这种感觉,这孩子将来不会是普通人……

从以上这些文字可以看出,一九三五年一月三十一日出生的健三郎是在将近十岁时第一次听说鲁迅及其作品的,当时的情景连同对父亲的追忆一同深深地印在自己的记忆里,为其后阅读和理解鲁迅创造了条件。根据大江的口述,当年在上海小住期间,大江好太郎和小石夫妇购买了由鲁迅等人于一九三四年九月十六日刊发的《译文》杂志创刊号,那是一本专门翻译介绍和评论外国优秀文学作品的杂志,由鲁迅本人和茅盾等优秀翻译家承担翻译任务。在后来的漫长岁月里,那本杂志就成了母亲爱不释手的书刊之一。再后来,这本创刊号就成了其爱子大江健三郎的珍藏。

大江夫妇还在上海一家旧货铺各为自己选购了一只红皮箱。一大一小这两只红皮箱陪伴他们走完了其后的生涯,最终进入他们的爱子大江健三郎晚年创作的长篇小说《水死》,成为该小说具有隐喻意味的重要道具。

在中国旅行期间,这对夫妇正孕育着一个小小的生命,那就是在他们回到日本后不久便呱呱坠地的大江健三郎。诞下健三郎之后,母亲小石"一直没能从产后的疲弱中恢复过来",于这一年的年底前往东京的医院住院治疗,其间收到正在东京读大学的同村好友赠送的、同年一月出版的《鲁迅选集》(岩波文库版,佐藤春夫、增田涉译)。七十多年后,大江面对北大附中初一年级和高一年级近千名新生回忆儿时情景时曾这样说道:"母亲是一个没什么学问的人,可是她的一个从孩童时代起就很要好的朋友却前往东京的学校里学习,母亲以此作为自己的骄傲。此人还是女大学生那阵子,对刚刚被介绍到日本来的中国文学比较关注,并对母亲说起这些情况。我出生那一年的年底,母亲一直没能从产后的疲弱中恢复过来,那位朋友便将刚刚出版的岩波文库本赠送给她,母亲好像尤其喜欢其中的《故乡》。"①十二年后的春天,当健三郎由小学升入初中之际,作为贺礼,从母亲那里得到在战争期间被作为"敌国文学"而深藏于箱底的这部《鲁迅选集》,由此开始了对鲁迅文学从不曾间断的、伴随自己其后全部生涯的阅读和再阅读,并将这种阅读感悟内化为自己的价值取向,不断显现于从处女作《奇妙的工作》(1957)直至最后一部长篇小说《晚年样式集》(2013)等诸多作品之中。

2. "我从十二岁开始阅读鲁迅作品"

一般读者阅读大江文学,初时可能会感到大江的小说天马行空、时空交错,从而很难将其统合起来。如果坚持读下去,最好多读几本大江小说,就会发现这其中有一个似曾相识的共性,那就是作者始终立足于边缘,不懈地对权力和中心提出质疑甚或挑战,为处于边缘的民众大声呐喊。换句话说,特别是对于熟悉中国现代文学的读者而言,在阅读大江小说或是解读大江文本之际,经常会隐约感觉到鲁迅的在场。二〇〇六年八月里的一天,笔者陪同中国社科院外文所所长陈众议教授前往位于东京郊外的大江宅邸,协调其将于翌月访华的日程安排。处理完工作后,出于研究者的职业习惯,笔者便对大江提出了自己的困惑:在您的小说文本中总能隐约感觉到鲁迅的在场,最初阅读鲁迅作品时您大概多大岁数?您阅读的第一批鲁迅作品都

---

① 大江健三郎著,许金龙译《走的人多了,也便成了路!》,引自《大江健三郎文学研究》,百花文艺出版社,二〇〇八年七月,第14页。

有哪些？哪些作品让您欢悦？哪些作品让您难受？哪些作品让您长久铭记？您是从哪里得到那些鲁迅作品的？……

　　大江坐在专属于他的单人沙发上，照例安静地低着头在笔记本上记录下所有问题，然后抬起头来回答说：自己从不曾想过这个问题，也从不曾有人提过这个问题，在记录的过程中，自己已经在回忆并且思考这些问题了。现在有的问题可以回答，有的问题则因为年代久远，记忆已经模糊不清，需要进一步调查过后，待去北京访问期间再一并作答。现在可以回答的问题如下：自己确实读过鲁迅作品，而且早在少年时代就开始阅读，至于具体是几岁开始阅读鲁迅作品，还需要进一步回忆。第一批阅读的鲁迅作品有《孔乙己》《故乡》《药》《社戏》《狂人日记》……

　　为了更好地梳理当时情景，这里需要用对谈的形式还原这次谈话的经过和大致内容：①

　　许金龙：我知道您在儿时就从母亲那里接受了鲁迅、郁达夫等中国作家的影响，这从您的一些作品和谈话里可以感觉出来。我还注意到您在一九五五年写了一首题为《杀狗之歌》的自由体诗，也就是被您称为"像诗一样的东西"的习作，这首自由体短诗只有几行，全文是这样的：

　　　为了杀掉足以咬死你的大狗
　　　你首先要摸弄自己的睾丸
　　　再让你想杀死的狗嗅那手掌
　　　在狗上当之际，乘机打杀
　　＊ 发出含着大希望的恐怖的悲声
　　　狗（A）

---

① 大江健三郎与许金龙对谈：《大江健三郎将访中国，深受鲁迅及毛泽东影响》，《环球时报》，二〇〇六年九月一日。

代 总 序

抑或你(B)

死去

或者你们结婚(C)

＊……鲁迅《野草》①

您在这里引用了《呐喊》中《白光》的这样一句话:发出"含着大希望的恐怖的悲声"。从您的这处引用可以看出,您在很年轻(或者很小)的时候就接触了鲁迅文学,我想知道的是,您最初阅读鲁迅作品是在什么时候? 您又是在哪里接触到这些作品的?

大　江:现在回想起来,应该是在很小的时候开始阅读的。一下子说不清当时的具体年龄了,大概是在十二岁左右吧。《孔乙己》中有一段文字给我留下了非常深刻的印象,就是"我从十二岁起,便在镇口的咸亨酒店里当伙计"。这里所说的镇子,就是经常出现在鲁迅小说中的鲁镇。记得读到这段文字时,我就在想:"啊,我们村子里成立了新制中学,真是太好了! 否则,刚满十二岁的自己就去不了学校,而要去某一处的酒店当小伙计了。"②这一年是一九四七年,读的那本书是由佐藤春夫、增田涉翻译的《鲁迅选集》。当时读得并不是很懂,就这么半读半猜地读了下来。是的,我是从十二岁开始阅读鲁迅作品的。

关于这本书的来历还有一个故事。我是一九三五年一月出生的,母亲生下我以后,她的身体一直到年底都难以恢复。母亲当时有一个儿时的朋友在东京读大学,这个喜欢中国文学的朋友便送了母亲一本书,就是刚刚被介绍到日本来的鲁迅的作品,记得是岩波文库本。母亲好像尤其喜欢其中的《故乡》。两年后,也就是一九三七年,这一年的七月发生了卢沟桥事件,十二月发生了日本军队进行大屠杀的南京事件,于是即

---

① 诗文中米花注为大江本人所注。或是出于笔误等原因,作者将典出于《白光》的"含着大希望的恐怖的悲声",误认为典出于《野草》。

② 大江健三郎小学毕业前,因家中贫困,母亲无力将其送到镇上的中学里继续读书,便在邻近的镇子找了一家店铺,打算等大江小学毕业后就送其去做不领工资的实习小伙计。

便在我们那个小村子,好像也不再能谈论中国文学的话题了。母亲就把那册岩波文库本《鲁迅选集》藏在了小箱子里,直到战争结束后,我作为第一届根据民主主义原则建立的新制中学的学生入学时,母亲才从箱子里取出来作为贺礼送给我。

许金龙:您当时阅读了哪些作品?还记得阅读那些作品时的感受吗?

大　江:有《孔乙己》《药》《狂人日记》《一件小事》《头发的故事》《故乡》《阿Q正传》《白光》《鸭的喜剧》和《社戏》等作品。其中,《孔乙己》中那个知识分子给我留下了非常深刻的印象,孔乙己这个名字也是我最初记住的中国人名字之一。要说印象最为深刻的作品,应该是《药》。在那之前,我叔叔曾从我父亲这里拿了一点儿本钱,在中国的东北做过小生意,把中国的小件商品贩到日本来,再把日本的小件商品贩到中国去。有一次他来到我们家,灌装了一些中国样式的香肠,悬挂在房梁上,还为我们做了中国样式的馒头,饭后还剩下几个馒头就放在厨房里。晚饭过后就问起我正在读的书,听说我正在阅读鲁迅先生的《药》后,他就吓唬我说:你刚才吃下去的就是馒头,作品里那个沾了血的馒头和厨房里那几个馒头一模一样。听了这话后,我的心猛然抽紧了,感到阵阵绞痛(用双手用力做拧毛巾状)。这是我有生以来第一次感受到这种内心的绞痛,不停地呕吐着,把晚饭时吃下去的东西全给吐了出来。

当时我很喜欢《孔乙己》,这是因为我认为咸亨酒店那个小伙计和我的个性有很多相似之处。《社戏》中的风俗和那几个少年也很让我着迷,几个孩子看完社戏回来的途中肚子饿了,便停船上岸偷摘蚕豆用河水煮熟后吃了。这里的情节充满童趣,当时我也处在这个年龄段,就很自然地喜欢上这其中的描述。当然,《白光》中的那个老读书人的命运也让我难以淡忘……

许金龙:鲁迅在日本留学期间,曾接触尼采、克尔凯郭尔、叔本华以及易普生等所谓"神思宗之至新者"的思想,尤其通过尼采和克尔凯郭尔这两位存在主义先驱，鲁迅发现了尼采提出的"近世文明之伪与偏"，以及克尔凯郭尔主张的"发挥个性，为至高之道德"，其后就在这种影响下写出了《野草》等作品。当然，法国的现代存在主义与这种思想也是相通的。我想了解的是，您在阅读和接受鲁迅影响的同时，是否把其中与存在主义相通的某些要素也一并吸收了过来，然后在大学里自然也是必然地选择了萨特和存在主义？

大　江：我不知道鲁迅先生在日本留学期间曾接触克尔凯郭尔等人的思想。你刚才说到我在阅读鲁迅作品的同时，把其中与存在主义相通的某些要素也一同吸收过来，并在此基础上选择了萨特和存在主义，关于这种说法，我从不曾听人说起过，当然，我本人也从未做过这样的联想。但是，这是一个很有意思的提法。现在细想起来，鲁迅确实和克尔凯郭尔并肩站在黑暗的、深不见底的绝望之海上寻找着希望……

许金龙：您可能没有注意到，其实在鲁迅和克尔凯郭尔这两位先驱者的身后，还有一位戴着用黑色玳瑁镜框制成的圆形眼镜的日本老人，正与这两位先驱者一同站在黑暗的、深不见底的绝望之海上寻找着希望……

大　江：（大笑）……

许金龙：说到绝望与希望这一话题，我想起了您于去年十月出版的《别了，我的书!》。这是《被偷换的孩子》三部曲中的第三部长篇小说。在这部小说的红色封腰上，我注意到您用白色醒目标示出的"始自于绝望的希望"这几个大字。如果我没有说错的话，这是您对鲁迅的"绝望之为虚妄，正与希望相同"在当下所做的最新解读。当然，在您对这句话的解读中，希望的成分显然更多一些，更愿意在绝望中主动而积极地寻找希望。

大　江：（大笑）是的，这句话确实源自鲁迅先生的"绝望之为虚妄，正与希望相同"，不过，在解读的同时，我融进了自己的一些看法。我非常喜欢《故乡》结尾处的那句话——"希望是本无所谓有，无所谓无的。这正如地上的路；其实地上本没有路，走的人多了，也便成了路"。我的希望,就是未来,就是新人,也就是孩子们。这次访问中国,我将在北京大学附属中学发表演讲,还要与孩子们一起座谈。此前我曾在世界各地做过无数演讲,可在北京面对孩子们将要做的这场演讲,会是这无数演讲中最重要的一场演讲。

许金龙:从一九五五年到二〇〇五年,这期间经历了整整五十年,跨越了您的整个创作生涯。从您在一九五五年那个习作中所做的引用,到二〇〇五年《别了,我的书!》腰封上所标示的"始自于绝望的希望",是否可以认为,您对鲁迅的阅读和吸收贯穿于您这五十年间的创作生涯?另外,您目前还在阅读鲁迅吗?还是儿时那个版本吗?

大　江:我对鲁迅的阅读从不曾间断,这种阅读确实贯穿了我的创作生涯。不过,儿时阅读的那个版本因各种原因早已不在了,现在读的是筑摩书房的《鲁迅文集》,是竹内好翻译的。(说完,急急前往书房抱回一大摞白色封套的鲁迅译本,将其放在客厅书架上让我们观看)……①

由此可见,从少年时代因战后义务教育法的实施感到庆幸而与《孔乙己》中的"小伙计"产生共情,到青年时期面对日本社会复杂现实的绝望而借助《白光》发出了诗学的"悲声",鲁迅文学对于大江的整个创作生涯而言,已然语境化于大江所处的社会现实,且内化到了其"暗境逆行"的文学基调中。

3.大江文学起始点上的鲁迅

前面引文中的《杀狗之歌》里的米花注是大江本人打上去的,其实,这段话源出于《鲁迅全集》第一卷《呐喊》中的《白光》一文,说的是一个屡试不中的老读书人在迷幻中奔着城外的白光而去,"游丝

---

① 许金龙著《大江健三郎与中国》,《传记文学》,二〇二〇年第八期,第47—49页。

似的在西关门前的黎明中,战战兢兢地叫喊"出的无奈、绝望却又"含着大希望的恐怖的悲声"①。这就直观地说明,鲁迅的影响历史性地出现在了大江文学的起始点上,始自于少年时期对鲁迅的阅读和理解,使得大江此后在东京大学就读期间,不自觉地接受了鲁迅文学中包括与存在主义同质的一些因素,从而在其接触萨特学说之后,几乎立即便自然(很可能也是必然)地接受了来自存在主义的影响。当然,在谈到这种融汇时,必须注意到一个不可忽视的重要因素——鲁迅在绝望中寻找希望的有关探索与萨特的自由选择,其实都与人道主义传统有着密不可分的内在联系,因为这两者共有一个源头——丹麦宗教哲学家、存在主义哲学创始人索伦·克尔凯郭尔及其学说:人是哲学研究的对象,不单单是客观存在,要从个人的"存在"出发,把个人的存在和客观存在联系起来。

用短诗所引"含着大希望的恐怖的悲声"来表现大江当时的心境是比较贴切的。这首《杀狗之歌》的创作背景是这样的:在二次世界大战的最后阶段,少年大江所在村庄的所有狗都被集中在山谷中的洼地上屠宰,用剥下的狗皮制成皮衣和皮帽,用以装备侵占中国东北的关东军,使其得以度过当地的严寒。待杀的狗中就有大江家那条狗,大江带着弟弟眼看着整日跟随自己的爱犬被无情打杀却无力解救,只是下意识地把手指放在口里咬着,一直咬出了鲜血还浑然不觉。最让少年大江气愤的是,那个杀狗人面对狂吠不止的狗并不正面打杀,而是先把手伸到裤子里摸弄一下睾丸,再将那手掌伸到将要打杀的那只狗的鼻子前,于是狗立即安静下来,只是一味地嗅着那手掌上的睾丸气味。此时,杀狗人便乘机抡起藏在身后的木棒砸向狗

---

① 鲁迅著《白光》,《鲁迅全集》第一卷,《呐喊》,人民文学出版社,二〇一九年十二月,第575页。

的脑袋,一只又一只的狗就这样倒在了血泊之中:

> 我最初受到的负面冲击,就发生在战争临近结束的时候。有一天,一个杀狗的人来到我们村,把狗集中起来带到河对岸的空场去,我的狗也被带走了。那个人从早到晚一整天都在打狗杀狗,剥下皮再晒干,然后拿那些狗皮到满洲去卖,也就是现在的中国东北。当时,那里正在打仗,这些狗皮其实是为侵略那里的日本军人做外套用的,所以才要杀狗。那件事给我童年的心灵留下了巨大的创伤。①

引发大江这段儿时记忆的,据说是大江从朋友石井晴一处听说,东大附属医院里用于试验的百来条狗每到傍晚时分便一起狂吠。也是在这一时期,日本政府为扩建军事基地而强征东京郊外的砂川町农田,并动用警察镇压当地农民的反抗。于是,大批学生和工会人员为声援农民而前往示威,这其中也包括血气方刚的大江和他的同学们。在谈到那时的情景时,大江曾在一篇文章中写道:我出生在日本,这是一件多么不幸的事啊!这种阴郁的声音在我的身体内部开始发出任性而微小的余音。当时我刚刚进入大学,并参加了示威活动。显然,儿时的痛苦记忆与现实生活中的无奈和徒劳感,使得大江对医院里那些等待被宰杀的狗产生了某种程度的共情,觉得自己和同学们乃至日本的青年人何尝不是围墙中等待被宰杀的狗?!四十五年后的二〇〇〇年九月,面对中国社会科学院的数百名学者,已是诺贝尔文学奖获得者的大江健三郎这样回忆当时的情形:

> 在那段学习以萨特为中心的法国文学并开始创作小说的大学生活里,对我来说,鲁迅是一个巨大的存在。通过将鲁迅与萨特进行对比,我对于世界文学中的亚洲文学充满了信心。于是,鲁迅成了我的一种高明

---

① 大江健三郎与莫言对谈,庄焰译《二十一世纪的对话——大江健三郎 VS 莫言》,引自《我在暧昧的日本》,南海出版公司,二〇〇五年十一月,第22页。

而巧妙的手段,借助这个手段,包括我本人在内的日本文学者得以相对化并被作为批评的对象。将鲁迅视为批评标准的做法,现在依然存在于我的生活之中。①

如果说,萨特让这位学习法国文学专业的大学生感同身受地体验到了墙壁、禁闭、徒劳和恶心的话,那么,作为其参照系的鲁迅则让大江在发出"恐怖的悲声"的同时,还让他"含着大希望"。那么,这是一种什么样的希望呢?我们不妨来看看鲁迅在文本中的表述:

"假如一间铁屋子,是绝无窗户而万难破毁的,里面有许多熟睡的人们,不久都要闷死了,然而是从昏睡入死灭,并不感到就死的悲哀。现在你大嚷起来,惊起了较为清醒的几个人,使这不幸的少数者来受无可挽救的临终的苦楚,你倒以为对得起他们么?"

"然而几个人既然起来,你不能说决没有毁坏这铁屋的希望。"

是的,我虽然自有我的确信,然而说到希望,却是不能抹杀的,因为希望是在于将来……②

尽管由于认识上的局限,大江当时发出的这种"含着大希望的恐怖的悲声"还很微弱、无力和被动,却历史性地使得鲁迅与萨特作为东西方文学的一对坐标同时进入大江文学的起始点,并由此贯穿了这位作家的整个创作生涯,在不同创作时期发挥着不同程度的影响,最终在其长篇小说六部曲里达到高潮。

写下这首《杀狗之歌》半个多世纪后的二〇〇九年十月,大江在台北的"大江健三郎文学学术研讨会"上做小组点评时,如此回忆了自己从青年至老年的不同时期对"含着大希望的恐怖的悲声"这段

---

① 大江健三郎著,许金龙译《北京讲演二〇〇〇》,《中华读书报》,二〇〇〇年十月十八日。
② 鲁迅著《呐喊自序》,《鲁迅全集》第一卷,《呐喊》,人民文学出版社,二〇一九年十二月,第440页。

话语的不同解读：

  ……许金龙先生的论文非常深刻而且正确地表述了我少年时期是如何接触鲁迅的，这令我感到非常怀念。同时，也使我重又回忆自己、审视自己一直都在阅读的鲁迅文学。其实，在很长一段时间内，我并没有真正读懂自己持续阅读的鲁迅文学。……后来才发现，实际上自己在年轻时并没有读懂鲁迅。在《呐喊》这部作品中，鲁迅表示要在绝望中寻找希望，发出"含着大希望的恐怖的悲声"。我认为这是鲁迅思想中最难以理解的部分。绝望中蕴含着希望，这一点我非常理解。但是，所谓"恐怖的悲声"却是在我十几岁到三十五岁这段时期所无法理解的。此后，患有智力障碍的孩子出生了。三十岁、四十岁、五十岁的时候，我在自己的人生道路上、在绝望中寻找着希望并发出了"恐怖的悲声"。六十岁以后，直到现在七十多岁，我才得以理解，在恐怖的绝望的呐喊中蕴含着巨大的希望。这是非常重要的。年轻时，我就在鲁迅作品中读到发出"含着大希望的恐怖的悲声"。随着年龄的增长，而后我发现，这两件事其实是一样的。十五六岁的时候，我非常真实地发出了"含着大希望的恐怖的悲声"，却并不是抱有很大的希望。到了现在这个年纪才发现，其实这种悲声本身就蕴含着巨大的希望。刚才，许先生在论文中对我作品的评价是：《优美的安娜贝尔·李　寒彻颤栗早逝去》表达了最深沉的恐惧，却也表现出了最大的希望。其实，这也是我正在思考的问题。①

  尽管年少时初识"含着大希望的恐怖的悲声"却难解其中奥义，基于儿时痛苦记忆且糅合鲁迅深奥话语的《杀狗之歌》毕竟写了出来，为其后改写为剧本《野兽们的叫声》做了前期准备。一九五六年九月，由《杀狗之歌》改编而成的这个独幕话剧《野兽们的叫声》获东京大学学生戏剧剧本奖。一九五七年五月，也就是写下《杀狗之歌》

---

① 大江健三郎著，许金龙试译，根据"大江健三郎文学学术研讨会"台北会议录音整理而成的资料。

两年后,剧本《野兽们的叫声》再次被大江改写为短篇小说《奇妙的工作》,投稿于校报《东京大学新闻》并获该年度的五月祭奖,其后被推荐为芥川文学奖候补作品。这部短篇小说一经发表,便连同其作者大江健三郎一同引起广泛关注,多年后,大江这样回忆当时的情景:《奇妙的工作》在校报上发表是一个契机,文艺报刊因此而向我约稿,我就这样开始了自己的创作生涯。

在鲁迅和萨特这对东西方存在主义作家的共同影响下,在传授人文主义精神的导师渡边一夫教授的引导下,二十二岁的大江健三郎于一九五七年正式登上文坛,"作为渡边的人文主义的弟子,我希望通过自己身为小说家的工作,使那些用语言进行表达的人及其接受者,从个人的以及时代的痛苦中得以平复,并医治他们各自心灵上的创伤"。

4."鲁迅先生说,决不绝望!"

写下这篇"处女作"五十二年后的二〇〇九年一月,大江面对北京大学数百名学生回忆创作这部小说的背景时表示:

> 作为一名二十二岁的东京的学生,我却已经开始写小说了。我在东京大学的报纸上发表了一篇短篇小说,叫作《奇妙的工作》。
>
> 在这篇小说里,我把自己描写成一个生活在痛苦中的年轻人——从外地来到东京,学习法语,将来却没有一点希望能找到一个固定的工作。而且,我一直都在看母亲教我的小说家鲁迅的短篇小说,所以,在鲁迅作品的直接影响下,我虚构了这个青年的内心世界。有一个男子,一直努力地做学问,想要通过国家考试谋个好职位,结果一再落榜,绝望之余,把最后的希望都寄托在挖掘宝藏上。晚上一直不停地挖着屋子里地面上发光的地方。最后,出城到了城外,想要到山坡上去挖那块发光的地方。听到这里,想必很多都知道我所讲的这个故事了,那就是鲁迅短篇集《呐喊》里《白光》中的一段。他想要走到城外去,但已是深夜,城

门紧锁,男子为了叫人来开门,就用"含着大希望的恐怖的悲声"在那里叫喊。我在自己的小说中构思的这个青年,他的内心里也像是要立刻发出"含着大希望的恐怖的悲声"。我觉得写小说的自己就是那样的一个青年。如今,再次重读那个短篇小说,我觉得我描写的那个青年就是在战争结束还不到十三年,战后的日本社会没有什么明确的希望的时候,想要对自己的未来抱有希望的这么一个形象。①

一个农村出身的青年,从偏远山村来到东京学习法语,却难以在这个大都市里找到一份固定工作,便将自己毕业即失业的黯淡前景投射于《白光》中屡试不中的读书人陈士成,用自己的作品发出"含着大希望的恐怖的悲声",直至整整五十年后的二〇〇九年才发现,其实"在恐怖的绝望的呐喊中蕴含着巨大的希望",在这个"巨大的希望"支撑下,大江逐渐走入了鲁迅思想的深邃之处。这篇小说的发表给初出茅庐的大江带来了喜悦和希望——"我觉得自己已经成了一个真正的小说家,并决心今后要靠写小说为生。在此之前,我还要靠打工、作家教以维持在东京的生活"②。然而,当自己兴冲冲地赶回四国那座大森林中,"把登有这篇小说的报纸拿给母亲看"时,却使得母亲万分失望:

你说要去东京上大学的时候,我叫你好好读读鲁迅老师《故乡》里最后那段话。你还把它抄在笔记本上了。我隐约觉得你要走文学的道路,再也不会回到这座森林里来了。但我还是希望你能成为像鲁迅老师那样的小说家,能写出像《故乡》结尾那样美丽的文章来。你这算是怎么回事?怎么连一片希望的碎片都没有?③

---

① 大江健三郎著,翁家慧译《真正的小说是写给我们的亲密的信》,《文汇报》,二〇〇九年一月二十二日。
② 同上。
③ 同上。

接着,这位母亲情真意切地谆谆教诲自己的儿子:

>　　我没上过东京的大学,也没什么学问,只是一个住在森林里的老太婆。但是,鲁迅老师的小说,我都会全部反复地去读。你也不给我写信,现在我也没有朋友。所以,鲁迅老师的小说,就像是最重要的朋友从远方写来的信,每天晚上我都反复地读。你要是看了《野草》,就知道里头有篇小说叫《希望》吧。①

当天晚间,无颜继续留在母亲身边的大江带着母亲交给自己的、收录了《希望》的一本书,搭乘开往东京的夜班列车,借着微弱的脚灯开始阅读《野草》,就像母亲所要求的那样,当作"最重要的朋友从远方写来的信"阅读起来,在感叹"《野草》中的文章真是精彩极了"②的同时,刚刚萌发的自信却化为了齑粉……

当然,来自母亲的影响只能是大江接受鲁迅的契机和基础。对于一个着迷于萨特的法国文学专业的学生来说,鲁迅在《野草》等作品中显现出来的早期存在主义思想,那种"我只觉得'黑暗与虚无'乃是'实有',却偏要向这些作绝望的抗战"③的思想,恐怕也是吸引大江的一个重要原因。尤其是《过客》里极具哲理的文字,竟与大江心目中其时的日本社会景象惊人一致,而鲁迅思想体系中源自尼采和克尔凯郭尔这两位存在主义前驱者的阴郁、悲凉的因素,与萨特的存在主义中有关他人是地狱等思想亦比较相近,这就使得大江必然地将鲁迅和萨特作为一对参照系,并进而"对于世界文学中的亚洲文学充满了信心"④。当

---

① 大江健三郎著,翁家慧译《真正的小说是写给我们的亲密的信》,《文汇报》,二〇〇九年一月二十二日。
② 同上。
③ 鲁迅著《致许广平》,《鲁迅全集》第十一卷,人民文学出版社,二〇一九年十二月,第467页。
④ 大江健三郎著,许金龙译《北京讲演二〇〇〇》,《中华读书报》,二〇〇〇年十月十八日。

然,对于大江来说,鲁迅无疑是早于萨特的先在。只是囿于认识的局限,学生时代的大江对鲁迅面向"黑暗和虚无"而展开的"绝望的抗战"等思想理解得并不很透彻,这就使得《奇妙的工作》和《死者的奢华》等早期作品中多见禁闭、徒劳、无奈、恶心、孤独等元素,即便在《人羊》等同期作品中有少许反抗,这种反抗也显得被动、消极和软弱无力。当然,这种状况终究还是开始了变化——《揪芽打仔》原稿中的小主人公"我"最终死于村民的残酷追杀之下,这个结局却让大江想起了母亲的批评——"怎么连一片希望的碎片都没有?"于是将这个结尾改为开放性结局,让"我"在森林里暂时逃脱村民们的追杀,在山林中跌跌撞撞地向着不知方向的前方继续跑去。这处改写,在给这篇小说留下绝望中的希望之际,也为大江此后的创作奠定了方向。一如晚年间的大江在参观鲁迅博物馆后回忆当年情形时所言:

> ……在我的老年生活还要继续的这段时间里,我想我还是会和鲁迅的文章在一起。从鲁迅博物馆回来的路上,我再次认识到了这一点。至少我现在能够理解,为什么母亲会对年轻的我所使用便宜的、廉价的"绝望""恐惧"等词语表现出失望,却没有简单地给我指出希望的线索,反倒让我去读《野草》里的《希望》。隔着五十年的光阴,我终于明白了母亲的苦心。
>
> ……我想起了鲁迅先生说的"绝望之为虚妄,正与希望相同"。身患重病,又面临异常绝望的时代现状,鲁迅先生还是说,决不绝望!而且,也决不用简单的、廉价的希望去蒙蔽自己或他人的眼睛。因为那才是虚妄。[①]

由此可见,尽管面对着存在主义这一源于西欧哲学的精神命题,

---

① 大江健三郎著,翁家慧译《真正的小说是写给我们的亲密的信》,《文汇报》,二〇〇九年一月二十二日。

大江仍然一直站在东亚世界的宏阔视野和历史特殊性中,思考着自己与鲁迅文学的关联。鲁迅的存在主义倾向及其牵连的世界文学/哲学脉络,也与大江对法国存在主义传统的反思存在着更为深层的纠葛。从鲁迅与大江的存在主义纽带来看,二者的文学亦可被视作西方存在主义思潮在东亚不同时期、不同政治社会语境下的文学诠释。或许鲁迅深感自己的绝望呐喊终将消声于中国后帝国时代的精神"绝地",而与之相比,感受着鲁迅对于希望性力量的投注,大江选择占据偏远的故乡村庄这片日本帝制伦理斜阳之外的"飞地",来以它的新生神话和反抗史诗刺破绝望,并以积极前行的伦理(affirmative ethics)践行着从"绝地"到"飞地"的穿越,力图重构希望的轮廓。

四(下)、发自于边缘的呐喊

1."救救孩子"与"向尚未出生的孩子们敞开心扉"

在其后的写作中,大江对于绝望和希望的思考通过另一种形式体现出来——在长篇小说《同时代的游戏》等小说里,对权力中心改写乃至遮蔽边缘地区弱势群体的历史之做法进行无情的嘲讽,借助森林中口耳相传的神话/传说和历史复制乃至放大遭到政府遮蔽的山村森林里的历史,把那座神话/传说的王国进一步拓展为森林中的根据地/乌托邦——超越时空的"村庄=国家=小宇宙",运用人类文化学意义上的边缘与中心的概念,使其"得以植根于我所置身的边缘的日本乃至更为边缘的土地,同时开拓出一条到达和表现普遍性的道路"①。

---

① 大江健三郎著,许金龙译《我在暧昧的日本》,引自《我在暧昧的日本》,南海出版公司,二〇〇五年十一月,第96页。

发表于一九七九年的《同时代的游戏》中的"五十日战争"期间，村庄＝国家＝小宇宙的民众通过坚壁清野和麻雀战等多种战法与"无名大尉"指挥的"大日本帝国皇军"进行了殊死战斗，尽管这场力量极为悬殊的五十日战争最终以失败告终，很多村民为此牺牲了生命，作者却意味深长地在战争临近结束时，让"年龄不同的孩子们组成的这个队伍，年长的背着年幼的，或者牵着他们的手，虽然都是孩子，却懂得不让敌军发觉，在那位大汉的带领之下，小心翼翼地朝原生林的更深处走去"①，以致在其后由日军"无名大尉"主持的极为严酷的军事审判中没有一个孩子遭到杀戮。在这里，作者意犹未尽地进一步指出："五十日战争结束之后，人们把带领村庄＝国家＝小宇宙二分之一的孩子进入森林深处的大汉，比作带领童男童女去创建新世界的徐福。"②显然，作者大江想要借此告诉他的读者，村庄＝国家＝小宇宙的人们尽管在五十日战争中失败并遭到日本军队的屠戮，但是他们的孩子们却逃离了"大日本帝国皇军"的屠刀，跟随徐福式的人物经由森林深处前往远方构建新的世界。或许，在大江的写作预期中，他的隐含读者将会为这些得到拯救的孩子未被黑暗势力所吞噬而感到庆幸，与此同时，他和他的隐含读者在这里或许还会产生一个带有倾向性的预期，那就是逃脱被吃掉之厄运、随同徐福式的人物前往远方"创建新世界"的孩子们，一定不会再去吃人，而"没有吃过人的孩子，或者还有？"③的美好心愿，则会在这个"新世界"里得以实现。

---

① 大江健三郎著，李正伦等译《同时代的游戏》，作家出版社，一九九六年四月，第252页。
② 同上。
③ 鲁迅著《呐喊》《狂人日记》，《鲁迅全集》第一卷，人民文学出版社，二〇〇五年十一月，第454页。

比上述尝试更为积极的,是大江在《奇怪的二人配》这三部曲中所做的进一步尝试——比如在《被偷换的孩子》里,借助沃雷·索因卡笔下的女族长之口喊出:"忘却死去的人们吧,连同活着的人们也一并忘却！只将你们的心扉,向尚未出生的孩子们敞开！"①这一小段话语会立刻让人联想到《狂人日记》的最后一句话语——"救救孩子……"②因为惟有孩子,尤其是尚未出生的孩子,才象征着新生,象征着未来,象征着纯洁,这新生、未来和纯洁中就可能会有希望,就可能会有光明,就可能不被人吃且不去吃人。再譬如《愁容童子》里那位如愁容骑士般不知妥协也不愿妥协、接二连三遭受肉体和精神上不同程度的伤害的主人公古义人,最终仍在深度昏迷的病床上为如此伤害了他的这个世界祈祷和解与和平。不过,相较于约半个世纪前在《奇妙的工作》等初期作品群里对鲁迅作品的参考,在此时的解读中,大江更是在用辩证的方式理解和诠释绝望和希望,更愿意在当下的绝望中主动和积极地寻找通往未来之希望的通途,最终借助《优美的安娜贝尔·李 寒彻颤栗早逝去》到达了"群星在闪烁"和"光辉耀眼"的至善、至福的天国。

2."这是我人生中最重要的讲演"

为了把鲁迅的相关话语以及自己的解读直接传达给孩子们,近年来,大江在北京、东京、柏林等地与不同国别的孩子们频频进行面对面的对话,例如二〇〇六年九月十日,在北京大学附属中学结束自己的讲演时,他与中国的孩子们如此约定:

---

① 大江健三郎著,许金龙译《被偷换的孩子》,译林出版社,二〇〇八年十月,第237页。
② 鲁迅著《呐喊》《狂人日记》,《鲁迅全集》第一卷,人民文学出版社,二〇〇五年十一月,第455页。

七十年前去世的鲁迅显然是二十世纪最伟大的小说家之一。我和你们约定,回到东京以后,我会去做与今天相同的讲演。惟有北京的你们这些年轻人与东京的那些年轻人实现真正意义上的和解,并在此基础上展开友好合作之时,鲁迅的这些话语才能成为现实。请大家现在就来创造那个未来!

　　"我想:希望是本无所谓有,无所谓无的。这正如地上的路;其实地上本没有路,走的人多了,也便成了路。"①

　　在进入讲演会场前,对于这场期待已久的讲演,竟然使得大江陷入难以自抑的紧张情绪。随着讲演之日的临近,这种期待和紧张也越发明显。二〇〇六年九月十日清晨,在乘车前往北大附中前,大江在其下榻的国际饭店的餐厅用早餐时,其用餐量却远超平日——"夫人昨天晚间特意从东京挂来长途电话,嘱咐当天晚上要喝点儿葡萄酒以帮助入睡,今天早餐的饭量则要加倍,要鼓足气力做好今天的讲演,因为这场讲演特别重要,关乎中日两国的孩子们的未来!……"在前往北大附中的路途中,大江或是局促不安地不停搓手,或是身体左转、双手用力紧握左侧车门扶手。笔者与大江交往多年,多见其或爽朗、或开心、或沉思、或忧虑、或愤怒等表情,却从不曾目睹如此紧张局促的神态,便在一旁劝慰道:"您今天面对的听众是十三至十九岁的孩子,不必如此紧张。"大江却如此回答道:"我在这一生中做过无数场讲演,包括在诺贝尔文学奖获奖之际所做的讲演,却都没有紧张过。这次面对中国孩子们所做的讲演,是我人生中最重要的讲演,我无法控制住自己的紧张情绪……"

　　汽车驶入北大附中校园后,在校长康健教授的引领下,一行人向

---

① 大江健三郎著,许金龙译《走的人多了,也便成了路!》,引自《大江健三郎文学研究》,百花文艺出版社,二〇〇八年七月,第21—22页。

大会堂走去。这是一座刚刚落成的漂亮建筑群,划分为大会堂和教学楼等功能区。进入建筑群大门内的大厅后,康健引导大家正要往会堂入口处走去,此前因与康健寒暄已不显得紧张的大江此刻却再度紧张起来,他停下脚步窘迫地对陪同在身旁的笔者急切说道:"我还是觉得紧张,这种状态是无法面对孩子们发表讲演的,请与校长先生商量一下,可否帮我找一间空闲的房间,让我独自在那房间里待一会儿,冷静一会儿,我需要整理一下思绪……"康健听完转述后为难地表示,师生们此刻都在大会堂里等待聆听讲演,临近的教室和办公室全都锁了起来,只有学生们使用的卫生间没锁门。得知这一情况后,大江似乎松了口气,疾步走入男生使用的卫生间,虽说空无一人的卫生间里还算清洁,只是那气味确实比较刺鼻,未及人们上前劝说,便示意大家离开这里,以便让他独自待上一会儿,冷静一会儿……不记得是三分钟还是五分钟抑或更长时间,只听见门轴声响,大江快步走出门来,精神抖擞地说道:"我做好准备了,现在我们进入会场吧!"话音未落,便领先向入口处大步走去,在学生们热烈的掌声中登上讲台,丝毫不见先前的紧张、局促和不安。在介绍了自己从少儿时期以来学习鲁迅文学的体会之后,这位老作家直率地告诉学生们:

> 现在,日本与中国的关系并不好。我认为,这是由日本政治家的责任所导致的。我在想,在目前这种状态下,对于日本和中国这两国年轻人之间的未来而言,真正意义上的和解以及建立在该基础之上的合作,当然还有因此而构建出的美好前景,无论怎么说都是非常必要的。①

随后,这位老作家要求在座的中学生们与他共同背诵《故乡》最

---

① 大江健三郎著,许金龙译《走的人多了,也便成了路!》,引自《大江健三郎文学研究》,百花文艺出版社,二〇〇八年七月,第17页。

后一段话语以结束这次讲演。于是，近千名中学生稚嫩嗓音的汉语与老作家苍老语音的日语交汇成一个富有节奏感的巨大声响在会堂里久久回响——"我想：希望是本无所谓有，无所谓无的。这正如地上的路；其实地上本没有路，走的人多了，也便成了路"。大江这是希望中国的孩子们和日本的孩子们及至亚洲各国的孩子们，都能在鲁迅这段话语的引导下，"在当下的现在创造出明亮、生动、确实体现出人的尊严的未来，而非前面说到的那个充满黑暗、恐怖和非人性的未来"，为自己更是为了未来而从绝望中踏出一条希望之路。

3."始自于绝望的希望"：为着悠久的将来

当然，这种危机意识或是恐惧、绝望却又竭力寻找希望的心情，不可避免地显现在大江这一时期创作的、以孩子们为阅读对象的《两百年的孩子》《在自己的树下》《康复的家庭》《温馨的纽带》和《致新人》等一批小说和随笔中。为了使得包括小学五年级孩子在内的中、小学生都能读懂，作者一改以复杂的复式语句和复调叙述为主体的冗长叙述，转而使用极为直白和易懂的口语文体，把当下的困难和明天的希望融汇在一个个小故事里。

在《两百年的孩子》以及此后于北大附中发表的演讲中，大江对"那个充满黑暗、恐怖和非人性的未来"所表现出的恐惧和戒备并非毫无缘由，其借助《两百年的孩子》等作品为未来的孩子们预言的危机非常不幸地正在一步步成为现实——这部小说问世三年之后的二〇〇六年十二月十五日，也就是大江对北大附中的孩子们发表讲演三个月之后的二〇〇六年十二月十五日，日本政府不顾国内诸多在野党派和民众的强烈反对，强行通过《教育基本法》修正案，要在基础教育中强调战争时期曾灌输的"爱国主义"，为日本中小学教育重回战前的"道德教育"和进而修改和平宪法以及制定《国民投票法》

创造有利条件。面对以上这些有可能实质性改变日本社会本质和走向的严峻局面,大江并没有在绝望中沉沦,而是预见性地通过《两百年的孩子》等作品不断向孩子们提出警示,并亲自来到北京,呼吁中日两国的孩子们从现在起就携手合作,以创造出"明亮、生动、确实体现出人的尊严的未来,而非前面说到的那个充满黑暗、恐怖和非人性的未来"①。

在大江于北大附中发表讲演四个月后的二〇〇七年一月,他在写给笔者的一封私人信函里如此讲述了自己离开北京后的工作状态:

> ……在今年,将要进入自己最后的也是最大的那部分工作,我希望这是与此前所有构想全然不同的、具有决定性的作品。目前我还没有动笔,拟于二月开始写作,为此,已从去年年末开始认真做了尝试。不过,这也是我成为作家之后感到最困难的时期。总之,必须突破第一道难关。从现在开始直至月底,乃至二月上半月这段期间,我必须每天进行这种繁忙的创作尝试。②

经过种种艰难尝试后问世的那部"与此前所有构想截然不同的、具有决定性的作品",便是大江的长篇小说《优美的安娜贝尔·李 寒彻颤栗早逝去》。这个书名取自美国著名诗人爱伦·坡的代表作《安娜贝尔·李》的诗句,那首诗说的是一个处于热恋中的纯洁少女遭到六翼天使的嫉妒,夜里从云中吹来寒风将其冻死。与大江此前创作的所有小说相比,《优美的安娜贝尔·李 寒彻颤栗早逝去》确实显现出"一种令人意外的特质",那就是历经数十年的艰苦

---

① 大江健三郎著,许金龙译《走的人多了,也便成了路!》,引自《大江健三郎文学研究》,百花文艺出版社,二〇〇八年七月,第22页。
② 许金龙著,《译者序·"我无法从头再活一遍。可是我们却能够从头活一遍"》,《优美的安娜贝尔·李 寒彻颤栗早逝去》,人民文学出版社,二〇〇九年一月,第1—2页。

跋涉后,大江健三郎这位从绝望出发的作家终于为自己、为孩子们、为所有陷于绝望中的人,更是为着"悠久的将来"寻找到了希望。

4. 鲁迅始终都是一个重要的参照系

在大江的这部长篇小说中,也有一位如同安娜贝尔·李一般纯洁的美丽少女,这位被称为"永远的处女"的女主人公"樱"身世悲惨,在二战末期,除了她本人被疏散到农村而侥幸活下来,全家人都在东京大轰炸中身亡。美国军队占领日本后,她被一个美国军人收养,身穿让邻居羡慕的漂亮裙子,似乎从此过上了幸福生活,并在那个美国军人摄制的电影《安娜贝尔·李》中饰演身穿"白色宽衣"的少女安娜贝尔·李,"樱"由此被电影界所关注,很快便成为著名童星,最终活跃在以好莱坞为中心的国际影坛。完成这部作品后,大江在《致中国读者》中这样表示:

> (自己)就写出了这部稍短一些的长篇小说《优美的安娜贝尔·李 寒彻颤栗早逝去》,意识到一种令人意外的特质正从中显现出来。最重要的是,我在这部小说的中心设置了一位女性。她与我大体上属于同一代人,作为少女迎来了战争的失败,在被占领时期不得不经历痛苦的生活。但是,她超越了这一切,通过不懈努力塑造出具有国际影响的电影女演员的成功人生。然而,现在她却要重新审视自己的一生。
>
> 她试图通过将一位女性为主人公的故事改编成电影来实现自己的想法。那位女性是日本一处农村(那是我至今一直不停写着的偏僻农村)从近代化进程开始之前便传承下来的大众心目中的英雄。当地农村的女人都支持这位既导演电影,本人也出演悲剧性女主人公的女演员,要帮助她实现这个计划。①

---

① 大江健三郎著,许金龙译《致中国读者》,《优美的安娜贝尔·李 寒彻颤栗早逝去》,人民文学出版社,二〇〇九年一月,第2页。

代 总 序

　　在这位"具有国际影响的女演员"樱正要雄心勃勃地推进自己的电影计划时,却被制片人用"卑劣"手段送进了精神病院,于是,其处于巅峰期的演员生涯至此不得不画上句号,自此沉寂了三十年之久。在这种令人绝望的状态中,樱始终抱持一个不曾破灭的希望,那就是回到日本的那片森林中去,亲自出演那里两次农民暴动中的女英雄。就在这边缘地带的故乡森林里,在以边缘人物"母亲"和"妹妹"为中心的历代农村女人的帮助下,樱振作起来回到日本,"……摄影机分开被枫叶浓烈的红色映照着的树林所围拥着的女人们进入。樱那感叹和愤怒的'述怀'高涨起来,呼应着歌谣虚词的人们如波浪般摇晃。在那声浪的高潮点上,沉默和静止突如其来。'小咏叹调'充溢其间,此时,樱的喊叫声起,作为没有声音的回音,银幕上群星在闪烁……"①

　　这里出现的"群星在闪烁"是个关键词组,使得人们立刻联想到《神曲》的《地狱篇》《炼狱篇》和《天国篇》各卷的最后一个单词"群星"。在《神曲》原著中,但丁在此处特意而且准确地使用了表示复数的 stelle 而非表示单数的 stella。《神曲》中译者田德望教授认为,"地狱是痛苦和绝望的境界,色调是阴暗的或者浓淡不匀的;炼狱是宁静和希望的境界,色调是柔和的和爽目的;天国是幸福和喜悦的境界,色调是光辉耀眼的"②。我们由此可以得知,"樱"在绝望境地里始终抱持着希望并为之不懈努力,终于在偏僻农村的森林里的女人们帮助下,从边缘地区边缘人物的记忆和传承中汲取力量,到达了"群星在闪烁"的"光辉耀眼"的"至善、至福的天国"。或者换句话

---

① 大江健三郎著,许金龙译《优美的安娜贝尔·李　寒彻颤栗早逝去》,人民文学出版社,二〇〇九年一月,第209页。
② 田德望著《译本序·但丁和他的〈神曲〉》,《神曲·地狱篇》,人民文学出版社,二〇〇二年十二月,第21页。

说,大江和他的女主人公"樱"都确信可以将鲁迅笔下的那座"绝无窗户而万难破毁的"令人绝望的铁屋子砸开,确信希望"是不能抹杀的",如同大江本人动笔写作这部小说前几个月在一次讲演时所引用的那样,"希望是附丽于存在的,有存在,便有希望,有希望,便是光明。……只要不做黑暗的附着物,为光明而灭亡,则是我们一定有悠久的将来,而且一定是光明的将来!"①其实,当大江在这个文本里为"樱"于绝望中寻找到希望的同时,就已经打破了那间"绝无窗户而万难破毁的"的铁屋子,就已经在黑暗中发现并拥有了希望和光明,尽管为了这一天的到来,从第一次正式阅读鲁迅作品算起,读者大江经历了整整六十年岁月;从发表正式意义上的处女作《奇妙的工作》算起,作家大江花费了整整五十年时间。大江在构思这部小说期间所表示的"与此前所有构想全然不同的""决定性的"等表述,指涉的无疑就是这里所说的始自于绝望的希望。如同大江于二〇〇九年一月在北京大学演讲时所说的那样,"我这一生都在思考鲁迅,也就是说,在我思索文学的时候,总会想到鲁迅……"②换而言之,在大江的整个创作生涯期间,鲁迅始终都是一个重要的参照系,根据这个参照系进行的五十年调整,使得大江文学也随之发生了相应变化,从不见希望的《奇妙的工作》等初期作品群出发,历经在绝望中寻找希望而苦心探索的《同时代的游戏》等作品群,终于借助《优美的安娜贝尔·李 寒彻颤栗早逝去》找寻到了希望,找寻到了始自于绝望的希望!如果说,"鲁迅和克尔凯郭尔并肩站在深不见底的、黑暗的绝望之海上一同寻找

---

① 鲁迅著《华盖集续编·记谈话》,《鲁迅全集》第三卷,人民文学出版社,二〇〇五年十一月,第378页。
② 大江健三郎著,翁家慧译《真正的小说是写给我们的亲密的信》,《文汇报》,二〇〇九年一月二十二日。

着希望"①的话,大江便是从他们倒下的地方继续前行,经历了万般艰辛后,终于在远方的黑暗中发现了光亮,那便是属于大多数人的光亮,孩子们的光亮,未来的光亮,人类文明的光亮。当然,那也是人文主义的光亮。

5. "鲁迅先生,请救救我!"

然而,在文本外的实际生活中,大江却又很快螺旋一般陷入绝望之中。尽管他在此前的长篇小说《优美的安娜贝尔·李 寒彻颤栗早逝去》里一时找到了希望,可那也只是深深绝望中的些微希望,黑暗的绝望之海上的些微光亮。换句话说,正是因为那绝望越深,才越发要挣扎着去寻找希望、面向希望。而这希望的最大来源,莫过于自少年时代就已私淑的鲁迅及其人文主义光亮,有如孟子所云"予未得为孔子徒也,予私淑诸人也"②一般。在这个再次陷入绝望境地的艰难时刻,大江于二〇〇九年一月十六日再次踏上中国的土地,想要从私淑的鲁迅那里汲取力量。翌日晚间,在老朋友却也是"小朋友"铁凝特地为大江挑选的孔乙己饭店里为其接风洗尘时,他对铁凝、莫言和陈众议等几位老友说道:

> 我这一生都在阅读鲁迅。十岁的时候,我从母亲那里得到《鲁迅小说选集》,对这部作品的阅读,决定了我的一生!从十二岁开始阅读这部作品算起,我现在快要七十四岁了,在这大约六十余年间,我一直将鲁迅这个人物视为巨大的太阳。实际上我对这样伟大的作家是有着某种抵触感的。今天清晨六点钟我睁开了睡眼,直至大约七点为止,我一直

---

① 许金龙著《大江健三郎文学里的中国要素》,引自《大江健三郎文学研究》,百花文艺出版社,二〇〇八年七月,第89页。
② 《孟子译注》卷八"离娄章句下"第二十二章,杨伯峻译注,中华书局,一九六〇年,第193页。

在窗边神思恍惚地眺望着窗外的美丽景色。当时长安街上还不见车辆往来,只见火红的太阳在窗子遥远的正前方冉冉升起,周围却还是一片黑暗。这种景色在东京没有,在全日本也没有,太阳从平原上冉冉升起的这种景色。在眺望太阳的这一过程中,我情不自禁地祈祷着:鲁迅先生,请救救我!至于是否能够得到鲁迅先生的救助,我还不知道……①

为了更为清晰地梳理这段情景,这里需要将视点回溯至二〇〇九年一月十六日下午。当时,大江从首都机场乘上迎候他的汽车,刚刚在后座坐下,就用急切的口吻述说起来:在接到邀请访华的函件之前自己就已经在与夫人商量,由于目前已陷入抑郁乃至悲伤的状态,无法将当前正在创作的长篇小说《水死》继续写下去,想要到北京去找许金龙和陈众议这两位老朋友,见到他们之后自己的心情就会好起来,他们还会把莫言和铁凝这两位先生请来相聚,自己的心情就会更好。到了北京后还要去鲁迅博物馆汲取力量,这样才能振作起来,继续把长篇小说《水死》写下去……当他发现陪同人员为这种意外变化而吃惊的表情后,大江放慢语速仔细讲述起来:之所以无法继续写作《水死》,是遇到了三个让自己陷入悲伤、自责和忧郁的意外变故。其一,是市民和平运动组织九条会发起人之一、日本著名文艺评论家和作家加藤周一于二〇〇八年十二月七日去世,这个噩耗带来的打击太大了!这既是日本和平运动的一个巨大损失,也是日本文坛的一个巨大损失,同时也使得自己失去了一位可以倾心信赖和倚重的师友。其二,则是二〇〇八年十二月底,老友小泽征尔为平安夜音乐会指挥完毕后,回家途中带着现场刻录的 CD 到家里来播放给儿子大江光听,希望能够听到光的点评。谁知斜躺在沙发上久久不

---

① 大江健三郎、铁凝、莫言著,许金龙译《中日作家鼎谈》,《当代作家评论》,二〇〇九年第五期,第 54 页。

愿说话的光在父母催促之下,更是在父亲催促时轻轻推搡之下,竟然说出一句"つまらない"!在日语中,这个词语表示"无聊""无趣"或"毫无价值"等语义,这就使得小泽先生陷入了苦恼,他苦思冥想却仍然想不出当晚的指挥到底哪里出了什么严重问题,及至很晚之后,才在自己和妻子的苦劝之下郁闷地回家去了。当自己稍后去东京大学附属医院例行体检并带上大江光顺便体检之际,这才得知儿子的一节胸椎骨摔成了三瓣,从而回想起前些日子送客人之际,光在院子里不慎仰天摔了一跤,可能当时胸椎骨恰好顶在铺在路面的石头尖上。这种骨折相当疼痛,可是儿子是先天智障,自小就不会说表示疼痛的"いたい"而以表示无聊的"つまらない"代用之,自己作为父亲却未能及时发现这一切,因而感到非常痛心,更感到强烈内疚和自责。至于第三个意外,是因为母亲去世前曾留下一个早年在上海买下的红皮箱,里面有父亲生前与一些师友的通信,有些内容涉及当年驻守我们老家的青年军官,他们在战败前夕试图发动兵变杀死天皇以改变战争进程。就像去年年初莫言先生和许金龙先生来我家时曾对你们说过的那样,受T.S.艾略特的长诗《荒原》中腓尼基水手死于水底这一情节的启发,我想要为同样死于水中的父亲写一篇小说,这就要参考父亲留下的那些书信内容。长年以来,由于担心书信内容被我写入小说里从而给整个家族带来伤害,母亲一直不让我使用那些材料,临终前还特意嘱咐我妹妹:要等自己死去十年之后,才能把红皮箱交给你哥哥健三郎。因为大江家族的男人都是短寿,估计你哥哥活不到十年之后,他也就看不到红皮箱里的书信了。当母亲定下的这十年之约到期时,我打开从妹妹那里得到的红皮箱之际,却发现用橡皮筋勒着的厚厚一叠信封里竟然没有一张信纸。问了妹妹后才得知,母亲在去世前的那几年间,为了保护整个家族的安全,她陆陆续续烧掉了所有信纸……换句话说,母亲烧掉了自己在《水死》

中需要参考的信函内容,因而《水死》已经无法再写下去了。在这接二连三的沉重打击之下,自己想到了鲁迅,想到要到北京来向鲁迅先生寻求力量……

带着这些悲伤、内疚、自责和抑郁访华后发表的、题为"在不明不暗的这'虚妄'中"的专栏文章里,大江是这样表达自己心境的:

> 在随后访问的鲁迅旧居所在的博物馆内,我在瞻仰整理和保存都很妥善的鲁迅藏书和一部分手稿时,紧接着前面那句的下一节文章便浮现而出——"倘使我还得偷生在不明不暗的这'虚妄'中,我就还要寻求那逝去的悲凉漂渺的青春"。我仿佛往来于自己从青春至老年在不同时期对鲁迅体验的各种切实的感受之间。而且,我还在思考有关今后并不很远的终点,我将会挨近这两个"虚妄"中的哪一方生活下去呢?①

其实,早在到达北京的翌日凌晨,大江很早就睁开了睡眼,站在国际饭店的窗前看着楼下的长安街。橙黄色街灯照耀下的长安街空空荡荡,很久才会见到一辆汽车驶来,再过很久后又会有一辆汽车驶去。在这期间,黑暗的天际却染上些微棕黄,然后便是粉色的红晕,再后来,只见太阳的顶部跃然而出,将天际的棕黄和粉色一概染成红艳艳的深红。怔怔地面对着华北大平原刚刚探出顶部的这轮朝阳,大江神思恍惚地突然出声说道:"鲁迅先生,请救救我!"当回过神来意识到自己的话语及其语义时,大江不禁打了个寒噤,浑身皮肤起了一层鸡皮疙瘩。显然,在大江此时的内心底里,已然将跃然而出的朝阳视为大鲁迅的化身,在面对已与这朝阳化为一体的大先生面前,深陷绝望的自己下意识地发出求救的呼声也就顺理成章了,尽管话语刚刚出口,随即为自己的唐突打了个寒颤,且起了一身鸡皮疙瘩……

---

① 大江健三郎著,许金龙译《定义集》,新星出版社,二〇一五年一月,第170—171页。

怀着这忐忑的心境，大江走进了此行的目的地之一、位于阜成门内的鲁迅博物馆。走进博物馆大门后，随行摄影师安排一行人在鲁迅大理石坐像前合影留念，及至大家横排成列后，原本应在坐像正前方中央位置的大江却不见了踪影，众人四处寻找时，却发现这位老作家正蹲在坐像侧壁底部默默地泪流满面。这是私淑弟子见到大先生时的激动？抑或是委屈？还是心酸？……其后在馆长孙郁以及陈众议和阎连科等人陪同下参观鲁迅书简手稿时，大江戴上手套接过从塑料封套里取出的第一份手稿默默地低头观看，很快便将手稿仔细放回封套里，却不肯接过孙郁递来的第二份手稿，默默地低垂着脑袋快步走出了手稿库。当天深夜一点三十分，大江先生向相邻而宿的笔者的房门下塞入一封信函，在内文里有这样一段文字：

……我要为自己在鲁迅博物馆里的"怪异"行为而道歉。在观看鲁迅信函之时（虽然得到手套，双手尽管戴上了手套），我也只是捧着信纸的两侧，并没有触碰其他地方。我认为自己没有那个资格。在观看信函时，泪水渗了出来，我担心滴落在为我从塑料封套里取出的信纸上，便只看了两页就无法再看下去了。请代我向孙郁先生表示歉意。①

其后在向陪同人员讲述当时情景时，大江表示尽管那些信函内容自己全都能背诵出来，却由于泪水完全模糊了双眼，根本无法辨识信笺上的文字，既担心抬头后会被发现泪水进而引发大家担忧，又担心在低头状态下那泪水倘若滴落在信纸上将会造成无法挽回的损失，如果继续看下去，自己一定会痛哭出声，只好狠下心来辜负孙郁先生的美意……在回饭店的汽车上，大江嘶哑着嗓音告诉陪同在身边的笔者：

---

① 许金龙著《大江健三郎与中国》，《传记文学》，二〇二〇年第八期，第65页。

请你放心,刚才我在鲁迅博物馆里已经对鲁迅先生作了保证,保证自己不再沉沦下去,我要振作起来,把《水死》继续写下去。而且,我也确实从鲁迅先生那里汲取了力量,回国后确实能够把《水死》写下去了。①

这一年(二〇〇九年)的十二月十七日,长篇小说《水死》由讲谈社出版。翌年二月五日,讲谈社印制同名小说《水死》第三版。该小说的开放式结局,在为读者留下想象空间的同时,也留下了弥足珍贵的希望、黑暗中的光亮。

6."我的头脑里目前只思考两个问题,一是孩子,另一个则是鲁迅"

从鲁迅博物馆回国后完成的长篇小说《水死》问世一年后,具体说来,是二〇一〇年十二月二日,大江夫妇邀请他们的老朋友铁凝到位于东京郊外的大江宅邸做客,围绕鲁迅的书简、保罗·塞尚的画作《大浴女》与铁凝的长篇小说《大浴女》之间的互文关系等问题进行交流。铁凝带去的礼物是让大江夫妇爱不释手的《鲁迅日文书简手稿》,两个月后,大江曾在《朝日新闻》的专栏文章里坦诚讲述了自己与铁凝和莫言等中国作家的友谊基础和铁凝的礼物:"……无论人生观还是关乎文学的信条,我与他们所共通的,是对于鲁迅的高度评价,这一切存在于他们与我亲之爱之的基础中。去年年底,我收到铁凝君从北京带来的礼品《鲁迅日文书简手稿》,那是墨迹的黑色和格线的红色美丽至极的、鲁迅亲手书写的七十三封信函的影印版。"②

---

① 许金龙著《大江健三郎与中国》,《传记文学》,二〇二〇年第八期,第65—66页。
② 大江健三郎著,许金龙译《定义集》,贵州人民出版社,二〇一九年三月,第343页。

那天的交流轻松愉快、舒适自然,竟然持续了约六个小时之久,①其中很长时间是大江对铁凝介绍他正在创作的长篇小说:自己正在创作一部新的长篇小说,估计也是自己写的最后一部长篇小说了。这部小说的主人公是一位上了年岁的女性,这位女性一直住在森林中的村庄里,她的哥哥曾获国际文学大奖,兄妹俩就通过一封封书简讨论有关孩子和新人的问题。当然,这兄妹俩在作品外的原型就是自己与妹妹。目前,这部小说已经写了三分之二。不过,自己是个反复修改稿件的人,如果说写一页大稿纸的时间是一个小时的话,就需要另外花费两个小时来修改这页稿子的内容。这已是多年以来的习惯了……说到兴奋处,大江从楼上的书房将已经完成的部分稿件取下来递给铁凝,指点着稿纸、小剪刀和糨糊瓶,在对铁凝介绍稿纸相关处的具体内容之际,顺便指出被修改处的痕迹……铁凝听着这部作品的介绍,不由得被小说内容深深吸引,不禁对大江表示,自己会为这部作品的中译本撰写序言……

当晚在去意大利风味的餐厅用餐的路上,大江对一直陪同在身边的笔者表示:

现在我想对你说说自己目前的工作状态和生活状态。目前,我的头脑里只思考两个大问题,一个是鲁迅,一个是孩子。自己是个绝望型的人,对当下的局势非常绝望,白天从电视看到的画面和在报纸中读到的文字都让我感到绝望,从来客的话语中听到的内容也让我绝望,日本的情况让我绝望,美国的情况让我绝望,中国的有些情况也让我绝望。每天晚上,在为光披好毛毯后就带着那些绝望上床就寝。早上起床后,却还要为了光和全世界的孩子们寻找希望,用创作小说这种方式在那些

---

① 铁凝著《与大江健三郎先生对谈》,引自《用蓄满泪水的双眼为耳》,三联书店,二〇一六年九月。

绝望中寻找希望,每天就这么周而复始。这就是我目前的工作状态和生活状态。①

说出这段话语时,大江绝对不会想到,百日之后,更有一场天灾人祸引发的巨大绝望在等待着他。在《晚年样式集》里,主人公如此讲述了其在电视画面中看到的绝望景象:

> 翌日黄昏,结束了摄制团队的工作后,设置导演再次登上陡坡,听说小马驹已经产了下来。在黑暗的屋内紧紧挨在一起的马驹和母马很快浮现而出,长方形的画面里显露出饲养马匹的主人的侧脸,他一面眺望着屋外一面说着话,对面则是雨雾迷蒙的牧场……他那阴郁的声音响起:"无法让刚刚出生的小马驹在那片草原上奔跑,因为那里已经被放射性雨水给污染了。"②

至于先前说到的那部长篇小说,遗憾的是铁凝终究没能为其撰写中译本序。因为,在她从大江家离去百日后,在那部新写的长篇小说即将完成之际,日本突然发生了震惊世界的大地震、大海啸、福岛核电站大泄漏的天灾人祸,史称"三·一一东日本大震灾"!在这个巨大灾难来袭的艰难时刻,大江感到即将完成的那部小说已经完全无法表现自己此时的绝望,更是无法帮助孩子们在这黑黢黢的绝望之海上找寻到希望。按照以往的习惯,这部厚厚的手稿应被付之一炬,不在这世上留下一片纸屑。不知是不是这位老作家还惦念着铁凝要为这部作品撰写中译本序言的话语,终究还是没舍得循惯例全部烧毁,而是存放在瓦楞纸箱里放入书库,而后振作起精神,开始着手撰写另一部表现此时此刻所思所想的长篇小说——《晚年样式

---

① 许金龙著《大江健三郎与中国》,《传记文学》,二〇二〇年第八期,第67页。
② 大江健三郎著,许金龙译《晚年样式集》,引自《大江健三郎全小说》,讲谈社,二〇一九年三月。

集》。在他的《晚年样式集》第一章第一节里,年迈的大江这样讲述着自己当时的情景:

> ……从三·一一当天深夜开始,整日不分昼夜地坐在电视机前观看东日本大地震和海啸以及核电站泄漏大事故的报道……这一天也是如此,直至深夜仍在观看电视特辑,特辑追踪报道了因福岛核电站扩散的辐射性物质而造成的污染实况……再次去往二楼途中,我停步于楼梯中段用于转弯的小平台处,像孩童时代借助译文记住的鲁迅短篇小说中那样,"发出呜呜的声音哭了起来"。①

显然,面对大地震、大海啸造成的巨大伤亡和惨重损失,更是因为核电站大爆炸和大泄漏将为人类社会带来的巨大且长久的遗祸,作者大江健三郎及其文本内的分身长江古义人与创作《孤独者》时的鲁迅产生了共情,并在这种共情的催化作用下"发出呜呜的声音哭了起来"。这是痛彻心扉的哭声,极度恐惧的哭声,深深懊悔的哭声,当然,更是"含着大希望的恐怖的悲声"!

7. 他们的文学尽管多见黑暗、绝望和荒诞,最终想要传达给我们的却是呐喊和希望

这里所说的"鲁迅短篇小说",无疑是鲁迅创作于一九二五年十月十七日的《孤独者》,而"发出呜呜的声音哭了起来"这句译文,则是大江本人译自鲁迅文本"地下忽然有人呜呜地哭起来了"那句话语。对鲁迅文学有着深刻解读的大江当然知道,《孤独者》与此前和此后创作的《在酒楼上》和《伤逝》等作品一样,说的都是魏连殳等知识分子在那个令人绝望的社会里左冲右突、走投无路的窘境乃至

---

① 大江健三郎著,许金龙译《晚年样式集》,引自《大江健三郎全小说》,讲谈社,二〇一九年三月。

绝境。

　　在持续观看灾区实况转播的情景和人们的姿容表情时，大江在文本内的分身长江古义人这位老作家突然理解了多年来一直无法读懂的《神曲》中的一段诗句——"所以，你就可以想见，未来之门一旦关闭，我们的知识就完全灭绝了"①。自己之所以在楼梯中段的平台上"发出呜呜的声音哭了起来"，其实正是因为福岛核电站的大泄漏使得"咱们的'未来之门'已被关闭，而且我们的知识（尤其是我的知识也将不值一提）将尽皆死去……"②在这个可怕的阴影下，儿子大江光在小说里的分身阿亮的动作越发迟缓，话语也越来越少，记忆力更是每况愈下，这就使得阿亮的妹妹真木为之担心：

　　　　在爸爸的头脑里，从那段诗句，从那段当城市呀国家的未来一旦丧失，我们自己积累的知识也将如同死物一般的诗句中，他联想到了阿亮的记忆，难道不是这样吗？！很快，记忆就将从阿亮身上丧失殆尽，他会随着一片黑暗的头脑机能逐渐变老，并在这种状态中走向死亡………

　　　　在爸爸看来，都市和国家的未来将不复存在，我们积累的知识也将如同死物一般，在爸爸的头脑中，这段诗句或许与阿亮的记忆联系在了一起。不久之后，阿亮将丧失记忆，头脑里一片黑暗，上了年岁后就在这种状态中走向死亡……如果整个国家的所有核电站都因地震而爆炸的话，那么这座城市、这个国家的未来之门就将被关闭。我们大家的知识都将成为死物，该说是国民呢？还是该说为市民呢？所有人的头脑里都将一片黑暗并走向毁灭。在这些人中，就有将远比任何人都浑噩无知的阿亮。爸爸大概是联想到这种前景，这才发出呜呜的哭声的吧。③

　　引文中的一些话语无疑将为读者带来无尽的恐惧和巨大的绝

---

① 但丁著，田德望译《但丁·地狱篇》，人民文学出版社，二〇〇二年十二月，第58页。
② 大江健三郎著，许金龙译《晚年样式集》，引自《大江健三郎全小说》，讲谈社，二〇一九年三月。
③ 同上。

望：未来之门已被关闭；我们的知识将尽皆死去；阿亮将丧失记忆，头脑里一片黑暗，上了年岁后就在这种状态中走向死亡……所有人的头脑里都将一片黑暗并走向毁灭……尤其令人恐惧和绝望的是，包括自己亲人在内的所有人并不是立即就灭亡的，而是在肉体毁灭之前，所有人的头脑里都将一片黑暗，然后在这无尽的黑暗和恐怖以及绝望中，如同凌迟一般痛苦和缓慢地走向死亡。

当然，更让这位老作家为之"因恐惧而发怔"的，是在福岛核电站大泄漏之后，面对全国民众要求废除核电站的巨大呼声，日本政治家和主流媒体相继表现出的近似歇斯底里般的疯狂思路——为了保持"潜在核威慑力"乃至实行核武装，绝不可以废除核电站！福岛核电站大泄漏七个月后，大江在《所谓核电站是"潜在性核威慑力"》的文章里引用了日本主流媒体和政治家的如下文字并表达了自己的愤怒：

> 日本……利用可成为核武器原材料的钚这一权利已被承认。在外交方面，这种现状作为潜在核威慑力而发挥着效用也是事实。
> ——《读卖新闻》社论，二〇一一年九月七日

> 维持核电站，可转换为想要制造核武器就能在一定期间内制造出来的那种"核的潜在威慑力"……去除核电站则会使我们放弃这种"核的潜在威慑力"……
> ——石破茂①，《SAP IO》，二〇一一年十月五日②

面对主流媒体主张继续维持"潜在核威慑力"的社论以及政府

---

① 石破茂（1957— ），曾任日本防卫厅长官、防卫大臣、地方创生担当大臣、自民党干事长等职，主张扩充日本军备，突破二战后对日本自卫队规模的限制。
② 大江健三郎著，许金龙译《定义集》，贵州人民出版社，二〇一九年三月，第390页。

高官坚持借助民用核电站持续保有"核的潜在威慑力"的言论，大江愤怒且恐惧地表示：

> 我正是为以上两者间所共有的"潜在核威慑力"和"核的潜在威慑力"这种表述方式（虽然使用了貌似极为寻常的措辞方式，却仍然让我）因恐惧而发怔的。
>
> ……威慑，即 deterrence，用己方的攻击能力进行恐吓，以吓阻对手的攻击意图。就此事的性质而言，其态势可即刻逆转，这极其危险且巨大的永无结局的游戏就这样没完没了。所谓"核的潜在威慑力"假如是一种炫耀，是利用日本这个国家的核电站可随时制造出原子弹的那种炫耀，……东亚的紧张情势不也在朝着那个方向不断高涨吗？前面提到的那些论客，在怎么考虑何时、如何使他们信奉那个效力的"潜在性"力量"显在化"之战略，就不得而知了。
>
> 因这次大事故而回溯建设核电站时的情景，我们深切醒悟到直至今日的东京电力公司和政府的信息开示方法多么缺乏民主主义精神啊。然而，如这个威慑论般对民主主义的彻底无视，不更是未曾有过先例吗？
>
> 极为赤裸裸地表示去除核电站则会使我们放弃那种潜在威慑力的那位以熟识的低眉顺眼的忧愁面容进行威胁的政治家，他以为自己何时获得了国民的同意，这才手握这柄致命的双刃剑的呢？①

更有甚者，日本外务省外交政策计划委员会早在一九六九年就在《我国外交政策大纲》中如此表示：

> 关于核武器，无论是否参加 NPT（《核不扩散条约》），虽然当前采取不保有核武器的政策，却须经常保持制造核武器之经济与技术的潜力。②

---

① 大江健三郎著，许金龙译《定义集》，贵州人民出版社，二〇一九年三月，第390—391页。
② 同上，第392—393页。

由此可见，石破茂等日本诸多政治家之所以违背民意、居心叵测地坚持紧握"潜在核威慑力""这柄致命的双刃剑"，也只是日本政府既定核政策的延续而已，他们"试图在目前五十四座核电站基础上再增加十四座以上核电站"①，进而"将残存的铀和生成于核反应堆中的钚从核废料中提取出来"②进行核燃料后处理，进而"即便在作为民用设施而建造的铀浓缩工厂里，也能够制造出用于核武器的高浓缩铀。核燃料后处理工厂的制成品钚则可以直接用于核武器"③。大江在这里已经说得非常清楚了——近半个世纪以来，在日本政府"须经常保持制造核武器之经济与技术的潜力"这一政策指导下，日本目前所拥有的五十四座核电站和计划在此基础上再予增建的十四座核电站，显然已不是单纯用作民用发电那么简单，长年从这些核电站已经提取和将继续提取并囤积起来的大量核废料以及早已建好的后处理工厂，更不可能是为了民用发电，而只能是打着民用幌子的"潜在核威慑力"，更可能是大规模进行核武装而作的精心准备。大江及其同行者们是在担心，被称为"和平宪法"的《日本国宪法》第九条被修改之日，便是日本全面复活国家主义之时！当然，也会是日本大规模进行核武装之时！大江及其同行者们同样在担心，日本全面复活国家主义并大规模进行核武装之日，将会是日本重走战争之路之日，重走死亡之路和毁灭之路之始！由核大战所引发的末日景象，大江早在八十年代末和九十年代初，就在长篇小说《治疗塔》和《治疗塔星球》这两部姐妹篇里做了详尽描述，大概正是因为想到那个令人绝望且可怕无比的末日景象，大江在《晚年样式集》中的分身长

---

① 大江健三郎著，许金龙译《定义集》，贵州人民出版社，二〇一九年三月，第357页。
② 同上，第392页。
③ 同上，第357页。

江古义人这才"停步于楼梯中段用于转弯的小平台处,像孩童时代借助译文记住的鲁迅短篇小说中那样,'发出呜呜的声音哭了起来'"的吧!因为在他的认知中,这一天的到来不啻日本的未来之门将被沉重且永远地关上!

为了文本内外的阿亮和大江光这对永远的孩子的未来之门不被关闭,为了全世界所有孩子的未来之门不被关闭,大江借助刳肝沥血地写作小说而于绝望中挣扎着往来寻找希望,同时,也在频繁走上街头大声疾呼,呼吁人们认识到核泄漏的巨大危害,呼吁人们警惕日本政府借核电民用之名为核武装创造条件,呼吁一千万人共同署名以阻止日本政府不顾这种可怕的现实而重启核电站,呼吁人们反对日本政府和东电公司不顾日本国内民众和世界各国人民的抗议而计划强行向大海排放核废水,呼吁人们"救救孩子!"……在大江的认知中,他的文学文本周围的社会存在与文学文本中的社会存在显然是同质的,因而这位老作家拖着老迈之躯在文本内外往返来回地大声疾呼,无疑是对阿亮和大江光这对孩子永远的挚爱,也是对全世界所有孩子的大爱,这种大爱,在大江的小说中和他所有读者的心目中都在不断升华。这种大爱,在日本,在中国,在韩国,在全世界,都将成为一种希望!无论中国的鲁迅还是日本的大江健三郎,他们的文学所描述的尽管多见黑暗、绝望和荒诞,最终想要传达给我们的却是呐喊和希望,一种发自于边缘的呐喊,一种始自于绝望的希望。这无疑是一种大慈悲,是对所有处于各种暴力威胁之下的天下苍生所生发的大悲悯。这让我们立即想起大江在斯德哥尔摩的颁奖仪式上所说的那段话语:"作为渡边的人文主义的弟子,我希望通过自己身为小说家的工作,使那些用语言进行表达的人及其接受者,从个人的以及时代的痛苦中得以平复,并医治他们各自心灵上的创伤。……我仍将遵循这一信条,如若可能,愿以自己的羸弱之身,于钝痛中承受因二十世纪的科技和交通的畸形发展而积累的祸害。我更希望探索的是,从世界边缘人的角度展望,如何才能对全体人类的医治与和解做出体面的和人文主义的贡献。"

目 录

序　章　田龟的规则……………………………… *1*

第一章　百日 Quarantine（一）………………… *34*

第二章　"人啊,这种易于损坏的东西"…………… *61*

第三章　暴力威胁和痛风………………………… *92*

第四章　百日 Quarantine（二）………………… *121*

第五章　甲鱼的尝试……………………………… *146*

第六章　窥视者…………………………………… *174*

终　章　莫里斯·桑达克的绘画本……………… *214*

小说作者大江健三郎与长江古义人的

　　对话 ………………………[日]大江健三郎 *260*

序 章 田龟①的规则

1

在书库的行军床上,古义人正倾听着耳机中传出的声音。

"……就是这么回事,咱要动身移往彼界了。"话音刚落,便传来**"咚——"**的很大声响,然后便是一阵静寂,"但是,咱并不是要切断与你的通讯联络,"吾良接着说,"所以特地备下了这台田龟装置。不过,就你那边的时间而言,现在已经很晚了。休息吧!"

在这不得要领的状态中,古义人感到一股悲哀的痛楚,仿佛从耳朵直至眼底都被撕裂一般的痛楚。他在这种状态中沉浸了一会儿,随后将田龟放回书架,便想要设法入睡。也是因为服下的感冒药的药效,他终于小睡了一会儿,却又觉察到身边的动静而睁开眼睛,只见妻子正站在书库斜顶天花板的日光灯下,头部泛着淡淡的光晕。

"吾良自杀了,本来打算不叫醒你就出门的,可又不能让蜂拥而至的媒体电话惊吓到阿亮……"千樫说起了古义人从十七岁时就与之交往的朋友,也是她本人的哥哥所发生的事。

---

① 体长约六厘米的半翅目水生昆虫,栖息于水田、沼泽,以鱼、蛙、昆虫为食。

古义人依恋地等待传来动静，传来脑袋侧旁的田龟会像收到信号的手机那样丁零、丁零地响起来的动静。

"……他们要梅子去确认遗体，我也一起去一趟，然后就回来。"千樫用压抑着悲痛的声音继续说道。

"我陪你去吧，等你和吾良家人会合后，我就独自回来守着电话。"古义人觉得自己的某处也好像麻痹了似的回应着，"总不至于现在就开始有电话打进来吧。"

千樫默然伫立在日光灯下，注视着古义人起身下床，拿起放在椅子上的贴身内衣、毛织衬衫、灯芯绒外裤——此时正是隆冬时节——并慢吞吞地一一穿上。当古义人从头上套好毛衣，嘴里说了声"那么"，同时将手臂向田龟伸去时，千樫用断然制止的语调说道："带这个去干什么？这不是用来听吾良送来的那些磁带的录音机吗？如果放在平日里，你不是会生气地说'做这种毫无意义的事，到底想要干什么'吗？"

2

即便年近六十了，古义人仍然坚持游泳。在前往泳池的轻轨列车上，他经常意识到在听老式的盒式录音机的男人惟有自己一人。偶然也会发现个别中年男子一面听录音机一面嚅动着口唇，可见是在听着英语会话的磁带。不久前，车厢里还满是听音乐的年轻人，可现在他们却都在对着手机说话，或盯着手机显示屏，用手指仔细地操作着。就连此前从头戴式耳机中泄出的吱吱杂音，都让古义人心生怀念。然而，现在他却将"随身听"问世前的盒式录音机悄悄塞到装着泳具的背包里，把耳机套在花白的脑袋上。对于本人的这副模样，古义人只能感叹自己是落后于时代的、孤独的老一代人了。

这台样式老旧的盒式录音机,是吾良还在当电影演员那会儿,为电机厂家出演商业广告后,从赞助商那里得到的产品。录音机的机体呈司空见惯的长方形,平庸的设计也是毫不起眼,耳机的形状倒像是孩童时代的古义人在峡谷间的河流里捕捉到的田龟。"往头上一套呀,好像是让当年毫无用处的田龟紧紧贴抱住了头的两侧。"古义人如此诉说着自己的感想。

然而,吾良却是不为所动:

"那只能说明你是一个没本事抓到鳗鱼以及香鱼的笨孩子。"吾良接着说,"这是一份来得太迟的礼物,就把它送给那个可怜的孩子吧。不妨命名为田龟,以宽慰少年时代的你。"

不过,倘若只将此物作为礼品赠送给老友兼妹婿的古义人,吾良似乎也觉得缺少意趣。于是,吾良发挥其生活风格之一,也曾为他制作电影带来助益的那种收集小物件的才能,加送了一只富有魅力的硬质铝合金小提箱,箱内还装有五十盘录音磁带。古义人在吾良的电影试放映现场接过小提箱,在回家的轻轨列车里,他把那盘在白色签纸上仅用戳子加盖了编号的磁带放入田龟里——实际上,他已经在如此称呼那台录音机了——正在寻找耳机插孔时,不知是手指无意间触碰了开关,还是这机器本身就是一放入磁带便自动播放的结构,扬声器中随即传出了女人粗野的喊叫:"**哎呀!哎呀!被捅穿了!快了!哎呀!到了!**"女人的大呼小叫让车厢里挤得满满登登的乘客惊讶不已。这五十盘窃听磁带,像是摄制组工作人员兜售给吾良,而吾良则苦于难以处理才送给古义人的。

古义人对此类东西从不曾有过兴趣,惟独这次却在长达百来日期间热衷于田龟。当古义人此前不时陷入难以应付的忧郁状态时,吾良从千樫那里听说了他的困境,便提出倘若是这种事的话,不妨以与其成因相应的低俗的"人味儿"进行对抗。接着，便在赠送田龟时，附赠了那些确实表现出"人味儿"的磁带。这是古义人后来从千樫那里听说的，而千樫本人却一直不知道那是些什么样的磁带……

古义人的忧郁状态，肇始于某大报一位名牌记者持续十多年的人身攻击，当然，是以社会正义的名义。在读书和写作期间倒是没有任何症状，只是当深夜醒来或因事外出行走在街道上时，富有才情的记者那独特的辱骂文体确实便会浮现在脑际。就连细微小事都会缜密考虑的那位大牌记者，把非常肮脏且涂改过的新闻稿纸以及用传真机发来的校样裁剪成小纸片，然后在其背面写上"问候"，附于自己的著作或发表在杂志上的报道文章一同寄来。"当你无意中眼看就要想起那些只言片语时，无论在床上也好街头也罢，你不妨听听'人味儿'所表现出来的、用以抗衡的那种坦诚的声音，你的情绪就会不可思议地得到排遣。"吾良对古义人还曾这样说过。

在那之后又过去了十五年，一天，古义人为前往国外旅行而寻找需要携带的资料时，无意间发现了小提箱，这只小提箱与刚才说到的那位记者的诸多著作以及剪裁下的纸片一起放在书库的角落里。倘若遇上飞机失事，千樫在整理书库时想要检查这录音带的话可如何是好？于是，古义人决定把这些录音带作为分类垃圾进行处理，还问了一下千樫，吾良现在是否还喜欢那只硬质铝合金小提箱。

这容器便重又回到了吾良那边，然而又过了两三年，在古义人旅居波士顿期间，装有大约三十盘录音带的同一容器却又被寄送到古义人身边。吾良表示，今后只要录好带子就会寄过来，要再度装满那只能装五十盘录音带的小提箱。对于表示"并不是急于要听的内容"的吾良，仍然不知内情的千樫回答说，"他也快到易于患上初老期忧郁症的年龄了，到那时再劝他听一听。"

然而,古义人却出于某种预感,随即从中取出一盘听了起来。一如古义人所料,从耳机里传出的是吾良本人的声音,他像是打算讲述自少年时代在四国的松山——吾良将其发音为松三①——与古义人结交为朋友以来的往事,当然,他没有按照时间顺序进行讲述。听他的口吻,与其说是自言自语,毋宁说是以古义人为对象在电话里长谈。由于这个缘故,此后在书库的行军床上入睡之前,古义人便会头戴耳机躺下身子听那些录音,头脑里随之浮想联翩。

新的录音带果然隔上一段时间便会送到,在这期间,古义人开始形成一个习惯——一面播放吾良讲述的内容,一面如同与其对话般在某个段落处摁下暂停键,然后说出自己的意见。这情形很快就成了例行程序,开始用田龟取代电话的功能,则是新近的进展了。

得知吾良从大楼的楼顶上跳楼而亡的那个夜晚,古义人也是在床上听着快递公司送来的最新录音带。在预计到的吾良连续讲述的空当处,古义人不时插入自己的话语,与其说这些话语是感想,毋宁说是自然而然的应答。对于这个夜晚的事情,古义人记得尤为清晰的,是自己当时曾冒出一个念头,想要弄一台能把自己所说的话也录下来的盒式录音机,以便其后将吾良与自己的对话编辑为第三份录音带。

然而,就在那个时候,经过一段沉默之后,吾良用迥异于此前的说话口吻、受了酒精类饮料影响的声音说道:

"……就是这么一回事,咱要动身前往彼界了。"

紧接着就传来一声钝响,事后细想起来,倘若沉重的肉体从高处坠落下来,猛然撞击在柏油路面上,大概就是那种声响吧,这也符合

---

① 松山的日语发音应为 matsuyama,吾良由外地转学至此,因而对松山这一单词的发音似是而非,发成 mattyama,故将此处试译为松三。

因在自己作品里经常使用特技镜头以及合成录音而谙熟此技的吾良的风格。这时，吾良的声音再次传来：

"……但是，咱并不是要切断与你的通讯联络，就特地备下了这台田龟装置的。不过，就你那边的时间而言，现在已经很晚了。休息吧！"

古义人经常在想，惟有播放出来的那段告知最为紧要的、将要决绝辞世的诀别，是吾良事先录了音的最后遗言，而"咚——"的那声响动以及后来那段不带醉意的话语，该不是去了彼界的吾良将田龟当作手机打来的第一个电话吧。倘若果真如此，那么只要持续不断地反复听下去，借助这同一台田龟装置，吾良从彼界发出的声音是否会传过来呢？于是，古义人此后每天晚间都以田龟为对象度过入睡前的那段时间，却惟有最后送来的那盘录音带，甚至不曾倒带便被放置在了小提箱里。

3

为了从警察那里领回遗体，古义人与千樫去了汤河原，他却没能看到吾良死后的容颜。

举行非公开的小规模守灵仪式之后，梅子想要通宵观看吾良的电影录像，古义人便对正做着放映准备的梅子表示自己要回东京去，家里只有阿亮一人。而千樫，则需要参加翌日早晨的火葬仪式。

"与在警察局看到时不一样，现在又回复到吾良原有的英俊容貌了。你祭一下就请回去吧。"梅子远望着灵柩说道。

听了梅子这番话语，千樫对古义人平和却有力地回应道：

"还是不看为好吧。"

千樫不加掩饰地与自己的确信相对，以充满悲哀的直率迎着梅子探询的眼神。于是,理解了的梅子起身走向停放灵柩的房间。

古义人思考了他从千樫回望梅子的神情中感觉到的、针对于他的距离感。这距离感显露无遗,不容任何缠绕着人际关系的缓冲性事物介入其中。"那是事实,又能有什么办法呢?"千樫仿佛也是对陷入深深悲痛情感之中的自己说道。

梅子怀着爱情凝视因受伤而变了形的吾良,这情有可原,目睹死者的脸型逐渐恢复为本来面貌,这也无可厚非。作为妹妹的自己,也是同样如此。然而,古义人却未必能够忍受这一切吧。

尽管身上存在着被千樫所洞察到的怯懦,可是一听到梅子的招呼便随即就想起身。他孤寂、落寞地在想着永远也长不大的自己。不过,他还意识到另一件事:咱是想确认一下,在经历了撞击之后,吾良对着田龟说话时遗留在从面颊到耳朵上的痕迹是否还在……

一些证据表明,这并不只是古义人的固执己见。吾良那家制片公司的经理樽户君负责运送遗体回到汤河原,他向古义人出示了放置在事务所办公桌上的用个人电脑打印出来的"遗书",以及用软芯铅笔画在带有水印的高档画纸上的单色制图。

那是国籍不明的、近似于童话插图风格的画作。一个半老男人飘浮在画有好几片橄榄形面包状云彩的天空,与阿亮斜躺在客厅里作曲的模样有几分相似,古义人因此而确信,那是吾良的自画像。更有甚者,飘浮在天上的那男人左手竟握着酷似田龟的手机在打电话……

在这幅童话风格的画作引导下,古义人想起一件往事。大约十五年前,吾良曾出版一本有关心理分析的随笔集。当时他忙于电影导演的工作,便将此前总是亲力亲为的装帧设计委托给了年轻画家。较之于那本书的内容,倒是其装帧的画面更让古义人想到他现在正看着的吾良这幅画。

其后不久,偶尔见面的吾良与古义人之间有了如此一番对话:

"这种画风,一如目前在美国的大型杂志上常见的当红插图画家的风格。诚然,他运用了传统风格,巧妙地将日本的风景和人物糅合于其中。不过,作为一个刚刚开始艺术生涯的年轻艺术家,他这样做合适吗?"古义人原本只是随便问问,然而,吾良的回答却显然是冲他而来的攻击性话语:

"你是说模仿海外的艺术家,或是受了他们的直接影响吧?那么,你自己刚开始起步时,不正是如此吗?这是绘画嘛,所以可以看出其中有莫罗①的影响。而你,则是把从法文乃至英文或是从译文里接受到的东西,用日文重新表述一遍。可即便如此,不还是可以相当清晰地追溯到原先的形态吗?"

"确实如你所说的那样。"古义人畏畏缩缩地继续说道,"不过,即便在最初那个阶段,那执笔的年轻人本身就有一种原创性的东西。在守护着这个原创性的同时,必须揭下表层那个借来之物的风格。这个过程可是很痛苦的。"

"你在这个方面确实获得了成功。但是,在这一过程中却也失去了年轻时拥有的大批读者。你感觉到那种进退维谷的困境了吧?今后这份尴尬或许还将越发加剧。这个年轻画家富有才华,决不会局限于狭小、僵硬的框架内。我认为他能够找到与此不同的发展模式。"

对于吾良当时那种焦躁甚至夹带着恶意的反应,古义人感到不知所措。这或许只是直率地表示喜欢那个为自己做了装帧设计的年轻人的画风。吾良在人生最后时刻描画了自己,从其画面里,可以发现隐于其中的、以这种美国原始主义为时髦的画风,而且……

---

① 莫罗(Gustave Moreau,1826—1898),法国象征主义画家。

这时,古义人突然觉察到,眼前这幅画该不是留给自己的遗书吧?这幅飘浮在空中、以田龟为手机,在向古义人打招呼的吾良自画像。

"……就是这么一回事,咱要动身去彼界了。但是,咱并不是要切断与你的通讯联系。"

4

古义人想要乘坐开往东京的末班轻轨列车,打算往 JR 车站那边走,却被早已等候在那里的电视台采访组给包围起来。正当他沉默不语地穿过他们组成的包围圈时,左眼角的鼻梁处却撞上了电视摄像机。那年轻摄影师索性厚着脸皮冷笑起来,这让古义人感到其人品的低下。

走上蜜柑山斜坡用圆石铺成的长长甬路上坡处并坐进出租车后,像是熟识吾良的那位司机便说道:

"说是流血泪,这话果然真实啊。"一如其言,古义人的半边脸上沾满了血污。

不过,若是就此前往医院急诊处开具诊断书,以作为对付那位摄影师的手段,古义人觉得未免小题大做。也就是说,对于这十多个小时以来包围着他们的媒体那些人来说,这种做法有失均衡。就在吾良死后这很短时间之内,古义人从电视台、报纸以及周刊杂志那些人处得到的是一个特殊印象,那就是他们共同拥有侮蔑自杀者的那种感情。

这种侮蔑的感情来自于他们的一个确信——曾被奉为传媒界王者之一的吾良已被打翻在地,而且坠入到最底层,不可能再复活为王并进行反击。

由于集中针对吾良尸体的侮蔑过于大量，终于像是漫溢而出似的波及被媒体认为与吾良有关的人。在书评委员会等场合一直亲切对待古义人的女记者，也在电话上留言，要求对他进行采访，可浮现在女记者话语间的，仍然是伪装成天真的侮蔑，对权威动摇了的冒牌王者的侮蔑。体会到这一点后，在回家路途中被年轻摄影社撞伤眼角之事便被相对化了。他们只是共同参与了这个巨大的侮蔑而已，为何必须追究那个不走运的摄影师一人的法律责任呢？

且把话题转到此前来说。吾良坠楼而死之后的一个星期内，古义人每天都在收看早晨和午间的广角新闻节目。由于家里其他人都不愿意观看这个节目，他便将电视机搬到书库的床脚，挪用田龟的耳机来收听声音。古义人原本就没指望听懂新闻秀主持人、吾良拍摄电影时使用的男女演员，还有年轻一代所说的话语。然而，与自己年岁相仿的电影导演、电影剧本作家，尤其是演艺界人士以及社会上一般的时事评论员的话语，却同样让古义人觉得难以理解。所说的话越是深入，他们的话语内容距离可能理解的范围也就越是遥远。古义人怀疑自己此前是否一直住在一个特殊的语言孤岛之上——一座阅读自己所一直喜欢的书籍、在此基础上进行写作的特殊的语言孤岛。尽管自认为现在仍从事着小说家这个职业，可实际上与生活在语言大陆上的人们却没有什么关联。这个认识，使得古义人陷入恐惧和焦虑之中。尽管如此，他还是目不转睛地盯着电视画面，将耳机音量调大到自己的忍受极限，不间断地收视和倾听节目内容。然而，一个星期过后，却只能放弃这个做法，把电视机搬到楼下的起居室后，便疲惫地躺倒在沙发上。

"我一直在想，你怎么会如此浪费时间？"千樫说道。

然而，在古义人那仍旧茫然若失的头脑里，却并不认为这一切毫无意义。因为这一个星期以来，通过连续收看早晨和午间的节目以及隔日和每三天播放一次的晚间演艺专辑,古义人了解到一个事实,那就是吾良之死无法借助现在的电视节目所使用的语言进行解释,因而无法被社会所理解。

出于以下考虑,古义人再度被因吾良之死而引发的痛楚和凄惨所打垮:吾良在古义人面前出现得越来越少——也就是说,被其作为电影导演获得的成功剥夺了那些时间——的这十多年间,吾良一直生活在这样一句话之中,最终送来了为让自己听到而用田龟录下那些话语的磁带。难道说,吾良在生涯的最后阶段,需要一种能够让他进行自我表现的话语?

就在古义人不再收看与吾良之死相关的电视报道时,千樫却为每天早晨的报纸广告中的词语而痛苦不堪。在那些广告词语的影响下不由自主买来的女性周刊杂志上的报道特辑,给她带来了实实在在的打击。专辑的主要内容是吾良与女人的关系。实际上,就在吾良坠楼而死——事情发生在日近黄昏之际,因此,当快递公司将磁带送到古义人的住所时,吾良好像已经成为横死街头、未经确认的尸体而被警察收容了——前不久,他在那份用文字处理机打印出来的遗书上写道,为了否定即将刊载于写真周刊杂志上的、与女人有关的丑闻,惟有以死明志。千樫并没有说什么。无论遗书也好,那些报道也罢,古义人觉得都缺乏说服力,对自己来说,吾良是个非常特殊的人,古义人没能从上述文字材料中发现足以说明吾良之死的语言。

古义人尤其不能同意将吾良之死归于其在电影事业中江郎才尽的报道。在意大利电影节上获奖的那位喜剧演员出身的导演,为宣传获奖电影而前往美国,据说受到了隆重欢迎。

"当吾良从楼顶上俯视地面时,我的获奖也许从他背后轻轻推了一掌。"当古义人读到此君的这一番评语时,也只是在想,竟然会有如此品行的同行吗?

此后，古义人和千樫渐渐地都不再关注电视报道和周刊杂志的文章，将电话全部转换为留言录音模式，这么做的目的只是为了从来电时的振铃声响中解脱出来，从不曾确认录下了什么信息。

在这个过程中，古义人和千樫都没有提起吾良的事件，却都觉察到对方——就连阿亮也知道，父母亲——仍沉陷于有关吾良的思考之中，同时，又竭力专注于各自的工作，几个月来，一直过着连家门也不出的生活。

另一方面，古义人新近养成了一个没有告诉千樫的习惯。那就是在吾良坠楼自杀前已经持续了大约三个月的与田龟的对话，以书库的行军床为舞台，更为切实地、更为日常性地持续展开了。

且说在与这台田龟间的深夜对话中——也是古义人逐渐坚定起来的想法——自从那个事件以来，存在着一个已然成为需要遵守的规则。

那个规则首先就是绝不触及有关吾良已经去往彼界的事实。尽管如此，在最初阶段，当古义人与田龟进行对话时，还是难以将那个事件从头脑里完全抹去。在那个过程中，一个新的构想自然而然地产生了。吾良去往的彼界，无论就空间或是时间而言，都与这边的世界迥异，从那里看过来，这边世界里的死亡其本身，不就被虚无化了吗？

在松山的高中与吾良相识后，古义人很快便说起了哲学家把握死亡的类型，他对此苦思已久却一直没有交谈对象。当时——细想起来，在此后与吾良长年交往的整个过程中——的谈论方式成了一种基本风格，那就是同时还要留意滑稽的效果。当然，古义人那幼稚的想法，确实出于针对哲学解说书籍那种讲述口吻的反感。古义人的立论是：目前存活于这个世界上的人，作为建立在经验基础之上的认识，是无法对其本人的死亡说三道四的。因为认识的主体，在其体验到死亡的瞬间便不复存在。也就是说,对于正活着以及仍将活下去的人来说,死亡是不存在的。首先引用了这种推理方式之后,古义人说出了自己个人风格的变奏曲:

"这里有人的灵魂,它应当随肉身一同存活下去吧?我们村子里有这样一种传说:当一个人死亡、也就是作为肉身的人死亡之时,灵魂就会离开肉身,升往峡谷里壶状内侧的空间。那可是呈螺旋状一圈圈盘旋着升上去的啊!然后就降临在属于自己的那棵树的树根下。经过若干时间之后,再与刚才说到的螺旋方向相反地旋转着下降,这是为了进入刚刚降生的婴儿肉身。"

吾良也显出独特而富有趣味的教养,他这样回答了古义人:

"据但丁说,对于人类而言,用右旋方式登山是正确的,而左旋则是错误的旋升方法。从你那个峡谷呈螺旋状飞旋升上森林的运动,是右旋还是左旋呀?"

古义人未曾听阿婆说得这样详细,只好转而如此说道:

"在灵魂离开陈旧的肉身去往森林中树木的根部,与进入新生儿的肉身这两者间,你似乎在关注哪一方正确、哪一方谬误这个问题。"

接着,古义人继续说道:

"假设灵魂以这种方式离开已经死亡了的肉身,那么灵魂本身根本意识不到死亡吧?因为死亡的只是肉身,在肉身死亡的瞬间,灵魂已经离开了那里。也就是说,灵魂永远不死,只是移往另一维度的时间和空间,那里好像是有别于肉身体验到的时间和空间之感觉的……我也不太清楚,是在尝试着述说……既是无限也是一瞬、既是全宇宙也是一小点的时间和空间,情况该不是这样的吧?假如果然如此的话,那么,灵魂就是永远意识不到死亡的天真无邪的存在了。"

在那个青春年少的日子里,较之于见解本身,那种表现方法之滑稽倒是更让两人开心。那场会话现在已然成为现实,就像全然没有意识到自己肉身已经死亡似的,吾良的灵魂正借助田龟向古义人述说。

5

那天夜里很晚的时候,古义人用沾满血污的手绢摁住被电视台摄影师撞伤的眼角和鼻根间的伤处回到了家里。也是因为先前将电话机设置成没有声音的留言模式,阿亮像是一直在听着CD,照顾他吃了晚饭后,自己只是洗了洗脸——为了避免看到镜中映现出来的脸,事先关闭了盥洗室的电灯——便上楼去了书库,取出前天深夜因遭千樫用严厉斥责的语调劝诫后放回书架上去的田龟。在回家的轻轨列车上,古义人觉察到昨晚在吾良那番告别辞之前,从田龟里听到的,是吾良在松山为自己讲解兰波①时的内容,这其中同样包含着某种信息。

"在松三的时候,咱们对法国诗歌的理解究竟到了什么程度?后来你上大学读法国文学专业,主要是读散文,咱没有进行专业学习,所以无法做出准确判断。"吾良一如往常那样,用平稳的语调说着,"不过,你把小林秀雄②的译诗抄写在纸上并贴在深山里的你家墙上,那上面的兰波等诗人对咱们的影响还真是不小啊。"

---

① 兰波(Rimbaud, Jean Nicolas Arthur, 1854—1891),法国诗人,著有《地狱的一季》《灵光集》等诗集。
② 小林秀雄(1902—1982),日本文艺评论家,著有《私小说论》《陀思妥耶夫斯基的生活》等论著、《所谓无常之事》等随笔集,译有《地域的一季》等兰波的诗集。

"是啊,"摁下暂停键后,古义人也眷念地回应道,"那个时候,对于神秘主义的意义等问题,我们也只是凭空想象。不过,当时也曾想到,今后可以结合学者的研究,重新调整自己的理解。"

接着,古义人再摁下放音键,当天夜晚就用这种方式与吾良就兰波话题持续长谈。

古义人这才意识到自己的迟钝,原来吾良是在以兰波的诗句为媒介,几乎不加掩饰地不断向他告别。吾良的谈论核心,始于古义人将小林秀雄译诗抄写在纸上的那首《诀别》(*Adieu*)……

古义人随后回想起,两人曾以兰波为主题谈了很长时间,尽管已经记不清是在电话里还是见面后的直接交谈。当时两人都已经很久没有重新阅读兰波了,大多时候独自说个不停的吾良,也像是在设法从遥远的记忆里唤起那些诗句。

以此为契机,古义人收集了好几种兰波新译——大多数译者都不再翻译为兰波——阅读,并将其中的宇佐美齐的译本寄给了吾良。不仅仅是小林秀雄的译本,还要对照原文进行阅读,古义人认为宇佐美齐的这个译本似乎最佳。与此相关,在吾良寄来的录音磁带里,就有谈及兰波的一大段录音。古义人重新听了这段内容,借助田龟与吾良再度进行对话后,从书架一角自学生时代便开始收集的法文书籍中,找出与兰波有关的新旧图书,其中有七星丛书版①的兰波作品集,法国水星②版的《诗篇》③——那还是古义人读高中时从吾良那里得到的,而且是有生以来得到的第一本法文

---

① 七星一词典出于法国文艺复兴时期的七星诗社(La Plèiade),现专指法国最大的出版社伽利玛出版社发行的一套精装丛书,通常称为"七星丛书版"。被收入该丛书的都是公认的经典作家和作品。
② 即 Mercure de France 出版社,伽利玛出版社的子公司。
③ 原文为法文 *Poèsies*。

入门书——也排列在旁边。古义人翻开这本久违了的图书，打量着当年从吾良手中接过来时，这开本不大、红色铅字的装帧却让自己心颤不已的《诗篇》。显然，这硬笔芯铅笔小字，是十七岁时的自己写下的注解。之所以使用英语，是因为在吾良授课之前，去了当时开办于松山的美国文化情报教育局，也就是CIE①的图书室查阅牛津版法英词典的缘故。

用日语写的注解也有两种。一种是以片假名书写，记录了自认为吾良讲述中的重要内容。之所以使用片假名，是要模仿吾良那电影导演的父亲在随笔集中用片假名记录随想的手法，这本随笔集是从吾良那里借阅的。在记录自己的想法时，古义人则使用平假名，以此作为区别。

"兰波在写给老师的信函里也曾写道：'我很快就要十七岁了，那是充满所谓希望和幻想的年龄。'但是，这首浪漫诗据说是他十五岁时的作品。也就是说，*On n'est pas serieus quand on a dix-sept ans* 便成了伪报年龄的诗作。咱去年读过这首诗，今年你则说这是为同龄的你而写的诗歌。天才这是在全力鞭策着我们这些平庸之辈啊。"

古义人感到意外，曾那般才华横溢的少年吾良，会把十八岁时的自己——在把古义人也给卷进去这一点上，倒是实话实说——视为平庸之辈。

阅读七星丛书版的《诀别》时，古义人再次生出紧迫感。出事前吾良在说到《诀别》这个话题时，从他在录音中对诗歌的引用所显示的那样，像是把古义人送给他的新译本放在了手边。他该不会断定古义人也能够立即在头脑里浮现出整首诗歌吧？然而，古义人并没

---

① 即 Civil Infomation and Education Section 的缩写字母。

能顺畅地予以应答。现在也是如此。即便是自己推荐给吾良的新译,从中也难以体会到年轻时抄写并牢记的那种深沉感受。这种差异最近在两人偶尔相遇时也会出现,难道吾良最终是因为对古义人指望不上而失去了信心,从而"**咚——**"的一声去了那一边?

> 已是秋季!——不过,何须惋惜永恒的太阳?倘若我们全力追寻神圣的光明——便须远离随季节推移而恍惚赴死的人们。

如果在录音机中播放吾良在田龟里引用的那段译文,开首这一节曾借助小林秀雄的翻译而使得高中一年级的古义人为之入迷。吾良也曾表示同感。但是,吾良有意识地选择迫近的死亡,这是把他自己比拟为全力追寻神圣的光明的人们呢,还是比作了随季节推移而恍惚赴死的人们呢?

再下面一节中爬满蛆虫的那个尸体的形象,给吾良带来了怎样的想象啊?他为何要在田龟里恳切地对古义人讲述充满如此可怕景象的诗呢?古义人对此感到疑惑,甚至在考虑,吾良莫非是想把下一节中的诗句对着古义人——也是对着他自己——扔过去吧?

> 无奈,我必须埋葬自己的想象力和回忆!艺术家和说故事者的伟大光荣将被剥夺!

紧接着的下一节则是:

> 总之,我靠谎言为食养育自身,请饶恕我吧。然后,该上路了。
>
> 话虽如此,不会有任何友爱之手!我该向何处寻求援救?

"谎言"这个主题,是为田龟对话予以录音的方式,对古义人进行批判的重要因素。吾良对"友爱之手"也失去信心了吗？"倘若果真如此，"尽管对于自己总是抱怨不休而难以忍受，古义人还是忍不住这样自问，"倘若果真如此，吾良出于什么考虑，在明显疏远了的双方关系即将落幕之际，弄出这个田龟装置，并送来那般着迷地自说自话的录音带呢？"

读完直至最后那一节的诗歌后，让古义人感怀不已的，是高中生时代的他本人和吾良最喜爱的下面这行诗：

拂晓，用狂热的忍耐武装起来，我们将进入辉煌的都市。

话虽如此，少年时代的吾良和古义人自己，又赋予辉煌的都市这句话语以什么样的实体呢？

终有一天，我将被允许在一个灵魂和一个肉体间拥有真实。

自己和吾良确实更为结尾这句诗所鼓舞，可这究竟相对什么具体之物而言呢？假设吾良在"咚——"的一声坠地之前也曾忆起这句诗，那又是出于怎样的洞察呢？

不过，对于借助田龟与吾良展开对话的内容，能够静下心来如此从容地进行分析，还是结束对话之后过了一段时间的事。第二天，当重新摁下田龟的放音键时，古义人白昼里思考的问题便会远去，从吾良移住那边的空间和时间处便会传来富有现实感的话语，古义人立即受其影响，频频摁下暂停键进行对答。

为田龟而准备的录音带里的谈话基调是平和的，不过，吾良也会经常在谈论中长时间地特意批评古义人。事后回想起来，尤其是在回应这些批评的时候，古义人在行军床上的声音中透出的急切，招致千樫听到后直接找古义人进行交涉。

6

古义人经常感觉到，确实总是自己主动用田龟开始对话，不过在摁下放音键之前，田龟本身就已经在跃跃欲试了。他联想到昆虫类的田龟在交尾期蠢蠢蠕动着身体的模样，如果真有这种事的话，那联想就更为生动了。每当古义人以回应这个苗头的做法取过田龟时，由于总是在前一天的对话结束后便换上磁带，因而此时里面早已备好了今天的磁带，就有了一种"惟有这个话题才适合于现在"的感觉，于是，吾良便以他那令人感怀的、特有的语调开始述说起来……

借助田龟进行的对话只要一开始，古义人的热衷程度便会超过这大约二十年间与吾良的所有交谈。吾良那种超越彼界与此界之界限的沉稳谈吐——尽管谈论内容不时夹带着激烈批评——使得古义人虽然意识到那是死去了的吾良，却总能无意间超越这一点，这种通灵感甚至让古义人重新思辨自己对于死亡的感受方式。这一切还唤出了另一个想法，并不矛盾的、有关死后的那种新颖而紧迫的想法。古义人想象着，在不远的将来，自己带着新到手的田龟去往彼界，一心一意地等候着发自这边的信息。倘若永远等不到发过去的答复……想到这里，他感到一阵孤寂，全身仿佛支离破碎般的孤寂……

不过在另一方面，古义人当然还有一种想法，认为目前所热衷的田龟对话只是自己独自的精神游戏。过了中年之后，古义人对于以米哈伊尔·巴赫金[①]为中心的文学理论感到亲近，身为这样的小说家，他深受游戏这个词语的影响。因此，古义人也非常清楚地知道，

[①] 米哈伊尔·巴赫金（Bakhtin, Mikhail Mikhailovich, 1895—1975），苏联著名文艺理论家、思想家、语言哲学家，著有《巴赫金全集》（俄文版为全五卷，中文版为全六卷）等。

即便自己与吾良的田龟对话是场游戏，可只要上了舞台，在那期间就只能认真面对。

古义人甚至下了决心，白日里，在离开田龟期间，决不把自己与吾良的对话视为现实而拉扯进来。在与千樫或者梅子以及樽户君谈及有关吾良的话题时，古义人也努力不要想起借助田龟进行的对话。

古义人就这样在两种时间之间竖起了一面壁障。也就是说，处身于第一种时间期间，就决不允许第二种时间介入进来。不过，当置身于一种时间期间，至少在自己一人的内心里，从未将在另一种时间里体验到的东西否定为"那不是事实"。因着身在这一边而确信那一边的实在，有时反而觉得这一边的空间越发深邃和丰富，这与梦境所意味的积极容纳颇为相似。

"吾良先生从楼顶上跳楼自尽，他的遗体连同脑袋里的脑子全都被火化了，可你还认为他的灵魂或是精神现在仍然实在吗？"暂且假设有人质疑。

倘若如此认真提问的友人尽管属于忧郁型个性，可在提问时却带着微笑那就好了……这样的话，古义人大概会稍作考虑——自己的表情恐怕也是一副与年龄相符的凝重——之后，也微笑着如此回答说：

"是的，不过附有前提条件……借助田龟听到他的声音时，我相信，吾良的灵魂，也就是说，在我的定义里，具有与肉身极为相近的某种实体的精神，是实在的。因为，这与单纯播放录音磁带并不相同。吾良事先为我制作的是一个特殊系统。但是，他的灵魂正从我们生活着的这个空间错开去，田龟的电路却恰巧将那个空间与我们这个空间连接起来……应该就是这样。"

"在你与吾良先生没进行田龟对话期间，吾良先生在彼界的空间里是什么形态呢？不妨换一种问法，当你没用田龟连接处于田龟另一边的吾良时,对你而言,吾良是什么形态呢?"

"除了通过田龟进行对话外,我也无法经常思考吾良的问题。就是这么回事。"

"田龟这个机器便成了你们之间的媒介,让你觉得吾良的灵魂是实在的。如此一来,可就无法还原到'死后,人的灵魂是实在的吗?'这个一般性问题上来了。"

"是的,不过,借助田龟展开的与吾良的对话,使我对死亡的思考发生了变化。我相信,无论对于早在大学时代以及其后都一直关照着我的六隅老师之死,还是对于音乐家篁先生之死,我都可以把握他们的灵魂在各自空间里的形态。虽说我没有可以接通六隅老师和篁先生①的电路,毋宁说,这倒让我确信,除我以外,有人正借助那种田龟与这些人的灵魂交谈。"

古义人用现在这种会话形式进行思考的同时,为什么没去想象存在着连接吾良和千樫之间电路的另一个田龟呢?正是吾良与自己借助田龟进行对话,这才导致与千樫的关系紧张起来,即便吾良最终不得不做出一个选择的时候,古义人也根本没往那方面想……

另一方面,这难道是因为古义人存在着"自己与吾良通过田龟展开的对话是出于个人的固执己见"这种意识?古义人认为,千樫的确不会陷入那种固执己见之中,因为,她是个自立的人——既自立于古义人,也自立于吾良——吾良生前一定也是这么认为的。

母亲去世三年之前,古义人应邀前往九州的大学讲演,等待上台讲演的那段时间里,他查看了休息室里的时刻表,发现如果不出席相关人员也参加的宴会,而是乘坐渡轮先到四国,再换乘 JR 电车,当天晚间就可以回到森林里。于是,古义人委托负责接待的副教授,请他

---

① 原型为日本著名作曲家武满彻(1930—1996)。

在自己讲演期间帮助购买船票。

　　古义人赶到老家时已是十一点多了,母亲已经睡下。第二天清晨,古义人很早便起床,往通向另一间屋子的走廊上看去,只见后面那间昏暗的榻榻米房间里,在木板套窗缝隙中透进来的河面光亮的反映下,母亲在嫂嫂的帮助下,童女般的裸体形成一幅剪影,正在整理总不见摘下的头巾。与其说母亲置身于这一侧生的世界,不如说她的大部分都已经移往彼界了。大得近乎畸形的耳朵本身仿佛正在沉思一般,从瘦削的侧脸上垂挂下来。

　　面对面地坐下吃早饭时,母亲说了如下这些话:

　　"从今年开春(此时已是秋天了)起,就一直念叨着呐,想要见见古义人……可你现在就是坐在对面,我也会以为,一半是自己的幻想在那里吃饭呀……我已经耳背了,不过古义人的话呀……从小孩子的时候起,就不肯张大嘴巴说话,现在还没改过来……我根本就听不清呐。

　　"我觉得呀,好像一半是真实的,一半是幻影呀!而且呐,这一阵子不管看什么,就更不敢相信那都是真实的!

　　"在念叨着想要见古义人时,哎呀,有一半时候你就在这里。这种时候,我一给你提意见,家里人就都笑话我呀。可是,等你在电视机里说话时,我一对那机器说'那可不对呀',就连曾孙都来制止我,说是'这样对古义人就失礼了'。要说我对幻影讲话很可笑,可电视画面不也是幻影吗?我看到的幻影因为机器放不出来,就比电视画面更靠不住吗?这有什么根据吗?

　　"哎呀,在我看来,几乎都是幻影呐。一切都和电视一个样,跟我实际在一起的东西,也不知有还是没有……我可是在跟幻影一起生活呀。再过一阵子,作为实际的东西,我也会消失,就只能成为幻影!尽管如此,这个峡谷呀,一直就是幻影的舞台,这不会变,什么时候从这一边移到那一边去,就连我自己不也说不清楚吗?"

吃完早饭后,古义人为了搭乘上午的飞机,就让妹妹开车把自己送到松山机场。当妹妹打电话向嫂嫂报告准时赶到了机场这一消息后,便对古义人说道:

"说是老祖母吃完早饭后,迷迷糊糊地说,'刚才,我看到古义人的幻影了,还跟他说了话呐。'"

古义人不禁被母亲的话语触动了心思。在发生了那个事件之后,吾良会不会尚未意识到自己已是去了彼界的灵魂?对此,古义人倾向于做这种肯定的考虑。在深夜里与吾良进行田龟对话后,情况更是如此……

7

即便在借助田龟与吾良展开对话的过程中,最能让古义人自然而然参与进来且感到情绪高涨的,是吾良一面回忆两人青春年少时的往事一面谈论的时候。对于古义人来说,也就不用担心会在无视"**咚——**"那个事件的前提下谈论未来,而这一点与田龟的规则也非常吻合。有时也会与此相反,以提出有关未来的提案而结束谈话,眼看就要超出田龟的规则。

在一盘录音带里,吾良谈话时似乎想要再现两人二十来岁时他与古义人的对话:

"记得曾经对你说起,以前确实存在真正伟大的作家,接着就说起现在这个世界上是否还有大作家?日本这个国家又是如何?为此还列了一份名单。

"接着,咱把问题修正为,'将来,用日语写作的人里面,或许会出现真正伟大的作家。'你当时则表示怀疑。"

古义人在这里摁下了暂停键,他回答道:

"现在我还是如此。"

"直截了当地说,你本人就没考虑过要'成为真正伟大的作家'。咱们刚认识的时候,你很快就坦率地告诉咱呀,说自己是个普通人,想不出什么好的构思。其实,全国少年发明竞赛的送展作品等话题,就是挺有趣的。不过,你对此也是予以否定,表示那不是你先提起的话题。那是咱设的一个圈套,使得你只能选择那样的话题。"

古义人摁下暂停键,附和着说道:

"那是因为什么缘故而开始的? 当时,吾良你好热心啊。"

"咱首先让你承认卡夫卡是真正伟大的作家,是天才。咱还说了,马克斯·布罗德①本人是个崭露头角的平庸作家,却无法不承认尚不为人知的朋友是个天才,这时,他是怎样一种心情啊。在那位朋友去世后,为使他的遗作被认可而不辞劳苦,这又另当别论……

"此后,古义人你开始写小说,当你第一次陷入所谓懈怠期的时候,咱又旧话重提,说是假如不能成为这个国家当代的——尽管附加了该条件——伟大作家,写小说什么的就是挥霍自己的一生。虽然这一年来你作为作家非常活跃,还获得了芥川文学奖,不知为何却像是要以小康模样淡出文坛。咱就说了,干脆暂停眼前刚开始做的工作,以便从头再来。今后只要沉默那么两三年,新闻界和文艺杂志的读者势必都会忘了你。于是,咱表示开始启动本人设想的、塑造真正伟大作家的程序……

"那个时候的你呀,要说是学习的耐心和毅力,你还是足够的,无论小说还是随笔,只要想写,似乎就能运用自如地驾驭各种文体。

---

① 马克斯·布罗德(Max Brod,1884—1968),犹太裔德语作家,卡夫卡的朋友,也是《卡夫卡全集》的编辑者,著有《弗朗茨·卡夫卡传》等作品。

毋宁说，你倒是因为自己属于这种类型的作家而感到痛苦。虽然年轻，你却希望作为独特的作家，设定出独特的主题群以及文体，并不断将其推向深入，想让世人承认你是一个拥有如此原创风格的作家。但是，你又觉得这太难了，因而怯懦不前。

"于是咱就斟酌了一份计划，打算写一部以艺术家生涯为主题的脚本。年轻时就具有独创性，在不断深化这种独创性的过程中构建自己的一生。暂且不说这个终成正果的家伙（话虽如此，却也经受了磨难），对于当下的年轻作家来说，那就更难了。不过，如果依照咱的方法，也可以不采用那种苦行僧式做法。尤其对于古义人这样具有运用自如的写作能力又努力好学的类型，是再合适不过的计划了。咱对你说了很长时间，你还记得吧？"

古义人记得非常清楚。他这次摁下了停止键，慢慢地回想着。吾良的构想是这样的：炮制出一位虚拟作家，先由古义人采访那位一直不想涉足文坛的作家——虽然已是老年，却是独特之人，当吾良亮出这个计划时，古义人随即想象到自己刚结交的友人篁先生所私淑的那位昭和中期以来的超现实主义诗人——所隐居的住所，并倾力写出专访报道。对于这篇报道，总会引起某些反应吧。然后就顽强地把这种报道一直写下去，或介绍他被埋没的作品，或以谈话笔记的形式记述从不肯发表言论的他的谈话。如此积累起来，再冠以综合评价隐居作家之名写出研究专著。

这样一位领先于时代的前卫作家，在战争期间和战后一直都在默默写作。由于这个缘故，新闻媒体和读者都将对其产生新的兴趣。古义人则必须写出与之相应的有力评论。

这可能吗？吾良提出的是切实可行的计划，不过，即便有了好想法，也还需要将其构思为一部作品，更需要一词一语地使其成形，这些工作就比较困难了。具有革命性设想的年轻作家们经受了多少挫折呀！不过,对于像古义人这样博览群书且广闻博记、总是沉溺于奇思妙想的人,设想出业已写好的作品并对此进行评论性介绍,那还不是易如反掌吗？

而且,或许还会因此而生出念头,自己想要设法去写那虚拟的作品。既然是用评论已完成作品的方法对那虚拟作品进行种种评述,那么,不论是对作品的主题还是对情节的展开,古义人此时都应该了然于心了吧。

倘若那部作品实际写了出来,便当作此前一直沉默的老作家因研究专著的发行以及由此引发的关注而允许出版自己的作品,继而在文艺杂志上发表年轻时创作的这部作品。等到相继出版其他研究专著的时候,或许就会有第三者加入到对这位虚拟作家的评论中来。当然,引导着这一切的,则是使用各种匿名的古义人。这项工作本身,对于他准备实际创作下一部小说应该是有积极意义的。

就这样,经过大约二十年时光,古义人这个被新闻界所知晓的独创性写手的名字便会被遗忘。此后,他只是继续创作那位神秘作家的旧作。在这过程中,古义人将完全消失,只留下那位缓慢完成被重新发现之过程的巨匠。随着时间的流逝,巨匠的死讯一旦公布,尚未发表的遗作便像决堤一般发表出来,巨匠则作为确实伟大的作家为人们所追忆。

"实际上,咱们真的陷入有关虚拟巨匠的设想里去了,古义人。当时,博尔赫斯①的文学刚被介绍过来,还曾为他的想法与咱们的相近而沾沾自喜。那时,你开始通过英译文本关注在斯大林时代遭到

---

① 豪尔赫·路易斯·博尔赫斯（Jorge Luis Borges,1899—1986）,阿根廷小说家,拉美魔幻现实主义文学的先驱,著有《传奇集》和《不死之人》等短篇小说集。

压制的作家……比如布尔加科夫①啦、别雷②啦。就某种意义而言，仿佛咱们甚至与那位虚拟的巨匠一起上了年岁！"（说完这段话后，吾良留下让古义人感到有点儿超越了田龟规则的话语。）

"因此咱要说呀，古义人，现在的你呀，也已经到了你当初邂逅的那位虚拟巨匠的年龄了。今后要动脑筋想办法，即便不说伟大，也要作为一个独特的作家留在人们的记忆里。为此，你不该试着做最后一搏吗？

"从这台田龟播放出来的话语，就不能为那最后一搏多少起一些诱因的作用吗？你在自己的过去……不妨说在咱们的过去里，不就肯定存留着迄今尚未挖掘的矿脉吗？"

就在通过这样一台田龟持续对话的过程中，发生了一件事，千樫——就她的性格而言，她这是将长时间独自思考后的话语猛然宣泄出来——对着古义人开口如此说道：

"现在，你每天深更半夜在书库里以吾良为对象说上一阵子，再听上一阵子，可这不正是你所讨厌的、所谓毫无意义吗？这么做到底能有什么作用呢？我觉得你已经迷失了方向。

"每当觉察到你在专心致志地对吾良说话，然后等待着他的回答，我就觉得你也很痛苦，甚至觉得有时候你很可怜。这同我觉得阿亮可怜是一样的。假如你因为事故或其他原因突然不在了，阿亮会是多么无助啊。虽然我并不认为，你这么做，是在为前往吾良所在的

---

① 米哈伊尔·阿法纳西耶维奇·布尔加科夫（Mikhail A. Bulgakov, 1891—1940），苏联小说家、剧作家，著有《白卫军》和《大师与玛格丽特》等长篇小说。
② 安德烈·别雷（Andrei Belyi, 1880—1934），苏联小说家、诗人，俄罗斯象征主义的主要代表之一，试图通过小说三部曲（《银鸽》《彼得堡》和《无形的城堡》，其中第三部未能完成）来表达其思想。此外，还著有《蓝色天空中的金子》等诗集。

彼世而做准备……"

"总之,从我的卧室和阿亮房间的正上方传来那声音,让我很难受。就像水从细竹编筐中滴落下来似的……阿亮更是放心不下吧。你用再小的声音说话,哪怕只是默默倾听,想必阿亮都是无法忽视的。"

接着,古义人意外地发现千樫开始流下眼泪。他必须承认,除了这几个月赖以生活过来的田龟的规则外,家人间还有着人生的规则。尤其是千樫在话语中像是加脚注似的补上的那句抱怨,使得古义人甚至为之一震。虽然我并不认为,你这么做,是在为前往吾良所在的彼世而做准备……

8

"可是,我做不到!"古义人趴在书库的行军床上,将脸用力埋入床单后出声说道,"我是热衷于田龟……甚至沉溺于其中,这确实不成体统,可我还有一个伙伴,不好单方面说停就停。只要一想到已置身于彼世的吾良,这么做总觉得太可怕了。"

躺着的古义人猛然翻了一个身,将脸转向床边的黑暗。大学时代的一个老同学患白血病住进医院后,也是因为没让那位病人知道病名的缘故,他不断剧烈翻动身体,老同学的妻子便与古义人商量,说是担心他头脑里的血管是否会因此而破裂。毋宁说,这或许就是古义人这一代男人共同的生活态度……

古义人起身,从床下拽出那只硬质铝合金小提箱,从开始写在录音带上的备忘便签中,取出录有刚才回想起的吾良那段话的录音带并慌忙倒带至开头处。于是,田龟像是闹人的孩子在催促一般,古义人用力点点头,摁下了放音键。

"你一向如此,现在也是这样,用那种把自己追逼得犹如袋中之鼠般走投无路的做法,也就是说,用那种任性地自寻烦恼的做法,把自己弄得手忙脚乱。千樫可是对我抱怨了。"吾良说道,"听说,又是那个记者,强调'自己不读那家伙的小说',说是从年轻同伙儿那里听说自己被作为原型写进了小说,就大肆抨击你的'卑劣'。他自己却趁你获奖的机会,出了一本很花哨的中伤你的书。已经过去十五年了吧,自从他开始攻击你以来。对此,你真的无动于衷吗?

"说是最近你实在意气消沉,连带着千樫和阿亮也都无精打采的。这样就不大好了吧。就算你不如此,千樫也是个经历了很多艰辛的人啊。比如上次获奖,如果有人为此嘲讽说,你们不也相应露了大脸,走了大运吗?你就不妨回敬他,说是那种事情如同过眼烟云,痛苦的体验倒是会留下后遗症。总是沉浸于以往欢乐中的家伙,那他或是患上非常近似于异常的欣快症,或是一味沉溺于美好的回想之中,是个彻底不幸的人。千樫是经受了太多的痛苦体验,却也不是因此而软弱到想要回到以往欢乐日子里去的家伙。不正是这样的吗?

"所以呀,我就在考虑,是否出去找个地方歇一歇?这好几十年以来,你也在辛苦地一直过着作家生活,对于你古义人来说,渐渐地也有必要 quarantine 了吧。你暂且撇开小说,在一个时期内……出去时间太长的话,千樫和阿亮都会感到不方便的,因此,只是一个时期。也就是说,建议你让自己 quarantine 一段时期,从每天面对这个国家的媒体这种生活中脱身而出。"

"先让我查一下辞典,好吗?"古义人这个夜晚还没开口,此时他在心里默默回应道,"因为,最近从你那里听到这些话的时候,quarantine 这个词是知道的,但没有查阅它的准确定义。也就是说呀,还不能说这个词已经可以实用并进入了我的头脑。"接着,弹起田龟的放音键停下录音机后,古义人从书架上取出了《读者英日辞典》。

quar・an・tine[kwárənti:n,kwɔ́r:-]*n* 1.a(对于来自传染病地区的旅行者、货物)隔离,交通阻断;检疫;检疫(停船)期间(原为四十天):in[out of]~在隔离中[已检疫]。b 隔离所;检疫停船港;检疫局。2.(作为政治性和社会性制裁的)孤立化(isolation),社会性的驱逐,排斥,绝交。*vt*1.检疫〈船和乘客〉;对……命令(检疫)停船。2.隔离〈传染病患者等〉;检疫、隔绝〈地区〉;[fig](从经济、社会、政治上)使之孤立,排斥。*vi* 检疫。quár・an・tin・able a [It=forty days(quaranta forty)]

　　"吾良,我明白你借用这个词对我建议什么了。"统合上述若干词义并读完词典上的说明后,在摁下放音键之前,古义人对着田龟压低声音却尽量吐音清晰地说道。

　　"不一定非得四十天,稍微延长一些也未尝不可。那位记者也该上了年岁吧?作为远离他的港口,你觉得柏林如何?那里也是让我难以忘却的地方呀。不过,要问到那里与古义人的 quarantine 有何关系,咱实在说不上有什么直接的关系……"

　　"你是说柏林呀,我确实接到一份邀请,询问是否可以前往,是比四十天要稍长一些的时间。"古义人从自己的声音里听出了惊异,换句话说,此时他已将千樫的抱怨置之脑后,恢复了平日与田龟对话时的语调,"我现在就去看看那份邀请函,估计还在有效期内。"

　　关掉田龟的放音键后,古义人随即去书房查看文件。

　　古义人小说德文译本的出版,从年轻时起,就一直细水长流般地持续着。相隔几年或十几年,每当出版新译本时都是硬封书皮的精装本,增印部分则基本都是以平装本持续着。在法兰克福书展,汉堡、慕尼黑的文学协会等场合出席作品朗诵会时,同时也会安排签售活动,古义人总能售出相当数量的、装帧和色彩都很精美的平装本。这一次则是应邀出席柏林自由大学为纪念出版社创始人 S.菲舍尔而举办的讲座并担任主讲人。系里的邀请函比较宽松,表示活动将从十一月中旬开始,时间上还来得及,因此在本学年的前半期就不考虑替代人选了。

再度回到床上时,古义人已经找来出版社由编辑兼任的秘书发来的一份最新传真,了解到接受教授一职的答复期限只剩下三天时间。也就是说,古义人已经有意听从吾良的建议了。录音带上的吾良声音还是几个月前录制的,可真正需要他所说的 quarantine 的,却是此时此刻,而且,还是为了使借助田龟与吾良对话并沉溺于其中的自己重新振作起来。尽管遭到千樫的抱怨,哪怕只是这一个夜晚,古义人也没把田龟放到书架上去。至于 quarantine,则是这田龟对话的另一方提出的启示。古义人觉得已然设法开拓出前行之路,在这种思绪中不禁泛起了往昔对吾良的依赖之心:

"不过,我们的田龟对话该怎么办呢?"古义人差点儿问出口来。接着,他并未摁下放音键,自顾自地做了这样的回答。换句话说,他认识到自己编造了下面的话语以当作吾良的回答:

"那不是该由你古义人来决定吗?千樫对你的指责,较之于抱怨你对她和阿亮造成了困扰,更是希望你能从沉溺于田龟对话的状态中重新振作起来。是这么一回事儿吧?"

尽管如此,直至终于动身前往冬日里的柏林的前夜,古义人每天夜晚还是忍不住压低嗓门,通过田龟与吾良进行对话。不过,千樫似乎把这一切理解为古义人随即回应了她的要求一般说出前往柏林 quarantine,而这么做是为了将他通过田龟与吾良展开的对话告一段落。正是出于这个考虑,对于古义人多少压低了声音却持续到出发前的田龟对话,千樫才予以默认的吧。

直至临出发前,千樫每晚都在装箱和重新装箱。一天清晨,她这样说道:

"昨天晚上，突然想起要整理吾良寄来的信，就发现了从柏林邮来的水彩画。你要看看吗？是在质地非常好的纸上描绘的风景。先用彩色铅笔画，再用濡湿的笔在上面揉搓，就产生出水彩的效果。那真是一幅让人感到幸福和明快的画作。背面写着'如此晴好的日子，逗留期间，惟有今朝'，在正面，下方的一角有吾良的签名。"

古义人打量着这幅风景画，质地柔软且略有凹凸的深棕色厚纸，果然一派吾良做派，被粗粗拉拉地裁剪为长方形。

近景是高大树木接近树梢那段枯叶落尽的树干，以及看上去细细枝头相互纠缠着的几根枝条，由同一色系却浓淡有致的颜色分别描绘而成，惟有沿树干攀缘而上的蔓草是绿色的。再就是透过细细的枝条，可以看得见飘浮着几块白云的深蓝色天空。

"这些落尽枯叶的白色树干呀，细细的枝条上像是裹着毛线做成的布娃娃头发……这就是所谓欧洲白桦吧，春天就会长出比我们这里的白桦小一些的树叶……记得伯克利分校的研究室正面的窗子外面也有。"

"当时，吾良是想画天空吧。因为这天空的色彩太美……我觉得是他去柏林电影节期间画的。不过，他那时与胜子分手已经很久了，在西洋电影进出口业界里与他亲近的那些人全都消失了，虽然他自己也拍了几部广为人知的电影，可当时毕竟是更年轻一代导演的时代，因此他好像比较忧郁。他还说，每天、每天，从早晨开始就是阴天，一到下午四点天就黑，冬天的柏林就不是人住的地方……仔细看着这幅画，却又给人留下明快的感觉。

"大概是走在街上，画材中新奇的彩色铅笔吸引了他的目光，就买了下来。后来从旅馆的房间里第一次看到晴朗的天空，就想画出来……可手边又没有画纸，于是把电影节说明手册或是别的什么的封面给裁下来……

"而且,按照吾良的性格来说,他是不可能一个人待在旅馆的房间里,对着窗外的景色画素描的。当年,他画广告底稿那段时间,不是发电报把你从寄宿处叫到他那里去了吗?说是想让你站在旁边看他作画……他告诉我,把翻译兼陪同的那位姑娘带到柏林的旅馆房间里不会让人说三道四,就让她在身边陪着,自己则从容地画着素描。等到这幅画完成之后,在旁边看着的姑娘不是很容易说出'把这幅画送给我吧'的话吗?这是很难拒绝的,于是就先发制人,说是'这画送给我那位已经疏远多年的妹妹吧,地址也还记得'……我后来向他表示感谢的时候,他这才不好意思地说了这番话……吾良确实对自己的画没有自信,就算同意印在自己的文章里,也是决不会把画本身送给别人的……"

"这种所谓水溶性彩色铅笔后来怎样了?其中有些罕见的漂亮色彩。"古义人被千樫这种少有的雄辩气势给压倒了,却又如此问道。

"说是装进箱子里占地方,晃动起来笔芯又容易折,那就不合适了,就送给了那位姑娘。据说她取得大学入学资格后并没有立即上大学,而是先在社会上工作,然后再上大学。这种年轻人好像多了起来,在德国。因此,她就做了翻译和陪同,说她是这么一个人……当时呀,比起这幅画来,我更想得到那彩色铅笔。不过,现在看起来,还是庆幸留下了这幅画。"

古义人兴冲冲地动手为水彩画制作画框,他擅长于这种手工活计。

第一章 百日 Quarantine（一）

1

在柏林开始单身生活后，古义人是否就能够比在东京时离吾良或是吾良的灵魂稍远了一些呢？就古义人的自我感觉而言，只能说这是个微妙的问题。的确，他是把田龟和硬质铝合金小提箱留在书库后来柏林的。但是，如果觉得迫切需要的话，随时可以给千樫挂去电话，让她把那些东西装在国际特快专递用的强化纸袋和塑料盒中寄来就行了。他已经写好为自己提供宿舍的柏林高等研究所的地址，将其与那些东西一起放在了床铺下面。在来柏林前的准备工作中，通过海运寄出的书迟迟未到，古义人便急忙经由这种方式，把急需的德语辞典等书弄到了手。

不过仔细想想，借助田龟与彼世联系这件事本身，只是自己与吾良之间设定的游戏规则而已。倘若吾良希望尽快与古义人取得联系的话，按照他的性格而言，一定会使用更为直接的手段。

古义人刚登上由全日空与汉莎航空公司共同经营的成田—法兰克福航线的班机，就戴上了座位上配置的耳机。接着，他用力摁下座位侧旁的开关呀按钮呀，试图找到得以接收发自于吾良的新信息的途径,结果却是一无所获,这大概是吾良无意联络吧。

为从沉溺之中拯救灵魂而 quarantine,这个启示确实出自于吾良。紧紧抓住这个启示并付诸实现的,则是被千樫的要求追逼得走投无路的古义人。这一边的短时期隔离,对于去了那一边的吾良来说,难道真是毫无影响吗?

总之,将生活之所转移到柏林来的古义人,虽不曾从这一边主动呼唤吾良,那一边也没有发来任何消息,倒是到达这里以后,很快便从第三者那里得到了吾良旅居柏林期间的信息。因为创建初期的一些缘由,柏林自由大学校园分布于住宅区域的建筑物内。古义人初次露面的公开讨论会,便在其中一座建筑物内的比较文学系的大厅里举行,以大学的教职员和学生、资助纪念讲座的出版社相关人员以及媒体人士,还有对古义人旅居柏林有兴趣的市民为对象。会后,这些听众刚刚解散,一个人物挨近过来,此人像是了解吾良在柏林度过的那些时日,看样子还揣着与吾良其后的生死有关的信息。

细想起来,目前独自一人生活在这里的古义人,只要没人像在东京时的千樫那样为他遮蔽外人,就无法预先遴选拥来的信息提供者。因此,他完全在毫无防备的状态下站在他们面前。

小小的会场座无虚席,评述性发言和提问都很踊跃,公开讨论会结束后,许多人围拥在担任翻译的日语专业副教授和古义人身边。古义人依然站立着凭倚在桌沿颇高的桌上,为平装版德译本签名。这时,一个连带着香水气味一同挨过来的女士,用缓慢的关西口音的抑扬语调搭讪道:

"我想和您谈谈,是关于吾良先生与德国新一代电影人之间的事⋯⋯"接着,为让古义人听清楚话语中夹带的德语,她的谈吐显得做作起来:

"我并不想说那些无聊的丑闻之类,所以请您不要戒备。那是

Mädchen für alles 的复仇……最近出版的德日辞典,担心被指责为歧视性词语,将其翻译为'可提供全方位服务之人'。"

虽然很快就学到了这个德语措辞的真正含义,但是,隐于那位女士发音之中的轻蔑,却让古义人感觉到了不安。眼前这位要求签名的学生先用英语说了致辞的大意,请古义人写到书上,以作为送给母亲的圣诞节贺礼。然而,当古义人刚要在扉页下笔,头脑里却一片空白,想要再问一遍,口中说出来的却是法语。在这一番小小差错之后,将签好的书递给那学生时,终于抬头向对面看去,却是一位人比声音苍老许多的日本女士。

"被说成 Mädchen 的,是为吾良担任德语翻译的那个人吗?"

"不、不是!她怎么会说德语呢!甚至连正式陪同人员都算不上。所以嘛,先前我才说是 Mädchen für alles。"

这位女士与古义人年岁相仿,换句话说,看上去已是初入老境了,小小脸庞上顶着乌黑发亮的浓密头发,显得很不协调。她只要合上嘴巴,周围便会鼓出引人注目的凸起。

她将名片递给一时接不上话头的古义人,说道:

"真是太好了,先生在德国好像也有许多书迷,看上去也很忙,所以今天就先告辞了,改天再来拜访,慢慢请教刚才对您提到的新一代电影人的问题。请先生记住我!"

这位妇人身材矮小,却迈着男人般的步伐走开去。古义人觉察到一直在拍摄座谈会的电视台摄制人员正将摄影机对着这里,便问道:

"刚才那些对话也打算播放吗?"

"不,"制片人是个日本人,他从旁探过头来回答道,"这只是场景间的过渡……不过,像 Mädchen für alles 这种歧视性用语还在使用,真让人吃惊啊。这可是女权主义比较盛行的国家啊。"

于是，古义人将收下的名片不由得放在了刚刚为读者们签名的桌面上。对于吾良在柏林结识的女子，古义人只对在吾良画那幅水彩画期间陪伴在一旁的姑娘有兴趣。至于写真周刊杂志作为丑闻予以报道的那位女子，即便此人就是遭到 Mädchen für alles 歧视而实施报复的女子，古义人也是无所谓。

2

然而，古义人未能轻易从刚才那位妇人的召呼中获得自由。从下周起，S.菲舍尔纪念讲座正式开始，上课时间为每周一和周三的十二时至下午二时。第一次上课那天，比较文学专业的德国人副教授前来公寓接古义人，告知有个"学究式十五分钟"的惯例，去教室上课时务必迟到十五分钟，也必须提前十五分钟下课。这天来得太早，为了在教室以外的地方消磨上课前的十五分钟，古义人便来到比较文学专业的办公室，却在刚为自己设置的邮箱里发现来自那位女士的卡片。

有一位德国学生与我联系，说是我的名片丢在了那天的会场。迄今为止，我从不曾丢过名片。记得当天在大学里奉上名片的，除了副教授之外，就只有先生您了。对此，我善意地理解为那是出于作家先生的漫不经心。至于我诚挚地对先生述说的，并不是日前偶然说到的 Mädchen für alles 之事，而是深远至德国电影界之未来的积极提议。我下午要去汉诺威，就不能聆听先生今天的授课了，好在已经从办公室秘书那里得到高等研究所的电话号码，因此，近日会再与您联系。以上系区区琐事，谨预祝先生讲座获得巨大成功！敬具尽管谈不上巨大成功,却由于事先分发了复印资料——原先准备了四十份,后来只能又加印了一些——的缘故,读完英文讲稿后再进行解说的授课便顺利完成了。回去时,古义人按照被告知的路线乘上巴士,行驶在浓浓暮色早早降临的街道上,回想起异常鲜活的"袖珍口琴"这个词语,而且这一想象与那位妇人的容貌又直接关联。细想起来,这句话还是通过田龟从吾良那里听说的。

早在那个事件发生之前,古义人刚开始尝试着使用田龟,便出乎意料地随即成为每天夜晚的习惯。吾良好像也预料到这一点,每一盘录音带都没有录制郑重其事的寒暄,只要一摁下放音键,就会立即听到连接着前次的谈话内容,吾良就以这种方式开始了谈话,这种方式自然而然地使得倾听田龟成为古义人每天的例行公事。因此,在吾良刚刚死去的时候,由于忘了更换电池——这是老式机器,相关提示并不周到——的缘故,古义人深信田龟出了故障,甚至担心吾良制作的、借助这个系统进行的对话由此终结。倘若果真如此,这以后的夜晚该是多么孤寂难挨啊!想到这里,仿佛大鸟的阴影缓缓罩在头顶上……

且说对话初期留下深刻印象的录音中,便有这个"袖珍口琴"的谈话。这倒不是吾良从一开始就有意提及"袖珍口琴",此前说的是电影中的演技指导这个话题。

"在你编的丛书里收录了咱父亲的随笔集中,你在解说文里不是提到《演技指导论草案》吗?由于你将其与宫泽贤治①的《农民艺术概论纲要》两相比较,所以,建立在当时盛行的文本校勘批评基础之上的、治学严谨的宫泽贤治研究团体,以及打算对父亲写的书重新

---

① 宫泽贤治(1896—1933),日本诗人、儿童文学作家,著有《春天与修罗》等诗集、《银河铁道之夜》等童话。

研究的电影评论团体,这双方呀,都把你的观点批判为'随意'。不过咱却认为,你的联想里呀,存在着与那篇调门过高的解说文之文体不一致的、似乎更为通俗的依据。

"这个国家草创期的电影界确实比较特殊,在那些想要酝酿日本情调的场面里——也就是说,所有影片都是如此——配乐无一例外地使用'樱花呀樱花'的变奏曲。至于群众场景,则只见窄小的画面上全是临时演员,而他们的外圈却是一个人也没有。这些问题父亲都写过。此外,关于女演员的出身,她们都是贤治倾注精力想要设法帮助的农民们只能卖掉的那些姑娘的伙伴。父亲肯定也有那种想法。就人道主义的动机而言,父亲与贤治可是一致的。

"一旦面对摄影机,那些女演员就不会有一点儿笑容,说起台词来也不愿张大嘴巴,父亲为此非常焦急。但是,他仍想设法提高她们的水准。就是这么一种心情。贤治试图为农民开创出壮阔的艺术远景,然而,该在哪里、如何寻找到能够将之付诸实现的农民呢?即便贤治本人或许也知道,那毕竟只是一个难以实现的美梦吧。在父亲来说,也不想把那些姑娘涂抹得白花花,打扮成可怜楚楚的朵朵鲜花,而是想方设法找出具体方案,让那些姑娘掌握表演技巧。正因为你出身于森林中的峡谷里,因而很好地感觉到了这一点。

"父亲在那里的教授方略,实际上还真发挥了作用。咱本身那时刚刚入行当演员,记得父亲曾指导怯场的演员用比平常低一两个音的低音说话,对此,咱可是拳拳服膺啊。

"且说在日本电影史上,咱这一代人比父亲晚了大约五十年,目前在演技指导方面考虑得非常单纯,单纯到父亲如果听到这一切或许会感到绝望。要尽全力选配角色,因为只要角色分配不出问题,那电影就好像已经获得了成功!

"除此之外,则没有演技指导可言。不是有一些被称为演技派巨星的女演员嘛，其实，她们本身也只是作为稍显可爱的新面孔在迷离恍惚的演出过程中，就获得了新人演技奖，于是在演技上有了自觉，从导演那里也得到了这种认可，便取得了还算不错的成就。期间随着时间的推移，便被定格为著名女演员，也就仅此而已。被捧成明星的这种演员所谓熟练的演技，只不过是一再重复如此形成的自我形象罢了。语言学意义上极为乏味的同义反复嘛。有时候呀，所谓永远清纯的女演员，也会卖力地热演一场，比如出演平安朝①的娼妓，哎呀，那个时代就已经有这种人了吧。不过，那也只是一次单纯的同义反复而已。观众岂止流不出眼泪，甚至想要不笑都困难！

"然而，咱们在社会生活中实际遇见的女子里呀，还真有演技很强的人，强到她一说'这就是我的本色'，你就无法抵抗。

"在迄今为止的人生中，咱遇上的这种风格独特的女子可不是一两位。咱的人生，就是在不得不接连遇上这种女子之中度过的。有时咱甚至在想，惟有通过这一切，咱的人生才得以如此展开的吧。只能说，这是好一个充满艰辛的往昔和未来啊！"

倘若吾良的中心话题是"袖珍口琴"的话，这么一大段便是开场白了。身在柏林的古义人离开田龟，在更有意识地回想吾良的说话语气时，也觉察到这是在饮酒的同时录下的音。在借助田龟实际听这一段开场白的时候，古义人之所以没有意识到这一点，是因为自从在东京各自成家，在不同领域从事各自的工作后，除偶尔在中国餐馆以及寿司店吃饭时喝点儿酒外，也只在小酒馆约过那么一两次，当然，年轻时——甚至从高中时代起，古义人就经常奉陪喝酒的吾良——则另当他论。如果联想到千樫是吾良的妹妹，这话听起来或许就显得有些奇怪了，那就是最近这些年以来，古义人从不曾把吾良

---

① 平安时代起始于公元七九四年，终结于公元——八五年。

请到自己家里酣饮并聊至深夜。至于汤河原的吾良家,也是在他死后,古义人才第一次造访那里。得知吾良从楼顶跳下去之前曾喝下大量白兰地时——梅子将打开瓶塞的轩尼诗 VSOP 酒瓶放置在棺前——古义人甚至产生了一种别扭的感觉。

不过常年以来,古义人自己却养成了临睡前喝点儿小酒的习惯。如何减少由此带来的损害,便成为心理和肉体间不断重复却不见进展的争执,尤其在年过五十之后,更成了改造生活方式这一愈发坚定的动机。尽管如此,借助田龟收听吾良在尚未去往彼世前送来的录音之际,对于吾良显现出两人面对面时难以想象的好心情和情绪化,古义人却不认为这是受了酒精的影响。在这其中,吾良与古义人的关系从一开始直至最后——即便现在正中途休息,可只要一想到借助田龟展开的与吾良的对话,就觉得或许还没有结束——都显然具有辅导教师与学生那种关系的特征。

吾良在有关演技指导的这一番谈话中,将自己迄今交往的演技指导远不能及的个性化举止,作为与生俱来的特征的范例,说起了绰号为"袖珍口琴"的那位女子:

"那个姑娘呀,总是用垂挂着的刘海遮掩着脑门,如果她以双手撩开那发帘,就会发现那里生着日本女子少有的饱满天庭。两眼也很深邃且善于表达,漂亮的鼻子与上唇间的间距较短,那模样实在是好看,却会在某个瞬间忽而变为因当真怨恨而不满的表情!而且,她还泪眼迷离地哀哀述说,其后又默然不语。在那显得有些大的可爱口唇里,像是抿着嘴唇衔着小巧的口琴——不是有人将其叫作袖珍口琴吗——似的,鼓出一个轮廓清晰的矩形来。浮现在其中的她那复杂情感,不论积累了多少经验的女演员,都无法通过演技表演出来!真是难以想象!不过呀,该说是母女相传吧,母亲与女儿可是连着呢!"

古义人反刍着吾良的话语，感到自己正从混沌中一点点地理出头绪来，那位半老妇人的容貌在自己身上唤起了有关"袖珍口琴"这句话语的记忆，古义人觉得已经明白了之所以如此的背景。吾良在为各色人等起绰号这方面，具有超群的观察力和描写力。那个年岁的妇人本身，不可能是吾良所说的那位姑娘。不过，如果说是那位姑娘的母亲，却也是可能的。现在，从其作为母亲的她身上，古义人看到了那种特别的表情。通过这血脉相连的母女的相貌特征，已经可以轻易想象出尚未见面的那位姑娘的容貌了。但是，倘若果真是女儿的话，那位半老妇人为什么对她进行如此冷酷的批判呢？在古义人来说，这又成了一个新的谜团。

3

Quarantine 的日子大致安定下来后，像是停止通过田龟与吾良对话的补偿行为一般，古义人开始频频往东京挂去电话。偶尔也给大学里负责照顾自己的副教授等人以及比较文学专业办公室的秘书挂去电话，呼叫音先是德国式的振铃声，接着就是沉默，然后是再振铃、再沉默。而挂往东京的国际电话却与此不同，在令人感怀的一连串呼叫音——实际上应该是千樫设置的莫扎特室内音乐中的几小节在起居室回响——后，便会传来阿亮那沉静和哀伤的应答声：

"喂。"

在其后的一两分钟里，并没有语言交谈，只是都在专注于窥探对方的动静，然后，阿亮或是交给母亲，或是以更为沉静的语调回答说"妈妈不在"，便沉默下来。

另一方面，千樫的心情大致都很好，甚至经常在电话里说起夫妻俩在东京的家里时很少涉及的文学话题。

一天，千樫结束生活中的事务性工作后，提出一个像是已在心里梳理为语言的问题：

"你年轻时主要阅读翻译作品，那段时间你的语速很快，发音有时还不清晰，但是谈话内容真的很有趣，有一种闪烁着光亮般的、与众不同的新颖表现……

"后来你长期旅居墨西哥城，开始直接阅读外文原著而不是翻译作品，你所使用的语言的感觉就变了。我经常在想，那是因为新的深度反映在你的语言之中。然而，我却再没听到那些极为滑稽、有趣的话了。你在小说里使用的语言也是如此吧？这也许就是所谓的成熟了，但是，此前那些辉耀着光亮的语言却消失了。在这么思考的过程中，我就渐渐地不去读你的小说了。因此，对于这大约十五年以来的小说，我是什么也说不上。不过，较之于翻译作品，我觉得那种变化可能与你越来越多地阅读原著有关……尽管一般看法认为，惟有阅读原著的人，才能把日语中所没有的那些趣味性引进来……"

"你说的也许正是事实。我的书的销售行情出现下滑，是在四十五岁之后，与我开始不怎么阅读翻译作品的时期是一致的。就像你所说的那样，辉耀着光亮的趣味性或许淡薄了。阅读翻译作品的趣味里，有一种与从原著中读出来的感觉所不同的、细说起来就是露骨的情趣。那里就这样翻译吗？竟然可以如此处理？我为之惊异不已，同时觉得自己翻译不出这样的日语来，经常因此而深为感佩。尤其在那些年轻有为的译者里，有人确实显示出了甚至可以称为异常才能的力量。"

那一天的电话就这样结束了。几天后，千樫整理了寄到家里来的赠书和杂志，尤其是发行量不大的专业性季刊，在电话里向古义人汇报寄自友人的赠书后，便说要继续上次的话题：

"翻译了法语新作的那位年轻人的文章里，有一种离奇古怪的趣味。"

"嗯，是那样的。且不说美国西海岸的大学里直接处于福柯①影响下的那帮人，英语文章本身写得就非常出色。特别是英国学者写的东西……我的作品之所以不再闪亮，说不定与我一直以来主要阅读剑桥大学出版社的专题研究专著有关，从布莱克②直到但丁的研究专著……"

千樫避开古义人惯常的自我嘲弄般的饶舌，径自说道：

"现在我认为有趣的，也许并不是重要的部分。因为，那是一部很大的书，我完全不懂其中有关诗歌的解释。"千樫这么说着话，同时把她想让古义人看的部分传真过来。

这本书是《诗歌领域内的勒内·夏尔》③，与其说翻译了此书的译者年轻，不如说他更是一位实力派的法国文学学者。千樫用为水彩画做素描的 2B 铅笔，在这部评传的作者对勒内·夏尔关于萨德④的思考进行归纳的地方画了旁线，即便传真过来仍能分辨出来。

萨德并不让作品形成结晶。他的诸多著作只是理解的工具（勒内·夏尔确认，"revolution⑤"一词"并非革命"，必须将其理解为天文学者们所定义的"公转"。在夏尔看来，人类不是固定的天体。人在转动，并不是与自身等大的物体）而已。萨德祝

---

① 福柯（Michel Foucault, 1926—1984），法国哲学家，结构主义哲学的代表者之一，著有《疯癫与文明》《临床医学的诞生》以及《性史》等专著。
② 威廉·布莱克（William Blake, 1757—1827），英国诗人、画家、雕刻家，著有诗集《天真之歌》《经验之歌》等。
③ 勒内·夏尔（René Char, 1907—1988），法国诗人，现实主义诗歌的代表人物之一，著有《勒内·夏尔诗选》等。
④ 萨德（Marquis de Sade, 1740—1814），法国情色作家，出生于贵族世家，一生中因写作情色作品而多次坐牢，《索多玛一百二十天》即于巴士底狱写成。
⑤ 原文由英语转译，大意为革命。

愿人类天体趋向于回归线,远离了真正的现实生活、歌唱着的无所作为的太阳们所在的回归线。他祝愿人类的非社会化,教导大家逐渐舍弃曾被母熊舔舐(被教育)的部分。

在随即打过来的电话中,当千樫说起自己被这一段文字唤起的思考时,古义人也被她的思路所吸引。

传真过来的文章中那段教导大家逐渐舍弃曾被母熊舔舐(被教育)的部分这种表述方式,使得千樫受到了刺激。

"在这个表现中,我认为吾良的方方面面都被说到了。吾良就是被我母亲那头母熊那么舔舐着长大的。如果用普通的日语来表述的话,那就是疼爱得恨不能舔上几口。不是有这种说法吗?即便我这个当妹妹的看起来,孩子时代的吾良也确实招人疼爱得想要去舔。而且,我并不嫉妒吾良,只是觉得他应当被大家特别疼爱。吾良曾是一个非常俊美的孩子,画的画非常出色,甚至受京都的出版社委托,为书的装帧绘图……

"说起来那是战争时期的往事了,他不是还被推荐进入特殊班级吗?因实施科学教育的国策而设置的特殊班级。

"在那个物资匮乏的时期,母亲特地搞来连职业画家都羡慕不已的颜料,她还以面向孩子的科普读物为中心,制定出读书的计划表格,收集到很多珍贵的图书……

"假如吾良没有认真地接受母亲的这些安排,情况就真的会很可怕。吾良就是被母熊舔舐着长大的。我觉得,法语所说的被熊舔舐,肯定是连带着痛苦的感受。

"有个时期,吾良结识了研究弗洛伊德以及拉康[①]的几位专家,

[①] 拉康(Jacques Lacan,1901—1981),法国精神分析家,巴黎弗洛伊德派的学术领头人,对哲学、人类学、文学等领域拥有较大影响。

从一旁看起来,也觉得他不可思议且老老实实地接受了那些影响。在那个过程中,吾良曾同样孩子气且天真地写道自己如何从母亲那里获得了自由。然而,当时我却认为,他不可能如此轻易地摆脱掉母亲。我是一个没什么知识的人,也知道这种疑问很幼稚,可我还是不理解,心理学对成年人就那么有效吗?即便是吾良,不也是个见多识广的知识分子吗?

"此前我一直担心,吾良迟早会遭到心理学的反击。这并不是说,打算把那么凄惨死去的所有原因全都归罪于心理学的反击。但是,如果说到吾良心理状态的复杂纠葛,那些心理学家多少还是负有责任的。"

4

在接听从柏林的公寓里挂来的电话时,阿亮虽然沉默寡言,却把自己的所思所想详细写在传真上发了过来。千樫第一次为古义人写的随笔集绘制插图时,吾良曾说千樫这画从一开始就有自己的风格。回忆起这句话,古义人不禁在想,倘若吾良这个当舅舅的看到阿亮的画又会怎么说呢?比如说,在阿亮用万能笔绘制的自己与母亲登上大型喷气式客机舷梯的画面旁,他写了这样一段文字:

　　我想去听柏林管弦乐团演奏。施巴尔贝和安永彻先生是非常好的第一小提琴手。我要带着妈妈千樫去柏林。

母亲却担心隆冬的北方都市会引发阿亮的病患,因而丝毫不见想要推动这个计划的迹象。

古义人将这页传真贴在厚纸板上,搁在餐厅的餐桌上。擅长于记数的阿亮还亲自写上传真号码,这是他看到高等研究所的号码后注意到的。该不是阿亮记住那一串长长号码中直至柏林电话局号码的数字，也就是〇〇一四九三〇……后，为此感到得意，才在画中也用万能笔写上那号码的吧？之所以这么想，是以前古义人曾接到参加柏林电影节的吾良意外挂来的电话，说是让古义人稍后再把电话挂回去。当古义人为自己想不起被告知的电话号码而为难之际，趴在一旁正在五线谱纸面上作曲的阿亮，将记录在五线谱纸面空白处的号码轻声告诉了父亲，那是他先前听到父亲在电话里复述过的这组号码。当时，古义人和千樫都为此赞不绝口，难道阿亮至今还记得这件事？大概是这组号码的前半部分与父亲现在的传真号码相同，因而再度引发了阿亮的兴致，这才在画面上写下那串号码的吧。

古义人随之清晰回忆起的，是那个时期吾良身边有一位年轻女子。紧接着，各种细节便一个接一个地浮现而出。在国际电话里，吾良委托古义人办的是这么一件事：

"你不是说过曾在长崎遇见过一位狂热的读者吗？有人想听你说说那件事，而且，还要像你以前与奥布朗交谈时那样，用英语。他帮你修改成标准英语的那部分，就原样按照那个说。千樫可是说了，你在卡片上写道'其增删部分很是有趣'。你把它找出来，再把电话挂过来。这部电话上有转换装置，能够让整个房间都听得到。"

"那么做，是为什么？"当古义人如此反问时，吾良开心地说道：

"这里有个姑娘，是日本人，却是在外国长大的，目前从事德语口译工作，日语也很精通。但是，她说只有用第一外语英语听笑话时，自己才能真正笑出来。咱因此而感到惊异，难道还真有这种事？所以就想到了你那段体验，好歹总能让她笑出来吧，又译成了英语，还有经过修改的卡片……

"今天这场雪据说是柏林的第一场雪。光秃秃的黑色树干上的细枝呀，零星纠结在一起的地方，轻轻地落了一层薄雪。有时在气流的推挡之下，无数雪花竟然静止在空中。就这么看着看着，便觉得精神起来，想要让你去办这件为难之事。好吧，那就等你的电话吧！"

古义人充满怀念之情地回想起吾良这段兴高采烈的饶舌，当时，吾良对于这个电话委托本身就感到很开心，也是想让身旁的姑娘听到这一切。

刚才提到的奥布朗，是曾与吾良一同出演电影《吉姆老爷》的英国演员。借他前来日本的机会，吾良在自己与西洋电影进口公司老板的独生女胜子共同组建的家里，办了一个小型晚会，把古义人也给叫了出来，说是让他"陪那个英国人聊聊天"。而古义人对奥布朗讲述并让他感到津津有味的，是不久前应左派一家出版社工会委员长之邀，在对方于长崎召开的集会上进行演讲时发生的趣事。

在出版社、报社以及广播电台的工会专职人员那种人看来，所谓进步的——不过，既不属于共产党也不属于过激的各个派别——小说家根本算不了什么。事实上，古义人那次也受到了这样的对待。由于直飞航班的时间关系，他一大早就到了长崎，却被告知"口哨演奏会和文艺演讲"已改为晚间举行。然后，给了古义人一个盒饭，便把他塞进同属工会的招待所里。吃了那盒饭不久，古义人就开始腹泻，于是上了比较繁华的大街想要买药，却找不到药店。他在四处寻找的过程中钻进一条小巷，虽说位于城市里，却觉得这条小巷如同光线暗淡的深山峡谷一般。在这里，古义人找到一家门面连两米都不到的药店。

拉开老式玻璃门走入店内，背靠药架坐在狭小空间里的那位四十上下的女人将苍白的圆脸转向古义人，随即憋住"啊！"的一声惊叫。古义人并未在意，提出要买止泻药，就在付钱时，女店主抬起涨红了的汗津津的脸，呻吟般如此说道：

"啊——！只要心诚，就会应验啊！"

然后,她便滔滔不绝地说起了自己。为了当上药剂师,她在京都读了短期大学,是古义人的忠实读者,买齐了古义人的所有作品并用厚纸包上书皮。父亲突然死去后,就继承了这间药店。由于靠近花柳街,是家以避孕用品和性病药物为主要商品的经年老店。禁止卖淫法实施以来,尽管也知道关灯熄火那种不景气,可她相信,即便是窝在长崎这个地方,只要继续接待顾客,就总有一天能够见上古义人……

古义人牵挂门外覆盖着下水道的石板上站立着的中年男子及其同行的和服女伴,便想尽快离开药店,可女店主却从柜台下取出装有六瓶粗圆的健康饮料的纸盒放在柜台上说道:

"请饮用这些饮料,给您优惠。"女店主说道。

"我平常不喝健康饮料之类的东西……"

"不、不!这不是一般的健康饮料,除了大蒜,还加入朝鲜人参和海马粉呢。'现在就喝!立马雄起!两个回合没问题!'不是这么写着的吗?一盒只收六百日元,请您带上两盒吧!"

女店主又把另一盒摆在柜台上,这时那个带着女伴的男人在一旁插嘴道:

"如果是大甩卖的话,我也想要,请来上两盒!"

"谢谢!是一盒一万日元的特价甩卖,一共两万日元!您是识货人,知道这是好药。'现在就喝!立马雄起!两个回合没问题!'夫人,您真幸福啊!谢谢您了。"

就是这么一段逸事。出于良好的人品,奥布朗表现出发自内心的高兴,提出要把古义人的英语措辞修改得简洁有力,甚至在返回伦敦的飞机上,就把"现在就喝!立马雄起!两个回合没问题!"这句广告词推敲得更为 bolder①,并委托返回成田机场的航班捎回东京。

---

① 英语,大意为更加大胆、醒目。

他似乎是要修改得更为露骨……

找出卡片后,古义人在深夜的东京往下午的柏林挂去电话时,还听到听筒里传来为初雪而兴奋不已的年轻姑娘的笑声,这笑声与吾良那略显老气且心满意足的笑声交融在了一起。

也是因为清晰回想起尘封的记忆所带来的愉快心情,倘若原封不动抄下浮现在古义人心中的字词,那就是清爽而明朗的追忆。在吾良那过早来临的晚年里,这也算是一段珍奇的经历了。

5

在柏林的单身生活中,每逢周六和周日,大学里的授课自不用说,就连在高等研究所与同事共进午餐以及发表会都没有了,对漫步于繁华街道的兴趣也比较淡薄的古义人,大致都是躺在床上看书,回想着吾良的这事那事,从而度过这段时光。茫然间思考着这一切时,那回想往往就会向性色调浓厚的方向倾斜过去。

这还是吾良仍与胜子经常同往海外从事电影工作时的往事。从美国回来的吾良,乘坐出租车前来看望也是刚刚结束加利福尼亚大学巴克利分校教职的古义人。吾良之所以难得地乘用出租车,是打算在这里痛饮威士忌以驱除身上的忧郁。他不停小酌不加冰块不兑水的老伯牌苏格兰威士忌,同时对古义人说着话。那酒是古义人从出版社得到的年终酬礼。夜晚十点过后,一直在旁作陪的千樫回到自己的卧室,便只剩吾良和古义人对酌交谈,毋宁说,像是此前一直受到抑制似的,此时,吾良尽管仍有些郁闷,却摇身一变为侃侃而谈的健谈之人。

在那之前一年,吾良曾用六个月时间,在好莱坞出演了试图将西方在太平天国运动中的作用正当化的电影,而目前则是他前往洛杉矶和纽约参加首映式后回到日本。在电影中,吾良饰演日本大使馆武官这个重要角色,甚至还有抱着主要女演员通过枪弹四处横飞的街道去避难的镜头。古义人在洛杉矶一家有影响的报纸上读到一篇评论,赞扬吾良那东方演员少见的魁梧身材以及洋溢着的男性魅力①,便把这篇影评裁剪下来寄给了胜子。然而,当他回国后看到日本的电影评论时,却发现吾良完全被忽视了。在周刊杂志上那篇匿名文章里,只采用了饰演武官夫人、身着和服的胜子出席驻北京的各国大使馆馆员云集的圣诞晚会的一幅剧照,还写着诸如"这其中就有吾良得以通过试镜的原因"之类的文字……

于是,古义人从自己在巴克利选作教材的《文明论之概略》中引出"怨望"这个由福泽谕吉②独创的单词,面对渐显醉态的吾良讲了起来,说是在日本这个国家里,日本演员吾良之所以遭到如此轻视乃至贬损,正是由这"怨望"而起。福泽认为,所有人的批评语句都具有盾牌的两面这一特性。比如说"吝啬"与节俭相通,"粗暴"与勇敢相通,惟有这"怨望",无论从哪个方面看,都是非建设性的、无法置换为人类的积极性资质……

对此,吾良回应道:

"被那位记者纠缠不休地死死盯住,古义人你不也同样为'怨望'所苦吗?不信你得个国际大奖看看,那位先生说是肯定会出一本全盘否定你人生的书(实际上,后来他的确这么做了)。对于这种事情,咱根本就不放在心上。比起你这事儿来呀,你特地从报纸上剪下并寄过来的那篇评论文章、曾那样赞扬过咱的那位作者,也向我发出了威胁。你还算好,还没有这种情况。"

---

① 原文为英语 glamorous。
② 福泽谕吉(1834—1901),日本思想家、教育家,提出脱亚入欧论,著有《文明论之概略》《脱亚论》和《西洋事情》等。

吾良开始闪烁其辞地搪塞，使得古义人甚至感到了不快。不久后，千樫告诉古义人，据说吾良目前正专注于"怨望"这个单词。

再说曾赞扬过吾良的那位电影评论家、五十来岁的女士艾米，其实在吾良参加影片巡回宣传期间始终随行。而且，她只要发现吾良有空，就把他拉到饭店附近的小酒馆，说是想要写一篇更长的报道，便接连对吾良进行详尽的采访。

当吾良再度回到旧金山准备返回日本的前一天，被艾米请到中华街做了一次总结性采访，其后，在回饭店途中的狭窄坡道上，两人紧紧地拥抱在了一起。这天晚上，吾良非但没有将腰部挪开，以便不让对方觉察到自己的勃起，反而用那玩意儿强有力地顶在对方的下腹部以及大腿上。他本人也意识到，这个攻击性举止，是对采访所使用的英语造成的抑制的一种反动。万幸，十天的美国之旅为他积攒下了性爱的能量。结果，艾米没有回自己家，而是走进了吾良的房间。

"在那之前，只知道这位女记者很健康，是一个丰满而开朗的知识女性，可是一做起来才知道，她竟是一个狂热迷恋于性爱的女士。只要是个洞洞，她就前后不忌。直至第二天清晨，她一直都在用手抚摩着咱身上那地方，不做的时候，就一门心思设法让其奋起，除此之外什么也不干。就连咱那坚韧不拔的吾良兄弟也射不出精时，她就把那玩意儿强行按到自己嘴边，让咱用手指、她则用舌头从旁积极协助，当终于能够射出来时，她就像变色蜥蜴似的用舌头裹住那玩意儿。她还坐进接咱去机场的车，一路上不停地抚摸着咱的阴茎！

"然后，去西班牙拍三个星期外景的事儿刚一定下来，她就告诉咱，说是已经订了同一家饭店的房间。只要一想到那恐怖的二十来天，咱就会连同那阴茎一起瘫软下来！"

古义人感到绝望的吾良显得很滑稽。不过，面对毫不掩饰地现

出悲痛眼神、闷着头不停喝着威士忌的吾良,出于始自少年时代的习惯,古义人不能不提出点儿建议:

"你这样考虑一下问题如何?这一次西班牙之行与上次美国之旅,相隔有两三个月了吧?因此,在你们下次重逢的最初那两三天里,总会产生应有的激情吧?还没过上几天,你就要去特定的外景地拍片子,不用回饭店的日子也就到来了。

"然后,隔上几天再回到饭店时,你和艾米的再度相逢呀,不就有了一股令人怀念的新鲜感了吗?"

也是因为醉得比较厉害,吾良说起话来竟带有抽抽搭搭的哭腔:

"虽然你写了那么多阴暗的小说,可你基本上还是一个乐天的人呀。你与千樫这样处事低调的人结了婚,夜里却还是想一个人躺在书库的床上,真没想到你竟是这样的男人!"

那年在西班牙的外景地,吾良对于来自于加利福尼亚那位五十来岁女士的恐惧,还有古义人那没有具体根据的安慰之经纬,竟是出乎意料地圆满收场。据吾良回国后说,在他赶到外景地当天,太阳还高高挂在天际,他就与已经入住那家饭店作为根据地的电影记者做了两次爱,深夜里一次,翌日清晨又做了一次。其后二十天里如果天天如此,那可就是下地狱了。想到这里,吾良不禁身冒冷汗。万幸,西班牙籍投资人只把演员带去马德里,在那里闭门不出一待就是四天。接下去,又是连日参加莫名其妙的招待会,然后就宣布西班牙外景拍摄就此停止。原来,这是为了照顾因大量出口廉价的西班牙葡萄酒而获得成功的投资人的面子,才一度决定把具有代表性的葡萄酒产地作为外景地,可是影片制作方却并非真心如此,连拍摄器材也有一大半没有发运。这就是事情的原委。于是,又决定在那一周之内,要转移到印度尼西亚的弗洛勒斯岛去。在剩下的那两天里,吾良和女记者情意绵绵地连续做爱。为了搭乘比吾良他们的出发时间还要早的飞机,天还没亮,艾米就起床前往机场。此时,她的身上早已不见纵欲的痕迹,甚至还飘逸着经验丰富的记者那种禁欲的庄重。

但是,在叙说那些旅行见闻的吾良身上,既有在炎热地区拍了一个夏季的电影的疲惫,也有经历了古义人难以猜测的艰辛之后的专注神情。仅在那位来自加利福尼亚的丰满而开朗的女士到达当天至翌日清晨就性交了四次这一点上,就足以让古义人激活高中时期就萌生的孩子气的尊敬之情,禁不住暗自叫好:干得漂亮！称得上坚忍不拔、奋勇拼搏。

6

革命前,据说俄罗斯富豪时兴在柏林兴建别墅,其中一位富豪极尽豪华,建造了一座迎面绘有罗马风格壁画的巨大建筑物,圆柱从二楼阳台直达屋顶。这座建筑物经过内部改造后,便成了高等研究所的公寓。古义人的房间位于可以俯视湖面的三楼。圣诞节休假之后随即跨入千禧年,除夕日一直到深夜,因此而燃放的焰火轰鸣声仍连绵不绝。从除夕直至新年过后新学期开学,古义人都要乘坐巴士往来于大学了。经由常去购买食品和葡萄酒的哈根广场①搭乘下行至凯尼休新街区克尼西大街来的巴士,然后在繁华大街库塔姆大街②前不远的拉特瑙广场新街区换车,是一段不到三十分钟的路程。即便清晨发现雪花覆盖了冰封的湖面,那场雪白天通常也是会停歇的,虽然也有路面冻结的日子,但大多是那种无碍于交通的连日阴天。

一天下午,古义人下了课,解答学生疑问的所谓办公室时间也已

---

① 原文由德语 Platz 转译,与英语 place 的语源相同。
② 西柏林主要街道,全长三点五公里,两侧排列着百货公司、餐馆和服装店等店铺。

经结束,便出门走入早已昏黑下来的天色中,于是一个日本女士过来搭讪,听那声音倒是耳熟。那女士挨着他走在两旁残雪未融的狭窄道路上,身裹一件长及脚踝的外套带来的印象虽然大不一样,可是,从刚到柏林时在提问的众人间说出 Mädchen für alles 这种用语以及含有"袖珍口琴"似的口唇周围的感觉,还是让古义人很快就回想出来。

"在您乘坐巴士的这段时间里,可以陪您一会儿吗?虽然在这段时间里也不知道能否说上点儿什么。"

然后,她并不等待古义人的回答,就将身体移至几乎触及古义人肩膀的近处,行走间像是威胁般地用亲昵的夸张口吻说道:

"您果然不使用 Mädchen für alles 嘛。我给您挂过好几次电话,办公室帮我转到您在公寓里的房间,可总是无人应答!"

在东京的生活中,古义人绝少遭遇如此强行与自己同行并搭讪的人。不过,从位于住宅区内的柏林自由大学的教室走向巴士站的这大约十分钟里,需要沿着如同抽干水的又浅又大的池塘一般的公园斜面下到坡底,再从那里顺着上坡路走向车站,古义人却很少独自走完这十分钟的路程。与自己交谈的不仅有上课时未及提问的学生,还有旁听的旅德日侨以及生活在柏林并为台北撰写报道的青年。古义人感觉到,一旦克服了自身的本能性排斥反应,诸如此类的谈话也并不是毫无意义。

与古义人并肩行走之初,那女士就踢起外套下摆,迈开大步往前走去,与公开讨论会那天晚上过来攀谈的那位疲惫、忧郁的半老日本妇人印象判然有别。至于她今天所说的内容本身,就像其装束和走路模样一样充满攻击性。

"一个与我长期交往的德国人常说,日本人喜欢过度讲述个人化话题,就连作家呀电影导演的演讲也是如此。难道果真如此吗?

当时我还心存疑惑。可是听了先生的演讲后,却觉得此话不无道理。就连像您这样的先生,在谈话中也经常涉及个人化话题嘛。"

"就像你知道的那样,我的英语发音难以听懂,所以复印了此前在美国的大学里上课时用的演讲稿分发给大家。然后照此宣读,同时注解式地进行说明。当讲义中出现比较生硬的文脉时,为了让话语柔和以便于理解,便说了一些个人化话题。"

"今天的讲义是您在斯德哥尔摩的演讲稿吧,其本身不就是从个人回想开始的吗?从身有残疾的阿亮的音乐切入,再将思路转向普遍。虽然让我为之感动,不过,还是有些德国人认为过于个人化了。"

"你说得对。"

一股柏林冬日里特有的寒风刮了过来,在钵盂般斜面的底部形成涡旋,古义人则位于这个涡旋之中,用并不擅长的外语讲了两小时课的昏热脑袋与冰冷的身体间的落差,使得古义人觉得自己好像悬吊在半空。那位女士也觉察到了这一点,便圆滑地转换了话题:

"那边高处有雪的地方,无人行走……就在那下面,不是有个女人在遛狗吗?她的男伴不正坐在那块圆形大石头上吗?听说,那块石头可是由冰河从挪威附近被推挤、翻滚到这里来的呀!"

"从挪威?那一块圆石头?"

"我也没说只是这一块石头翻滚过来吧。"那女士反驳道。

及至来到横跨电车线路的天桥上,古义人看到高高车顶的巴士正从远处往这边驶来,却又不好突然将这女士撇在一旁跑去赶车。办公时间结束于下午四点前后,这条路线上的巴士大约一个小时三班,古义人不得不做好心理准备,在下一班车子到达这里之前,就在这车站与那女士长时间交谈。

与那位劲头十足的半老女士的对谈,就这样开始了。

"我想要重新向您致意。这一次请不要再弄丢了(那女士将名片递到古义人胸前,仿佛预料到对方无意接下似的,即便在古义人接住名片之后,她也没有立即放开)。想必您已经从吾良先生那里听说了我的本姓。我目前的姓是与现在的夫姓合成的。他来自于以前的西德,在东柏林地区进行再开发,也就是不动产方面的实业家。不过呀,他对文化有着自己的理解,让我自由从事以前延续下来的工作。

"那项计划中最为重要的部分,当然,目前还在进行之中,您在吾良先生那里也曾听说过吧?那项计划就是把吾良先生的电影剧本,交给施隆多夫①导演之后的新一代中最优秀的导演拍摄。吾良先生的结局竟是那么凄惨。就像上次对您说过的那样,那是 Mädchen für alles 的报复。吾良先生为那些纠纷所苦恼。但是,不论事态如何变化,他与我一同做过来的工作却是另一回事。万一有什么不测,他也是会在遗嘱中把那个工作托付给我的,难道他没有如此想法吗?在私人信件和传真上,他可是表示了这个意向!

"由于这个关系,我想请先生见一个人。那人比刚才说到的沃尔克·施隆多夫导演还要早上一代,是个了不起的人物,被誉为新电影②导演们的老师。他目前没拍电影,把主要精力倾注在哲学著作上。另一方面,则要为严肃的电视栏目制作长时间的节目。这位先生想以吾良先生的作品和生涯为主题制作新节目,说是无论如何也想在这个节目中对先生进行大约一个小时的采访。

---

① 沃尔克·施隆多夫(Volker Schlöndorff,1939—),德国电影导演,因其代表作《铁皮鼓》而获得戛纳电影节金棕榈奖和奥斯卡最佳外国片奖。
② 从二十世纪六十年代末至七十年代初兴起的、反映新倾向的美国电影运动,将吸毒、反战运动和性解放等作为电影素材,其代表作有《咱们没有明天》和《嬉皮摩托旅行者》等。

"时间是下个星期天的上午,刚才我请教了日本学科的副教授,他说那段时间先生肯定有空。那位先生还答应届时承担翻译工作。您看怎么样?

"……是吗?那就谢谢您了。采访当天,那位先生说是会开车来公寓接您,然后直接前往采访会场。地点就在波茨坦广场一家有名的饭店,将于下周开始的柏林电影节就以那里为主会场……这么说来,吾良先生的作品也将参展吧,真让人感怀呀……因为进行采访的导演是对您说起过的那种人物,所以同意把大厅提供给我们拍摄。

"日本的代表们还没有来到柏林,不然就可以向您介绍几位知名人士,真是遗憾。听说,由于和吾良先生的关系,先生您反而与电影界的人比较疏远。"

车站只立着一根写有 H 标识的方形立柱,古义人站在那里——有一座很大的公园向对面倾斜下去,古义人从未去过那边,听说医学部以及著名的马克斯·普郎克①研究所就在那里——任凭寒风吹打。在那女士说话中途,古义人就已经放弃抵抗,只得听任名片上写为 Itsuko Azuma Böme 夫人的"喷砂枪打鸟,总能蒙上"式的高谈阔论。

古义人不记得自己曾听说过这位东·贝姆夫人所说的德国导演要以吾良的脚本为基础拍摄电影这回事。不过,生性懦弱的吾良有足够的精力抗拒此人的高谈阔论吗?尤其与她的女儿有着某种关系,那就更是麻烦。倘若果真有这类事情的话,那可就越发……古义人听说,吾良生前确实有一个计划,打算将在美国大受欢迎的电影的收益存在洛杉矶,雇请当地的演员和其他工作人员拍摄新片。如果

---

① 马克斯·普郎克(Planck, Max Karl Ernst Ludwig, 1858—1947),德国理论物理学家,于一九一八年获得诺贝尔物理学奖。

真是这样的话,那谁又能断言,在仅次于美国的、已经动员了大量观众的德国,吾良就不会作相同考虑呢?

还有一个与此相关的事,这也是三年前刚从柏林回来后不久,古义人从吾良那里听说,德国一些年轻的电影研究者有一个计划,打算将古义人一部题名德译为 *Der stumme Schrei*① 的长篇小说拆解开来,重新结构为实验性的电影。吾良当时还问道,是否有意不要求甚至放弃电影改编版权,给予研究者们自由。

那次是吾良与千樫、古义人这兄妹两家,包括各自家庭的下一代在内,难得地在六本木聚餐的夜晚,古义人除了倾听对方的要求外无法作任何表示。之所以如此,是因为千樫在指责吾良,说是岂止得不到电影版权,还要任由对方将作品拆解,当小说家也太丢人现眼了,从而让吾良怯懦地沉默下来。当时,古义人认为这不像是吾良积极主动提出的要求……

有着两层座席的高车顶箱型大巴如同船只一般摇晃着沿行车线驶来,在黄昏时分似的阴沉天空——才四点多一点儿,却总给他如此印象——下,古义人刚要向她道别,被乌黑头发包裹着的那张女人的小脸显现出来的表情,却让古义人怀疑自己是否举止粗暴地冒犯了对方,从而畏缩不前。

"我并不是要一直尾随到先生的住处。这辆巴士还将返回波茨坦广场,您知道吗?假如连我也作出 Mädchen für alles 那样的举止,您将如何?"

东·贝姆夫人迅速登上巴士,沿着曲折且陡急的阶梯前往二层。古义人不由得跟在她的身后,两人并肩坐在第一排靠右的座席上。夫人像是要用高强度的沉默来强调车站那番高谈阔论的意义,古义

---

① 《万延元年的 Football》之德译名。

人也觉得不便搭话,便将视线转向开始热闹起来的食品商店那边。

巴士临近了拉特瑙广场,从高高的二层座席可以四顾库塔姆大街热闹街景时,古义人对东·贝姆夫人点点头,便独自走下一层。黑得与年龄很不协调的满头乌发的脑袋充满威严地微微点头回礼,古义人再次注意到,她的口唇周围确实显现出衔着袖珍口琴般的两条平行线。

古义人穿过宽敞的马路,走向换乘巴士的车站,抬头仰视着已经完全黑了下来的冬日天空,就以那种姿势确认了信号后,便将视线落在脚边。

"原来是这么一回事呀!"古义人叹息似的自言自语。在国外的生活,总能唤醒他的这个习惯。"不过,登载在周刊杂志上的那位姑娘的照片,也是这么个模样吗?据说,那幅照片是出版那份杂志的出版社与姑娘的男朋友勾结起来炮制的,总之,面带忧郁的吾良坐在她的身边。那位姑娘倘若果真与她母亲一样,口唇周围也有两条平行直线的话,那么,把她称为'袖珍口琴'这种女性观察方面,不愧是吾良,有着我远不能及的能力!那种能力却没能帮他从女人的纠纷中逃离出来,这倒也像是吾良之所为……"

第二章 "人啊,这种易于损坏的东西"

1

一周要在大学里授两次课,尽管除了周末以外,其他日子都与高等研究所的同事共进便餐,古义人仍然感到生活寂寞,便想起在自己和吾良之间,曾围绕自杀进行过几次探讨。那也是在田龟对话中出现过的主题。

不过,自从吾良从楼顶上跳楼身亡之后,作为田龟规则之一,古义人无意提起有关自杀的话题。倒是吾良无所顾忌地在录音里留下了相关内容:

"咱在松三刚见到古义人你,马上就觉得对你有了一份担待。至于是否真的发挥了什么作用,那可就说不清了。尽管如此呀,咱与你的交往不那么频繁时,那个时期就会有人替代咱接下那份担待。这倒未必只是咱个人的单方面看法。新接下担待的那些人都不是像我这样流氓类型的人。古义人你已经养成了那种习惯,所以马上就想否认我刚才所说的话吧。不过,你毕竟是个得天独厚的人,我不是这么说过吗?你也眼看就要六十了,因此,也该是摒弃自己生活方式中 basso ostinato①——也就是自我嘲弄的固执低音——的时候了。"

吾良开始如此说开来，古义人却认为这才应该是自我嘲弄的天真幼稚，估计吾良是想说出"自己相当于你的辅导教师"这句话来。于是，古义人摁下了暂停键回应道：

"吾良你与我的交往不那么频繁时，替代你的人物是谁呢？"

古义人刚刚摁下放音键，就像料到他会如此反应似的，吾良随即用攻击性语调继续说道：

"替代咱的人物中，有六隅先生，篁先生也是。你这就明白咱说的'不是像我这样流氓类型的人'的意思了吧。"

古义人不知所措，再度摁下暂停键，在心里描绘连接着六隅先生、篁先生，还有吾良的那条线。他们都是让自己尤为怀念的人物，不过，尽管自己是六隅先生的学生，却还不能把那位法国文艺复兴的大专家称为自己的辅导教师，而音乐家篁先生也有异于这个称谓，对于吾良，自己同样也想这么说。

"不，你可不是流氓无赖，而是流氓的对立者！以致真正的流氓头目把刺客都派到你身边来了。"

或许是对田龟的机能非常满意的缘故吧，古义人重新摁下放音键，吾良调整情绪后继续说了起来，其直率的程度却仍然让古义人在那个瞬间感到震惊：

"咱在松三所干的事，就是设置了不让你自杀的障壁……话虽如此，要说咱在多大程度上意识到了这一点，那就不明显了。只是现在回想起来，只能说当时确实是那样的。这一点真是不可思议。在松三，咱不可能对遇到的每一个人都充满好意地交往。这倒也不是说就充满了恶意。尤其是你，从十七八岁时起，有时不能很好把握自

---

① 意大利语，意为低音部的固定声型。

己。你可是一部远比你自己所认识到的更为深奥的教科书。虽然来自于那么偏远的山窝里,也或许正因为如此,你才是那种确实有异于常人的教科书。

"不过,咱开始有意识地把你和自杀联系在一起考虑,却是在咱们都年过三十以后。那时,你整年或写小说或读书,尤其是咱有了自己的工作,间隔很长时间也无法和你聚上一次,有人突然就把这个问题向咱直接提了出来。说是电影圈的人爱扎堆的地方,可实际上与电影制作有关的生产性人物却是屈指可数,咱经常去这么一家酒吧,便遇上了倒真是在为电影写配乐的作曲家,也就是篁先生。那人一进酒吧就径直走到咱面前,如同黑鸟飒然飞落一般在咱的身边坐下,询问起有关你的事来。

"'最近,你见到古义人了吗?那人没事儿吧?'他这么问的时候,倒也没有特地压低声音……

"那可不是诸如古义人是否在正常工作、阿亮君还好吗之类的问候,而是非常直率地打听你'不会自杀吧'?每次一见面就只打听这一件事,因此,咱是不可能误解的。久而久之,咱终于醒悟到,自从与十七八岁的古义人相识以来,咱本身也在留心着不让你这家伙自杀。就是这么个道理!

"你一定会反驳说,如果篁先生这么讲还有可能的话,那么六隅先生又当如何?我怎么就让六隅先生有同样想法了?真是难以想象。其实,像咱这样的人不可能经常见到那位大家。虽然在你和千樫结婚的那个小小仪式上见过先生一面,在那之后却一直没遇见过。再后来就在巴黎与先生一起吃了顿饭,先生的夫人也一同去了。"

古义人摁下暂停键,起身查阅带到柏林来(也是打算捐献给比较文学系)的六隅先生全集里的年表,然后对着田龟兴冲冲地回答道:

"那是先生最后一次在法国逗留,那一年巴黎发生垃圾处理行业大罢工,街市上到处都飘浮着燃烧垃圾的烟雾。先生后来送了我一件小礼品,是巴黎全市的袖珍绘画,现在还放在成城家里的书桌上呢。"

"咱以前的岳母是西洋电影进口公司的副经理,六隅先生的崇拜者,说是无论如何也要在西餐馆请先生夫妇吃饭。然而,先生无意中知道咱也在巴黎,就回答说,'如果古义人君的内兄也参加的话。'

"咱给前妻一家惹了不少麻烦,又听说前妻本人还在东京,就恭恭敬敬地过去了,是一家三星级西餐馆。当咱迟迟赶到时,先生正等着咱呢,开口就问,'古义人君不会自杀吧?'副经理便露出惊讶的神态,先生却是无动于衷,倒是夫人开始调和气氛。在那个年龄上,咱还从没见过那么漂亮的(说到这里时,吾良一瞬间竟口吃起来,古义人觉得他是想起了自己的母亲)夫人,不管是日本人还是外国人。夫人这样说道:我丈夫总是这样失礼地担心、牵挂。最初呀,我怀疑他所担心的是位患有什么疾病的先生,可现在却认为,那是一位确实非常坚强的先生。对于夫人的这番话语,副经理评述道:我女儿说,此人是个左翼,可也是个诙谐、幽默的人。六隅先生对此全然置之不理,只把庄严的面孔对着咱。我要说的就是这么一件事。"

说了这段话之后,虽然田龟还在转动,吾良却是一片沉默。古义人也无意追问一句:"那么你是怎么回答的呢?"因为,即便是在现实对话中,吾良也会以沉默来避开这个提问。为什么这么说呢?那是因为就算六隅夫人那番批评未必准确,古义人现在毕竟还活在人世。

古义人甚至没想进一步询问吾良:"那么,你对自杀又是怎么考虑的?"这是由于古义人觉得吾良既然已经自杀,再如此提问就是违反田龟的规则了。

然而,隔了一段时间后,吾良的声音再度从田龟里无忧无虑地传

了出来,却让人感到惟有这些话才违反了规则:

"这类话题会让古义人感到疲惫吧?在你所生活的那个世界,而且,在你这个年龄上,人们大多都会感到疲惫的!那么,今天晚上就说这些吧!"

2

由制片公司的经理樽户发表了吾良的两封遗书,是用古义人无从判断的文字处理机或具有多种功能的微型计算机打印出来的。除此之外,古义人还看到另一封遗书,其中有"在所有方面,自己都已经松垮下来"这一段。从那以后,古义人的思绪经常回到这句话上来,如果这就是吾良的自我批评,那么无论如何也难以理解。

从俊美非凡的少年时代起,直至年过五十后头发开始枯细、稀少,吾良都不失为一位美男子,他知道如何顺应各个年龄段,展示自己与其相应的仪表风采。在外人看来,吾良从不曾显得松松垮垮。

倘若说曾见过吾良松垮下来的模样,那也只有一次。这还是古义人利用在柏林单身生活的闲暇,持续回想后才终于想起来的。在一个大概为提供文化讯息而制作的夜间电视节目上,当时还是演员的吾良与一位作曲家一起上了那个节目,听说这位作曲家以前在欧洲留学的时间并不长,目前在巴黎的社交圈里却有不少知己。作曲家身着在巴黎加工的夜礼服,吾良则是自己设计后让西装店定做的毛式立领长上衣,黑色绸面闪现出胭脂红的光泽,仿佛镇住了刚刚拉开节目序幕的演播室。

两人饮着香槟对谈了一会儿,这时,同样身着夜礼服、端着香槟酒杯的小说家加入进来。这位小说家对于欧洲的文化、风俗,尤其是美食具有独到见解,也只有他的发言显得爽朗、活跃。其实古义人也知道这位小说家,他的性格与显现出来的表面现象全然不同,毋宁说,是那种内闭型的个性。他是个不好对付的人,无论对于媒体还是国外文化界,他都因自己的才能和见识没能受到相应——他的口头禅叫作等身大——的承认而愤愤不平。在这过程中,相互间的对话停滞下来。

以作曲家和电影演员为对象的话说欧洲竟没能说出自己的"味道",这份不满使得小说家焦躁不安。因综艺节目而广为人知的主持人的表情中,好像也现出了些微困惑。像是试图设法挽救这个局面似的,欧洲的特写照片被插播进来,其中还有对历史学家和文化人类学家的专访,于是,作曲家、小说家以及吾良再度出现在显像管里。然而,他显然已经疲惫了,醉意也猛然加深了许多。在谈到日本电影界对自己缺乏理解时,吾良如同女人一般絮絮叨叨地反复抱怨着,上身摇摇晃晃、坐立不稳,后脑勺甚至都撞上了椅子靠背。古义人实在不忍目睹,于是关掉了电视机。古义人不久后了解到,吾良那段时期正为与胜子的离婚问题而苦恼不堪……

不过,吾良暴露出如此松垮的状态,确实是非常罕见的。他曾受到两个黑社会流氓的袭击,九死一生之际身上多处负伤,电视摄像机播映了经抢救后将他用担架车推往病房的情景。即便在那种时候,吾良都没有松松垮垮,镜头显现出了那份情绪高涨的神情。

那时刚好在美国的古义人——千樫曾在什么地方写过,说是当时丈夫不在家,因此得以自由地看护哥哥——在洛杉矶的电视新闻中,不是面向日本观众的有线电视,而是在从七点开播的全国播放的CBC节目里看到了这一切。回国之后,古义人读了一篇谈话报道,以男同性恋语言作时事评述而走红的双胞胎艺人的其中一人,说是怀疑这一切只是吾良自导自演的作秀。出于慎重,古义人特意观看了在面向女性的综艺节目中露面的这个男人,不禁被从其内里渗透而出的空虚和凄惨的东西所压倒。吾良一直在与这种残忍、冷酷的"猛士"相连接的世界里工作，这让古义人痛心不已，这种痛心已经取代了先前对那句话语的愤怒。不仅在那么一种"业界"里，即便遭到黑社会袭击以后，包括在司法审理过程中，吾良也总是一派昂然，全然没有丝毫松垮。

在为田龟录制的其余录音带里，吾良赞扬了古义人年轻时写的《人啊，这种易于损坏的东西》①这部长篇随笔。也就是说，吾良对于古义人生活态度的指向给予了积极评价，这是一种抗拒损坏和松垮，自己不损坏，也不被损坏，一旦遭到损坏便立即进行修补的生活态度指向。古义人反复听着这段录音，以与吾良遗书中"自己都已经松垮下来"那句出乎意料的自我批评进行比对。从第一批送来的三十盘录音带中听到这段内容，还是通过田龟进行的对话刚刚开始不久。从吾良谈到这段内容时的气势和力度来看，想必这是他经过长时间深思熟虑后的发言。

吾良直接谈到了阿亮：

"你出版《人啊，这种易于损坏的东西》时，咱条件反射般想到的，是'哎呀，咱自己要拍一部片名为《并非易损之物的人》的电影'。不是当面对你说起过吗？咱可是还记得，你当时还满脸不高兴。在日本这个国家的，不，毋宁说在国外的机场，看到贴有'易碎'②标签纸的行李时，就想到把那标签纸贴到自己的后背上去。咱知道你的构思来自于这种体验。不过，当时咱无法接受这个说法，因为所谓易于损坏的东西原本就是人们常见的属性。你这家伙还是个人道主义者啊，咱甚至感觉到了古义人你本来不会接受的通俗性。

---

① 大江健三郎曾于一九七〇年出版长篇随笔《作为损坏之物的人——在活字对面的黑暗里》。
② 原文为英语 Fragile。

"于是咱考虑首先用摄影机表现出人的脆弱和易于受到伤害的程度,通过真实人体的细部,不厌其烦地让观众实际感受这一切。在构思过程中不知出了什么问题,中途改变主意,想要以成为不死之身的那个体格强健之超人为主人公结构故事。或许可以说这是物质化时代的《祖母的孩子》……

"当然,从最初的草创期开始,电影这种艺术形式就一直在表现不会损坏的人。在观看诸如此类的英雄期间,观众就会忘记自己是易于损坏的东西。其实,那只是单纯的精神宣泄作用的装置。被不死之身的英雄接二连三斩杀的其他众多配角,可就是道道地地的易于损坏的东西了。但是,他们只是映象的符号而已。比如说,镜头不会充满同情地强调某配角饰演一个人被斩杀而死的痛苦。如果你试着这么做,那么,超级英雄和配角的作用马上就会转换。你不妨想象一下,一方面,放映出把滴溜溜转动着的手枪插回枪套的英雄,另一方面,则是暴露着你常说的被'异化'了的伤口的配角。

"咱对于那本书的理解就是这样的。在《人啊,这种易于损坏的东西》里,与阿亮的共同生活激发你写出了《人啊,这种易于损坏的东西》,也推动了你本人的人生,从而使得你最终修复了原本作为被损坏了的东西降临人世的阿亮,修复为尽管身患残疾却仍然能够独自活动的人。只要与阿亮一起听音乐,咱就为竟然还有智力如此之深的年轻人而感佩不已。而且,他还能运用美丽的和音与旋律作曲,作出咱无论如何也作不出的曲子!你就这样重新塑造了在现实生活中原本已经损坏了的阿亮。当然,这其中也有千樫的辛劳。咱可是从心里佩服你们。因为在阿亮出生的时候,咱去了医院,且不说你吧,咱暗自为千樫黯淡的未来而叹息。咱相信,你的'人啊,这种易于损坏的东西'之认识,是将阿亮的存在作为背景的,因而才摆脱了多愁善感的通俗性。说实话,咱并不认为年轻时的古义人在写《人啊,这种易于损坏的东西》时,就已经预测到了阿亮将成就今天的事业。是在毫无这种成算的情况下,在殊死奋斗的过程中,阿亮被修复成了具有如此魅力的人物。除了发自内心地表示感佩之外,咱还能如何?

"毋宁说,你们从这一侧解读了来自于超越人类的维度发来的一个信息,或许这么说更合适一些。这话说起来就有点儿科幻电影的味道了,因为我经常在想,在这个千禧年行将结束之际,宇宙间各种信息该不会都集中到这个星球上来吧?耶稣基督诞生前后一定也是这样的!每当千禧年之交,这个星球难道都被赋予拯救整个宇宙的可能性?当然,信息将变为暗号降临在这个星球的各种场所。假如能够把那些暗号解读到某个量,人类就一定会获得拯救全宇宙所需要的智慧。

"你和千樫所做的,就是成功解读这种暗号的范例。目前,阿亮的音乐 CD 在世界范围内受到欢迎,那是人们作为这种被解读了的信息而接受的。如果你对解读暗号这种说法反感,那么不妨这么说:经过漫长的太空之旅后到达地球的那台已经损坏得七零八落的机械,被你和千樫修理得又能驱动了,而且完美无缺!"

从这盘磁带录制时的背景音中,可以听到第三者的声音和其他响动,古义人由此推测,虽然其他磁带是在事务所吾良的办公室里录制的,却惟有这一盘可能是在医院的单人病房里制作的。倘若果真如此,难道这磁带是吾良在被流氓刺伤以后,至少是在外伤将愈未愈之时录制的?当时,千樫探视回来后一直担心,吾良被刺中颈部,却不知因此而伤了哪根神经末梢,弹吉他时有一只手指不能自如活动,吾良今后的疗养生活该不会因此而寂寥孤苦吧?

当时,在积极评价古义人和千樫完美地修复了阿亮的伤口——损害了的部分——这一辛勤劳作的同时,难道吾良其实也在从相反角度向古义人做另一种述说？难道作为年过半百的中年人，作为虽然尚未危及生命，但重要的细部遭到损坏而且全然没有修复之希望的中年人，吾良在那么滔滔不绝地一直诉说着？

不仅仅是被所谓流氓这种毫无意义且蛮横无理的暴力毁坏了的部分，也包括因为这个巨大事故致使心理松垮下来的整个自己，究竟应该如何进行修复呢？吾良大概是想向古义人发送有关于此的询问信息吧？

在那之后，遭到两个流氓袭击时延续下来的痛苦和恐怖，再往后，还有那种默然的不快感，那些真实的反应肯定一直存留在吾良的心里，尽管他从不曾直接说出来……

在一部短篇小说里，古义人曾描写在乌干达一条大河边的码头上工作的日本青年，还介绍了被当作原型的那位青年的证言，说是发生他被河马咬住的事故——被河马的大口斜叼住腰身——时，只知道"哇——""哇——"地大声喊叫。对此，吾良曾这样讲述自己的感想：

"那倒是表现了真实感的喊叫。"

当时——那还是在吾良拍摄改编自古义人小说的电影《安静的生活》①的摄影棚里——古义人和吾良都错开视线，默然不语，这是因为两人都只能承认自己想起了遭受流氓袭击的往事。

3

"有个自由撰稿人给咱挂来电话，是个奇怪而阴沉的家伙。他

---

① 原文为英语 A Quiet Life，由大江健三郎发表于一九九〇年的长篇小说《安静的生活》改编而成。

也意识到了这一点，便过分地故作轻松，说是想围绕你早年描写右翼少年暗杀事件的那部小说①对咱进行采访。那家伙连'长江古义人的政治伪善与怯懦的私生活'这个标题都拟好了，说要发表在最近很畅销的信息杂志上。那家伙还说，保守派的大批评家也好，具有国际影响的电影导演也好，都曾严厉批判过年轻时的长江。前者是迂藤，后者好像是艾吧？说什么'我惟有向你打听古义人的人格缺陷。这一次，我要牵着这家伙的鼻子走，逼得这家伙只能与右翼进行正面交锋'。对此你怎么想？"

这是吾良在直接打过来的电话里说的，那时还没有田龟。

"你问怎么想？那就看你的意思吧。"古义人以冷淡的方式回答道，"对于年轻记者来说，六十年代已经是被忘却了的往昔。大概是出于再度挖掘那个事件的热情吧。"

"咱姑且答应了他的采访要求，让他到制片公司的事务所来。"几天后，吾良再次打来电话，"等见了面一看，才知道是那个叫蚁松的家伙，也就是在松三高中时，那个大块头卷毛、说话办事都咄咄逼人的家伙。如果想要知道被压在新闻界最底层经受种种艰辛后会是什么下场的话，他就是一个活生生的例子。当知道让他来咱这边的事务所时，那家伙似乎以为咱上了他的圈套。不知道什么缘故，他认定咱憎恨你，由于这个原因，便确信他自己是咱必不可缺的人物了。这家伙一下子就赖下来不走了，咱却要出门去附近的意大利餐馆谈事务所里的工作，他还想要跟着去。咱只好明着下逐客令了，告诉

---

① 大江健三郎分别于《文学界》一九六一年一月号和二月号发表中篇小说姐妹篇《十七岁》和《政治少年之死》。后者以曾于一九六〇年十二月刺杀了日本社会党委员长浅沼稻次郎的凶手、右翼少年山口二矢为原型。在右翼组织的威胁下，中央公论社社长在未获作者大江健三郎同意的情况下，于《文学界》一九六一年三月号上发表谢罪声明。

他,'今天就到这里吧,蚁松君。'可这家伙呀,说,'既然导演这么称呼我,就借这个机会将此作为新的笔名吧。不过,后半截该叫什么才好呢?'咱便甩了一句,'就叫有巳①怎么样?'他说着,'这个好!'便扬扬得意地回去了。"

又过了些时候,古义人听千樫说,她也见到了蚁松有巳,这事本身原本并不是夫妇间话题的中心。那时吾良正在构思电影《安静的生活》,当千樫把该电影所需资料中的阿亮的乐谱送到制片公司时,说是蚁松也在那里。吾良并没有向他介绍千樫,可在谈话过程中,当他觉察到千樫就是古义人的妻子后,随即便插嘴说道:

"阿亮的CD之美好,是无须言表的。但是,"蚁松用省略不言自明部分的欠语法显示出主题后——现在细想起来,他这么做或许是担心在评价CD方面让别人抓住把柄而采取的慎重态度——像是话中有话地继续说道,"最近,旅居纽约的某日本作曲家兼演员,曾以最前沿的文化英雄为对象,说是'为了政治上的所谓不歧视而强行推出智障患者的音乐,真让人受不了'。"由于他说话时的身体角度既不明显对着吾良也没明显对着千樫,因而千樫也就不好搭腔回答。吾良看不过去,便问道:

"你是怎么考虑的?"这家伙却用力回答道:

"我是与政治正确②啦、新学院派③啦毫无关系的劣等生,我是蚁松!"

"在赤冢不二夫④的漫画里,不是有个在以往的小学里打杂的角色吗? 因为此人由松树变身而成,所以不论说什么,都会在语尾加上

---

① 在日语发音中,蚁松为 arimatsu,有巳则是与此相近的 arimi。
② 原文为 politically correct 的缩写字母 P・C。
③ 原文为 new academicism 的缩写字母之日译。
④ 赤冢不二夫(1935—),日本漫画家。

一个'松'字。真有意思,这家伙竟把人家的话头当成了自己的看家本事。"古义人也觉得滑稽可笑,千樫却回答道:

"不,不是那样的,自从起了蚁松这个笔名后,说话方式好像就变成了这样。"

古义人这才想起以这个笔名写的那篇威胁自己的文章,说是如果继续发表那种貌似进步派的言论,那就干脆出版此前因惧怕右翼而停止刊行的《政治少年之死》吧!想到这里,古义人不禁感慨不已。

就在那一天,吾良请制片公司的樽户经理、梅子以及千樫去大仓饭店的寿司店吃饭,在那里差一点儿出事,所幸最终没有酿成恶果。

起初,吾良他们一行来到银座的老铺子在饭店里开设的分店,受到熟客应有的关照,被安顿在紧挨餐台右端的四个座位上,各自点了啤酒和清酒,用店员送来的小毛巾擦了擦手,背后却出现一阵骚动,从左侧的樽户经理的邻座开始,一直到餐台的最左边,原本坐在那里的六位客人起身移到后面的桌边去。这时,乐天达观的千樫说道:

"该不是天皇家来人了吧?"

话虽如此,千樫他们刚吃了几个寿司,顺着餐台里的师傅不自然地侧转身体试图避开的那个方向望去,只见像是这一楼层所有餐馆负责人模样的男子探过头来,对樽户经理表示,"实在抱歉,能否让出餐台前的席位,移到桌子那边去?"吾良甚至未容满脸狐疑的樽户询问原因,便以更低沉的声音应答道:

"不,我们预订了一个小时,这才不到五分钟,因此,我们要继续在这里用餐。"

总之,填满餐台前空出座位的,是几个森然不语的大块头男人。千樫事后抱怨说,像自己这样不喝酒的人,在寿司店的餐台前消磨这么长时间可不是易事,最终还是吃过了量。在离开寿司店时,店内即便桌边的座位也基本空着,通道上却贴墙站立着清一色身着黑色西装、身材魁梧、身手矫健的壮汉。

当电梯里只剩下千樫他们几个人时,梅子显出疲惫且黯然的过于认真的神态,微笑着对千樫解释道:

"一伙人紧随我们进店并赶走餐台前客人们,那伙人中不是有个戴深色墨镜的吗?他就是黑社会的组长!我们正在与那帮家伙打官司,可吾良偏要意气用事,把我吓得掉了魂。"

"如果吾良让出座位的话,你会顺从吗?"千樫反问道。梅子回答说:

"趴在餐台前长达一个半小时,那就必须节食一个星期了。"

由于这是一场很可能酿成危险事件的临界摩擦,吾良不会为此接受采访。或许是在事务所里无意间说漏了嘴,被蚁松有巳听了去,便写成文章发表在吾良谓之销路很好的信息杂志上。也曾遭受集团势力威胁的古义人为此心存疑虑,按照这种写法,即便没有提及黑社会的干部,也将刺激那些年轻打手,作者难道没有想到这一点吗?……文章再度提出了针对古义人的批判,说是为了躲避右翼的攻击,古义人一直在如何"处世"云云,最后还总结说,古义人这个妹婿应该学习吾良不畏再度遭到右翼刺杀的哪怕一丁点儿的勇气。

千樫转述完古义人的感想后,顺便对吾良说,写下那篇文章的人,像是在期待某种事件的发生。吾良随即这样回答道:

"他们可是在热切地期待着事件的发生。就说那位长年批判古义人的大牌记者吧,这次没有自己的老窝,而是挪到另一家报社的周刊杂志,开设了以嬉笑怒骂为主的'面向右翼诸君'的栏目。他在文章里挑拨说,'由于混入了民间的血液,天皇一族的血越发稀薄了,难道诸君就这么袖手旁观吗?'他还明确指出,'新的皇太子妃也是平民出身,倘若怀孕的话,诸君又将如何打算?'倘若真有对此当真的诸君,或许就会干出阻止皇太子妃生产的恐怖行动来。像这种'深明大义'的记者,还能有什么正经的想象力?"

4

一天,吾良打来久违了的电话,说是想就"与社会生活相关的事情"与古义人见面,这使得古义人感到稀罕。而且,约会地点没有选在吾良像是经常光顾的事务所所在大楼旁的那家意大利餐馆。周刊杂志发表的吾良照片,就是在那家餐馆偷拍的。

恰好古义人也要把一个学生介绍给吾良,他是古义人此前在芝加哥大学二百周年纪念活动中讲演时认识的学生,受该大学电影研究会委托,这位学生专程前来采访吾良。或许是因为对吾良说了事由,一向认真接受采访的吾良这才决定选择像样场所的吧。会面场所是帝国饭店前厅侧旁的咖啡座,当古义人赶到那里时,吾良已经在用纯熟的英语与芝加哥大学的奥利弗谈得十分融洽。奥利弗的日语听说水平原本也很不错,想必是吾良用英语交谈之后,他便失去了以日语应答的勇气。古义人提议,接下去大家都用日语进行交谈。

前不久,吾良险些与正打着官司的那个事件的相关者发生冲突,引发问题的那部以黑社会民事暴力为主题而拍摄的电影录像带也到了发行上市的时期。于是,虽然不是派出刺客伤害了吾良的那个暴力团,却也出现了以大小黑社会团伙为背景、要求中止录像带发行的动态。所辖地区的警察再度前来洽谈,准备重新在吾良和梅子身边配置警护人员。吾良对古义人谈起的,就是这个问题。

与此同时,也是与电影的录像带版发行有关,吾良还在打着另一场官司。古义人本身也记得这件事,那就是拥有教育癖,甚至不惜为此付出巨大代价的吾良，曾起用一位富有才华的年轻导演，让他在吾良自己的制片厂拍摄电影。在当时的业界，拥有数位著名导演的独立制片厂无不亏损，除去极少的例外，即便规模庞大的电影公司也是难有盈余，在持续萧条的业界，这无疑是一个牺牲性的计划。

吾良从一开始就有电影票房亏损的心理准备，计划从录像带的发行中收回前期投入的资金。梅子也是友情出演，吾良自己则一直从旁指导年轻导演拍摄电影——或许，年轻导演的复杂心理正是源自于此——尽管这只是与文坛的师徒关系并无瓜葛的古义人的一己之见。关于发行录像带的收益，樽户经理也与年轻导演签了合同，约定不将该收益作为演出酬劳进行分配。

然而，当录像带开始发行后，那位年轻导演便提起诉讼，说是吾良没有从录像带收益中支付酬金。导演协会上下全都支持年轻导演。从合同上看，吾良的制片厂显然会赢得这场官司，可这反而使得吾良在电影界和影视传媒界里孤立无援。

"在那场官司中，征集支持原告的署名，并在媒体上摆开架势进行论战的那帮人，面对黑社会反对发行录像带，这次又征集署名、声援发行。这些信息照例来自于蚁松记者。同是这批导演、男女演员和电影评论员，不久前还发表与咱敌对的声明，这会儿却又为支持咱而参加签名。难道这种事情也具有整合性吗？

"如果这就是运动的逻辑，咱倒也没有权利拒绝他们进行支援，只是……"

听了这番话，古义人马上觉察到，吾良尽管上了年岁，甚至变得相当玩世不恭，其性格之根本却还存留着孩子般的善良，因而错误理解了以上信息。

"倘若导演协会以那些权威人士为中心，为准备新的声明而发起署名运动，那也与你所理解的意义正好相反。叫作蚁松的那家伙，是在故意传递误导你的信息吧。

"依我看,他们估计到若干暴力团伙里有能力派遣黑社会刺客的家伙,将会对你进行威胁,从而迫使你停止发行录像带。他们看透你将失去勇气,屈服于威胁,最终停止发行录像带,从而攻击你的自我审查对电影界的表现自由带来了危害。这和蚁松攻击我的路数如出一辙。

"在你被黑社会刺伤的时候,导演协会并没有组织抗议示威运动,尽管坐在这里的奥利弗的伙伴们提议太平洋两岸相互呼应,发起抗议行动……目前和那时一样,他们绝不会为了你而与黑社会正面对决!

"你就按照原定计划发行录像带吧。当然,你和梅子必须切实做好保安工作……"

"《政治少年之死》事件发生时,且不说文艺家协会和笔会,就连警察也没有提供任何具有实际意义的保护,不是吗?报纸上的评论还说什么'那家伙满口大话,可一旦遇到麻烦,就跑到国家权力的保护中去了'。当时,千樫对此感到很委屈,却也告诉咱,说是古义人认为,这种文章对所谓的右翼过激分子或许具有抑制效果……"

"你遭到了黑社会的实际刺杀,在法庭上则与他们背后的团伙进行公开对抗,这都是具体的危险,这种激怒对方的直接而强烈的撞击,也完全不同于以纯文学和大受欢迎的电影描绘黑社会所带来的影响。"

在这期间,奥利弗一直在古义人和吾良身旁倾听着他们的谈话,却不知为什么而坐立不安,此时像是下决心似的插进话来,或许还是受到刚才古义人提及芝加哥大学的同学而受到鼓舞的缘故。

"我是按照古义人先生指示的路线,从日比谷车站来饭店的,看见右翼的宣传车就停在离饭店不远的地方。即便他们出于其他目的,坐在驾驶室里监视着饭店的出入口,该不会无意中发现并确认您走进了饭店？于是,尽管不是原先的目的,他们却临时起意,要对您来个下马威？

"我感到他们已经进入前厅,正监视着这里。请不要转头……他们穿着土黄色的裤子,上身则是带颜色的衬衫。他们的这身装束与这家饭店很不般配,是吧？不会是把战斗服上装脱在宣传车上后再进来的吧？"

"我还没看到明显像是右翼分子的人,不过（古义人说这话时,看见四个身着黑色西服套装、迈着罗圈腿的男人,正从可以一览无遗地看到这边的中二层①阶梯上示威般地缓缓走下来）……那几个另一种类型的绅士倒是让我放心不下。"

从奥利弗开始插嘴说话,包括古义人接着话头说下去的那些话,吾良似乎都没有专心去听,他默默地将魁梧的身体转向前厅里往来不绝的客人,站起身来脱下长外套。丝质衬衫上套着斜纹绸坎肩、外面则是套装西服的吾良,脸上挂着并不特地面向谁的中性微笑,仿佛谢幕一般承受着投射而来的所有目光,保持着这种姿势站立在那里。咖啡座原本以诸多盆栽观叶植物隔出,在咖啡座外侧的前厅里,顿时聚集起许多人。

此时,吾良再度闲适地弯下腰身,将外套揽在臂弯,同时催促着奥利弗和古义人：

"换个场所吧,在那里好好聊聊。离下一个约会还有一个小时！"

吾良穿过前厅,走向通往皇宫广场的那个大门,此时,他已经是众目环视的对象,在这样的氛围中,无论从右翼宣传车下来的家伙,

---

① 位于一层和二层之间的小平台。

还是暴力团那帮人，都无法上前挡住去路。

　　来自芝加哥大学的青年学生急忙随着吾良往外走去，古义人独自慢行一步，刚在出纳台结完账，就从话语声可及范围内、背对着古义人他们的那三四个人中传出年轻女子的声音：

　　"古义人，你这是想溜吗？"

　　紧挨在她身旁的那位想必就是蚁松吧，生着一张让古义人对吾良所作相关描述颇为信服的面孔。

5

　　当吾良被关西的暴力团派到东京来执行恐怖任务的凶手刺伤时，就像前面已经说过的那样，古义人应芝加哥大学与亚洲相关的系邀请，正出席该校的两百周年庆典活动。古义人于当日上午的讲演结束后，下午则是邀请方专业研究人员和古义人都将参加的一场讨论会。在这中间的午休时间，古义人前往大学图书馆，想要确认在讲演会后的提问中已经澄清了的论点的事实关系。这时，全身散发着青春活力、感情上却不失庄重的奥利弗等电影研究会的学生们找到这里，他们通报了吾良遇刺的事件，说是刚才看到了电视报道。

　　被学生们围拥着问了几个问题后古义人便沉默不语，他们也不再说一句话，似乎想要给古义人时间以消化这个打击。当古义人离开书架前往大厅时，他们这才说道，在东京，想必电影界和学生们已经在筹划抗议示威活动，只要确定了日程和时间，芝加哥大学的学生们就会估算好十四个小时的时差，在校内组织集会进行呼应，而且，今天就将发表相关计划。

　　古义人首先表明，下面要说的内容只是他个人在远离东京的地方所作的臆测，自己倒希望这是一个误会。接着他这样说道：

"从比吾良年长一些到与吾良同一代的导演,是当今日本电影界的中心,他们大概不会认为这是针对日本电影界的恐怖行动。他们会觉得这只是吾良个人的灾难。也就是说,电影人是不可能发起示威活动的。而且,日本现在的学生们也丧失了为社会和文化所受到的威胁而举行示威游行的锐气。"

翌日,古义人离开芝加哥,在加利福尼亚大学洛杉矶分校①和夏威夷岛的两所大学讲演过后,回国途中从看到的日本报纸上,知道自己的预测完全应验了。

即便在饭店里,古义人也留意着播报新闻的时间,有几次收视到将日本电视作为外电报道的节目,从中看到吾良遇刺事件的报道。其中一个镜头,便是吾良将泳帽似的绷带戴在处置过的伤口上,躺在担架车上——绷带的这种包扎方式在现今的医院里早已司空见惯,吾良却以他惯有的方式,令人觉得是他在潇洒地引导这新的包扎样式——对尾追不舍的记者们打出 V 形手势,讲话方式非常积极。

古义人认为,吾良在表示这不是一场被动的事故,而是由自己积极的表现行为所引发,今后也还会像这样与黑社会继续战斗,并因此而使得表现行为全面化。实际上,美国的电视媒体也是如此理解这个信息的,在当天晚间的新闻中予以重点报道。然而,日本的媒体又是如何表现的呢?

古义人痛心地预感到,日本的电影界以及电视媒体,毋宁会将这一切视为吾良过了头的作秀。

接下去,摄像机捕捉到的是吾良的担架车和紧追不舍的记者们、稍稍落后且疲惫不堪的梅子以及充当其保护人的千樫。千樫明显不悦,面部满是威严和忧虑。她像是在坚定守护着受了伤的哥哥,感到

---

① 原文为英语缩写字母 UCLA。

处于亢奋中的哥哥所说的话语以及表现出的姿态未免天真，甚至想象到眼前拍摄的电视画面很快就会被新闻快讯的解说员加上绝不会站在哥哥立场上的情绪化评语……

古义人忘不了久久未来东京的弟弟，对吾良——当时吾良已经死去——遭到黑社会伤害所表现出的深切同情，尤其是对千樫表现出的近似于爱慕的敬意。

很久以前，当古义人将吾良带回老家时，沉默不语地不停打量来客的这个弟弟，高中毕业后当了警察，多年来一直担任暴力犯罪部门的刑警。弟弟无意参加警察的警阶晋升所必需的考试——古义人觉得，这其中隐含着对毕业于东京大学文学部的哥哥的批评。在外界看来，文学部往往被视同于法学部——而作为普通刑警一直干到退休，这似乎是他的人生规划。

尽管如此，所有亲戚都怀着敬爱之情尊称其为忠叔，就连这位硬汉本人，在谈到被黑社会刺伤的吾良时，都不禁流露出恐怖和痛苦的表情。

"利用黑社会的那帮人……话虽这么说，其实这本身就是一个复杂的问题，不是常有骗人反遭人骗的老话嘛，较之于直接与黑社会打交道的那帮人，更为高层的……用俺这种身份的人不便说的话来表述，就是把黑社会作为底边的三角形构造中，处于最上层的那些人的卑鄙，大概不用俺对古义人哥说了吧。著名政治家跟那帮家伙恐怕也是经常见面。

"此外，在这个包括黑社会在内的构造的外围，就结果而言，为黑社会跑腿打杂的家伙还真是形形色色呢！

"就拿吾良兄所在的电影界来说，就有人拍摄美化黑社会的电影，甚至以票房收入作为黑社会的资金来源。即便与那些为黑社会跑腿打杂的人相比，这帮家伙也属于最为卑劣之辈。吾良兄则在自己的电影里与黑社会正面对抗,俺在想,如果由高仓健来主演的话,就更有价值了。如果有千樫嫂子认可其才能和勇气的年轻导演,而且不反对由高仓健来扮演吾良兄一角的话……"

于是,古义人打算将自己一直思考着的问题向忠叔提出来:

"关于遭受黑社会袭击的经历,我只从客观角度与吾良谈起过。而且,还以开玩笑的方式列举了一位青年在非洲被河马咬伤的事例。在我来说,实在没有勇气认认真真地以那个事例为话题。因此,我想要尽可能真实地揣摩吾良的内心,可是最为重要的地方却总也弄不明白。我有一种感觉,那就是解明吾良自杀动机的努力将在没有结果的情况下告终。之所以说告终,是说在这一过程中我也将死去。"

"……古义人哥认为吾良兄的自杀与黑社会的那次刺杀有关?"忠叔用极为顽强的平静、阴冷的声音反问道,作为毕生从事反暴力犯罪的刑警,这种反应或许是理所当然的,只是古义人有生以来还是第一次看到弟弟的这番表情。

这已经是专家的询问了,有别于他先前对千樫所做的久违了的问候,也有别于他对与古义人在夏威夷看到的电视画面相同的千樫态度所做的赞赏。尽管如此,古义人似乎已经认准他本身正在形成确切的答案,便只是对弟弟的提问微微点点头,等待他继续说下去。

"……俺呀,也认为黑社会的行刺是吾良兄自杀的直接原因。由于吾良兄把制片的根据地设在了松山,俺也曾在职权范围内找调查吾良兄事件幕后关系的人员聊过。

"此外,吾良兄为剧本取材而认识警视厅的一些官员,其中一个高级警官因宗教原因遭到恐怖袭击而住院时,听说吾良兄还将阿亮的 CD 送给他。后来,吾良兄本人作为同样遭到黑社会行刺的受害者,邀约此人在《文艺春秋》上进行对谈,那位高级警官却拒绝了。而且,这么说可能不妥当……那位高级警官在写给第三者的信函中说到吾良兄时，表示这是一个非常 naive① 的人，却也有着刚毅、耿直的一面，是个下定决心不向暴力屈服的人。这可是俺听来的千真万确的消息。身为警察最高负责人的那位大人物，本人遭到了恐怖袭击后，便转而调到外务省任了更高的职务，是个强人呐。就是这么一个人物，把遭到黑社会刺伤的吾良兄说为非常 naive 的人。从你这个东大毕业的人对外来语的使用方法来看，如果忠实于原文的话，所谓 naive 并不含有特别好的语义吧？

"不过，实际遭受过恐怖袭击的人将另一个曾遭受其他恐怖袭击的人称之为刚毅、耿直，这可是相当好的评价了。时至今日俺还忘不了这话。可是呀，这么一个好人却像喀嚓一声折断了似的自杀了。即便这样……俺这话有点儿啰唆了，自己也曾遭到恐怖袭击伤害的警界专家有关吾良所做的刚毅、耿直这个结论却是不容置疑的。俺可是坚信这一点的。

"俺熟识的那家伙调查到的东西，也只是一些周刊杂志水平的材料。把经不起推敲的传闻收集起来，堆成小山后再夯结实，设法夯出像是事实的硬度。可只要遇上细心的检察官，马上就会将其驳得落花流水。那些材料表明，一个事业有成、富有才干的五十多岁男人，受到在旁人看来确实有些肮脏的女人的勾引。虽然一开始只是逢场作戏，可不知不觉间却陷入进退维谷的困境。这不是常有的情形吗？被这种事情缠上后，有的男人便会灰心丧气，认为是自己主动陷入这无聊的泥沼，也就懒得辛苦费力地从这里脱身了。有才干和成功的事业、有很强的自尊心和荣誉感、加之又是非常 naive 的人，可就属于这种类型了。

"不过，这只是生活在周刊杂志水平的现实中的人所做的庸俗

---

① 原文为英语转为日语外来语的ナイーブ，意为天真、纯朴等。

臆测。请你转告千樫嫂子，就说根据多年来从事反暴力犯罪的刑事警察轻而易举作出的通俗易懂的解释，就是这一切出自于那个满腹怨气的女人的策划，以及更为肮脏的男人的介入。由于吾良兄在遗书里否定了与那个女人的关系，俺们就必须尊重遗书的说法！

"因此呀，留给俺的让人心里难受、平淡无味的结论，古义人哥，那就是吾良的自杀毕竟与黑社会的行刺有关。假如没有遭遇黑社会暴力，吾良兄是不会对自己施加那份暴力的！"

"……你所讲的非常真实，容不得我有任何其他设想。"古义人说道，"至于黑社会施加暴力的质和量，你凭自己的经验当然应该知道，在刚才话语中却没有涉及这一点，可见那种暴力正在实实在在地威胁着我们。"

也是因为忠叔喝了酒的缘故，他的眼睛里现出自孩童时代以来没有任何变化的神情，那是一种让古义人甚至为之不知所措的喜悦之情。

"不过呀，古义人哥，所谓完整经历了黑社会暴力的人，并不是那些被黑社会杀死的人，而是被黑社会捅上几刀，以及被从后面狙击脊背且能活下来的人，或者说是经历了这一切后仍不得不活下来的那些人。俺认为呀，尽管被迫置于极端恐怖、令人厌恶和惨不忍睹的暴力之中，仍能理智地活下来的人……显然才是极其厉害的角色！"

古义人和忠叔边酌着意大利产红葡萄酒边聊着。夜已经很深，理应早就睡下的千樫却提着奶酪和葡萄酒出现了，那是古义人所熟识的意大利裔美国人文学理论家赠送的、铺着葡萄干且散发出强烈香味的奶酪以及意大利产葡萄酒。每逢忠叔来到东京，千樫都会用家里珍藏着的最好的食物和酒水进行款待。忠叔晃眼似的眯缝起眼睛，想要估量自己用大嗓门说的话被千樫听去了多少，只怕确实被她都听去了吧。

6

读了自称"自己都已经松垮下来"的吾良遗书之后又过了一段时间,古义人终于向千樫提出了不知将会如何反应的疑问。数日间,这个问题一直在古义人的头脑里盘桓反复。

"仿佛是吾良去了那边后写下的已经松垮下来的那句话,客观说来,我难以相信。该不是他死后不久,一篇比较认真的评论文章所说的、基于初老期忧郁症的夸张的自我认识吧?"

对于古义人的疑问,千樫就像惯常那样思考了一会儿后这样答道:

"我不认为吾良会因为什么疾病而选择死亡。我还认为,在吾良来说,那是一个清醒的决断。……很早以前,在松山,你和吾良深夜回到佛堂来的时候,虽说记不清你的模样了,可吾良却是已经松垮掉了,或许当时你也是那样吧?"

来到柏林后,古义人独自继续思考千樫的这番答复时,意识到自己当时并未充分理解这番话语意蕴的分量。尤其是发生在松山的那件往事被千樫意外提起时,似乎正因为那是非常重要的事情,才即时启动了防卫机制,暂且将其作为课外作业搁置在了一旁。当时确实让古义人吃了一惊,尽管千樫的答复清晰、明确,古义人还是将自己一直思考着的问题重新提出来似的说道:

"如果要说吾良确实让人产生松垮下来的感觉,也只是有一次他出现在电视上的时候,或许是因为实际录制时间过长的缘故,播放时看起来很快就要喝醉了。

"就我们一起喝酒的经验而言,他在我面前从不曾出现过那种情形。他不仅是绝不让人看到他松垮模样的那类人,就本质来说,他很可能是根本就不会松垮下来的那种人。你们兄妹俩的父亲在常年与结核病缠斗的疗养期间，也正是那样一种人，好像这也是志贺直哉①以及中野重治②那种绝不松垮的人对他怀有敬重之意的原因。"

"我觉得自己不太明白所谓'松垮下来'这句话……是说自己的内在自觉呢，还是说被外部批评为'松垮下来'而自己又无法否认？"千樫沉默一会儿后反问道。

古义人于是再度闪烁其词地回答说：

"大概是两方同时发生的吧？即便不得不承认来自于他人的批评确实击中了要害……"

接着，古义人——暂且将在松山经历的往事另作别论，再度搁置在一旁——回想起并非别人、正是自己在千樫面前松垮下来，而且处于在意志上无法控制松垮的那种状态。当时，古义人和千樫租住在一座老旧大屋的二层，距现今居所往成城学院车站方向前行三百米的地方。

自六月阿亮出生以来，已经过去了一段时间，那是一个干燥的梧桐叶在大风中哗哗作响的日子，古义人俯卧在连同房屋一同租下的床铺，拧着的歪斜脖颈仿佛被一股不可抗拒的强大力量摁在床单上。事实上，他的身体也确实无法动弹半分。千樫站立在高高的床铺旁，宛若十多岁少女般发出纤弱而楚楚可怜的声音连连呼唤道："你怎么了？你怎么了？"

然而，古义人却无法回应她的呼唤，这不是蛮横无理地故意不予回答，他从孩童时代起就不是那种能够蛮不讲理的性格，他这是处于

---

① 志贺直哉（1883—1971），日本小说家，曾与武者小路实笃等创办杂志《白桦》，著有长篇小说《在城崎》和《暗夜行路》等。
② 中野重治（1902—1979），日本小说家、评论家和诗人，无产阶级文学和战后民主主义文学的代表作家，著有《中野重治诗集》和长篇小说《甲乙丙丁》等。

无法挪动身体、就连声音也发不出来的状态之中。确实松垮下来,只能茫然听着梧桐树叶在大风中哗啦啦地作响……

那天,古义人在医院被最终告知,说是阿亮身体上的问题是可以逐渐消除的——尽管不能说这个结论绝对准确——不过在智力上,则没有健全发育的希望。当时,千樫也坐在正说着这话的医生面前,因而古义人痛切地感到,现在无法容忍自己在她眼前呈现出这副狼狈相。而且,狼狈到了连一根手指都动弹不得。

且说这一天千樫从起居室回到餐厅的餐桌旁开始她自己的工作后,独自留下的古义人开始思考的,是刚才暂且搁置下的发生在松山的那件往事。较之于被医生告知阿亮病情那天,自己意志消沉、处于松垮状态的情景,在千樫的记忆中留下更为强烈印象的,却是被千樫牢牢记住——自己是和吾良一起被记住的,而且,还是以吾良为焦点——的那件往事。古义人觉得自己仿佛被追逼到了走投无路的地步。

思索着松垮下来的吾良的同时,就在紧挨着表层意识的潜意识里,明明连接着松垮下来的自己,却想不起发生在松山的那件往事,这是为什么?难道自己此前在有意识地压制着这个记忆?在吾良坠楼身亡之后,又一直在不断思考吾良遗书里的那句话?觉察到这一切后,好像遭受某种柔软的钝器击打一般,一点儿一点儿地感受到那种令人难受的打击。

古义人躺在起居室的沙发上,却没有像惯常那样开始读书,而是想要退出千樫的关注范围,此时,她在餐桌上摊开素描簿,正为最近一直画着的素描作最后加工。与此同时,古义人还想从阿亮的意识里退出来,此刻,他正坐在沿着通往上面餐厅的短短阶梯一侧墙壁放置的新近收藏的 CD 前。

按照长期以来形成的习惯,古义人和千樫已经不再争执。简单说来，就是夫妻间不再吵架。当千樫这方提出经过深思熟虑的某个建议或是表示某种意见时，听的一方只要表示赞成或是同感即可，商洽至此便告结束，建议即被付诸实行，意见则被接受。倘若被明确表示拒绝，商议也将就此结束，千樫即便对此拒绝感到不满，也不会继续议论下去。如果需要对千樫所言表示强烈反对，古义人的沉默便会持续一两天甚至更长时间。另一方面，在古义人的记忆里，千樫开口承认自己的想法错误并为此而道歉，自两人结婚以来也只有过两三次。毋宁说，倒是古义人这一方经常撤回自己的拒绝。然而，那等同于他对此死了心，缩回到自己的内心里，这与经过充分讨论并达成和解是两回事。总之，古义人和千樫就这样一起生活了三十五年。

尽管如此，古义人还是暗中意识到千樫近年来发生的一些变化。那是千樫开始描绘水彩画，为古义人以阿亮与家庭其他成员共同生活为主题的文章配置插图画以来发生的变化。在描绘一幅水彩画之前，她首先要用好几天时间观察对象，尤其到了收尾阶段，即便古义人对千樫说话，她的心思也不会离开画作。当为某事反复喊叫她时，她便会像男人一般粗鲁、生硬地回话应答。

这是古义人从不曾见过的千樫的另一面。在这个国家的电影界，吾良和千樫这兄妹俩的父亲可以说是社会讽刺喜剧的创始人。借助漫长的疗养生活，父亲留下三部具有很强的伦理性和逻辑性、柔和且洋溢着幽默的观察力的随笔集。在日本这个国家还没有开始制作电影的那个时期，此人已经是个画家了。也是由于这个原因，最初，古义人把吾良视为继承了父亲特质的儿子。后来却发现，吾良传自于母亲的东西倒是更多。吾良自己想要克服这一切，还曾深入学习了心理学。那时，他尝试着阅读弗洛伊德呀拉康呀与学者的对谈录，往坏处说，是在阅读速成书籍，古义人却无法信服吾良所信奉的那些心理学者，以致被一位年轻的编辑说为："你是在嫉妒吾良的新朋友吧？"

另一方面，千樫为阿亮的生日绘制的生日水彩画卡片，被偶尔来访的在关西经营制药公司的来客看中，便开始在对方出版的、面向医生的宣传用杂志刊载的古义人连载随笔中绘制插图，其艺术个性很快就展现出来，甚至让人醒悟到，作为画家的父亲的才华，其实是传给了千樫。

战争结束后不久，吾良他们便开始在寺院里的独间偏殿——被称之为佛堂——生活，在某些问题上，吾良将千樫视为生活能力非常强的另一位母亲，事事对她都很敬佩。不过，在艺术上对她却没有什么期待。就绘画而言，先前已经提到，吾良评价千樫为"从一开始便就有自己的风格"。而吾良本身的绘画，则由于以尊重真实的细部为第一义，往往会失去整体的均衡。兄妹俩都逸出了常识性画面的绘制方法，并不属于朴素派画风，这兄妹俩相近的资质，让古义人亦有所感觉。

又过了些日子后的某一天，古义人去厨房喝水回来，看了一会儿千樫在餐桌上绘制新的水彩画。她在父亲从战前到战争时期用莱卡相机拍摄的诸多照片中，挑出一幅用以模拟，绘制少女时代的自己倒挂在橡树或是槲树下部柔韧的树枝上、哥哥则站在一旁的画面。身穿被涂为土黄色的平领学生服、理着短发平头的吾良，面部显出成年后仍常见的那种愉悦而含蓄的善良表情，守护在千樫身旁。

"就我的经验而言，想要在文章里描写橡树的种类，大致总会出错的。"古义人轻松地说，"如果像加利福尼亚州那样，从树干和树枝的形状或是树皮的特征，甚至在木材的用途上也加以区别的各种橡树都能在不同地区看到，就不会出问题。在日本这个国家，即便写到橡树，却并不清楚这会给读者带来什么印象，读者会将其理解为什么样的树木。我无意中写了用橡木装修家里房屋的文章，便收到读者的来信，说是'在日本这个国家，橡木是不会用于装修家居房屋的'。"

"这棵树我可是记得很清楚。"千樫以她作画时惯常的生硬态度回应道。

然而，对于这一天的千樫而言，与其说正在创作的水彩画很重要，毋宁说她心中存有已经思考了很久、且必须进行思考的问题，看样子，她是为了凝神思考才作画的。在古义人站立于背后期间，千樫的眼睛仍然凝视着素描簿，却说起了想必此前一直在思考着的问题：

"前几天，忠叔根据工作上的经验得出了他的结论，我觉得那是正确的。我是基于自己与吾良以及母亲一起生活的经验才这么认为的。

"时至今日，与你关系最深的那家出版社发行的周刊杂志上写的（古义人因此而与那家出版社断绝了关系）、说是吾良被'坏女人'所玩弄，最终身心交瘁而死，我认为事情不是这样的。吾良在遗书里写道，他与被提及的那位女性没有所说的那种关系，为了那个女人，也是为了梅子，他将以死向媒体证明自己的清白。忠叔说他也相信遗书所言。无论那是怎样一种 naive，尤其是年过六十的男人绝对不该有的那种 naive 的想法和死法……我非常生气地认为那是一种非常糟糕的 naive，不过，我愿意相信遗书所言，更准确地说，是确信遗书所言。

"那是因为，无论'坏女人'也罢，'好女人'也罢，对吾良的影响大到能够左右其生死这个程度的女性，除了母亲之外再无别人。吾良明明知道母亲的老人痴呆症正在加重，怎么会为了那些似是而非的传言而自杀呢？在吾良遭受互相勾结的各暴力团威胁期间，掌握相关情报的那位警察高官，不也说吾良身上有着刚毅、耿直的一面吗?!

"即便他是这样一种人,仍然无法超越贯彻其整个人生的课题,终于在这个课题的重压下走向了死亡。

"……我不知道那究竟是怎样的课题,只是觉得从你们俩在松山一副松垮掉的模样回来的那天深夜起,吾良好像就开始发生变化。你们究竟发生了什么事?至少,假如你不把自己所知道的事情真实地、毫不掩饰毫无隐瞒地写出来,我就只能继续一无所知。当然,无论是我还是你,都已经余生无多,因此,请不要说谎,正直地活下去,如实地写出那一切……走向我们的人生终点。即便为了像阿亮对四国老家的祖母所说的那样,'请精精神神地死去!'也要请你鼓起勇气,只写那些并非谎言而是真实的东西。"

接着,千樫转过挺直的脖颈,将锐利的目光投向古义人。

第三章　暴力威胁和痛风

1

　　古义人将十五年间每隔几年便会出现的足疾,对外称之为痛风。事实上,从他将近四十岁时起,也确实因为尿酸值高而引发过痛风发作。不过,后来由于有规律地服用抑制尿酸值的药物,将数值维持在了六到七之间。然而,其后每隔上四五年,人们便又会看到古义人拄着拐杖、拖曳着左脚行走的模样。而且,无论被媒体或是友人们问起缘由时,古义人都将其归于痛风病发作,这个答复倒是比他预想的更容易被接受。

　　其实,这第二次和第三次,甚至第四次的痛风病发作,并不是尿酸积蓄这个内科方面的原因所引发。隔上一段时间便会出现的三个男人,除了第一次由于阴差阳错而未能得逞,从第二次起,便总会以娴熟的手法捉住古义人,不顾古义人为逃一劫而挣扎反抗,将他左脚的鞋子脱下,为了准确起见,还要脱下他的袜子,以暴露出的左脚大拇指第二关节为目标,砸下一个满是铁锈的铁球状小炮丸。正是这种外科式的处置造成了痛风病发作。

　　迄今为止,这种事已经发生过三次,古义人左脚拇指的第一、第二关节早已破碎、变形,终于无法将成品的皮鞋套上那只脚。不过,那个时期恰好由于经济成长期暴饮暴食的缘故,痛风病患者飞跃性地大幅度增长,在定做形状特殊的皮鞋时,只要对鞋店解释说痛风病造成了骨骼异常,便会打消对方的疑惑。

只有千樫知道个中原因,但古义人却没有告诉她招致这个事故的背景,对家里其他人也是同样如此。在国外得知吾良遭到袭击时,尽管报道说是黑社会的犯罪行为,古义人仍然感觉一股无处宣泄的愤懑在往上涌,怀疑是定期袭击自己的那股暴力现在又袭向了吾良。当知道情况并非如此时,尽管对于吾良遭到暴力团的恐怖袭击感到愤怒,与此矛盾的是,古义人却也觉察到内心深处的欣慰。

古义人为什么没向警察告发不止一次为他带来痛风的那几个暴徒?在第一次遭到袭击时,古义人就已经推测出他们的动机以及来自于哪里了,只是他决定不使事端公开化。当时,他们的手法非常原始,倘若自己的脚不是他们施加痛苦的对象,古义人甚至会将袭击的整个过程视为孩子气的游戏,不曾想到这种袭击竟会接二连三。不过,顽强得近乎变态的这几个人,对于所干之事有着可谓纯朴的自信。隔上一段时间便会发生的这三次反复袭击,使得古义人左脚拇指的骨骼破碎不堪,就连他此生惟一的乐趣——游泳,也因为担心在泳池引来别人注视而面临被迫放弃的选择了。

那几个家伙的第一次现身,想必是从古义人真正的痛风中得到的启示。而且可以确切地认为,他们进行初次袭击的直接动机,源自于古义人此前一个月发表的中篇小说。那篇小说描绘了儿子,亦即古义人眼中看到的战败那年夏天,父亲那非同寻常的死亡,以及母亲对于事件遭到扭曲而进行的批判。

那个夏天,古义人在北轻井泽的别墅里创作那部中篇小说。当他为闯过后半部分的难关而艰苦奋斗之际,头脑里浮现出一个简单却很有效的构想，并因此得以渡过那个难关。这个构想是在从别墅去旧草轻电铁车站前的商店街购买食品，行走在林中小径时浮现而出的。以致后来过了很长时间，每当古义人经过那里时，都会想起这件往事。也是因为全力以赴地写完那部小说稿后饮酒过量的缘故，与小说于入秋时节登载在杂志上几乎相同时间，痛风病第一次发作了。

　　古义人将其经纬写在了报纸的学术和艺术专栏里，派遣那几个家伙的元凶显然阅读并让那三人也读了这篇文章。袭击古义人的暴徒之一从背后控制住古义人的行动自由，并将手巾勒进古义人的口里以让他咬住；另一人则牢牢抓紧古义人的双腿，使其动弹不得；第三个人则脱下古义人左脚的鞋子并剥下他的袜子，像是在诊察覆盖了脚面的肿胀处留下的颜色较深的痛风余肿。他的两个同伙大概也在注视着这脚面，就连古义人本身都像在看什么稀罕之物似的俯视着自己的那只脚。

　　紧接着，第三个人从陈旧的旅行提包里取出铁球状炮丸——比通常的投掷用铅球小一些，古义人从保存着好几个这种炮丸的外祖母那里听说，这是村子里在明治初年的暴动中，为领导人备下的大炮而制造的东西——并举到齐胸的高度进行瞄准，牢牢固定住古义人腿脚的第二个人，则不断用在古义人听来带有几分幼儿性的、大森林深处口音的声音，认真叮嘱要瞄准好位置。

　　突然，古义人意识到"不可能发生的事就要发生了"，恐怖和厌恶感猛然涌上来，接着便大叫一声失去了知觉。从孩童时代起，古义人就乐观地认为，人们可以通过失去意识——至少是自觉性的——来避过清醒时无法忍受的肉体上的痛苦，不过，这还是他第一次实际体验。

　　苏醒过来时，古义人发现自己正倚靠着院里粗大的山茶花树干，伸直两腿坐在地上。没有栽种蔷薇之前,千樫种植了大量山野草,使得院子看上去无异于杂草丛生的空地。不过,久远之前建成的这片老住宅区的植被中并没有柳田国男①所列举的博落多草,因此很容易辨认出来。

左脚如同在有骨头的地方埋下了火炭,上面覆盖着犹如猪蹄胶质般肿胀着的厚厚皮肤,随着血液流动而引发的痛苦使得古义人一阵阵地倒抽着凉气。他想起了刚才遭受的袭击,为了予以确认,将视线转向那只其至显得滑稽、早已麻痹了的紫黑色左脚。

古义人在宽慰着自己,左脚的疼痛会像深邃峡谷里持续不断的回音,一开始——也就是现在——回声最大,然后便会逐渐减弱。而以前经历过的痛风,在有所感觉的阶段,只是与刺痒相近的那种轻微疼痛,可是其后却一直往增加痛感的方向发展。与那种疼痛方式相比,现在这种疼痛则正如这思考着的一秒、一秒向着归零的方向衰减……

分为两杈的山茶花树干竟有一抱之粗,古义人将后脑勺靠在树干上,繁茂的枝叶拢成了吊钟形状,因而只要稍稍偏移一下脑袋,便可以仰视树干周围的空间。小象腿般的树枝稳固地支撑着那个空间。古义人像是打量令人怀念的物品一般看着那里。他还是森林里的孩子时,经常爬到山上去,从树下仰望树木的叶丛。假设是原本从背后勒住古义人的那家伙,把因剧痛而失去知觉的古义人抱起搬到了能够仰望山茶花树茂密枝叶的地方,那么,说话口音也都相同的那伙人,说不定还曾是孩童时代的古义人的玩伴儿呢……

不久,古义人看到千樫和阿亮从敞开着的木板院门走进来,他只

---

① 柳田国男(1875—1962),日本著名民俗学家,曾创立民间传承会和民俗学研究所,著有《远野物语》和《蜗牛考》等。

是想要发出能让母子俩听见的呼喊,脚上的痛处便像是被搅动了一般。于是,古义人只得眼睁睁地看着千樫犹如满怀愁绪的人那样低着头从他面前经过,接着继续走向玄关。然而,对周遭氛围敏感的阿亮却在中途停下脚步,发现了瘫坐在意外之处的父亲。

"这、这是怎么啦?坐在树下!"阿亮告诉了母亲。

折回到满脸浮出笑意的儿子身边后,千樫那照例沉稳而忧郁的面部现出了惊惧之色,古义人则回以并未发生什么事的表情。于是,千樫把不惯于行走在山野草丛中的阿亮留在原处,独自一人走向丈夫。古义人已经打定主意,打算这样告诉妻子:先前没有觉察到痛风将要再度发作,到院子里来观看下水道的情况,却被自己掀起的水泥盖板磕了脚。

如此决定了的处置方法——结果,既没惊动警察,也没成为登载在报纸社会新闻版上的小小事件——在那之后,便成为一种模式,用相同的方法处置每隔几年就会重复一次的同一伙人的袭击。古义人有时甚至认为他本人像是那帮家伙的帮凶。

第二次袭击,是时隔三年后发生的。上次的伤痛刚被治愈,他便为自己能够熬过那份痛苦而乐观起来,甚至觉得那帮袭击者很滑稽。然而再度降临的痛苦,却让他感受到了惟有现在才能忍受那种苦楚。尽管如此,古义人这次仍然无意报警,这是由于他认为在遭受第一次袭击时,自己的决定是正确的。

存在于这个决定之根底的,是他认为这不是一件应该通过体制得到解决的事情。而且,古义人这个直觉与他对那伙袭击者一度产生的眷念之情不无关系。直接说来,就是那伙人使用的语言所引发的眷念。古义人后来反思过这种眷念,意识到这其中存在着两个要素。其一是地理上的眷念,亦即他们讲的是和古义人同一个地方的语言。另一个则是溯往四十年前往昔的那段时间上的眷念。古义人大致每年都要回到故里探望母亲,他认识到这种语言的语调、语速乃至语音的特质,现在正从森林中逐渐消失。

不过,古义人并不认识那三个袭击他时从不遮头盖面的家伙,即便竭力从他们已过壮年的脸上除去岁月刻上的痕迹,仍然无法寻找到曾经相识的标记。然而,他们相互间作简短交谈时的语言,却与古义人曾经生活过的那块土地和时间紧密地搓捻在了一起。

2

且说古义人在柏林过着单身生活,有时会将回忆的思绪溯往更为久远的过去。战后第七年,日本仍处于被占领之下,十七岁的古义人在松山的 CIE 中心的图书馆作升学考试前的复习。这时,曾是亡父弟子的男子领着更为年轻的一伙人出现了。图书室东侧的阅览区坐着一些高中生,此时正专注于各自的试题集。古义人茫然望着窗外柯树繁茂的枝叶在不停摇曳。这时古义人注意到,坐在宽大桌台对面座位上的学生们全都注视着他身后的入口处,便也转过头去,因刚才眺望窗外而觉得室内略暗的瞳孔里,就映入了纹丝不动的那一伙人。这伙人中有一个人的眼睛让古义人感到不安,那眼睛宛如这个季节森林中的峡谷里随处可见的、从燃烧稻草的余烬深处飘忽而出的猩红火苗。古义人觉察到那眼睛一直在凝视着自己。那人微微摆了摆脑袋,古义人也对其点了点头,便收起物理计算用的糙纸以及在高中小卖部买的同样极为便宜的白杆铅笔,将这一切塞进书包后,又将引起刚才走神的那本散发出好闻气味的《哈克贝利·费恩历险记》精装本送回西侧的开放式书架上。

正要走向那伙人时,古义人觉察到身着黑裤子白衬衫、像是第二代混血儿的日本裔职员正从书架深处的玻璃隔间里监视着这几个不合时宜的闯入者。站在那伙人中央的,是仍在注视着古义人的独臂男人。此人的身子尽管有些微妙地歪斜,却是站立得稳如磐石。他穿着翻领衬衫和旧裤子,皮带把裤腰周围勒出了皱褶,被太阳晒黑且没有赘肉的脸膛上,一侧的眼睛红彤彤地充着血,而且,眼中射出的强烈光亮竟是冲着古义人而来。让古义人感受到炭化了的稻草余烬中的火色,原来是此人眼睛里的充血。

独臂男人和更为年轻的同伙,对走近前来的古义人默默施礼。他们走下楼梯,古义人在一楼的传达室打开书包接受检查时,独臂男人退后一步,站立一旁,年轻同伙则离开更远。在此期间,这伙人虽然粗俗,态度却也虔敬,只是当同样穿着白衬衣黑裤子的日本裔职员刚一指向他们提着的行李,他们马上无一例外地表现出攻击性的拒绝,让对方畏惧不已。

刚刚走出中心,古义人便与那位年长的男子再度并肩而行,由于古义人走在那人没有胳膊的一侧,只觉得那男人的上半身仿佛向自己压了下来。CIE 中心建立在原为练兵场的堀之内,从那里沿着通往市街的道路前行,来到壕沟堤坝处后再转向左边,古义人便将他们领到了沿路栽种的樱花树下的长椅旁。这伙人似乎全然没把满树盛开的樱花放在心上。

三张长椅围绕着一片不生草木的平地,中间有烧过篝火的痕迹,残留着烧焦了的脏兮兮的木片。

古义人坐在面向壕沟的长椅上,年长男子多少空出点儿间隔,将空袖子掖进皮带那侧挨着古义人坐了下来。古义人在想,倘若此人有防备之心的话,会将哪一侧身子挨着自己呢?隔着壕沟和电车轨道,在前面靠左一侧,在空袭中被烧毁的银行建筑物残骸映照着淡淡的夕阳。

紧接着,独臂男人便劲头十足地对古义人说了起来,那口音正是二十年后古义人遭到三个家伙袭击时,让他产生无法否认的怀念之情的森林中的口音。

"是俺呀,是大黄①!也就是羊蹄②!你还记得吧?古义人兄弟!俺们现在突然把你找来听俺说话,也知道是给你添麻烦了!何况古义人兄弟你还要准备考大学!可是即便如此,你还是把俺们带到可以望见长江先生悲愤而死之处的地方来!知道古义人兄弟没忘记俺们,也没忘记那个日子,这就放心了!"

说起这个叫作大黄的人物,古义人记得临近战败时,他是围绕在父亲身边、经常开会的那些人中的一个。特别是对大黄这个名字,古义人记得尤为清晰。母亲也把大黄与围拥在父亲身边的其他人区别对待,其证据就是为他起了个叫作羊蹄的诨名。据妹妹说,大黄原是生长在村子尽头荒废了的药草园里的蓼科植物,"在"③里的人都把它称之为羊蹄。

"俺打算在道后温泉的旅店里住上大概五天,然后啊,想对古义人兄弟说说这七年间,俺都在思考些什么!请你能够听一听!虽说已经无法直接求教于长江先生,可俺们互相勉励,拼命干了过来。大伙儿拓荒种田,修缮修炼道场,还扩建了一部分呢,现在变得更加宽敞了,能够容纳很多人进行修炼。无论是粮食还是其他一切,全都是自给自足,甚至连浊酒都能酿造。这次就带了不少来啊!连同各种各样吃的东西!古义人兄弟继承了长江先生的血脉,不至于至今连酒都还没沾过吧?

---

① 蓼科多年生大型草,高约两米,叶与羊蹄相似,根茎呈黄色,去除表皮后为制作药材"大黄"之原料。
② 蓼科多年生大型草,自生于原野和路旁湿地中,根茎粗大呈黄色,雌雄同株,茎、叶可食用,根茎则可药用,且可与大黄相互代用。
③ 远离城镇的偏僻小村落。

"俺们修炼道场依照自给自足的原则干了过来，这个原则本来就是长江先生的哲学。现今照旧和金钱无缘。在原则上，俺们不需要那玩意儿。这次算是例外，因为离开了老家，要住进消费社会的旅店，不过，那也只是俺一个人，这几个人就让他们住在神社或是寺院里。俺之所以要在旅店投宿，是为了方便与古义人兄弟说话，也是想让他们晚上到俺的旅店里来一起听听！在这松山，或许也能找个土木活计去当壮工，大伙儿都去干活儿，挣出俺的旅店费用来！"

这天晚上，古义人真就造访了大黄所在的道后那家旅店。他清晰地回想起自己和那几个年轻人在旅店狭小房间里倾听大黄侃侃而谈时的模样。因为，那其实是他时常伴随着巨大悔恨回想起的情景。

粗电线从天花板直接连到灯罩上，四十瓦的灯泡照亮六铺席大小的房间。古义人记忆里的照相机从比电灯更高的位置俯瞰着这一切，映现出房间里的情景。紧挨墙壁放置的矮脚饭桌上，大黄和古义人吃过饭的碗筷已被收拾妥当，大家围绕榻榻米上放着的一升①装酒瓶和五只茶碗促膝而坐，他们是十七岁的少年古义人、大黄及其同伙。不过，真正喝那浊酒的却只有大黄一人，古义人自不必说，那几个年轻人也都喝粗茶。与其说是宴会，毋宁说是大家在听大黄的讲座。惟有讲师一人喷出酒气，那气味弥漫在阴暗的房间里……

大黄独自在开场白中说道，长江先生——也就是古义人的父亲——在战争末期提出的理论是错误的，他们经过痛苦的体验，在其基础之上开创出新的理论。大黄将一本纸皮封面的薄书搁在端坐着的膝头，不时翻开来进行对照。书外面包了层和纸封套，因而看不到书名，古义人觉得不便询问这本书的作者名字。

后来，古义人以记忆中大黄朗读的——甚至还吟唱了书中引用

---

① 日本自古以来使用的容量单位。

的汉诗——语句为线索,从位于松山的繁华街、大街道入口处的旧书店入手,曾长期寻觅过这本书。起初估计这是右翼人物写的书,希望在此类书籍中发现这本书,最终却一无所获。这是很久以后才想到这一点的……

可是,古义人将大黄所依据的那本书认定为右翼人物之作,这也是很自然的。他对大黄从何处得到此书感到疑惑不解。古义人的父亲死后,由于顾忌占领军,便挖了个大坑,把家里与国家主义思想有关的书籍,全都扔到这个大坑里烧掉了。

既然那些书籍都被烧掉了——不久,古义人得知此类书籍并没有被全部付之一炬——大黄如果想要寻找右翼思想色彩的散文或诗歌,恐怕就只好反过来在左翼学者和研究者为批判而引用的相关内容里寻找了。后来,古义人果然在这类书籍中发现了大黄当时抑扬顿挫地吟唱的那首汉诗:

"若明大义正人心,何患皇道不兴起。"

据大黄当时说,这是《回天史实》①开首第一节,曾被二二六事件②的被告为阐明他们的举事目的而引用。不过,大黄对于这首诗的思想、与其相关的想法以及做法——他将其作为长江先生错误理论之核心——全都予以否认。尽管如此,大黄还是满怀感情地反复低声吟唱。除此以外,古义人还有不少难以弄懂的问题,下面写出来的,是古义人在不断学习以填补对战争时期右翼以及军人们的思想和行动之知识的空白,同时将大黄的言论进行复原后的文字:

---

① 日本江户幕府末期尊王攘夷论者藤田东湖所作。
② 一九三六年二月二十六日,日本陆军皇道派青年军官在进行国家改造、打倒统治派的口号下,率领士兵约一千五百名发动军事政变,其间袭击首相官邸,杀死内大臣斋藤实、大藏大臣高桥是清、教育总监渡边锭太郎。政变失败后,参与政变的十七名军官和两名皇道派理论家被悉数处决,但是此后军部对政治的影响力却明显增强,民主主义思想受到越来越大的压力。

"长江先生本来也反对二二六事件中举事的那帮军官们的失败主义。为什么要叫失败主义呢？那是因为他们举事后没有积极制定计划以及勇于承担政治的意志。长江先生故而称其为失败主义，认为这是他们最致命的弱点。实际上在最后阶段，他们打算与东京市的警察部队交战以求阵亡而死。先生批判说，这不是等于毫无想法吗?!

"然而，就像古义人兄弟也参加并从头到尾目睹的那样，长江先生本人也在没有制定确切计划的情况下举事了。而且，居然被这个小小城市的警察部队给开枪打死了。先生为什么要选择这么一条道路？俺们这七年来一直在思考这个问题，终于得出了俺们自己的结论，那就是先生要给自井上日召①到二二六事件军官们的那条一脉相承的失败主义路线做个了结。如此一来，后继者们就将选择其他道路前进。古义人兄弟，俺认为先生是有这个想法的。目前俺们想要选择的道路，就是这么想的，就是长江先生所构想的道路呀！"

第二天晚上，吾良也参加了，尽管大黄当晚的主要目的是毛蟹和浊酒，却还是继续他的讲座。大黄说到他们经常回想起战败翌日拥戴长江先生举事的情景，得出的结论则是，并不是长江先生在现场指挥俺们这些年轻人进行战斗；先生的存在，无异于俺们头上璀璨的明星；这颗明亮的星星却独自爆炸了；井上日召以及二二六事件的军官们只知道进行破坏活动，却把重建留待后来者，长江先生的行动原本应当超越前者的那种态度，却终究没能超越他们。

大黄还说，长江先生曾是北一辉②的门生，对《日本改造法案大

---

① 井上日召（1886—1967），国家主义者，日本学盟团首领，叫嚣国家改造，曾策划并实施右翼政变。
② 北一辉（1883—1937），日本法西斯理论的代表人物，著有《日本改造法案大纲》等鼓吹国家改造运动的书籍，后被指控为二二六事件的幕后黑手而被逮捕并处以极刑。

纲》也很熟悉,不同于日召以及那些军官的乐观主义,先生学习了切合实际的未来构想。而且,先生肯定将此融为自己的思想并怀有相应计划。然而,先生尽管遭到病痛那般折磨,却还是被俺们这些年轻人的强烈希求所影响,虽说俺们只有极为粗糙的大致设想,先生仍然坐进了悲惨的神轿……

也是因为吾良在场的缘故,较之于大黄所说论点的前后关系,古义人更为"坐进了悲惨的神轿"这句表述而感到脸红。推举古义人的父亲为先锋、于战败翌日发起的"举事",包括跟随在后面的古义人,都是母亲经常加以嘲笑的对象。她首先就瞧不起所谓的"坦克",那是以从北海道运来、用作肥料的鲱鱼干的腥臭木箱,仅仅加上从树段上锯下来的圆形木轮组装而成。"'那些人把癌症晚期的父亲装进箱子里出门了'……你小子就像在做惊天动地的大事似的,也紧紧张张地跟了去。"母亲如此嘲弄着……

在描写那天所发生事件的小说里,古义人将母亲这番批判的话语也放了进去,作了包括"颠覆"之契机的总结。这个中篇刚一发表,那三个家伙便第二次找上门来——距第一次袭击已经三年,伤口早已痊愈,脚上的骨头此时尚未变形——使得古义人的左脚再度落下铁球状小炮丸。毫无疑问,派出那三个家伙的幕后之人,肯定在密切监视着身为小说家的古义人的一举一动。

3

大黄突然出现的时候,古义人与吾良已经很亲近了。一个小小的事件成了他俩交友的契机。从二年级新学期刚一开始便转学到松山来的古义人,选修的课目是"国语第二"。第一次上这门课时,教师将当时人们很少穿着的坎肩穿在西服里面,身材高挑,脑袋却不大,挨个儿询问学生——原本想暗示"这是冷门学科",但是古义人事先没有得到相关信息——"你们为什么选修古文课?"古义人想起从父亲那里听来的一个有趣的插曲,那还是在"举事"很久以前,父亲对孩子们说起的、来自于日本古典的一个插曲,便回答道:

"因为我觉得古文措辞中的细微之处很有意思。"

然而,教师却激昂起来,说道:

"少说那种自命不凡的大话!如果你说的是真实的,就举出你认为有趣的例子来!"

当时在同一个班上的吾良似乎忘了自己才是经常激怒教师的学生,或者说,正是因为如此,他对古义人说:

"你那时没有沉默着显出一副垂头丧气的可怜相,对吧?这可就越发激怒了你的敌人。"

这是指古义人并未屈服于教师的恫吓,将父亲晚酌时对自己重复说过两三遍的事例中被记住的部分原样列举出来,这就使得教师的愤怒越发加剧了。古义人当时就说:例如故事中说,大雕将其抓来的婴儿丢在搭建于树上的巢穴里,以其为食喂养雏雕。雏雕却为婴儿的哭声所惊,不敢上前啄食。于是教师便说道:什么?哪个古典里写着这么荒唐的故事?那古文是怎么写的?

面对咄咄逼人、恨不能揪住自己领口的教师,古义人尽管已经感到厌恶,却还是作了回答:"雏望之,惊恐而不啄。"教师便追问道:"别说那些含糊其词的话!是什么古典里写的?你能说出来吗?"对于这个追问,事实上古义人再也答不出来。他为之感到不安,自己并非亲眼看过那本古典,只是记住了微醺并因此而亢奋起来的父亲吟哦般说的这一段。父亲还为自己作了这么一番说明:

"从'望之'这句表述中,不是可以想象得出雏雕看着被扔到窝里来的奇怪之物,伸长脖颈感到惊恐不安的样态吗?在对别人反复讲述的过程中,其表现也就自然而然地纯熟了。即便没有学问,善于口头表述的人也是能讲得很好的。"

古义人越发不安了,担心教师继续追究说,"如果你不是说谎的话,就把那本书给拿来!"因为父亲的所有藏书都已经付之一炬了!果真存在父亲所说的《日本灵异记》①这样的书吗?

古义人的回答引发女生们的一阵哄笑,教师现出更为露骨的轻蔑,接着询问下一个学生去了。从此以后,直至那个学年结束,古义人一直被教师视若无物。同班同学中惟有吾良——他由京都转学而来,并因此降了一级——一人对古义人说,你父亲的故事挺风趣呀。

且说大黄虽说是请古义人前往道后的旅店吃饭,却首先把他们这伙人的思想由来说了一通。在古义人的印象里,大黄的谈论方式一如"在反复讲述的过程中",其表现也越发精练了。毋宁说,古义人觉得大黄谈论方式中的巧妙,倒像是做作出来的。古义人甚至觉得,自己发现了从不轻易被人说服的母亲(就连父亲也难以影响她),何以借给大黄起"羊蹄"这个绰号的方式,在表现亲近的同时也内含了轻蔑。

母亲还说,森林里的当地人大致分为两类。其一是绝不说谎的人。而另一类人则并不是为了谋取利益,只是为了取乐而说谎。你父亲从根底上来说,是个认真和谨慎的人,却成了村外来的那些谎话连篇的吹捧者手中的玩具。即便长着大胡子,看上去神气十足,可纸糊的达摩不倒翁不也还是个玩具吗?

持续两天的讲座的高潮,是在"举事"的最后阶段,古义人的父亲赴死的场面。由于古义人当时正好也在现场,毋宁说,这段话是为

---

① 全称似为《日本国现报善恶灵异记》(全三卷),平安朝初期的佛教说话集,由僧景戒撰写而成。

了说给年轻的同伙们,以及第二天才加入进来的吾良听的。在警察队伍开始射击的时候,大黄扑到箱车里的长江先生身上,试图充当肉盾,却被枪弹射穿左肩头而倒下……

大黄充满激情地讲述着袭击银行的场面,而且是当着事件目击者古义人的面,有意将其作为见证人而讲述着。尽管其讲述不无夸张之处,却也绝不是完全没有事实。这么说来,难道自己的头脑里储存的是错误的记忆?战争结束后的一段时间内,大黄并没有从村子里的生活中消失,不时也会在山谷里的大路上以及河滩上与古义人碰面。照理说,失去左胳膊应该是在由袭击造成的负伤之后,然而古义人却记得,早在战争时期,栈房土间①里放有理发用宝椅子②的父亲书房中,在把书从书架搬下来或整理邮件时,大黄就已经失去了左胳膊……

年过二十五的大黄没被征入军队,肯定有其相应的理由。临近战败时,会聚到父亲身边来的年轻人,全都是以休假名义前来的现役军人。

在战败翌日的"举事"发动之际,前一天深夜才从驻扎在松山的联队赶来的军官们就住在栈房的二楼,人们以这些军官为核心,决定届时将父亲装在箱车里并抬上卡车,就像以往发动暴动那样往下游蜂拥而去。第二天清晨,为了照顾病中的父亲,大黄把一堆以旧尿布为主的零碎之物用包袱皮包裹起来并挑在肩上,行走在早已醉成一团的军官们中间,被他们嫌着碍事而推来搡去。那时的大黄,会有健康、正常的左胳膊吗?

到达松山的——正好是目前 CIE 所在地堀之内对面的电车

---

① 家中未铺地板的泥土地面房间。
② 可仰起和转动的扶手椅,是创建于大正十年十月的宝椅子贩卖株式会社的产品之一,主要用于理发和牙科等领域。

道——地方银行大楼前,父亲犹如小铜像般站立在从卡车搬下来的箱车里,军官们推拥着那箱车冲进了银行的石造大门。古义人站在空出来的卡车车厢上目送着一行人离去。楼房里很快就响起了枪声,从银行旁边那条街道过来的警察队伍也冲了进去。古义人无法抑制涌上来的恐惧,冒着被驶来的市营电车撞死的危险横穿道路,却没能逃得更远。他刺溜着滑入夏草繁茂的壕沟斜坡上……

后来母亲经常口头禅般地说,一切都结束后,古义人犹如落水老鼠似的爬上壕沟的沟沿,确实像老鼠那样抽动着鼻头,远远看着装载被枪杀了的父亲的箱车再度被拉到银行门前……不过,母亲搭乘前去通报的警车赶到松山来的时候,自己果真还是那么一副狼狈相吗?从峡谷中的村里乘车赶到松山市,至少也需要两个小时呀。

总之,在赶到松山的母亲照看下,古义人第二天早晨回到了峡谷里。这段记忆既然准确无误,那么无论时间再晚,母亲出现在现场则是毫无疑问的。当时,除了被枪杀的父亲之外,倘若还有一个因肩膀被射穿而身负重伤的大黄,在母亲和古义人之间,其后为什么一次也不曾说起此事?

这已经是大学毕业后的事了,古义人发现了估计是大黄在讲座上引用过的那本书,那是政治思想史专家丸山真男①的著作。这部著作包括了日本的国家主义自战争时期至战后的变迁——尤其是战后五六年间,地方右翼小团体在占领军压力下的变动——的文章。书中还引用了前面提过的那首汉诗。原来大黄当时在读刚出版的这本书。

作者指出,战争期间的右翼团体对战败造成的价值体系崩溃感

---

① 丸山真男(1914—1996),日本著名政治思想史学者,东京大学教授,著有《日本政治思想史研究》《现代政治的思想与行动》等。

到绝望,也有人因此而自杀,作者在文章中列举了负责人的真名实姓。古义人对其中两个人的名字比较熟悉。在他十岁那年春天,寄给父亲的书信猛然多了起来,古义人被吩咐去整理那些书信,从毛笔写的信封上,绞尽脑汁地分辨来信者的住所和姓名,然后记录在"账本"上,这才记住了那两个名字,都是稀奇古怪的名字。

书中列举的第二类团体,是将法西斯性质的招牌涂抹为"民主主义",按原有组织形式重新出发的那些人。而第三类,则是分散在地方上、直接从事非政治性社会活动和经济活动的团体,他们被作者表述为"大多介入食品增产和垦荒活动,反映出一般日本右翼的农本主义倾向"。

如果说,自从古义人的父亲横死于松山街头之后,大黄以持续七年的时间在森林里创建修炼道场,并垦荒种植存活下来,那么他所领导的团伙,则应该属于第三类团体了。而且,大黄也是估计到古义人对他领导的运动具有利用价值,这才前来 CIE 的图书室找到正作高考复习的古义人。在发生那起不仅把古义人,还把吾良也给卷了进去的事件之后,大黄又出于某种考虑,决定中止举事——尽管这一切被说成是为大黄他们下一个行动做准备——并与他的伙伴们继续维护修炼道场。情况大致就是这样吧。

遭到小炮丸袭击之初,古义人一心想要避开的,该不是以下这种事态吧?——不得不在警察局或法庭上,与一直操着森林里的乡音、多年来为了共同事业而奋斗过来的大黄及其同伙们对簿公堂……

第一次遇袭之际,从那三人所使用的话语里,古义人听出在故乡年轻一代口中已经流失了的乡音时,直觉就已经告诉他,这是还保留着古老语调,在一个封闭团体内一直活动至今的那些人。当时,他下意识地将大黄与此联系起来想象也是顺理成章的。

第二次遭到小炮丸的袭击,是在古义人刚刚写完题为《圣上拭去我的眼泪》①这部小说后不久。在这部小说里,古义人写到了此前一直提及的、父亲于战败翌日发起的"举事"。吾良一度还制定了计划,想要把这部小说改编为电影。

在写这部小说的过程中,古义人经常回想起自己十七岁时与大黄重逢直至发生修炼道场那事的这十日间,尤其在吾良也成为听众的那第二个夜晚,大黄所说的那些回忆场面。尽管如此,古义人在作品里仍然丝毫没有提及大黄所作的解释以及评价。

事实上,在倾听大黄谈及他自己的那部分内容时,十七岁的古义人当时就已经产生了怀疑。包括这些疑问在内,让大黄出现在作品里的写作思路原本已经形成,古义人却没有这么写,究其心理因素,该不是担心波及一直居住在大黄他们修炼道场附近的母亲周围——如果要问及如此考虑的根据,倒也没有清晰的话语可以回答——而实行的自我审查吧?

4

在大黄前来CIE的图书馆寻找古义人的那个时点上,具体说来,他大概还只有尚处于摸索阶段的初步计划吧。

大黄在地方报纸上得知自己老师的遗孤转学到了松山的高中,经常利用占领军机关开设的图书室,并因此而得到对方的好评。因此,通过古义人或许可以与美军相关人员进行联系。当时,大黄似乎只是抱着这么一个不确定的希望。

他把古义人从图书室叫了出来,在壕边盛开的樱花树下——不过,大黄对此却是毫无兴致——谈话时,作了刚才说到的那番开场

---

① 大江健三郎曾于一九七一年发表中篇小说《亲自拭去我的泪水之日》。

白,当谈话刚一陷入沉默,他便摆出一副"这才是需要说的最重要的事"的模样,拿出剪裁下的地方报纸。这一回,则是古义人对此毫不在意,使得大黄为之感到扫兴。接着,他那如同农民般被晒黑了的眼睛周围猛然一亮,便用充满力度的声音对几个年轻同伙垂谕道:

"不愧是长江先生的公子,怎会为此等事情忘乎所以?"

那是大约十天前登载于一家报纸晨报社会版上的报道,从古义人他们此刻坐着的壕边往西望去,便可以看到那家报社的建筑物。那篇报道说,上个学期结束时,一位高中生接受了美国文化情报教育局的表彰。这位高二年级的学生往来于 CIE 松山图书馆,在准备升学考试的同时,完整地读完了一本英文图书。美籍女所长通过日籍职员了解到,这位高中生准确无误地理解了全书的内容。那是马克·吐温的插图本《哈克贝利·费恩历险记》两卷本中的上卷。其实,这并不是本面向儿童的图书,尤其是会话中掺混着南部黑人的方言,就更难以读懂了。然而,少年却将被指定的页码翻译成了顺畅的日语,这让在占领军基地担任顾问的美军日语军官钦佩不已……

在古义人而言,自从母亲在战争末期用大米换来那本岩波文库版的《哈克贝利·费恩历险记》之后,自己甚至爱读到了逐行背诵的程度。转学来到松山不久,很快就在 CIE 的开架式图书室发现了漂亮的英文版,开始将其与记忆中的日文版对照着阅读起来。且不说英语能力是否因此而得到了提高,对该书进行了一年的精读倒是事实,这就引起了职员的注意。总之,报道了此事经纬的那篇文章,便把大黄他们招引到松山的 CIE 来了。

由于古义人对这个话题没有兴趣,大黄就滔滔不绝地说起了如何遵循长江先生遗训,苦心经营修炼道场。说是他们开垦了周边地区,还扩建了建筑物,却因为基本样式是先生早先所定,因此他们只是继承长江先生之遗训,建好了修炼道场而已。

听着大黄的这番侃侃而谈,古义人回想起还不是战争末期的那个时期,也就是以军人为主的那些来路不明的年轻人来到栈房之前,父亲不时会离开峡谷一段时间。至于父亲去了哪里,母亲从不曾告诉古义人。毋宁说,她本人似乎并未意识到丈夫已经不在家中。由于家传祖业的缘故,会有一些人上门来找父亲,那些人也无法得到有关父亲的确切信息。古义人还想起了他们折回去时,脸上流露出的暧昧神情。

不过,那时村子里已经在流传让古义人觉得与父亲所去之地有着某种联系的话语,那就是叫作"另一个村子"的、像是古老传说般的说法。据说,先是古义人的外祖父制定了一个计划,试图鼓动村里人前往巴西移民。当这个计划在国际性排日趋势中无法实现时,外祖父就改变计划,要与被移民计划打动的那些人,在当地建造"另一个村子"。

恰巧政府正计划将铁路延伸至邻镇,他们居住的那个村子却被划在规划线之外。于是,外祖父大手笔收购了一块废弃村子的土地,直至明治中期,那个村子还曾在有温泉的地方建造以温泉治疗疾病的温泉旅店。

还有人说,由于外祖父的父亲是个镇压农民暴动有功的人物,县知事便私下约定,铁路新线将在"另一个村子"附近设置车站。然而,实际铺设的铁路却比原有方案离"另一个村子"更远,新建设的县道也在临近九拐十八弯的山岭处开掘了隧道,于是,对"另一个村子"寄托的希望就全都落了空。由于移民巴西和建造"另一个村子"的计划接连失败,外祖父失去了资产和威信,成为当地代代相传的滑稽故事中的主角。古义人进入国民学校[①]后,每当搭乘公共汽车从村里前往松

[①] 在发动侵略战争期间,日本政府为推行国家主义教育,于一九四一年在全国范围内将普通中、小学改制为所谓的国民学校,其学制分为初等科六年,高等科两年。该体制于战争结束后的一九四七年废止。

山时,面对进入隧道前的那片地势开阔、适于远眺的地方,古义人便会沉溺于外祖父那"另一个村子"的梦想,这已经成了他的习惯。

　　大黄所说的修炼道场,该不是父亲利用从岳父那里继承下来的废村土地建造而成的吧?而战败翌日父亲的"举事",或许也是与少年时代的古义人所相信的故事全然不同的另一种情形。也就是说,并非是他此前所相信的那个荒唐无稽的作战:袭击银行筹措资金,为置终战诏书于无效,从吉田滨的海军机场飞往大内山进行轰炸。倘若"举事"的目的,是为了在森林深处的隐匿处所建立根据地并等待时机,毋宁说,那倒是很有可能。实际上大黄已经说了,他们就在那里建成了修炼道场,并且自给自足地生活至今……

　　在壕沟边沿的谈话结束之前,古义人答应当天晚间造访那家旅店。或许,那是因为被这个构思吸引了的缘故。

　　且说第一次夜访临别之际,大黄开口说道,第二天既然是星期六,学校只是上午半天有课,因此明天下午也想与古义人聊聊。古义人没有理由拒绝。不过,这天从下午五点开始,松山 CIE 要举办唱片音乐会。在古义人来说,原本他只关注由于音乐会的缘故,高中生们作考前复习的阅览区四点钟就要关闭,以便收拾桌椅并撤去那里与会议室之间的隔断。在平常的日子里,古义人会一直学习到五点半,然后沿着行驶市营电车的大道回到宿舍,吃过晚饭后便在自己的房间里继续学习。然而,这一天的唱片音乐会所用的 LP① 只是由美国演奏家灌制,选择的曲子却是莫扎特和贝多芬的室内乐。而 CIE 以往举办的唱片音乐会,演奏曲目则不外乎科普兰②、格罗菲③和格什

---

① 英文全称为 long-playing,意为每分钟三十三转速的慢速密纹唱片。
② 科普兰(Aaron Copland,1900—1990),俄裔美国作曲家。
③ 格罗菲(Grofe Ferde,1892—1972),美国作曲家。

温①的作品。看了图书室的通知后,古义人把这个消息告诉了吾良,吾良随即表示要来听这场音乐会。在此之前,吾良一直对美国现代作曲家的作品不屑一顾,认为那只是没有配上画面的"电影音乐"。大受市民欢迎的 CIE 唱片音乐会有入场限制,即便经常往来于图书室的学生,没有入场券也不得入内。一般听众是没有门路搞到入场券的,古义人之所以对吾良说起此事,是因为在报纸也予以刊登的那次表彰活动中,获得的奖品除了那本《简明牛津词典》外,还有三张唱片音乐会入场券。

与大黄之间的谈话,持续了一个下午、一个晚上、又一个下午之后便时断时续了。虽说才下午四点,古义人看了看父亲留下来的惟一遗物欧米茄手表确认了时间,便说自己和朋友还有一个约会,顺便提到了吾良。

如此告别之后,古义人便走出了旅店,大黄及其同伙却一直送到电车的起始站,甚至还一同上了电车。面对困惑不解的古义人,大黄若无其事地顺口说道:

"这几个家伙想以古义人兄弟的生活方式参观一下松山。说实话,俺也想一起看看!"

于是,古义人与他们一直来到 CIE 所在地的入口处。此时,由于这里的大树都已被砍伐一空,即便在堀之内视野也很开阔,只见 CIE 建筑物东边的空地上竖着一个篮球架,几个人正在那里练习投篮。

吾良也在那里!相互争抢篮球、想要将球运到篮下以便投篮的几个人中,那个裸露着被阳光灼红了的上半身、高大身材非常显眼的人正是吾良。他年纪轻轻、朝气蓬勃,身上却透出几分悠然。再仔细看去,每当球被传到吾良手里,队友便会留心他的周围,以保护他上

---

① 格什温(Gershwin, George, 1898—1937),美国作曲家。

篮投球。

在场上打球的,除了吾良以外,全都是 CIE 的日籍职员。在场边观战的,则是古义人开始高考复习以来,总是和吾良待在一起的浪人①中的一位前辈,以及身穿亚麻衬衫的美国青年。古义人知道美国青年的名字叫皮特。此前因通读了《哈克贝利·费恩历险记》上卷而受到表彰时,从美军基地赶来的日语军官就是他。

暂且不说皮特在场边,这里的日籍职员平日里对使用球场的当地人冷淡得近乎歧视,现在却接受吾良为他们练习篮球的伙伴,这让古义人非常吃惊。此前,吾良极少到 CIE 来。加之对这块狭小的运动区域,古义人有着耻辱的回忆。去年秋天,古义人刚习惯于在 CIE 的图书室进行高考复习,一心认为来到地方城市之后,皮肤很少能够直接晒到太阳,而这样对健康并不好。于是,古义人在这里脱光上衣刚开始做体操,一位日籍职员便蹑手蹑脚地跑过来,狠狠呵斥了他一顿。古义人总觉得有一双眼睛在看着他,就抬头往二楼的窗口望去,发现一个美国人正俯视着他。即便以日本人的平均身高来看,那个美国人也不算高。现在回想起来,那人就是皮特了。

这时候,前来听唱片音乐会的松山市的文化人及其女伴已经到了好几对,正站立在大门口以及停车场,然而,日籍职员却默认吾良光裸着腰部以上的身体。古义人他们在场边停下脚步,投篮练习又持续了好一会儿,日籍职员才理所当然地相互用英语招呼着结束了运动。他们把篮球交还给皮特后——体育设施的管理者像是另有其人,今天的使用许可大概是皮特前去申请的吧。另外,皮制的篮球尤其贵重——便跑进建筑物东侧的入口了,惟有吾良一人好像依依不

---

① 日本古时泛指离开原籍在他乡流浪的人,现亦指因考学不中而失去学籍,却仍想继续考学的失学者。

舍地站立在吊着网篮的立柱下。

突然,随着一声古义人听不懂语义的英语呼喊,在建筑物入口前回过头来的皮特,用弧线长传把球传向吾良。吾良跳起接球,再半旋身子,运了三四步后便起身投篮,球砸上篮板后钻入篮圈。吾良接住从网篮落下的篮球,又是一番激烈的左旋右转地运球,离开相当距离后,这次则把篮球成功地直接投入了网篮。吾良抱着篮球,往皮特那边走去。皮特接下篮球后,手指吾良肩膀和胸前闪着光亮的汗珠,好像在说着什么。不大一会儿,一条确实是美军军用品的结实毛巾从二楼窗口扔向正走回这边的吾良,吾良便用这条毛巾从容不迫地擦拭起上半身来。

吾良若无其事地来到惊诧得无以言表的古义人他们身边,从浪人前辈手中接过长袖针织衬衫直接穿在身上。这是他在京都的时候,一位大学生朋友送给他的冰球部紧身运动套衫。那位接下吾良毛巾的浪人前辈尽管并不情愿,却还是走向东侧入口处归还毛巾。于是,吾良这才将运动过后容光焕发的笑脸转向古义人,而古义人则将两张入场券递了过去。吾良和跑回来的那位浪人前辈都没有向他表示感谢。

倒是守候在一旁的大黄让几个年轻同伙站在身后,同时将试探般的笑脸挨过去,低三下四地这样搭讪道:

"你就是吾良吧?古义人兄弟的好朋友。你是著名电影导演的遗孤……唱片音乐会结束后,能请你到俺的旅店房间里来吗?和古义人兄弟一起来!听完音乐会,不就赶不上住处的晚饭了吗?

"也就是些山货,不,或许该说是山货和水鲜品才对(说到这里,大黄再度讪笑一下)。煮熟的毛蟹也好浊酒也好,可都带来了。昨晚没能办成像样的宴会,不过,如果和好朋友在一起的话,古义人兄弟也会放松下来的。那就请过去喝上一杯吧,螃蟹也请吃个够!"

这天晚上，音乐会的会场上还发生了一件事。当时，皮特作为解说员坐在大型扩音器旁，在他的吩咐下，一个日籍职员拿着特别装订的小开本图书来到吾良身边，让他看夹放着书签的那个页码。这个职员表演似的压低嗓门说道：

"这是威廉·布莱克①的书，皮特说你像这个长着翅膀的小孩。"

吾良挺直脑袋，与递过来的那本书拉开距离后，便端详着书中插图，却是什么也没有回答。古义人从一旁看过去，且不说那个又小又无法看清面庞的幼儿，只觉得将这幼儿扛在肩头的年轻人与皮特倒有几分相似。听众都在等候着音乐会的开始，皮特却坐在当时少见的金属管椅子上，两只大眼睛之间略微开阔的心形面庞正朝向这边。

然而，当古义人多年后打量到手的特里安农出版社的《天真之歌·经验之歌》卷首插图时，却再也无法把轻松扛着那幼儿的年轻人的面庞与皮特的面孔重叠在一起。在画面里，这个年轻人的脑袋顶着幼儿的屁股，肩膀则扛着幼儿的双腿。在复制版上看到的这个确实像是儿童天使的幼儿开阔的额头，浓密的卷发，显露出倔强和幽默的鼻子和嘴巴，还有坚实的下巴，这一切确实让人联想到吾良。更准确地说，不难想象，曾听千樫说起的那个美得毫无瑕疵、人见人爱的幼年期吾良的面影，应该就是这个模样吧。

5

唱片音乐会结束后，文化人都被邀请到其他房间去喝咖啡，不在受邀之列——这是很自然的，不过，觉得在那里遇上皮特是个麻烦事

---

① 威廉·布莱克（William Blake,1757—1827），英国诗人、画家、雕刻家，著有诗集《天真之歌》《经验之歌》等。

却也是事实——的古义人与吾良和浪人前辈,夹杂在人群中行走在起始于 CIE 建筑物的那条幽暗的沙石路上。古义人知道吾良有意接受大黄的邀请,只是不知道该如何向浪人前辈解释此事。不过,当他们经过横跨壕沟的宽大桥梁来到市营电车的车站时,古义人的担心便烟消云散了。刚洗完澡——估计是去了道后温泉的公共浴池——的大黄衣着整齐,突然从暗处闪出来,对着吾良和古义人——完全无视另一个少年——招呼道:

"即便暂且不说古义人兄弟,也担心吾良过于客气,这就前来恭候啦!你们都是能够谈论文学和音乐的人,脑子里完全是成年人了吧。先不说古义人兄弟,吾良有时也会喝点儿浊酒什么吧。虽说是些野蛮的食物,不过河蟹可是相当不错的东西呀!旅店说是只凭外食券①供应米饭,不过俺已经打点好了!至于对古义人兄弟嘛,这就算是对长江先生和栈房里的夫人免费款待酒食的一点儿回报吧。如果可能的话,先前我还想请那个美国人也来尝尝农家口味呢!"

那浊酒古义人是一口也没喝,虽然大黄继续开讲,却并没有耽搁晚上的宴会,吾良无惧无畏地喝下茶碗里的酒后,又从一升装的酒瓶里斟了一碗。他还评论说,曾随崇拜父亲的一位女编辑去京都一家常有作家和诗人光临的地方喝酒,可眼前这酒比那里的酒要好多了。他心无二用地品尝着毛蟹,有一阵子甚至专心到了对别人的问话也不搭腔的程度。

过了一会儿,大黄挪开空出来的毛蟹大盘子,把一只红色皮箱放在座席中央。古义人昨晚就看见这只皮箱靠放在墙边,察觉到这原本是父亲房间里的东西。大黄用力伸长单臂,咔嗒一声打开摁锁,那

---

① 第二次世界大战后期以及战后数年间,日本政府对主食进行控制,要求在外用餐者凭用餐券就餐。

只手臂却依然搭放在箱盖上，将闪着黑色油光的脸膛转向吾良和古义人：

"这个呀，说起来，就是俺们随身携带的武器库。这其中有的东西古义人兄弟应该看过。"

然后，大黄重新面对箱子支起一条腿，将那只胳膊伸进打开了箱盖的箱子里摸索着。在这个过程中，古义人只觉得悬在空中，尤其为吾良在自己身边而感到羞耻。因为他估计，大黄将从箱子里取出的，一定是家里曾参加日俄战争的用人带回来的那柄俗称为"牛蒡剑"的枪刺。十岁时的古义人曾将色泽滞重且生了铁锈的此物佩在腰间，跟随坐在箱车里、系上吸血尿布的父亲上阵的。这东西会引起吾良毫无顾忌的大笑吧……

然而，大黄取出来的却是用竹管和粗铁丝制成的大昆虫一般的弹弓鱼叉，是潜水时用来捕捉鳗鱼用的！这鱼叉上缠绕着各种玩意儿，难怪取出来时花费了一些时间。

瓮川沿岸现在围以混凝土河堤，可在古义人还是孩子那会儿，沿河的高矮竹丛则形成了自然的堤防。一如日后吾良赠送田龟装置之际嘲弄他时所说的那样，儿时的古义人孤立于一起游玩的小伙伴之外，被带到此处从事运出森林木材这一工作的朝鲜人家庭中的父亲，便从那片竹丛里砍下曲根竹为古义人做了这柄弹弓鱼叉。由于古义人的母亲照顾朝鲜人一家三口的饮食生活，这两家关系也就亲近起来。不过，安装在被打通了竹节的竹筒里的那根以橡皮条为动力的铁丝，却因为前端没被磨得尖利，古义人再度遭到了所有孩子的嘲笑。于是有人到村边的铁匠铺去，将其换为带有倒刺小鱼叉的粗铁丝。现在回想起来，那人就是大黄。

古义人动手修理旧潜水镜，尽管还有些许渗水，他还是戴上这潜水镜潜到了水流中的岩石下面。其实古义人并没打算捕捉鳗鱼，哪怕仅仅做个形式也好,他只想尝试一下比他年少的孩子们早就玩得极为娴熟的水中捕鱼游戏。然而,他潜入水中后却发现,在与浅滩隔着深水处的长条岩石的裂缝里,有一条指头粗细的鳗鱼正在吐纳着清水。鳗鱼在用离上下眼睑有些距离的黑眼睛回望着古义人。在若干次抬头换气之后,他终于将弹弓鱼叉靠近鳗鱼的鳃部并扳下动力扳机。转瞬之间,鳗鱼啪嗒啪嗒地晃动了一会儿弹弓鱼叉的叉头,便再也不动弹了。古义人在河流里支膝起身,俯视着如同垃圾碎片般垂挂在弹弓鱼叉前部的鳗鱼,只觉得这一切并不光彩。

从此以后,古义人从不曾带着这柄弹弓鱼叉到河里玩耍,却不知道大黄通过什么途径,将其收罗到修炼道场的"武器库"里了。多年后古义人猜想到,农民暴动时那生了锈的炮丸,想必也是被收罗到那里了吧。

吾良只是天真地觉得好玩,尽管大黄提醒不可将那鱼叉对着人,可吾良还是兴致勃勃地不断拉动橡皮条发射鱼叉。又过了一会儿,在大黄的再次催讨之下,吾良将那弹弓鱼叉扔出一般掷了过去,这还不算,他带着喝多了浊酒的醉意,用尖锐的声音说道:

"你说的就是这武器呀……"

大黄于是认真起来,他回答道:

"入口的门板或板壁上会有小窟窿,屋里的光亮会从那里泄漏出去,对吧?如果有人前来窥探的话,就会把眼睛贴在那小窟窿上往里瞧,这很自然吧?假如用细得连光都遮不住的鱼叉对准那窟窿,再准备好橡皮条提供的能量等在那里,情况会怎么样?"

"真恶心。"

"俺们现在要以占领军为对手而进行战斗,这是抵抗!如果能搞到时髦的武器,就不会使用被你称为恶心的战斗方式了!"

在这一番对话之后,大黄的话语便开始露骨起来,甚至连古义人都清楚地看出,大黄是为了充实"武器库"才对吾良产生兴趣的。而吾良则一直乐呵呵地陶醉在微醺之中,以模棱两可的态度周旋着。但是,大黄逐渐锁定目标,甚至问到吾良是否可以与美军那位日语军官进一步深交。说话间,大黄又拿出用大蒜和猪肉包的粽子,那是古义人的母亲在照料朝鲜人家庭饮食生活时,融入村里的民俗后琢磨出来的制作方法。正如两个少年在归途中的交谈间坦率承认的那样,这是他们在战后混乱的七年间,吃得最为惊险的一顿饭。

宴会将近结束时,大黄突然说起古义人这个名字的由来。当然,这是以笛卡尔①的西欧思想为原点的,然而并不仅仅如此。在与大阪——当时的大阪——有着贸易往来关系的这块土地上,不少人曾前往商人们学习儒学的学校怀德堂。古义人的名字中,就融汇了这个学派的宗师伊藤仁斋的古学思想②。

"俺们修炼道场的先师,也就是长江先生夫人的尊父,他筹划的移民巴西计划和'另一个村子'计划都失败了。这位老先生呀,少年时代曾在怀德堂学过'子曰',青年时代则在土佐师从中江兆民,用法语学习了'cogito ergo sum'③,这不就符合了你们长江家的命名方式吗!"

吾良大笑起来,使得古义人对他和大黄都心生憎恶。不过,毕竟是少年,在与朋友踏上归途的路上,已经修复关系并热烈地说起话来。

---

① 勒奈·笛卡尔(René Descartes,1596—1650),法国哲学家、数学家、物理学家,开拓了所谓"欧洲理性主义"哲学,著有《方法论》《形而上学的沉思》和《哲学原理》等哲学专著。
② 伊藤仁斋学系后在京都开设古义堂讲授以"孔子古义"和"孟子古义"为主要内容的儒学,这里的"古义堂"与"古义人"之发音完全相同。
③ cogito ergo sum 原意为"我思故我在",其中的 cogito 与古义人的日语发音相谐。

第四章　百日 Quarantine（二）

1

　　在柏林的旅居生活也已经进入了后半程，古义人觉得，较之于以往旅居其他外国，这里的生活不啻于站立在坚实的基磐之上。尤其在旅费不足的年轻时代，置身于没有朋友和熟人的外国城市里，还要大胆闯向旅行者不宜去的场所，现在回想起这些经历来，自己都觉得离奇古怪。

　　在柏林的生活之所以如此安定，是因为柏林自由大学和高等研究所以万全的准备迎接他的到来，尽管古义人迟迟才做出是否接受邀请的决定。古义人意识到，这也是因为自己失去了越矩行动的那份过剩的生命力所致，这让他同时感受到了些许寂寥。

　　那是一个星期天的上午，柏林电影节将于下周三前后开幕的那个星期天上午，古义人前往波茨坦广场的一家饭店，这是他旅居此地以来第一次——正因为如此，在外国旅行时的这种感受才会更为熟悉——觉得自己是踏在晃动着的地面上。

　　那天早晨，他在公寓前的柏油路旁等候着，可是日语系副教授伊贺的车子一直没有出现。约定的时间原本是十点，到了十点三十分时,古义人暂且爬上通向自己房间的楼梯,中途听见电话铃声响个不停,却终究没赶上接听。不一会儿,电话铃声再度响起,古义人拿起话筒,只听伊贺副教授用充满焦虑的声音告诉他,东·贝姆夫人在电话里向他发牢骚,说是与古义人联络不上。副教授还说,昨天,夫人提出一个新建议,约好今天先来接他,然后再接古义人,按如此顺序接上大家。可是到了今天早晨,夫人又说亟须处理一桩刚出现的紧急工作,就无法参加今天的采访摄影了。副教授接着说:倘若现在开自己的车来公寓接古义人,两人都将迟到,因此还是各自搭乘出租车前往饭店为好,怎么样?

尽管如此,两人还是在饭店大门前约定的地点顺利会合了。伊贺随即到电影节接待处接洽,却被对方以参加电影节的人员名单中没有他和古义人为由而拒绝受理。虽然伊贺表示了抗议,可也只落得个在几位工作人员之间被推来挡去的结果。古义人稍稍拉开距离,在一旁观看了将近一个小时。这时,一个男人——看似比古义人年长几岁,是个知性与柔和的人——从二楼大厅宽敞的楼梯上闲适地走下来对古义人招呼道:"十年前在法兰克福的摄影非常愉快,不过,那次拍的录像带寄到东京了吧?"

他伸过手臂,亲切地揽住古义人的肩头,示意古义人一同上楼。古义人虽然牵挂着伊贺,却也不好抗拒这非常自然的邀请,被引导至电影节会场的入口处。看这情景,二楼以上便是电影节主办方的控制范围了。那男人胸前戴着卡牌,而古义人以及意识到这一变化后正大步跑上楼梯的伊贺都没有那卡牌,入口处的工作人员却佯装不见。就这样随着那人走在通往主会场的通道上的途中,来到一处在半开着的硕大门扉前站立着好几个男子的地方,如同正运转着的齿轮咔嗒一声啮合上了,引导古义人至此的那个男人走进那里,连话都没说一句,便将他们让了进去。

那是一间从地面到天花板约有两层楼高的宽敞的立柱式大厅，正面顶端的舞台仍在准备之中。走进大厅没几步远的地方，椅子上放着四五个人的外套。人数与此相符的几个男子用小屏幕将场区间隔出来，正在那里安装照明器具。其他的摄影机器也已经准备停当。

即便在电影节这样衣着光鲜的场所，或许算是德国风格吧，一位穿着土黄色工装裤的姑娘，将咖啡杯以及装在塑料容器里的牛奶和砂糖递给了一直站着的古义人。她并没有上前搭话，虽然年轻、知性的德国工作人员大致都能流畅地说英语。另一方面，伊贺则被刚才那个德国人带到小银幕后面谈话去了。据古义人看来，到了现阶段还明显存在着一些问题，而对方尽管感到为难，却还是想尽量解决存在的问题。

虽然如此，回到古义人身边来的那个男子，也就是采访人兼导演，以既定计划的自然态度引导古义人坐在小屏幕前两张椅子中的右座上。负责录音的工作人员为满脸疑惑地坐在左座上的伊贺佩上麦克风后，又为古义人做了同样服务，导演便在正面那台摄像机旁坐下来，对身旁的男子下达了指示。被推到古义人他们这边能够看到的位置上的监视器亮了起来。接着，由日本演员出演的非常充实的镜头开始展现，使得古义人几乎产生错觉，认为这是黑泽明早期拍摄的历史剧。

这是一片非常辽阔的洼地，繁茂的杉树林从两侧向前推出。眼前已经布好了阵营，各色旗幡以及长枪林立，身披铠甲的武士们立于其中，两侧则是一字排开的骑马武士，他们都在紧张地待命而动。

摄影机往后退去，与阵地隔了一段距离的这一侧，只现出后脑勺和背部的成群的半裸农民。他们的人数非常之多，摄影机从目前这个角度拍过去，他们甚至覆盖了整个画面，就这么前进着的农民。对面也有了迎战的动静。就在双方的激烈冲突一触即发之际，画面转而切换成英国队与德国队之间已处于白热化的橄榄球赛电视转播。也是眼前这方阵营发动进攻且渐渐得势，战斗焦点在向对方阵营内移动。果敢地反击，双方阵营激烈地交锋。在攻势达到最高潮时，这方一位选手得到一个漂亮的传球，攻入了对方阵营的右区。此人在场上已是遥遥领先。

画面再度转换，武士们构筑阵地的杉树林被农民队伍占领了的地方包围起来。在农民队伍前方的空地上，是一口装上木轮的大箱子，上面站着一个男人，较之于体形，他的脑袋显然大出了许多，被用打满补丁的脏布条一层层地包裹成椭圆形。载着此人的那辆箱车往这边推来，上阵的农民暴动的人群将其围拥起来，无以计数的竹枪指向天空，巨大的呐喊声震天动地。

……监视器的画面暗了下来，摄影师开始摄影，担任采访者的导演将近乎羞怯的微笑朝向古义人并开始提问。正要进行翻译的伊贺稍微顿了顿，显出不知怎样才好的神情，对古义人这样说道：

"如何回答问题，是古义人先生的自由……不过，听了导演刚才的说明后，我觉得事情不大对劲儿。怎么办？与其马上回答问题，不如先停下摄影机，做好讲话的准备后再开始？"

古义人不知道发生了什么事。然而，现在摄影机已经转动，负责录音的工作人员正注视着这里，还有那位穿土黄色工装裤的姑娘，这时她作为记录员正打开笔记本。整个氛围让古义人难以对那位看似善良且明显拥有很高知性的导演说出暂停拍摄这句话。转瞬之间，古义人放弃了这个想法。

"请你翻译对方的提问，我决定予以回答。"

采访的第一个问题始自于刚才监视器的画面，是如何评价德译名为 *Der stumme Schrei* 这部长篇小说的、被制作成电影的部分内容。首先想听听原作者的感想，同时，关于年轻的德国电影人在巨大的经济困境中所作的努力,关于从指导改编剧本开始,一直给予富有献身精神的鼓励的塙吾良导演,也都想听听古义人先生的评语。何况您本人就是悲剧性自杀的导演多年的朋友,同时也是他的妹婿……

古义人回答说:"《橄榄球赛一八六〇》①这个日文书名,是将我国直至'第二次开国'的、非常重要的一八六〇年发生的农民暴动,与百年后抵抗日美安全保障条约的市民运动连接在一起的暗喻。将这个暗喻大胆理解为明喻并使之影像化,这很有意思。倘若对年轻的德国电影人提出该建议的人是吾良,那么,我对画面中显现出来的后者富有幽默感的批判性,以及将这一切忠实地以影像形式再现出来的前者的才能表示钦佩。

"封建体制下的藩这一权力机构,将第一次农民暴动的领导人处以死刑。农民夺回被用盐腌渍起来的领导人首级,在第二次农民暴动时将其装回领导人的遗体上,向着下游的城下町②攻击前进。这种构想也将我在小说中作为暗喻书写的内容还原成了明喻的影像。

"如此复活了的领导人,就乘上了装上木轮的箱子。这也是'引用'了发生在战败时的一个事件,这个事件对我的家庭和我个人都非常重要。我在题为《圣上拭去我的眼泪》的小说里写过相关内容。

"最后我想强调的是,这些录像带里大森林中山谷的情景,确实抓住了我家乡的地形特征。关于我小说里的地形学方面的特质,一位建筑家朋友曾写过一篇分析论文。我觉得,刚才那些影像是把那个出色的理论予以视觉化了。

"这已经是二十年前我旅居墨西哥城时的事情了,当时,我听说

---

① 大江健三郎曾于一九六七年发表长篇小说《万延元年的 Football》。
② 在日本历史上,以封建领主的居城为中心,在其近旁发展而成的商业街区。

吾良和我的妻子——您刚才也曾提到，他是吾良的妹妹——一同到我的老家去作详细的田野调查。那些成果现在得到了很好的体现。这大概是出于吾良详细的讲解吧。不过，我仍然要向将这一切如此诚实和生动地体现在电影画面中的德国电影人表示敬意。"

紧接着古义人的评述，充当采访者的导演坦率地显现出因自己的企图而引发的紧张，他问道：

"作为原作者，您非常希望这部电影能够完成吗？我得承认，拍摄这部电影的团队与原作者之间的合同尚不完备。也是因为您的著作权代理人指出了这一点，加上制作资金枯竭，无奈之余，这部片子恐怕将永久性停拍。为了帮助他们克服困难，您有提供帮助的意愿吗？"

把第二个问题翻译到此处后，伊贺便用古义人也能听得懂的英语反问导演：

"至于这里所说的意愿的内容，具体说来，您在期待着什么样的帮助呢？"

"是这么一回事……合同上虽然写有优先购买权，他们却没有得到原作的电影改编权。而且，能够无偿赠送给他们吗？另外，听说塙吾良导演的遗产高达五百万马克，是否可以请古义人先生说服遗孀，将其中一部分投资于这部电影？"

翻译完这段话后，伊贺飞快地加了一段：

"即便从我这个第三者看起来，这也不是在目前的采访摄影中能够回答的问题。这如意算盘打得也太精明了吧。而且，我甚至怀疑，他们是想在这个范围内取得您的口头承诺，并用摄影机留下证据，这才是他们采访的目的吧。是否需要就此停止采访？

"反之，如果您想让他们完成这部陷于停滞状态的电影，并因此而打算提供支援……我也会认为是个很好的想法，因为即便只从目前已经完成的这部分来看,正如您所评价的那样,也是很优秀的作品。我将非常高兴地翻译您的方案……"

古义人希望采访继续进行。毋宁说,是他自己想要回答导演那诱导性的提问。他承诺,如果试拍部分的风格能够一以贯之,他愿意把电影改编权无偿让给年轻的德国电影人。看过放映的录像画面,他确信剧本和演出都曾得到吾良的指示。因为,吾良在去彼世之前,也曾在留下来的田龟对话里作过相同解释和构想。古义人真的后悔没把田龟带来,他想用其中几卷磁带与刚才看过的画面进行对照。当然,他还告诉对方,对于吾良遗产的使用方法,自己既没有发言权,也无意多嘴多舌……

有点儿上了年岁的导演结束采访后,恢复了早先的柔和表情,将古义人和伊贺送出大厅,同时说道:您最后那段发言,对于想要重建德国电影界——德国总统也向这届电影节表达了这个愿望——的年轻艺术家们,是个积极的鼓励,而且,能够在准备电影节的会场上得到您具体的表态,真是太好了!

在回去的路上,伊贺补充似的说道:

"以那位导演为先导之一的德国新电影开始出发了。他想要支持目前在艰难的经济状态中顽强奋斗的新一代,这也是理所当然的。不过,吾良先生可曾意识到自己在如此深入地协助年轻的德国电影人?他们连原作的电影改编权的合同都不签就开始拍摄。吾良先生该不是已经被卷入故意使这一切含混不清、演变为既成事实的阴谋中去了吧?"

"东·贝姆夫人好像也在很坚定地提供帮助,是她不太了解实际情况?还是正好相反,在非常清楚的情况下,有意使之变为既成事实?"

"哎呀,怎么说才好呢?我所能确认的,是此人确实喜欢电影。

即便在柏林电影节上,也经常能在年轻人的实验性电影试映场上看到她。不过,她会参与到牵扯拍摄方面法律的阴谋中去吗?

"我听说,她曾炫耀自己是个女演员,当吾良先生还是崭露头角的新演员时,她作为老一代女演员与吾良合演过电影。"

"她曾与出席柏林电影节的吾良重逢,说是也曾有过一些交往……此事与东·贝姆夫人的女儿那件事有什么关联吗?"

"您听夫人说过她女儿的坏话?那个人呀,与其说她是针对吾良先生和她女儿这两个人的,不如说主要是在批判她的女儿。她女儿对吾良先生旅居柏林时的生活,尤其是旅居的最初阶段,从很多方面给予了帮助。听说,柏林那些关注吾良先生的人甚至抱怨,说是这个姑娘独占了吾良导演。于是,夫人意识到了自己的责任,这就成了母女俩失和的开端。在吾良先生发生那样的事情后,从东京来了一家周刊杂志的记者采访女儿,惹得东·贝姆夫人勃然大怒。我还听说,夫人和记者之间的纠纷,可能要闹上法庭。"

"可是,东·贝姆夫人和她女儿之间的关系,为什么会闹到这种地步呢……"

"我也听说了,东·贝姆夫人责备女儿,说是不要照顾得太过分,那不就成 Mädchen für alles 了吗?如果这样下去,很快就会让人家腻味的。女儿就去找朋友了解那句话的德语含义,觉得受到了伤害,表示即便是母亲,自己也无法原谅。这个女儿是在夫人与之离了婚的日本前夫那里长大,在夫人与德国人再婚后才来投亲的,因此完全不会说德语。"

"你知道得很清楚嘛。"

"告诉姑娘德语意思的那个朋友,到我这里确认来了。把语义告诉姑娘后,那人有些担心……"

"你又是怎么说明那句话语感的?"

"我就说,内人虽然出生在柏林,可在我们家里却从不曾听过这些词句。东·贝姆夫人再婚时嫁给了年长且成功的企业家,丈夫是在老派家庭里长大成人的,或许,这是从她丈夫那里学来的词汇。

"那个朋友还说,吾良先生发生那样的事情后,东·贝姆夫人的女儿坚持认为,导演是被黑社会杀死的,因为他接受 NHK 的要求,制作节目揭露了垄断产业废弃物焚烧场的黑社会的真实状态,因此才被黑社会杀死的……"

奇怪的是,自此之后,东·贝姆夫人再也没来联系。在古义人来说,则只留下一个结果,那就是在录像中的承诺,承诺把小说的电影改编权无偿出让给一个连单位名称都不知道的那些年轻的德国电影人。

2

已经长达百日了,若从天数算起来,早已大幅超过了像是源自意大利语 quarantine 这个单词所表示的范围。结束柏林的旅居生活回国之后,古义人大概会被在来时的飞机上几乎没感到什么影响的时差折磨上整整十天吧。那个期间,为彻底返回现实而寻找合适方法的古义人——将有意识地不给田龟安装电池——甚至会躺在书库的行军床上,幻想着给那位朋友打电话吧。

接下去,古义人或许会意识到一个赤裸裸的事实,那就是自己现在打电话的对象,无论六隅先生也好,篁先生也罢,还有其他更为亲密的朋友,他们全都不在了,正如吾良在田龟中批评的那样,连一个亲近一些的晚辈都没有……

因时差而昏热的头脑里,恐怕也想不出适合于阅读的图书。打开送上门来并堆放在书库门口、尚未拆包的书箱,挑出几本书来阅读,或许会被例如普鲁斯特①翻译文本的文体所吸引,从而心情转好,便悠然自得地回想起一切来。倘若果真如此,古义人就会以不曾有过的冷静,思考并不久远的日程安排中的自己的死——假如还需要继续活上十五年甚至二十年的话,那可真叫人无法忍受——届时,将从昏热的头脑里浮现而出的书名,与其说是《被发现的时间》,不如说是《被发现的死亡》吧。

"没错,死亡即是时间!"

就这样,在非常清醒的状态下肯定会遭到抗拒的这种观念,到了这个阶段,或许自己还会以为那是具有说服力的新发现。如此一想,甚至觉得自己的死也已经是不久之前的事情了。这不久之前的事情,以极快的速度退往时间流程的彼端。实际上,吾良之死,不也恍如百年之前的事情吗?自己作为死去已久之人,迷迷糊糊地站在早已死去的吾良身边,似乎也没有什么不自然。

在作如此思考的同时,原本以为由于时差的缘故无法入眠而对此早已不抱希望的古义人,实际上将会睡着,毋宁说,将会在浅浅的睡眠中进入梦境吧。翌日,如同在梦境中也预感到的那样,死亡即是时间这个想法也一定会变得暧昧、模糊。只是这个想法的泛音,很可能又会在新的梦境中回响而起吧……

3

古义人一直想让自己相信,柏林百日 Quarantine 的目的,一是要返回与吾良进行田龟对话以前的状态,二是要让自己训练到确实能

---

① 马塞尔·普鲁斯特(Marcel Proust,1871—1922),法国小说家,意识流小说大师,著有长篇小说《追忆似水年华》等。

够做到这一点为止。这种努力逐渐取得了实实在在的成果,在办公室等待授课的那段时间里,尤其在心情处于稳定状态时,他发现自己已经能够将吾良去了彼世后与自己的反复联系,整理为只是自我意识的一种游戏。

他并不认为由于这是游戏而毫无意义。惟有通过游戏的形式才能达到的意识的深化,古义人借助田龟游戏而完成了,这是毋庸置疑的。被对比于礼仪的游戏那独特的作用,古义人是在年过四十之后,在自嘲为"迟到的结构主义者"的同时,在重新审视被文化人类学那些机敏的研究者们几乎忘却的议论这一过程中予以确认的。

古义人曾制定若干游戏规则,并循此至今,这足以证明他与吾良的田龟对话是一场游戏。吾良也作为遵守规则的游戏伙伴响应对话。当然,这也是因为古义人不让吾良有脱离话题的机会……

尽管如此,与吾良通过田龟进行的联系,只要是对话,或多或少都会蕴含着原动力,这种原动力经常将古义人推向他独自一人时无法想象的新的远景中去。与此同时,古义人知道他们没有破坏游戏规则。比如说,他们坚守的其中一条游戏规则,就是对话无论多么热烈,彼此都不得提及今后共同从事某项工作。

基于这一点,在柏林的公寓里持续回想与吾良之间进行的对话时,古义人能够清晰分辨出,哪些是借助田龟进行的联系,哪些是吾良唐突地去往那一侧前后、却是仍在这一侧期间通过电话进行的对话。

"说是你到六十四岁的时候,阿亮也该三十六岁吧?咱可是听千樫这么说了。你们俩的年龄相加,就该有百岁了!根据可怜的松三时代你那神秘主义预言,在你迎来百岁之际,你就应该成为'智者'了。于是,你将获得你自己生活过来的这一百年的、包括前五十年和后五十年的有关生的完整想象。只是不知道你这计算有什么根据……

"现在咱所考虑的,是不是你因为与阿亮共生,就得以活到这六十四加三十六共一百岁了?"

"确实因为与阿亮携手生活过来的缘故,我时常感到已经活了将近百年了。当一九九九年来临之际,这种感觉一定会更加清晰。暂且不论是会在我的生日里抑或在他的生日里做如此之想……"

"你们俩的生日相隔较远吗?最近,听千樫说起这事时,还以为你们俩是同一天生日呢。千樫并不是傲慢的人,不过,就日本女性谦恭的平均指数而言,她可是会显现出充满自信的个性。或许她深信,你和阿亮都是她同一天生出来的。也就是说,她自己生下了你们俩!

"因为,她其实是个母性很强的人。早在咱与千樫一同生活在松三那座寺院的偏殿时,她干起活儿来就比母亲还要像母亲。"

于是,古义人便想调侃地说上一句,"就你的心理学而言,无论肯定也好否定也罢,母亲的作用是很大的,不过那与这个又有什么关系?"但他还是连同接续在后面的话语……"背负着两个扮演着母亲角色的女性,可不是一件轻松的事啊!"……也一并咽了下去。

对话过程中的这种情况造成了古义人的短暂沉默,乘这个空隙,吾良将话题转移到了显然在来电话之前就已经准备好了的话题上:

"……在松三古义人你那么说的时候,咱也懒得问来问去,只是心不在焉地想着一个问题,那就是你成为'智者',获得自己生活过来的百年以及前后各延长了五十年的同时代的想象,那么咱本身又将如何呢?如果你一百岁的话,咱就该是一百零一岁,即便还活着,咱也不认为那时还在继续工作……

"不管怎么说,总觉得在你的活至百岁这个想法中有一股魅力。那是咱第一次意识到,古义人你将来不会是学者,而将成为创作者。

"你在写《橄榄球赛一八六〇》的时候,咱不是从威尼斯给你挂电话了吗？当时,需要通过饭店总机转接,国际电话费高得离奇,把咱那老婆急得心如火燎。咱听前来采访电影节的新闻记者说,读了连载小说的最后一篇极为兴奋,可咱还没读呢⋯⋯

　"于是,咱就向记者详细打听了小说的内容。一如你所批评的那样,无论对于小说也好,电影也好,咱都不是那种能够很好进行归纳的人⋯⋯

　"在那个国际电话中,知道《橄榄球赛一八六〇》与'智者'构想里的内容并不相同后,咱大大地松了口气。当时,咱虽说在外国拍电影,可在国内却只是个得不到什么赞扬的半吊子演员。咱可怜兮兮地抱着一个希望,那就是自己也能够参与到以古义人的百岁为目标的这个构想的工作中去。

　"事实上,咱已经在尝试着制定有关那个构想的具体计划。在计划中,将在连续性的电视节目里追溯从明治以来的现代化潮流。咱想以自己的风格来摸索你的'智者'想象。

　"自那以来,咱一直不断构思用电影方式表现这个国家的一百五十年。至于原型,仍然选择了古义人在森林里的家。咱还考虑过从未来某个时点回溯一百五十年的这段历史。咱假定你会与咱一起制作脚本。即便最终行不通,咱们也可以一起讨论这个计划。

　"现在,咱也拍了十二年的电影,自己也觉察到该告一段落了。就在这个时候,却听到你对于百岁的新想法,就感到有什么被撺掇起来了。一直以来,咱对此根本不当回事,总以为你年至百岁还早着呢,时间绰绰有余⋯⋯实际上,也可能永远都到不了。就在这个时候呀,你却用从松三那时就爱玩的数字魔术⋯⋯或者该说是算术游戏搞了咱一下。阿亮和你的年龄相加后的一百岁！说实话,咱觉得自己挨了重重一击。咱急着想知道的是,目前你在考虑着什么？"

"所以你就挂来了这个电话……"

"就是这么一回事!"吾良极为坦率地说道,仿佛也给了古义人重重一击。

"你眼睛盯着百岁那一年,头脑中考虑成为'智者'之时。这一切究竟是怎么回事?迄今为止,咱不是没思考过这个问题。而且,咱也不认为你会漫不经心地混过此前的大约四十年时光。因为正如千樫所言,你这人没有懈怠某一段年月的才能。

"咱在考虑,要在自己还能工作的年岁,以终究可以着手于那事的方式,开始写你面对百岁之日一路建构而来的东西。咱认为这一天是会到来的。届时,咱也绝不会被你甩在后面,咱对此一直深信不疑。为什么?你所从事的那个工作,避开咱俩的共同体验就行之不通!在咱来说也是同样如此。甩开咱,你就无法对那事做出结论。即便你打算以那事作为替你的小说家生涯画句号的工作,咱也不能让你一个人独自完成。"

4

那是对于田龟对话的眷念开始后退为背景的时候。在柏林府邸街那座清静无比的公寓里,连访客都没有,自己烹饪的晚餐佐以西班牙或意大利产葡萄酒,正准备对抗如物体本身那样色泽越发浓郁的柏林冬日的压力。此时,古义人回想起了与吾良接近最后时期的这番电话交谈。

细细的黑色枝条相互交错,透过这些枝条看着从早晨起就像要下雪的阴沉天空,古义人还忆起了从病房的窗子仰望着东京也是这种像要下雪的阴沉天空,同时与篁先生之间进行的对话。

那个冬日,古义人前往位于赤坂的医院探望篁先生,从病人本人口中知道了病情预后不良。古义人两年前就已经知道,篁先生是在短期住院作全面体检时,在肾脏发现癌细胞的。古义人并非没有觉察到这是个严重的征兆,只是一直抱有侥幸心理,出于年轻时便对这位只能以天才相称的人物所抱有的依赖心,认为篁先生能够为他度过这个危机。

篁先生让古义人看了他的笔记本,上面满是纤细的植物画般的线条,如同他作曲时写的乐谱一样。"这是为残生而缩减了的作曲计划。"篁先生的谈话是对那笔记本所作的最为切实的脚注:病情比较严重,抗癌药物治疗的副作用很大,为了保持足以应付这一切的体力,必须缩减此前的工作计划;委托古义人写的那个歌剧脚本,倘若在此后半年内不能完成的话,创作歌剧的计划恐怕就只能放弃了。

"……估计你也听说了,这里是有个美国年轻小说家写的剧本,可是在我的构想中,那要配合古义人你写的基础部分才行,因此,你那部分工作如果不能在那之前完成,歌剧本身就将无法继续存留在这个计划里了。……春天之前,有完成的希望吗?"

"没有。"古义人苦涩地回答。

"……从你一直以来的话语中,我就预感到可能会是这个结果。这次呀,与其说是新创作,不如说像是要挖掘埋藏着的东西。一下子挖掘不出来的东西,是因为还有大部分被埋着的缘故吧……"

即便身材不那么瘦小,篁先生的脑袋也过于硕大,他却是个举止安详的人,无论气势和均衡感都很明显。他穿着小圆点花纹布料的分体式睡衣,因放射治疗而落光头发的脑袋上包裹着绒线帽,凹下的眼睛一动不动地看着古义人。古义人垂下了自己的双眼。

"因此,一度我都准备放弃了,昨天前来探视的一个美国记者却告诉我,他在吾良那里听到了有关歌剧的构想。我又开始燃起了希望,认为你既然能够对吾良说起此事,该不是你已经快完成了吧。"

"当初考虑用那个主题写故事的时候,随即就对吾良说了,因为那是我们俩共同的体验。吾良当时也说,我把那事写成歌剧脚本,也就意味着他自己距离将那事拍成电影的日子不远了……"

"你们俩经常谈起这个话题吧?"

"由于那是吾良十八岁、我十七岁时发生的事……已经过去的这四十年间,形成了很长的间隔,不过……尽管如此,无论吾良还是我,都不清楚整个事件的全貌。这话说起来像是故弄玄虚,又像是在分辩,可我确实觉得自己还不能很好地把握故事整体。"

"那位新闻记者的理解是,吾良把自己回忆中的少年时代的可怕经历,作为短小故事对他说了……他之所以尤其在短小处加了重音,好像是因为吾良想要拍摄的电影都很长的缘故。也不知道是说真话还是怎么回事,记者说他准备拍摄长达十多个小时的电影。不过,那么长的电影……倒不是说这不可能,你不觉得这不符合吾良的风格吗?"

"吾良学习时期的作品,与他开始拍摄在商业上获得成功的电影,在本质上是不同的。比如两个青年共处一室,一个在蜿蜒缠绵地练习小提琴,而另一个则侧耳倾听。仅这么一个场景,就用了三十分钟。"

篁先生这天第一次泛起了微笑,在他患病之前常见的那种具有批评性破坏力的微笑。

"练习的是什么曲子?"

"巴赫[①]的《无伴奏组曲》第一号……没拉小提琴的青年偶尔会问上一两句,倒也没期待对方回答……"

---

① 巴赫(Johann Sebastian Bach, 1685—1750),德国作曲家,著有《马太受难曲》《约翰受难曲》等。

"这么说来,胜子也曾对我说起过那部短片。制作费用是由胜子的母亲承担的,当这位出资人问起下一部准备拍什么样的片子时,吾良竟然若无其事地说,要用相同手法拍一部比目前这部长十到十五倍的长片。

"胜子与吾良分手后,还说只要吾良停止拍摄重视票房业绩的电影,她就再度让母亲出资并担任制片人。直到她因脑溢血而病倒之前,还在要我为电影写配乐……"

古义人问道:

"吾良曾对那位记者说到自己的构想吗?哪怕只有一部分梗概也好。"

篁先生摇了摇将绒线帽戴得过于严实的脑袋。他的眼睛和口唇周围,像是隐约显出苦涩的笑意。

"我也是想听听这个呀,我还在空想着根本不可能发生的事呢。比如说,古义人只对吾良详细介绍过歌剧的情节,那么吾良是否会抢先一步将其整理在笔记本上呢……而我从一旁看过去,却发现这正是我一直想要的脚本,我就在空想着这梦幻般的事……"

古义人的内心也受到了震撼,他直愣愣地回望着篁先生。

"可是,那位新闻记者也没能打听出什么了不得的东西来……过去,也时常在梦境中突破这种意想不到的困境,可是,我好像终究还是做起白日梦来了。"篁先生反省着自己。

面对篁先生并不像自己以往风格的这种露骨的说话方式,古义人只得再度垂下双眼。

"医生所估计的病情发展,即使以最缓慢的速度发展……歌剧也是无法完成的。关于这一点,说不上责任在你还是在我。因此,我今天想对古义人说的是,对于那部终究无法完成的歌剧,我有一个梦想。

"在我死后……权当在世时已经开始,这就不会有任何不满了……嗯,在我不在之后,期盼古义人最终能够为我完成那个故事。

"也想请吾良就用他所说的长达十多个小时的电影,来表现相同的故事。因为,我期盼用古义人的小说和吾良的电影各为一个顶点,由此形成三角形的另一个顶点,那就是我的歌剧。

"我在幻想着一个情景:在你俩各自工作的想象力的等离子体刺激之下,虽然我的肉体和精神都已失去,可在那三角形的另一个顶点上,我的歌剧将自然点燃。我话语中不正确的措辞,或许会让你感到烦躁,但是……

"还是关于语言的定义问题。很久以前,古义人你不是曾对我解释折口信夫①的镇魂说吗?你的小说和吾良的电影所形成的三角形的两个顶点,倘若能够呼应出作为第三顶点的我的歌剧,那不就成为折口信夫所说的镇魂了吗?不是有自鸣琴这个单词吗?是从八音盒翻译过来的。假如在你和吾良各自的力量都可以互相波及的两个顶点处逐渐加强静电,第三个顶点处的自鸣琴,开始奏起歌剧咏叹调来的话……虽然我并不想说感伤的话,那就是古义人你在为我镇魂了。"

在柏林的公寓里,古义人意识到,一直说到显露出疲惫来的篁先生,毋宁说是在可怜遗留下来的他这个生者,才说了那么多用以鼓励他的话语。

5

在为田龟录制的磁带里,吾良也曾说到他长期以来构想的那部

---

① 折口信夫(1887—1953),日本文学学者,曾为国学院大学和庆应大学教授,开创性地将民俗学引入文学研究之中,著有《古代研究》等。

超长大片,这就使得他在为田龟对话做准备与考虑从楼顶上跳下去这两者间的关系变得并不单纯。

"现在,一般家庭都普及录像机了,有些年轻人会把一部电影看上十遍甚至二十遍。但是,在自己的房间里把某部电影的录像带反复看来看去,这是鉴赏作品的正经方法吗?就你的领域而言,图书馆里虽说也有书,一般说来,人们都是在自己的书架上备置必要的书籍。尽管这样,即便强烈关注某位作家、某部作品,也不会在短期内如此频繁地反复阅读那本书吧。隔上一段时间,再度阅读特定图书,这种情形是有的。可是即便如此,比如说《魔山》①,一辈子不也就读那么五六次吗?

"电影也是这样,时常跑所谓名片馆,日子久了,也就看了很多遍,就连咱也有过这样的经历。比如曾和你在巴黎郊外一起看的、希区柯克②的《贵妇失踪记》等。但是,现今的青年影迷却通过录像机,把一部作品翻来覆去地看上许多遍,还能围绕某一场景的细部,说出一些颇有见地的看法来。就咱的经验而言,一次也没从那种谈论中得到具有建设性的教益。

"电影这玩意儿,无论多么平庸的家伙,只要短期内连续看上很多遍,就可以多视角地看出个中门道。比如说,暂且不论画面中央的主人公,他背后人物的动作应该如此这般等等。真是夸夸其谈,可笑至极呀。

"咱要再说一遍,这种方式,作为观赏电影的经验妥当吗?一部电影作品,不足两小时的流程,能说其每一个瞬间都是生动的经验

---

① 德国作家托马斯·曼(Thomas Mann, 1875—1955)于一九二四年发表的长篇小说。
② 阿尔弗莱德·希区柯克(Hitchcock Alfred Joseph, 1899—1980),出生于英国的美籍电影导演,代表作有《蝴蝶梦》《三十九级台阶》等。

吗？第一次看电影时没有发现的东西，在重看时进行追认，这果真就能加深接受程度吗？从看第二遍的时候开始，不就是在看初次电影的所谓超越①电影吗？如果是那样的话，只是拥有与看新电影时的感动全然不同的另一种感情经历，也就是从属性的超越电影经历……

"因此，咱打算制作无须反复看上多遍的电影。打算制作只需看上一遍，就能够以新鲜的目光看清楚一切的电影。绝不采用那种小里小气的手法，频繁使用特写镜头（吾良用正确的发音说出 close up 这个英语单词）引导观众注意该看之处。在拍摄时，把某个情景的整体完整地放入全部画面，这是咱的原则。而且，还会给所有观看电影的人以充分时间观赏镜头的细部整体。

"不言而喻，这不同于咱以往公开放映的电影作品。那些都是作为局部而拍摄的电影。不久之后，人们看了咱拍的整体电影，自然而然就会从整体的角度进行观赏，因此也就没必要重新去看。而且，通过这一次整体性经历，他们看待世界的方法都将产生变化……"

且说前来探视篁先生的洛杉矶新闻记者，对篁先生说了吾良的电影构想似乎与古义人想要写的歌剧故事相关联。古义人虽然没见过这位记者，却知道吾良信任他，而且对他特别礼遇。古义人记得，他从美国东部返回加利福尼亚，读到这位记者撰写的吾良遭到黑帮分子袭击的报道时，不由得心生敬佩。报道写道，深夜回到家里的吾良将爱车宾利②停入车库，正要从后座取出行李，就从背后遭到携带凶器的家伙的袭击。其中一人从背后倒剪吾良双臂，另一人则用刀

---

① 原文为英语 meta。
② 英国产品牌轿车 Bentley。

子割开他的面颊。在此期间,吾良未做任何反抗。记者特别强调指出了这一点。然而,吾良随后便开始猛然挣扎,将两个暴徒撞到一旁,而且抱住想要逃跑的暴徒中的一人,试图抓住此人。暴徒则为了设法逃跑而胡乱挥舞着凶器……

接着,这位记者以充满共鸣的笔触解说道,吾良的身体被控制住无法动弹,在他被从后面冒出来的那个暴徒用胳膊缚住身体期间,他未做任何反抗,可随后为什么开始激烈反抗呢?那是因为暴徒用刺伤吾良的那柄刀具转而破坏车内的装饰。吾良因此而发怒并开始猛然挣扎,不顾伤口大量出血,让那两个暴徒也奈何不得,他们的反应便是赶紧落荒而逃……

古义人非常清楚突然反抗的吾良之所以愤怒的动机。显然,吾良当时认为损毁宾利这种高级物品是毫无道理的。早在吾良的演艺事业还没走上正轨的那段时间,他就用第一次挣来的出演外国电影的片酬——除了他和胜子逗留巴黎期间的饭店房费以外,其他费用皆由胜子的父母承担——购置了一辆美洲豹。一年后,他把那辆美洲豹运回东京,对其珍爱有加。后来又过了几年,身为电影导演的成功带来的财富,总体的表现便是这辆宾利车,能够与之相提并论的物质上——毋宁说,或许更是精神上——的热衷对象,在吾良的现实生活中已经不存在了。长年以来,古义人还感觉到隐藏于这种状态下的吾良生活方式中的某种虚无主义。

说到虚无主义,暴徒对他的肉体做最初的攻击时,他不进行反抗,这种被动态度不就是明显的表现吗?古义人从少年时代就意识到了这一点,一直感同身受地为之感到痛心。在吾良身上,有一种主动投身于很可能毁灭自己的危险之中的倾向。虽然不能说他被这种危险所魅惑,他似乎也不会积极避开就要降临的危险。

古义人回想起,不止一位老师厌恶吾良,把他那种古怪的态度理解为刁蛮无理。古义人也曾一同上其课的那位体育教师,据说战争期间作为职业摔跤选手出席过亚运会,是个脸上泛着青铜般可怕光泽的彪形大汉。每年开始使用泳池时,这位体育教师都会站在白杨树前的高台上说明规则,其中一项就是踏上泳池边沿时,所有人员都必须光着脚。吾良来的时候却准备了胶底拖鞋,他是嫌泳池边沿的混凝土地面非常粗糙,担心硌疼脚心。而且,吾良还穿着拖鞋吧嗒吧嗒地从体育教师面前毫无顾忌地走过,随即就被从队列里揪了出来,有时甚至会遭到殴打。从学生人数和泳池的规模来看,轮到古义人他们使用的次数,一个夏季也就三至四次,每当此时,好像吾良总会穿着拖鞋出现,也总会遭到殴打。

　　关于吾良与女性的关系,古义人也有同样的危惧感。在吾良第一次结婚之前,截至离婚后与梅子再婚,古义人偶尔看到与吾良同行的女友,也都是一些绝非寻常且各有问题的姑娘。无论与哪位姑娘的关系,前景的不幸——即便没有严重到那个程度,至少也是麻烦——是显而易见的。然而,毋宁说,吾良似乎正是因为这种复杂的背景,才执着于即便在古义人看起来也不觉得有什么魅力的姑娘。刚听说吾良遭到黑帮暴徒伤害的消息时,古义人头脑里还曾浮现出吾良与那种关系的女性之间的交往。

6

　　在病房里与篁先生谈话的时候,雪便开始下了起来,及至古义人走出大学附属医院正大门,吹打到脸上和胸口的雪突然间竟越来越大了,费尽周折乘上出租车往家里驶去时,柏油路面已经完全变白。翌日总是恍若夜晚般阴沉沉的,雪,还在继续飘落。古义人和阿亮彼此都感觉到某种并不明确的巨大不安,一面看着没完没了、下个不停的雪，一面收听FM广播，却听到播音员播报作曲家篁透的死讯。

此后又过了一年，仍然是严冬的夜晚，把古义人从书库里的行军床上叫起来的千樫告诉他，吾良跳楼自杀了。在那个已成幻梦的三角形一个顶点上，古义人发现了正独自站在那里的自己。

从二十五岁前步入小说家生活的古义人，在连续写作小说至第二十五年时，意识到自己迎来了人生的一个重要关口。那不是面向未来而展开，而是由过去一直积累至今的……倘若将此前人生的时间对折为二，当小说家以前与以后便大致重合的时间。

二十五年间，作为小说家的古义人——除去尚未有意识地思考如何写的最初那几年——把写什么和如何写视为相互缠绕的两株藤蔓，仿佛将其拆解开来的工作便是写作一般，古义人不断写着小说。

在此期间，有关写作的意识过于膨大，便有些妨碍新的创作。陷入窘境的古义人为了设法继续写下去，就有了一个迫不得已的发明。关于如何写，其实直至开始写作之前，都无法确定具体的思路。因而要在混沌且明确予以定向的那个阶段，就赶紧开始动笔写。倘若不如此，那就永远无法开始写小说。

在此基础上，一旦开始逐行检查写好的内容，便会因此而确立如何写。如此这般地确认已经写出来的东西时，有关写什么的探究，就不再像是往黑暗的水面上盲目撒网那样了……就这样，古义人又能够继续写小说了。

篁先生约请古义人写歌剧素材的小说时，古义人就下了决心，这次一定要弄清楚如何写之后才开始动笔。之所以如此考虑，是因为这时他已经确定了写什么。古义人想要写的是十七岁时经历过的事件。自那时开始，他在此后的人生中没想起那事的日子并不多。尤其是古义人大学毕业与吾良的妹妹结婚前后，只为了不去回想那事就尽量思考其他问题，这已经成了思考所有问题的前提。而且，迄今为止，古义人一直留意不把有关那事的经历写入小说里。

这是古义人有意识进行的选择。而且，古义人的头脑里已经有了充足的准备，时常抱有"从正面写那事"的想法。在自己作为小说家的生涯关闭之前，将不可能不去写那事吧。因为这个想法，古义人觉察到，已经能够确认自己正是为了写那事才成为小说家的。

吾良曾表示，自己之所以成为电影导演，是为了将来能把那事作为主题，拍摄一部整体性长片。这番话唤起了古义人的强烈共鸣。

当篁先生委托古义人为自己写作歌剧的素材故事时，古义人振奋地想到，要写那事的时候终于来了！不仅如此，古义人还给久违了的吾良挂去电话，向他说了自己的决心。吾良并不是轻率地将这种事挂在嘴边的性格，可是古义人相信，吾良当时也一定在心里做了决定，要拍摄有关那事的电影。

有一件让古义人现在才弄明白的事情，那就是吾良寄来由他亲自为田龟录制的第一批三十卷录音磁带，是在篁先生刚刚去世后不久。这一切仿佛表示，吾良在等候古义人为篁先生的歌剧而创作的小说，同时自己也开始了电影制作的准备，似乎现在已经没有悠然从事的余裕了。

或许他甚至认为，今后自己只好取代篁先生出面，督促古义人早日动笔。然而，现在吾良也到彼世去了。与田龟断绝了关系的柏林生活，让古义人在现实的寂寥中感受到了这一点。

独居柏林 quarantine 的最后一周，也是因为在柏林自由大学的讲座已经全部结束的缘故，古义人得空前往旧东柏林的合唱者之家音乐厅聆听威尔第①的《安魂弥撒》。

---

① 威尔第（Giusepe Verdi, 1813—1901），十九世纪意大利歌剧复兴时期最具代表性的歌剧作曲家，代表作为《茶花女》《弄臣》《阿依达》和《奥泰罗》。

交响乐团以最大音量响彻每一处，所有细部没有任何失真，所有回音没有任何浪费。壮丽而厚重的音乐厅建筑物，必要且充分地吸纳了那些音响。合唱团的最强音证明了胜于管弦乐的人类声音之伟大，可与整个宇宙匹敌的音乐构造真实地存在于那里。就像神明的孩子的玩具一般，时而甚至显现出可爱的整齐划一……古义人热烈地想象着这一切。

古义人希望能够写出宛如现在正歌唱着的歌词那样的文章。当然，他意识到那是自己力所不能及的工作。篁先生既已故去，也就无法再作补偿，不过，要在并不久远的自身之死以前，要在内心里正视篁先生和吾良都已不在的事实，从正面与那事进行对抗。如此一来，自己或许也能够写出人在一生中只能成就一次的语言。古义人沉浸在这样的梦想之中。当然，这也是因为他沉醉于威尔第的音乐……

第五章　甲鱼的尝试

1

在从柏林经由法兰克福飞往东京成田机场的旅途中，一直盘桓在古义人头脑里的问题，是回到成城学园的家里后，再度躺在书库的行军床上时，将如何处置这百日间让自己获得了自由的田龟。

如今细想起来，不带田龟出国的决心几乎是被逼出来的，产生的实际效果却也是确切无疑的。不过，当置身于搁置着田龟的书架旁时，这种效果还能持续下去吗？到了真正在那里过夜的时候，这显然就是另一个问题了。

这百日里之所以没有田龟也能安然度过，难道是由于自己一直认为，只要一回到东京马上就可以恢复与吾良的对话？这一天也是如此，从自己在柏林的泰格尔机场乘上小型喷气式客机开始，及至在法兰克福国际机场换乘巨型喷气式客机，内心的情绪越来越高涨，这一切即由此而来。毋宁说，这种热情简直到了幼稚的程度！其证据就是古义人以清理口袋里的马克硬币为借口，在机场免税店一口气买了六节德国产电池。

为了重新开始田龟对话，古义人甚至绞尽脑汁地编造出新的理由：并不只是出于怀念才希望与吾良联系，而是觉得有必要接受吾良在录音带里对自己进行的批评。吾良还在这一侧时，彼此间的关系就是互相批评。有意不去倾听吾良留给自己的有关现在，还有今后的逆耳忠言，那不是在有意识地怠慢吗？

自从古义人在大学的报纸上发表第一篇短篇小说①以来，吾良从未毫无原则地夸奖过他，这也是他去往彼世前恒久不变的态度。另一方面，每当吾良的新片头一轮放映时，古义人都会前去观看，他在肯定全日本能够拍出这种电影的导演惟有吾良的同时，也感到吾良为宣传新片而在电视上所做浅显说明的电影语言一部比一部低俗。他也曾直接对吾良说了自己的感想，以致后来吾良不再愿意去听古义人对新片的看法。

在此期间，古义人也曾考虑过，自己与吾良之间的相互关系，从自己这方面来说，是这么认为的：吾良的电影极为有趣，在这个国家里无人可及。但是，难道他不应该拍出真正具有独创性的电影，而非目前这些电影吗？而从吾良那方面说起来，则对古义人包括正持续写着的作品在内的所有小说存留下来的缺陷抱有强烈不满。

吾良照例比古义人直率得多，从眼下他在田龟对话中所说的话也能清晰地看出这一点：

"你想过没有，现在都有谁在读自己的小说？从你成为新进作家直到一定年龄，虽不能说读者数量极为庞大，嗯，作为纯文学作家来说，你所拥有的读者数量之多，也算是个例外了。你或许想说，就是现在，作品的发行量也还能够维持这样的生活。毋宁说，正因为如此，你才不去考虑现在哪些读者在读自己的书，前景又将如何，你才

---

① 大江健三郎曾于一九五七年五月二十二日在《东京大学新闻》第七号发表短篇小说《奇妙的工作》。

缺少经营意识，不去考虑如何争取新的读者。

"换上电影，如此从容不迫的事可是谁也不敢干的。就说咱吧，不从属于电影公司——话虽如此，那些公司却也是家家亏损呀——只要连续两次票房不振，就不会再有希望拍摄下一部作品了。听说，千樫对你讲了这个情况后，你却认为，'不，吾良是不会这样的。'即便从这一点来说，你的时代认识也已经脱离了现实。咱拍的又不是《寅次郎的故事》，所以观众一直在变化，如何开发出新的观众，就成了最重要的课题。不过，也不能因此就脱离用自己的方法拍摄自己觉得有趣的主题这个大框框……

"然而古义人你呀，想起来真够让人吃惊的，在这三十来年里，没有任何迹象显示你曾为作者考虑而选择主题和写作方法！你完成小说的初稿后，不是会连续多日每天十个小时地加以彻底修改吗？当然，文章也就被你越改越不好读了。那是因为，文章固然越发精练了，可是也成了并非自然呼吸的人工音乐了。如果每一个页码都要被迫面对陌生的意象，也就是你所擅长的'异化'手法，读者基本上都不想再买同一位作家的其他书了。用你的话来说，就是专业写作是作家的本分，而不是被读者逼迫着干的工作。

"还有你言及自我的癖好！咱吧，还不至于像一般人经常指责你的那样，说是不先读你在新作品里引用了的所有旧作品，就无法理解你的那部新作品。就你的性格而言，在写作时会注意到只阅读被引用部分即可理解。真是个规矩人。

"尽管如此，你还是从公开张扬目前写了这部新作的作家就是此前写过很多作品的那个长江古义人。你为什么如此在意自己呢？不就是一介小说家吗？

"真儿还是小学生的时候，曾在作文里写道：弟弟会把人生中第一次遇到的东西，全都装到口袋里。那是小弟从父亲那里继承下来的本事吧?

"事实上,你也已经意识到了这一点,说是从拉丁文的文例中看到过小弟的话,从而使他感到腻烦,你还记得吗?(古义人想了起来,那是在意大利作家的引文中读到的,原话是西塞罗①的,'Omnia mea mecum porto.'——总是自己携带着自己的所有东西。)

"你必须理解的是,在你出版现在正写着的小说时,到书店来的读者是要寻找一部有趣的小说,而不是冲着古义人的新作来的。读了古义人此前发表的所有作品,在等着下一部作品的读者倒不是没有,只是很少。你就是不明白这一点。即便头脑里有所了解,也难以摆脱传统陋习的约束。已经上了年岁喽!"

……在大型喷气式客机的公务舱里,古义人回忆起千樫曾告诉他,吾良难得地夸奖了古义人的小说。那部小说是《致令人怀念的岁月》②,书中描写了围绕自己和千樫结婚一事而与吾良产生的对立,千樫因而从此不再阅读丈夫的小说。

"吾良说那部小说的结尾部分很美。阿节和亚沙把淹死了的义兄的遗体打捞到天洼大扁柏岛上,等待警察的到来。这是严肃却又宁静的情景,还说到宛若姑娘般的我以及幼儿时期的阿亮,也在那里采撷着青草的情景。如果吾良花时间用心拍摄的话,是应该能够用影像逼真而深刻地表现出来的……

"不过吾良也说了,最后那段文章毕竟是小说,而且不是影像可以取代的文章,作为语言本身就具有一股强大的力量。"

听了这番话后,当天晚上古义人把《致令人怀念的岁月》带到行军床上,重新阅读了提到的那段文章。

---

① 西塞罗(Marcus Tullius Cicero,前106—前43),古罗马政治家、哲学家、演说家。
② 大江健三郎曾于一九八七年发表长篇小说《致令人眷念之年的信》。

义兄啊,我将一封接一封地给生活在那个令人怀念的岁月里的、永远处于循环时间之中的我们写信。从这封信开始,我将一直写下去,于你已不在的现世直至我的生命终结之时,这将成为我今后的工作吧。

回到东京之后,岂止不会恢复与田龟的对话,对于现在的我来说,吾良不就是从令人怀念的岁月前来联系的又一个义兄吗?就在古义人竭力憋住喉咙里的叹息时,在微暗中好像一直关注着他的空中小姐走近前来:

"先生,您有什么为难事吗……您哪里不舒服吗?"

这种改口体现出她个人的内心情感,让人产生了好感,她却又很快恢复职业上的服务态度继续说道:

"来点儿酒好吗?您的心情会好起来的!"

2

在飞机上又过了一段时间——喷气式客机接近了西伯利亚大陆的东端——后,古义人试图从其他角度确认自己与吾良的关系。对于让自己多年来一直无法逃脱的且被自己认定为终生课题的那事,吾良也同样作为内心大事背负过来的吗?吾良说是要将那事视作整体电影的主题,这是真的吗?

古义人将不知不觉间称之为那事——吾良也是如此——的、曾共同体验的事件,与战败翌日随同父亲参加"举事"的那番行动并列,一直作为自己人生中的重大事件。然而在吾良来说,那事恐怕并不是那么重要的大事吧。古义人早就有了这个疑惑,最初的起因,便是现在仍收藏在书库里的岩波文库本三册套书。由于是刚发行就买下的书,只要看一眼版权页,便清楚地知道那是战败后第九年的夏天，也就是自那事以来的第二年。而且，吾良当时对于从古义人处借来的这些岩波文库本并未表现出兴趣，在将近四十年之后，古义人通过田龟对话却发现吾良还记得那些书。

毋宁说，吾良的善辩曾让古义人甚至感到别扭。仔细想来，在那事之后的最初两年里，吾良先是搬到母亲再婚的人家，及至他回到松山来的时候，也是因为古义人去了东京的补习学校，两人就没再正面交谈过。在这种状态下，古义人出于孩子气的心血来潮，想要确认那个共同的记忆，才寄去那套岩波文库本的吧。而让如此考虑的古义人尝到期望落空的滋味，则只是吾良假装并不在意。

"古义人读书的方法，一直以来就比较怪异。"像平常回忆往事那样，吾良通过田龟开口说道，"在广告上知道岩波文库将出德国古典文学的翻译作品后，你就在焦急地等待了，是不是？那还是古义人你重考后进入东大那一年。"

古义人摁下田龟的暂停键，带着惊奇和怀念应声说道：

"是格里美豪森①的《痴儿西木传》。"

"你说自己在基础课程上选修了德国文学史，因此想读已经知道内容的德国巴洛克小说②。那一年呀，咱妈想当然地以为你一定有空闲了，就让你去旧书店帮着寻找战前出版的岩波新书里的《万叶秀歌》和《小熊维尼》。你连《维尼小熊的家》都买到手，给寄到芦屋来了。于是，从此就和千樫有了交往。不过，你更关注的是预告秋天出版的西姆普利齐斯姆斯的故事。当时，咱在继父的画家弟弟那里帮着做商业设计，你不就跑到设计事务所来跟咱说了吗？说是那

---

① 格里美豪森（Grimmelshausen，1621/22—1676），德国小说家，著有长篇小说《痴儿西木传》（全六卷）和《女骗子和流浪者大胆妈妈》等。
② 巴洛克小说又称为流浪汉小说，起源于十七世纪欧洲的巴洛克文艺思潮，其内在野性一直保留至今，不断孕育出以《铁皮鼓》为代表的优秀戏剧、文学作品。

书里面有一段很想仔细读的小故事……等到这本书实际出版后,你又大致说了那一段,还把书也借给了咱。也确实像你说的那么有趣。

"西姆普利齐斯姆斯在司令官和其部属的恶作剧之下,经过变为丑角的考验后,却发现自己被装扮成一头小牛。他便假装以为自己真的变成了小牛,让司令官和士兵们乐不可支。你说的就是这么一个场景。但是,西姆普利齐斯姆斯的内心却有不平之念。"

听到这里,古义人弹起放音键,取出蜡纸包书皮早已朽黑的那三卷本旧书。

> 我暗自想道:"阁下,你等着瞧吧!我可是经受过地狱之火的锻炼。看谁能获得这场尔虞我诈的战斗,我就尽管好好地看热闹吧。"

"巴赫金不也强调丑角的强悍吗?早在听六隅老师在课堂上讲解拉伯雷①之前,古义人你就开始关注这一点了。不仅如此,在你性格的根本之处,其实就存在着丑角的因素。上次在伦敦与奥布朗重逢,他就说从未见过如此高雅且滑稽的东方人。不过他也抱怨说,读了你小说的英译本,却又觉得一味地严肃……当时咱向他解释,也并不见得都是一味严肃吧,因为当古义人用英语说话时,就会摆脱日语的羁绊而获得自由,就会极尽滑稽之能事。"

那天晚上与田龟对话之后,古义人跳着翻阅《痴儿西木传》,又有了新的发现。原来,古义人听了德国文学史讲义后的想象,与实际阅读翻译文本后的理解有所不同。虽然如此,当时古义人讲明希望吾良予以注意的地方后,还是将书亲手交给了吾良。不久后,吾良还书时只对他说了一句:"这书是挺有意思的,不过,怎么会让你焦急

---

① 拉伯雷(Rabelais, 1494—1553),法国作家,著有不朽巨作《巨人传》,一千多年来,以多种文字出版了两百多版。

地等成那样?"

　　这段话还得从头说起。自从听了有关德国巴洛克风格小说的讲义后,有关年轻人在主人们的捉弄下被除却理性、变为丑角的过程便吸引了古义人的关注。仪式始于装扮成恶魔的勤务兵们将其押解到地狱。他们让年轻人喝了大量西班牙葡萄酒——这或许是暗示其为廉价货——之后,年轻人遭到严厉指责,他呕吐、排泄,不过其后又被迎到了天堂。经历这千奇百怪的遭遇之后,古义人在讲义上听到的,是那年轻人醒来,却发现自己被套上小牛皮,躺在狭小的鹅圈里。

　　古义人当时深信,年轻人的身体是被塞进刚剥下来的、满是血污和油脂的暖烘烘的小牛皮里的。

　　这一切让古义人回想起在那事的过程中,被修炼道场的小伙子们捉弄的往事。当时,古义人和吾良坐在并不稳固的高台上,却被大约一张铺席①大小的、刚剥下来的小牛皮从背后给蒙住了。在又重又厚且湿漉漉的皮膜蒙盖下,古义人透不过气来,两只胳膊也无法自由活动,只是在恐慌的驱使下踢蹬着双脚……吾良的身体在挣扎中失去重心,倒在古义人的前胸,这才终于掀开那张小牛皮。酩酊大醉的小伙子们发出的大笑充斥双耳,古义人拭去沾上的小牛皮血污和油脂以及自己的眼泪,看了一眼躺在身旁一动不动的吾良,担心他是否已经昏厥过去,却发现他缓缓睁开宛若不开心的幼儿一般的眼睛……

　　然而,在古义人借助翻译文本阅读的格里美豪森的作品中,被弄成丑角的西姆普利齐斯姆斯苏醒过来时,他并不是被包裹在刚剥下来的小牛皮里,而是穿着已经被缝制成衣服的小牛皮。即便如此,当

---

①　本义为铺在和式房间里的草席,亦为计算房间面积的量词,约为一点六五平方米。

吾良读到"小牛皮制成的衣服"这句话时,他会想起那股令人难以忍受的腥臭吗?这就是古义人感觉到的疑问之核心。

尽管这样,十九岁的古义人还是没有勇气对吾良提出自己的疑问:你已经不去认真回顾那事了吗?如同你不去认真回顾在松山经历过的种种琐事那样。或者说,你是怎么做到这一点的呢?

将回忆中的吾良和自己追思到这里后,古义人按下呼叫空中小姐的按钮,尽管已经过了服务时间。与此同时,他希望不是刚在被自己拒绝了酒水的那位空中小姐前来。古义人打算要上一杯在柏林单身生活期间绝不饮用的威士忌,而且还要浓烈一些的。

3

这一天,古义人从成田乘坐机场大巴绕道新宿,于黄昏前回到位于成城学园的家里。不过,若按柏林时间算起来,这会儿还是大清早。就在他准备或睡睡或起起地设法消磨那以后的漫长时间之际,收到了一件特快专递,还是指定了送达日期的特快专递,发件人住址处写着四国老家附近的小镇。于是,古义人便被卷入了忙乱的应对之中,因为,特快专递送来的是一只活甲鱼。

特快专递里附有一封信,古义人并不记得写信人的名字。在这篇不像是上年岁人写的文章里,手写体的文字用钢笔写成,从写法上看得出此人学过书法。

"隆冬之际,您也知道的我等敬爱的老师故去了。这只甲鱼,乃先师最后一次享受夜钓之乐时,以三条香鱼为饵钓上来的。先师曾表示,待您由柏林回国,欲将此甲鱼送上,我等便将其放在沉入水中的竹笼里饲养至今。您的读者俱乐部网站发布了您回国的日程,因而我等得以及时奉上。先师曾在报纸上得知您善于烹制甲鱼,便时时惦记于心。故请您亲自烹制这只甲鱼,以慰先师之遗愿。其实,这只甲鱼送达府上之时,亦为承蒙先师指导的我等道场解散之日。'今后,给您添麻烦的事,想必不会再有了……'"

虽然也知道只是心理作用作祟,古义人还是感觉到左脚大拇指第二关节处传来一阵抽搐,那种感觉像是一种挑衅。从外国回来时,古义人就已经睡眠不足,在受时差影响期间,尤其是第一夜,往往会在亢奋状态下甚至做出奇怪的举止。尽管古义人也在为此而自我警惕,可到了日本时间的深夜,他还是想要去烹制那只甲鱼。

甲鱼是装在用锯好的厚实三合板牢牢钉死了的木箱里送来的。这只木箱长六十厘米,宽四十厘米,高度则为二十厘米,从板材接缝处可见从不曾看过的强韧水草,底板并不漏水,木箱的结构非常牢固。

仅仅从箱子的重量上,就让人觉得此非寻常之物。终于拔出箱体上盖的铁钉后,刚刚拨开状如壁虎爪子的厚叶水草,一只稳稳盘踞在箱里的甲鱼那青黑色甲壳便呈现在眼前。这只甲鱼长达三十五厘米,宽度则有二十五厘米,其身躯之庞大,是古义人从不曾见过的。与其说是烹制,更让古义人联想到与干力气活儿相称的开膛剖肚、剔骨取肉。古义人郁闷地预感到,这不会是个轻松活计。由于箱内空间狭小,箱底的甲鱼无法充分伸出头颈,却也显现出粗壮的头部。古义人在做动手前的准备,想要将木箱挪往厨房的角落,箱体刚一倾斜,甲鱼便用强健的爪子抓住箱底,抓挠板材时发出了很大声响。

古义人必须做的第一件事,就是预先告诉还在卧室里读着书的千樫,自己要对付非常难缠的对手,今天晚上不要到厨房里来。古义人未对似乎并不很了解原委的千樫多作解释便回到厨房,将装有甲鱼的沉甸甸的木箱放到洗碗池上。

然后,古义人取出的是一把厚刃尖刀,外加一把颇有重量的中国式剁刀。原本是打算用这两把菜刀对付甲鱼的,其程序却从一开始就不顺利。装甲鱼的木箱比不锈钢洗碗池盆底的面积稍大一些,无法整体放下去,便只好侧斜着放在洗碗池里。于是,甲鱼就成了将头部伸到低凹角落的姿势。古义人用双手抓起甲鱼胴体,试图将其恢复为水平状态。提起后觉得非常沉重的甲鱼胴体,用三只强韧的爪子——古义人想起甲鱼的法语单词,正是名副其实的 trionix——只是扒挠着箱底,将一股令人意外的强悍力量传递至古义人的双手。这可是个非同小可的对手。甲鱼发出响声落到箱底,古义人俯视着甲鱼背壳以及围绕其周围的柔软的浅黄色裙边,对其没有任何伤痕和洋溢着的活力再度留下了深刻印象。

　　少年时代的古义人,曾在峡谷里的浅滩上看到一只与水垢颜色相仿、纹丝不动、约有人脑袋般大小的甲鱼。由于没有捕捉手段,只能眼睁睁地干着急。即便从岩石上看下去,也能发现甲鱼胴体上有好几处伤口,背壳本身也显得比较苍老。从表面积上看,眼前这只虽然比那只大上六倍,可在整体上却显得年轻和精悍,背壳犹如经过研磨的钢铁,现出黑里透青的光泽。

　　长成如此庞大胴体,却还没有受过伤,全身崭新依然,它到底是怎么活过来的呢?难道一直悄悄潜在人迹罕至的森林深处的渊潭里?在发大水的时候被冲到靠近人家的地方,最终被三条香鱼的饵料所诱惑的吧?

　　古义人抱起木箱,转身放在冰箱与厨房的入口之间,这里是厨房最宽敞的地方。他抬起木箱一端,甲鱼随即向后滑落下来,背壳的裙边甚至抵到了角落。紧接着,那家伙用前肢的三只爪子扣住板材,奋力往前爬去。机不可失!古义人用尖刀抵上伸出来的甲鱼脖颈,然后猛然用力压下。然而,那看似柔软、松弛的颈部包皮下却出现很大的反弹力量,甲鱼随即将脖颈缩入背壳之中。

甲鱼很快又将头部探了出来，想要向前爬去。在它的颈部侧面，指甲大小的月牙形伤口溢着乌黑的血水。现在，甲鱼一改先前的沉默，发出"咻咻"的尖锐呼吸声响。这表明它显然是发怒了。

然而，它仅仅是在发怒，却没有加强戒备，长长地伸出脖颈。古义人测算着尖刀的长幅和木箱内侧空间的大小，这一次，他对准甲鱼的脖颈狠狠地剁了下去。甲鱼的脖颈却具有反弹那厚刃尖刀的弹力。而且，它将一半脖颈缩至背壳中去，一举前进到木箱的顶端，将爪子扣在侧面的板材上，试图沿板壁攀爬而上。古义人只好用一只手握住菜刀，另一只手的手指则扣住甲鱼的两侧，要将其拖回原处。在相同手法的重复进攻下，尖刀砍入了脖颈的深处，尽管如此，却未能阻止住甲鱼将头部缩回背壳里的势头。

此时，甲鱼在将头从背壳里伸出来之前，发出了挑衅似的鼻息声。

甲鱼与古义人的战斗持续着。而且，在这场战斗的前半场，尽管古义人一直在单方面主动进攻，他却认为自己是在进行失败的战斗。"此前可不是这样！"古义人在想。其实，他也曾烹制过好几次由妹婿送来的甲鱼。那时，第一道步骤就是剁下甲鱼的头部。虽然这道步骤比较困难，却也不是无法办到。他总是先把甲鱼放在大一些的砧板上，然后用一只手摁住背壳，再用菜刀砍入伸出来的甲鱼脖颈。

回想起这些步骤后，古义人明白了自己现在面临困难的原因。毋宁说，这个原因非常简单。把甲鱼放在砧板上待杀时，对准其脖颈砍下菜刀的手臂运动，既不会受到砧板对面之物体的妨碍，本人从手腕到胳膊肘的运动也不会受到制约。由于握住菜刀的手腕运用自如，只要盯住甲鱼脖颈的斜上方，就能够确切地瞄准好目标。

然而，现在这只甲鱼却藏在很深的木箱里，想要用菜刀去砍那脖颈时，刀尖就可能撞及箱沿，手腕则会受到内侧箱沿的制约。而且，大致从木箱正上方打量箱底的甲鱼脖颈时，则像是通过平面图测算深度一样没有把握。

古义人决定改变战术，不再加快砍下菜刀的速度，而是依靠冲击的质量——菜刀的重量。也就是说，根据很久以前在物理课上学习过的 mv^2 的原理，改用沉甸甸的中国式剁刀，尽管与速度的平方相比，变更了的重量究竟能为增加力量做出多大贡献还是一个疑问。古义人试验了一下，仅仅手持剁刀随意落下，便已有砍入木箱底板的威力了，可在瞄准甲鱼脖颈时，却由于体积过大和刀身沉重而使得目测更为困难。屡经失败，古义人取得的战果，只是砍去"咻咻"作响、固执地伸出头来的那只甲鱼的鼻尖，使其露出草茎一般的伤口。与甲鱼庞大的胴体比较起来，那小小鼻尖就显得微不足道了。

古义人终于精疲力竭，那只甲鱼倒是气盛地发出粗重鼻息。古义人在木箱旁坐了下来。虽然菜刀的打击没有收到预期效果，却也因此而让甲鱼受到创伤，其证据就是汪在木箱底板上的淡淡血水。

古义人连手都没洗——针织长袖衬衫上有好几处溅上了甲鱼的血点——便走出厨房，他打算在起居室的沙发上休息一会儿，却看到身穿睡衣的千樫正坐在餐厅的椅子上，卸了妆的面庞宛若姑娘一般，带着怯意抬头看着他。

"如果过于麻烦，就把它放入野外的小河里去，好吗？前不久，我和阿亮把亚沙送来的甲鱼也一只只地放了进去……"

"已经来不及了。"古义人回答道，同时无法抑制自己的声音变得越发可怕、激烈，"假如把受了伤的甲鱼放到那种臭水沟似的地方，它还能活吗？"

千樫逃跑似的去了卧室，古义人则躺在沙发上喘着粗气。从柏林回来的第一天，他就或忙于整理行李，或忙着打一大堆电话，夫妻间都没时间好好说上几句话,却有了刚才那一番对话。其实,先前刚刚开始动手时,古义人就陷入了越来越深重的悔恨,而且,他固执地认为一切都已经无可挽回,只能硬着头皮干下去,走到哪里算哪里。古义人嗅到了自己身上腥臭的甲鱼血腥气。倘若不能继续干下去,那只除了鼻头,其他部位也受到创伤的甲鱼就将在厨房里住下来——估计千樫会喂以相应的饲料——每当古义人出现在厨房时,敏感地认出他来的甲鱼便会"咻咻"地进行威吓。他能够忍受这样的生活吗?

不久后,重开战阵的古义人放弃了从水平角度砍断甲鱼脖颈的打算。用西部片来说,就是用霰弹枪连射取代用手枪进行的对决,古义人改而用剁刀连续剁向甲鱼紧挨着脖颈的那部分背壳,终于把那里砍成血肉模糊的很大伤口,继而砍下了已经无法缩回背壳的甲鱼头!随后,他便按照以往的解体顺序作业。然而,即便甲鱼头已经被砍下,可每当古义人切割四肢中的某一肢时,与其说是甲鱼,不如说是甲鱼的爪子本身便会表现出顽强而坚韧的抵抗。好不容易将四只爪子全都切割下来后,古义人将背壳翻转过来,触及饱满、粗壮的三角形尾巴时,从其下方赫然挺出如成年人无名指大小、如骨头般坚硬且弯曲的阴茎,这让古义人大吃一惊。所有活计都干完后,只见木箱底部积有大约三厘米深的血水。擦净四溅的血渍,在洗碗池里洗净木箱后,时针已经转到凌晨三点。

古义人从解体后的大堆甲鱼肉中先挑出油炸用的部分放入冰箱,再挑出余下的肉块和裙边部分,连同骨头一同丢到大锅里去。古义人的双腿已经累得如同木棒般僵硬,却一直站在沸腾的大锅旁撇除浮沫,然后加入料酒、生姜薄片和食盐,就做成了一大锅甲鱼汤,其量之大甚至让烹制人自己都觉得受到了侮辱。古义人本人无意喝这甲鱼汤,觉得也不便因此而劝说千樫和阿亮。

虽然上了书库——在这里都能闻到锅里甲鱼汤的腥味——的行军床，古义人还是起身穿上散发着血腥气味的衣服，再度下楼前往厨房。他费尽周折，将大锅里的东西全都倒入垃圾桶，原先分类放入冰箱的肉块，也都扔进了那只垃圾桶里。此时天已拂晓，黎明已经到来，天际却还昏暗，只觉得寒气袭人。将沉重的垃圾桶搬到厨房外面时，古义人感到从污浊混沌的天际传来嘲笑声，是那些让他暴露出内在暴力的家伙发出的嘲笑。古义人从中首先听到的是甲鱼那粗重的鼻息……说是"如果那般巨大的甲鱼之王死后都没有灵魂的话，你小子也是不会有灵魂的"。

4

回国当天深夜至黎明时分的那番血腥大战，让千樫和阿亮感到惧怕，古义人为之感到羞愧。从第二天起，时差引起的失眠使他总是昏头涨脑，即便从短暂的浅睡中醒来下楼到起居室，也只是忙于整理邮件，从不曾与千樫谈及她独自守家期间的话题。当然，这也是因为自己旅居柏林时的事情，都已经事无巨细地通过传真传给了家里。觉察到父亲的自闭迹象后，阿亮放低音量收听 FM 调频节目，装作父亲尚未回国时模样，却又不时瞥上父亲一眼，以示正在收听父亲作为礼物送给他的 CD。尽管没有对千樫和阿亮说出口，古义人觉得自己能够为这母子俩做的，就是没有为书库里像是正等候着自己的田龟装上电池。古义人打算如此过上一些日子，以克服时差带来的影响。好歹让他感到些许安心的，是他上楼进入书房后，打量书架上与此前的自己有着密切关联的书籍。为了避让沉默不语的千樫和阿亮那批评似的眼神，古义人将身体沉入读书用的扶手椅里，仰望着书架打发时光。其实，即便坐在椅子上不动，也能看清高高书架上的弗里达·卡罗①的画集和评传中的一幅画作。他认为这是一幅复制的画,借助这幅画似乎能够说明自己与这些书籍之间的关系。甚至可以说,这已经就是鲜明可见的想象了。

如此坐在诸多图书面前,自己头盖骨内那颗鲜红的心脏便被透视出来。而且,一个瓣膜上直接连接着的好几根微细血管伸出了头外,再凝神仔细一看,只见那一根根血管竟然到达了书架上一本本书上。对于那些图书通过血管与自己相连接,古义人感受到了深切的安心,同时,更伴有悲哀的失落感。

或许,那只是古义人在昏头涨脑的间歇性睡眠中的梦境。

在完全清醒过来时,古义人查阅了弗里达·卡罗的画集,意识到原画与自己沉思的细部记忆存在着差距。他原本认为,在画面中,血管从躺在病床上的弗里达的胸部——从心脏——伸出,连接着病床周围各种各样的东西……状似胎儿的孩子、小蜗牛,还有硕大的旋盘机器。而在实际看《亨利·福特医院》这幅画时,却发现那些东西确实被一一描绘出来,只是卡罗将与那些东西相连接的纽带束在一起,在下腹部侧旁紧紧攥在手里。想必是从生殖器流出的鲜血污染了病床,这才会联想到由心脏伸展到体外的血管吧。站在云层密布的背景前的《两个弗里达》肖像画中,这两个弗里达都仪表堂堂,她们有着各自的心脏,正是胸腔内与衬衣外的差异,才清晰地提示出连接着两人的那根共同的血管。这是因为暴露在体外的那根血管,与前面那幅画面里连接着各种东西的红色纽带相重合的缘故吧……

回到东京的书房里的古义人之所以感到安心,是因为截至几天前还一直生活着的柏林的公寓里,自己身边没有像样的图书的缘故。

---

① 弗里达·卡罗(Frida Kahlo,1907—1954),墨西哥传奇女画家,其代表作有《两个弗瑞达》《亨利·福特医院》和《底特律的流产》等。

以往到外国去，只要居住在能够购买到英语或法语图书的城市，大致都可以很方便地买到手，甚至很快就会塞满起居室的书架。然而，在柏林虽然也去了高等研究所的生活指南所介绍的进口书店，可是无论英文书还是法文书，都不在他习惯进行选择的范围之内。自己不能阅读德语，不去选择德语书籍也是很自然的。因此，在这百日期间，也就与生活在书籍屏障里的这种心情无缘了。而现在，头盖骨内的心脏，重新借助血管与相识已久的这些图书连接起来了……

然而，这种安心感也伴随着失落感，因为在另一方面，古义人意识到自己是个老旧人物，将在无法从这些图书中将头盖骨里的心脏解放出来的情况下度过余生。大致整理好邮件后，古义人转而整理从封套内取出的寄赠刊物。读完其中一些篇章，又开始阅读综合杂志、文艺杂志里的主要论文和座谈会内容，发现自己已经难以跟上那些主题和论述。这次去国外的时间并不算长，古义人始终作为教师或研究员在那里生活。现在，他不得不面对这百日间暴露出来的、自己与日本这个国家的文坛和论坛之间的距离。而且他还感觉到，这种悲哀感似乎与先前的安心感拥有共同的根系。

这个距离感，便是切实体会到比同一条跑道上超越自己跑到前面去的一大堆年轻人落后了一圈。如此一个自己为了在老巢的书堆里待得更为安逸，便断了追赶那些先行者的念头，只是怜爱着自己内心里萌生出来的东西。这确实就是悲哀感了，却也难以与宁静的舒适感区分开来……古义人觉得，自己将如死者那样，平稳地在黄昏的微光中度过孤独的时日……

然而，一天夜里，古义人发现自己上了书库的行军床后，手臂却在黑暗中缓缓移动，不时改变角度，或进或退。手臂是在毫不掩饰地探索插在书架上图书中的田龟。尽管如此，他也知道田龟里的电池早已被取出，他还知道，自己无意起床安装电池和磁带。

他的手臂之所以仍像触手一般移动着,像大昆虫寻找小昆虫一般探索着田龟,是因为相违百日另加这几天之后,自己想要听听吾良的声音,也想要装扮出哭诉的模样。这是基于自己迄今不曾有过的以下这种认识:死亡倘若作为如此无足轻重的东西降临,吾良,你就没必要完成需要耗费那般激越的能量、肉体和精神,还有感情的——你为此喝下大量白兰地——坠楼自杀了!古义人期望在巨大的安心和悲伤中,做出平静号哭并向吾良倾诉的模样。

再次醒来时,由于睡眠浅显的缘故,古义人仍停留在与想要哭诉的想法接壤的地带。不过,即便置身于如此无依无靠的失落感之中,古义人也没为田龟装上电池,他对此感到满意。

5

这样的日子持续下去的某一天,千樫来到正躺在沙发上读书的古义人面前,提着接近红色的那种琥珀色薄皮包。古义人也记得,自己曾见过吾良携带这只皮包。他随即起身,在身旁为千樫让出她坐的地方。古义人再度感到,前往柏林如同对真实的疫病进行了 quarantine 一般。他知道,千樫就要说出在 quarantine 期间为他缓议了的话题。

"从德国刚回来的那天晚上,你就像变了个人似的,真吓人。估计是你在德国东想西想,才变成了这样。夜深之后也听不到你的说话声了,阿亮嘴上虽然没说,却是一副放了心的样子。"千樫说,"梅子告诉我,她发现了吾良整理过的文章……认为我还是看看为好,就给寄过来了。你满身血渍地与甲鱼格斗的那天晚上,我担心让你看这皮包里写的东西,会不会是火上浇油呢?就犹豫了。

"可这大约一个星期之间,你反过来又过于安静,我甚至感到你在萎靡不振……我就改变想法，觉得如果是吾良想让你读的话，就不是我可以擅自处置的东西了。这是以剧本形式写下的、带有回想性的文章，可是……我不知道他是否确实有意把这一切拍成电影。"

古义人被千樫放置在膝头的皮包深深吸引，却反而做了个突降法①的回答：

"十多年来，一直干电影工作，所谓未发表的剧本，就只有这么一些？尽管吾良习惯于在摄制电影作品的同时，会像同步解说似的写出来，每当新片一上映，就把文章也发表出来，不过……"

"其他笔记类文字听说还有很多。为梅子写的镜头解说记录，对她非常重要，两场官司的准备文书则由樽户经理在保管。有关计划中的电视记录片的采访笔记也有很多，说是那些都打算放在父亲和吾良的电影纪念馆里。因为，在美国拍摄电影的制作费用中剩余的部分资金，等相关手续办完后，纪念馆的工程就可以具体化了。樽户总公司在以前就为纪念馆准备的那块土地后面又收购了一块地皮。

"在事务所的工作如此这般地告一段落之后，梅子说这对吾良或许是特别之物，就给我送过来了。

"你临出发去柏林时，答应了我……阿亮的心情也是一样……的请求，而且，关于你和吾良在松山遇上的那件事，也在向准备写的方向进行调整，是这样的吧？

"如果你确实有意写出那件事，我在想，吾良遗留在他喜欢的那只皮包里的剧本和分镜头素描……整体上并不是井然有序，甚至连完成了的部分都缺乏顺序……对你或许会有用处。"

---

① 文学术语，anti-climax。指偶然或有意地从严肃的风格或话题突然转变为普通或庸俗的话题。

想到自己应该写的东西与千樫似乎已经认定了的小说，古义人不禁打了个寒噤。一时间，他回避似的反问道：

"按照吾良的工作方式，他在准备拍摄电影的同时，剧本哪怕处于仅完成一部分的阶段，他也会为已完成的部分配上分镜头素描吗？"

"那种方式不像是吾良的作风吧。我对这一点也感到疑惑，还曾经问过梅子。她说，吾良是个把电影摄制流程早就印到脑子里的专业导演，所以，只要还没有彻底选定配角，没有到达'好吧，这就进入摄影'的阶段，他是不会去画分镜头素描的。

"我也考虑过，或许吾良是想拍摄这部电影，可又认为现实情况不允许……就像是补偿似的写下了这个剧本……如果情况不是这样，那就像他决定自杀后送来录了音的磁带一样，想要把自己记忆中的一切，全都做成剧本和分镜头素描让你过目。该不是这种情形吧？总之，请你给读一读。"

说了这番话后，千樫用像是有点儿对待外人客套似的手势，将皮包放在古义人面前就起身离去了。

这天晚上用完晚餐，千樫和阿亮看完NHK的音乐节目各自回房之后，古义人还在注视着放在沙发前那张铁框架支着厚玻璃板的茶几上的皮包，虽然满脑子想的都是这个皮包，却仍然难以伸出手去。

既然千樫如此郑重其事地说了这许多话，今天晚上就必须打开皮包过目了。倘若古义人就此去书库睡觉，千樫明天早晨发现茶几上的皮包后一定会心头火起吧。自从周刊杂志事件以来，在说到吾良的时候，即便古义人完全没有恶意地发表一点儿看法，她都像是自己受到攻击一般伤害自尊心……

然而，古义人却越来越惧怕阅读皮包里的内容。关于那事，自己已经反复考虑过无数次,尽管整个过程中还有自己全然不了解的地方,却一直没有勇气直接向吾良求证。而现在,假如那一切在这里被栩栩如生地讲述——而且还附有分镜头素描——出来,岂能不包括针对他古义人的揭发?昨天夜晚眼看就要发生的、面对田龟的哭诉,难道是在某种预感下,下意识进行的辩解预习?

古义人从沙发上慢吞吞地站起身子,取过那只无论颜色和形状都确实让人赏心悦目的皮包,毋宁说,他被这物体本身吸引住了似的已经连续观望了很长时间。打开与包体宽度相等的包盖,只见其反面贴有一张质感如羊皮纸般的纸张,上面是令人怀念的吾良写下的铅字体法文,其中欧文斜体字部分也规规矩矩地仿写为铅字体。古义人凝神细看,蓦然"啊!"地叫出声来,胸中溢满感动之情。

"……,J'en ai dejà trios, *ça coûte tant*! Enfin voila! /Au revoir, tu verras ça."

因为,那是在松山向吾良学习法文诗歌时,一起朗读时记住的兰波书信中的一句。且不说当时完全还是初学者的古义人,即便以吾良的语言学能力,那些欧文斜体字部分好像也比较艰深。古义人参考文后"又及"部分的内容,认为这段话的意思是"邮资太高,已经完成的三篇故事不再邮寄",而吾良却译为"对你而言,阅读此稿难度太高"。古义人手边的新译本则是这么翻译的:"已完成三篇故事,只是不再寄给你。邮费太高了,总之,就是这么一回事!再见,早晚也会请你过目的。"

古义人将皮包竖立在膝头,一时间纹丝不动。然后,如同在做一件不多花费些时间就会在程序上造成混乱的手艺活儿似的,古义人将皮包里的东西缓缓取出来放在茶几上。那些稿件并未采用相同纸张,有的是从素描簿上撕扯下来的,有的是还连带着硬质封面的几张活页纸,还有的则是让人联想到孩童时代的吾良嗜好的、用橡皮筋将各种质地和颜色的纸张扎在一起的一沓纸。再就是电影试映会以及音乐会上留有大量余白的节目单。装在薄薄皮包里的这些东西居然在茶几上聚合为一大堆，从中飘散出一股同样令人怀念的特殊的香烟味儿。

古义人决定今晚只是将那些物件全部取出即可，已经没有力气再去调查和阅读了。分镜头素描是在一张纸面分别画上四至六帧，其中的魅力使得古义人几乎忍不住伸出手去想要触摸的确是吾良风格的那些素描。然而，不用说阅读那用色彩漂亮的曲别针与其别在一起——就吾良的意图而言，或许正好相反——的剧本，仅这一连串的素描画面所表现出来的故事，就已经具有一种固有的抵抗感了。古义人在想，这一大摞东西堆在皮包旁边本身，便已经具有提示明天清晨起床后的千樫的意思：自己已决定响应吾良的呼唤。古义人意识到，那是一件必须全力以赴的工作，然而自己却像个毫无经验的年轻人，倘若面对吾良的遗稿，会发现自己的对应方法实在微不足道。也就是说，一种悬在半空中的感觉在古义人心中越发强烈，觉得自己的所谓人生，并没有将迄今为止的生活经验积蓄起来。为了把遗稿托付给这种状态中的自己，吾良这才如同警告般抄写下两人谙熟于心的暗号——兰波的信函。想到吾良的这种心情，古义人越发感觉到复杂的怯意。

6

尽管如此，从翌日开始，古义人还是逐渐集中精力阅读吾良的剧本和分镜头素描。即便从小说家的写作技法这个角度来看，他也被电影导演吾良处理故事的方法给吸引住了，甚至觉得因此而发现了吾良人性新的一面。古义人同时也在不断回想，其实从初见吾良时起，他便认为吾良就是这样的人，虽然这么说起来有些矛盾。在古义人来说，即便在他与千樫的婚事遭到吾良反对时，他也认为惟有如此才是自己所预期的吾良会采取的行动，并没有因此而对吾良的真实形象感到幻灭，也没有觉得遭到背叛而认为自己受到了伤害。

吾良的电影在票房业绩接连获得成功的辉煌的十二年间，古义人也不曾由此而改变对吾良的看法。毋宁说，他只是认为自己在少年时代见到吾良时，这种潜质便已经存在于当时的吾良身上了。每当遇到曾在松山的高中与他们一起学习过的老同学时，总有人会像口头禅似的说"吾良还有这样的才能呀"，话语中公开流露出嫉妒，这让古义人每每感到意外。十八岁的吾良刚刚转学过来便与古义人成为好友，古义人随即深信不疑地认为，吾良具有绝不逊色甚至优于其父的才能。尽管古义人那时只读过吾良父亲的随笔集。而且，古义人还期待着吾良能够在电影以外更为广阔的领域施展自己的才华，然而……

在阅读吾良的剧本和分镜头素描的过程中，古义人感受到一种崭新的印象，那就是这些材料即便出于吾良原本就具有的特质，同时也得益于电影作家在短暂却充实的工作期间磨炼出来的艺术家习惯。比如，在吾良的剧本里，被称为**头儿**的、以大黄为原型的人物塑造便是如此。

分镜头素描里被描绘出的**头儿**的容貌、身形和装束，无论看哪幅素描，都不是古义人记忆里的大黄。古义人由此联想到的，是在吾良大受欢迎的喜剧电影中扮演个体经营者的那位丑角的滑稽相。每当被指出偷漏税款时，那个角色便哭天喊地，其实，他只是在装哭。然而，用曲别针别在一起的剧本中，对同一场景的演员和表情所作的舞台提示，却将在那事两周内把握到的大黄形象，较之古义人的看法更为准确地描述出来。

头儿看上去是个心怀怨恨、有着黏黏糊糊的眼神和口型的男人。凡事都很固执。刚愎自用。遇事从不放弃,没脸没皮,死缠烂打。

但是,尚不了解其贯彻计划的劲头儿,在他这个**头儿**来说是认真的抑或只是半凑热闹。或许,从一开始就不认为这个计划能够实现,却偏偏与年轻的同志们一道,竭尽全力冲向那堵无法逾越的障壁。

头儿是在反复琢磨发扬长江先生思想的过程中,形成将其转为实际行动的动机。听起来合乎逻辑。如此真挚的立论,还有与故作姿态的玩笑相连接的那种不认真的、吹牛皮般的大话。在中途,有可能喊叫"取——消——!"从而全盘放弃。但是,若因事态所趋而弄假成真,将会发生凄惨的和血腥的、无法挽回的悲剧。

当这个带有几分玩笑的计划成为严峻的现实后,如果**头儿**侥幸活了下来,他将以何种表情面对这个现实?可将计划实现之际的悲剧表情,移入计划实现以前的、捉摸不定的丑角演员的面孔。或者两者相反。此应成为演出时的重点。

古义人和吾良实际听说的大黄行动计划,一如脚本下面这个段落:

头儿:已经签署的媾和条约,将于四月二十八日晚上十点三十分生效。这意味着什么呢?在联合国军占领期间,由日本人发动的针对美军营地的武装抵抗行动一起也没有发生,占领时代就结束了。作为日本战败以来直至贯穿整个儿占领期间的、美国与日本之关系的"象征",有一幅照片将永远存留下来。昭和二十年①九月二十七日,在美国大使馆,双

---

① 公元一九四五年。

手叉腰、身穿亮色衬衫和长裤的麦克阿瑟元帅,与身穿黑色礼服、笔直站立的天皇陛下。这幅照片将为日本人打上烙印:天皇作为神而复活的日子一去不复返了。

对于在宴会高潮时做了如此深刻分析的大黄,古义人也记得很清楚。大黄一如吾良在剧本里刻画的**头儿**性格那样,言谈间既认真又不认真,让人不得不加以防备,刚刚从他口中说出来的话,随即就显得分外可疑。大黄还对照片上的天皇如何站立、面部是什么表情等做了惟妙惟肖的模仿。对此,古义人甚至含有几分厌恶,而吾良则只是——也是因为浊酒带来的酒劲儿——大笑不已。

当然,继承了长江先生教诲的大黄,不可能恬不知耻地坐视这种不体面的事态出现。在剩下的这三周里,他要和同志们一道对美军营地发动武装进攻,在最后一页改写已成为被占领时代史之基调的失败主义。

必须注意的是,在接近美军营地的过程中,为了不被日本警察所制止,需要一支身穿与市民无异的便服、由少数精锐组成的袭击队。此外,为了使警备美军营地正门的士兵们立刻应战并随即开始巷战,攻击小队到达正门之际就要装备好正规武装并进行突击。为了被那些警备士兵看作正规武装人员,只要装备与他们相同的兵器并立刻展开攻击即可。我们必须从美军营地的武器库中,获得足以装备正规武装十人突击小队的兵器。

皮特:就算是假设,也不可能从营地里偷出十支自动步枪。

头儿:皮特先生您不是说过吗,朝鲜战争中用过的那些出了故障的枪支,在露天地里堆成了小山?

皮特:在战斗中损坏了的自动步枪,外行无法修理。

头儿:本来就不用修理嘛,皮特先生。只要是美军的自动步枪就

>   行。让营地的士兵看到端着那家伙进行突击的十个人，以
>   为真的遭到敌人袭击就可以了。
>
> 皮特：如果他们真这么想的话，你们立刻就会被消灭掉。
>
> 头儿：Why not？就是没有那家伙，不也是要向数千人规模的美
>   军营地发动进攻吗？从出发作战那个瞬间起，就"至死不
>   回头"①了！
>
> 皮特：……假如被看穿这不是真正的战斗，而是疯子们的战争游
>   戏，那怎么办？
>
> 头儿：(突然掀开夏季穿用的和服单衣，露出系在胯间的兜裆
>   布)就这样，跳着盂兰盆会舞撒退喽！

关于这一番对话，前半段取自于古义人和吾良在唱片音乐会之后被带去的旅店里的宴会，后半段出自于翌日的宴会，在古义人来说则是连续第三天参加的宴会，当时就连皮特也被请来了。古义人惊异于吾良始自少年时代的观察力，以及成人后将其与电影某个镜头的会话统合起来的能力。因为在古义人的记忆中，在道后的那两个夜晚，少年吾良喝得酩酊大醉，只是笑个不停……

且说连续三天的宴会之后，大黄他们离开了道后的旅店，对于同吾良他们一起混过的这几天时光，古义人开始体验到一种罪恶感。他担心与吾良一起玩耍的旧习在一点一点地复萌，随即便回到与准备考试的伙伴们同往 CIE 图书馆的生活之中去了。

图书室将要闭馆之际，在唱片音乐会上拿来有布莱克插图的图书让看的那位日籍职员特地来到阅览区，他转告古义人，皮特正在外

---

① 此句原为《万叶集》中由歌人大伴家持所作和歌："去往大海，水中葬身；去往高山，蒿草为冢；只为大君献吾躯，至死不回头。"于二战期间被日本军队引作军歌，多在失败后剖腹自杀时所用。

面的篮球练习场地等着。除了平日里的傲慢以外,他还对被美国人差遣来向日本一名高中生传话明显流露出不满。

古义人下楼前往,只见皮特一人垂首伫立在篮板下,像是陷入了沉思。开始凋零的樱花飞旋着,飘落在他屈臂用右手抱在胸前的篮球上。皮特脖颈上白皙皮肤与被日光灼红了的地方形成一条界线,他向走近前来的古义人抬起头,显现出微妙的神情。古义人觉察到皮特期待吾良也一起来。不仅如此,皮特还非常露骨地询问道:

"你的朋友没一起来?吾良呢?"

古义人沉默不语,于是皮特自言自语地继续说道:

"听说,你们松山的高中生,学习过后全都去道后的温泉醒神健脑,是吗?……吾良可是这么说的。"

"道后那地方,说是温泉,其实就是公共浴池,说是卫生上有问题……听说禁止美国陆军现役军人到那里去。"古义人回答道。

"是这样啊?……那么……这个周末,也就是星期六、星期日也可以,我能借到汽车。不一起开车兜风吗?我与古义人和吾良……大黄先生说过,希望我们去看看他们的剑道学校。"

说完,皮特就闭上嘴巴,用心术不正、犹如鸟儿一般的眼神看着古义人,同时不知何故,面颊红了起来。古义人像刚才一样,十分谨慎地选择回答的词语:

"如果是开车兜风的话,我认为吾良是会乐意去的。大黄也对我说过,'请过来玩儿吧,能再次邀请皮特先生吗?'明天或者后天……您是隔天来这里吧,那时我会把与吾良商量的结果告诉您。"

"这一周,我每天都到这里来。你见到吾良,告诉他可以过来玩儿。"

这时,几个日籍职员和美国女子正往篮球练习场这边走来,闹哄哄地伸手去接被一阵风吹到这里来的樱花瓣。皮特转而用双手将篮

球稳在胸前,迈步向她们迎了上去,同时对古义人说:

"明天,如果我不在,就把答复放在秘书的办公桌上。信可以用日语写,就是用一些汉字也没关系。"

然后,皮特好像对古义人失去了兴趣,开始独自劲头十足地运起球来,在离篮筐非常远的地方投出球去,未中。尽管这样,他仍然直接接住从篮板弹回来的球,扭身转体后,在日籍职员的欢呼声中投出一个弧线长传。古义人板起面孔回到图书室,在返回阅览区之前,还是确认了一下隔开图书室和办公室的玻璃隔断对面的秘书办公桌。

第六章　窥视者

1

　　第二天,古义人从高中绕道 CIE,将他与吾良在午休时商量好的"YES"回复送过去。三十岁左右的女秘书——这个女性是古义人生平第一次见到的哼着鼻音应付人的日本人——取过信封后,眼睛滴溜溜地上下打量着古义人,一副嗤之以鼻的模样。然而,皮特本人很快就出现在阅览区,找到正取出考前复习课本的古义人,把他带到自己的办公室,并不理睬仍然无视古义人的那位秘书,说是让古义人用办公室的电话与大黄的修炼道场进行联系。同皮特一样,大黄也非常高兴,甚至表示如果真打算来的话,自己可以前往 CIE 预做商量。

　　在附有分镜头素描的剧本里,吾良集中描绘了周末的这次开车兜风。皮特驾驶的是一辆车体涂成淡绿色、车身满是伤痕的卡迪拉克轿车。他让吾良坐在副驾驶座位、古义人坐在后排座位上,下午就早早出发了。

　　最初是卡迪拉克从图书馆建筑物的停车场出发时的情景。这辆卡迪拉克尽管是旧车,不过在媾和条约生效前不久的日本这个国家里,就汽车行情而言,这趟开车兜风之旅也是非常显眼的,对于读高中时便对汽车非常熟悉的吾良来说,似乎如此记忆下了这一切:空袭痕迹依然历历在目的松山市区,随即出现的是未被战火烧毁的城区街市;行驶中的卡迪拉克占据了道路的几乎整个路面,古老样式的房屋从两侧围拥过来;尽管无法将尚未重建的松山市景复原为战前状态并拍摄下来,沿街还是存留若干非常适合拍摄外景的场所,分镜头素描充满热情地将这些风景描绘出来。

穿过街道便是一条长长的上坡路,周围散布着人家、寺院和神社,一派田园风光。沿途的染井吉野樱已经开始凋零,不过八重樱却是云蒸霞蔚地盛开着。卡迪拉克逐渐驶上山腰的村落。那时还没有塑料薄膜搭建的温室,只见叶茂色深的柑橘园。卡迪拉克驶向靠近岭头的、长长隧道的入口。刚刚驶出隧道不远,就见大黄和年轻伙伴们等在那里,他们身旁停着一辆小型卡车。在他们的引导下,卡迪拉克刮蹭着两旁的草丛,不顾凹凸不平的路面蹭擦汽车底盘发出的声响往前驶去。道路右侧是深邃的大峡谷,汽车沿着另一侧的林木间缓坡往上行驶,及至到了坡顶,随即便是下坡道路。

古义人感到奇怪的是,吾良在剧本和分镜头素描中,只描绘了卡迪拉克所行驶道路的路况之恶劣,关于植物区系却连素描也没画上一幅。古义人本人不仅仅生长于森林中的峡谷,还是曾经常跑进林子里打发时光的性格。因此,即便现在,他在回想那趟开车兜风之旅的新奇感时,同时也会想起树木繁茂的嫩叶和尚未凋零的残花等景色。

那里离古义人老家的峡谷里的村子比较近,不过其地形和村落却透出一种生疏感。古义人对这种感觉格外敏感。也就是说,自己是在那般封闭的环境中成长起来的。在国民学校组织的一次远足中,尽管是在同一座村子里,仍沿着流经峡谷的那条河流的支流溯源而上，再翻越一座小山包，然后下山回到盆地。面对盆地的风景，他认为自己迷失在了陌生的异境之中，甚至感到惧怕，觉得从寂静无声的树丛和围拥在其周围的田地深处，或许会跑出鬼怪，挥舞着半截木棒追赶上来。那时候的惧怕，仍然存留在十七岁的古义人心里。

在古义人的记忆里，出了隧道往自己所在村子的方向前行不久，随即转而拐向通往修炼道场那边的岔道，向着嫩叶如洗、非常漂亮的杂木林北侧斜坡上驶去，然后再下坡驶入古老、幽暗的扁柏林中。在水流湍急的山涧上方，路崖早已四处松动、坍塌，使得正驾驶着车子的皮特紧张不已。

穿过这段路途后，便是沿河的道路了，水量丰沛、河面宽阔的河流两岸灌木丛生、连绵不绝，被道路两旁陡急斜坡上的杉树林围拥着的天际一片湛蓝。在河流与道路间的狭长平地上，可见细长条幅的田地，却像是早已弃之不种的模样。杉树林尽头高地上的耕田和小屋也是如此。视野之内，不见人家。一度在此拓荒、营生的人们离去，时过境迁，在高大繁茂的杂木以及常青藤爬满树身的老树深处，他们的住家早就被淹没了吧。十七岁的古义人如此空想着。

随即又是上坡，从这里的高度望下去，山涧已经隐没于深深的峡谷之中。对岸被杉树林环绕着的那面比较宽阔的斜坡被开拓出来，高处坐落着好几栋仓库形状的建筑物。从路边空地略微宽敞起来的地方看过去，可见通往坡下河边的道路以及道路尽头用钢缆悬吊着的吊桥。守护祠①界内的森林背后的树丛，就全是高大、浓郁的阔叶树集群了。

大黄他们将卡车停在路边空地略微宽敞处，并引导皮特的卡迪拉克停在小卡车后面。一行人随即走下陡急的斜坡，穿过吊桥后便

---

① 供奉着守护土地之神的小祠。

往绿草如茵的斜坡上爬去。

吾良在素描里描绘的,是往斜坡上的修炼道场本部攀行而去的一行人,正站在本部与另一栋大房子之间的道路上。与这幅分镜头素描相对应的脚本中的对白,是这么一番问答:

皮　　特:红花满树的是山茶花树,两旁挂满花蕾的是山茱萸。在美国我家的院子里也有这些树,真是不可思议。

古义人:我母亲种了很多会开花的树。这些树估计是父亲从村子里我们家移植到这里来的。

头　　儿:长江先生用这种会开花的树,把周围的姑娘们都给招引来了。俺们也跟着沾光呀。

古义人:(不理会嘲弄口吻)刚冒出米黄色嫩芽的是石榴,旁边长出黄色嫩芽的那棵树,我母亲把它叫作花石榴。还被人说是"种这么一种石榴树的,只有这一家"……因为这树结不出可以吃的果实。

皮　　特:古义人对植物很了解呀。

吾　　良:(仍然是嘲弄口吻,却也带有几分赞赏)这可是个不可思议的家伙,古义人呀,只要是他读过的书,不论是词典还是植物图鉴,全都能记下来。难道你今后打算把自己也变成百科事典?

皮　　特:(笑着说道)Encyclopedia boy①!

古义人想起一件事来。在开始田龟对话前的某一天,吾良打来电话,询问"你们老家林子里开花的树叫什么树名? 只要一见到初春发出的嫩芽就知道树名的那个种类,是有别于桃树和梅花树的另

---

① 英语,意为百科全书小子。

一种树"。古义人眷念起与母亲闹矛盾前的山村生活,在电话里回答说,嫩叶非常醒目的应该是米槠,不过,花儿比较素雅的,嗯,会是石榴或者花石榴,也可能是四照花。

打那个电话的时候,吾良难道认为古义人是在佯装想不起在大黄的修炼道场的那番对话?抑或理解为古义人是在通盘回忆有关那事的确切记忆之后,才提供了对于将那事写为剧本非常必要的树名?

受吾良脚本的引导,在古义人围绕风景的记忆中,首先复苏过来的是山樱,由于生长在高处因而气温较低,很多枝头上还挂着花儿。一株同样处于花期的八重樱老树遮盖了修炼道场本部前的草地,皮特背靠这株老树站立,身旁的古义人向他介绍周围的植物。两人站立着交谈时,皮特对古义人较之吾良更为亲近……

或许是因为大黄对这种演变感到焦躁,因而直截了当地发出了与他的企图相关的指示。他打断古义人的谈话,指着背后那座引入温泉的建筑物对皮特和吾良招呼道:

"开车跑了很长路途,先去冲冲身上的尘土,怎么样?……"转而对同样因乘车而满身尘土的古义人说,"领你去长江先生读过书的房间看看吧。"

对于大黄的建议,皮特踊跃响应,在几个年轻人的引领下,往甚至已经备好了毛巾和浴衣的浴池走去。与此同时,大黄领着古义人走向另一栋二层建筑,这栋小楼虽然与引入温泉的建筑物相连,入口却在相反方向,小楼本身位于用圆石围边的小道深处。

关于此后发生的事情,剧本中没有台词,只有人物动作的解说文字。用曲别针与剧本别在一起的分镜头素描,描绘了赤裸着身体的美国青年与日本少年在浴池里的情景。被埋入地面下的长方形浴池前的冲洗处,两人在冲洗着各自的身体。

皮特泡入浴池,吾良则起身前去冲洗处。浴池位于低处,皮特从中伸出手臂，试图从吾良背后触摸其垂挂在双腿间的性器。吾良拒绝。皮特并未强求。随后，两人互相搓洗背部时，用满是肥皂沫的毛巾搓洗吾良背部的手腕停住。皮特放下毛巾，用沾满肥皂沫的手掌，从吾良背部至腰部来回摩挲般搓洗。以更为顺畅的连续动作，试图将手掌探入臀部的股沟。吾良断然起身，站在原地往自己身体上浇水。水花溅上皮特，他仍然平静地微笑。吾良径自离开，往脱衣处而去，皮特亦随之而去。

与事实完全相符的场景，古义人心想。其实，浴室天花板的背面，是用坚固木料建构而成的、大约一米高的空间，他和大黄就匍匐在那里，将脑袋探向各自的窥孔。古义人是被大黄引导着，从那座与浴室相背而建的建筑物二楼房间的壁橱下段进入这里的。在古义人面对父亲书房里的矮桌，眺望窗外近处的细叶冬青树期间，大黄一直没有说话，他站立在桌旁，注视着繁茂的细叶冬青树下那块被整理出来的不大空地。那里终于出现一个年轻人，收到他的暗号后，大黄和古义人便来到浴室上方的、天花板背面的低矮阁楼。大黄指了指泛出淡淡金色光亮的窥孔，古义人尽管觉得是被逼着去做不正当的事，却还是低头往下窥去。他当时看到的情景，在吾良的脚本里被准确地描绘出来。

目送吾良和皮特走出浴室后，古义人觉察到身后的动静，回头看过去，只见大黄用弯曲着臂肘的单臂如同划船般挨近自己，然后将侧腹抵在底板上，将获得了自由的手臂向古义人的臀部伸来。古义人拨开那只手臂，大黄随即一骨碌仰身翻倒，就像翻转过来的甲虫一般无奈。

古义人领先回到父亲的书房，眺望着书架上排列着的书籍。大黄终于爬了出来，紫黑脸膛上因闷热而满是汗水。他对古义人说道："长江先生呀，说是只要是年轻人的裸体，无论男的还是女的都好。他也只是偷看一下而已,实际上什么也没干啊。古义人兄弟,你也要像你家老爷子那样,打算至死都不显露真面目吗?可是呀,那种人生可真是枯燥无味啊!哎呀,开个玩笑!开个玩笑!"

2

古义人生了气。但是,对于说了那种话却又算不得嘲讽的中年男人的"开个玩笑",高中生的古义人并没有可以充分理解的自信,在这个场合也就只好把怒火放在肚子里闷烧了。

下一幅分镜头素描,是在古装电影中常见的、看不出具体规模的道场——吾良父亲的电影也曾出现过有意戏仿的这种木板大厅——里,惟有空旷的中央部分铺有榻榻米的场景。的确是修炼道场临时布置出来的宴会会场。周围空无一物,空旷得异乎寻常!在另一幅分镜头素描里,皮特和吾良坐在表示特权的上座,旁边则坐着古义人。大黄坐在三人对面的席位上,两旁排列着修炼道场的年轻人。还有一幅分镜头素描,描绘的是装在好几个大盘子里的中国菜肴,惟有这幅画被涂上明亮的色彩。在古义人的头脑里,只有用抽象的语言记忆住的"如此美味的中国菜肴,无论此前还是此后都没有品尝过。"……

菜量很大,就种类而言,却只是吾良在素描里画出来的四个大盘,可在古义人的意识中,却认为这并不算少。一盘是红蟹的蟹甲、小爪和大螯炒绿油油的青菜,也就是使用大黄带到道后旅店的那种河蟹烹制的菜肴。另一盘则是油炸豆腐,据说这是修炼道场获得现金的惟一手段,这种豆腐甚至销往附近的村镇。再就是宰杀了农场的一只小羊用作烤肉,并以细细切开的肉片与蒜苗外加大量的大葱进行爆炒。最后是将大锅里煮好的饺子捞出来,放在破瓦片上再搁放在成排的炭炉上保温。羊肉烹制的菜肴不一会儿就会凝脂,便不断撤下以换上重新加热的。

双手抓着锅耳端来不断散发出热度和蒜香的黑黢黢中国式炒锅,乃至把更大的铁锅放在炉灶上像是在添补饺子的,竟是古义人往日的老熟人大川。

古义人和大黄在暧昧的冲突下沉默不语,先向浴室一侧迂回过来,再下坡往本部方向走去时,在刚才举行宴会的道场旁扩建的厨房入口处,一个男人在窥探着古义人。古义人也觉察到了这个情况,等前面的大黄刚走过去,那人随即轻捷地跳了出来,古义人这才知道此人是大川。大川深深弯下修长的身子连连鞠躬行礼,古义人深受感动,诧异他原来是个有着如此悲痛神情的人。他对古义人悄悄说道:

"请您原谅我吧,请您原谅我吧,承蒙太太对我那么关照,可我还是离开了府上的栈房!请您原谅我吧,请您原谅我吧!"

就在大黄狐疑地回头张望的同时,大川再度轻捷地跳回散发出蒜香和蒸汽的厨房⋯⋯

自从宴会开席之后,为了撤换凉下来的菜肴并往沸腾的锅里添补饺子,大川频繁往来于厨房和道场大厅之间,始终低俯着被蜡黄皮肤蒙着高高颧骨的那张脸,对谁都不看上一眼。

古义人对于久已不见的大川出现在大黄这里感到惊讶不已,不过,此处既然是父亲在战争期间也曾居住过的地方,那也就没什么不自然了。在古义人的父亲由中国大陆回国的旅途中,大川作为挑夫一路跟随而来。在古义人家成为来自关西和松山的军人外加那些来路不明的人物经常聚集的场所之前,大川每天都到家里来做些零碎活计。古义人眷念地回想起那些日子里的新年,一些亲近的女眷会到家里来聚餐,大川就会坐在连接着厨房的地炉边,稍许喝上一点儿酒,眉眼间就会染上柔和的粉红色。女眷中也有些从城市里疏散过来的人，母亲便提议大家都说说自己家乡的传承故事，当时还在世的外祖母绘声绘色的讲述使得气氛越发活跃起来。大川讲的是从山上飞下一条赤龙的故事。当时租住在栈房二楼——后来成为父亲闷居之处——的女教师想要详细了解大川老家的情况，大川便像刚才对古义人说话时那样，恳求道"请您原谅我吧，请您原谅我吧，请不要再打听了"……

现在回想起来，那场晚宴之所以像是超现实主义老片子中的一个场景，首先是因为照明比较昏暗的缘故，而吾良在分镜头素描里除了详细描画了会场、人员和菜肴之外，其他什么都没有描绘。如果从吾良制作电影的构成方法来说，这也是妥当的。吾良的作品以充满奇思异想而著称，不过，那全都源自于他在现实生活里的经历以及对细部的观察。这也是他那部作为幽默电影素描的《蒲公英》①在获得票房成功的同时，尤其在欧洲的知识分子——古义人在旅居柏林期间也证实了这个事实——中拥有很大影响的原因。

然而，在那天夜晚的宴会上，吾良是不可能进行观察的。为什么这么说？那是因为吾良非常奇怪地一下子就喝醉了——多年后，在电视上看到吾良松垮下来的情景时，古义人之所以关掉电视机，也是由于联想到了那个夜晚——坐在席位上开始打盹，不大一会儿，吾良往背后倒下，竟然无所顾忌地打起鼾来。自宴会开始后，古义人便没碰那杯浊酒，从一开始就扶持着酩酊大醉的吾良，直至吾良仰面躺下并沉睡不醒，古义人一直都在照看着他，却发现皮特正从另一侧急不可耐地死死盯着这边。此时浮现在古义人头脑里的，是与浴室天花板上的窥孔联系在一起的"窥视者"。这个单词在他的内心酿化出强烈的憎恶感。

---

① 原文为英语 *Dandelion*。

于是，古义人用近似粗暴的声音招呼道：

"吾良、吾良，起来吧！如果还想睡的话，就到对面去睡吧。"

离宴会的中心近在咫尺且昏暗下来的榻榻米上，理应早已睡熟的吾良睁开嘲弄的眼睛回望着古义人。于是古义人越发生起气来，强硬地说道：

"吾良，到对面去睡！"

"是啊，吾良，这里还连着一个小房间，就到那里先睡上一会儿，再去泡泡温泉，然后回来接着喝……夜晚可长着呢。"大黄招呼道，"是这样吗？皮特先生……"

皮特松开此前一直艰难盘着的长腿，将双膝抵到自己的胸前。因醉酒而泛上血色的赤红部分与白皙皮肤相混杂的大长脸上——脑袋固然硕大，从身体的整体情况来看，却显得比较幼稚——浮现出犹如傲慢的孩子般的表情，对大黄的搭讪不屑一顾。这种居高临下的态度，此时又转向了熟睡中的吾良，尽管先前大家都在用日语交谈，他却毫无必要地让吾良说些英语单词，然后对吾良的英语发音赞不绝口。

古义人越发气愤了，狠狠摇动吾良的肩头，设法扶起他的上半身来。然而，吾良刚刚坐正身子，便用恢复了清醒的神情质问道：

"在哪儿睡？你不知道？是你把咱叫起来的吧？"

吾良斜楞着眼睛看了一眼因腻烦而不愿说出实情的古义人，便起身快步往外面走去，却绊倒在通向更加幽暗的走廊的门槛上，并发出很大声响。在慌忙追赶上去的古义人身后，传来那些年轻人的哄堂大笑。在刚才的宴席上，他们全都沉默不语，不敢喝酒，端坐在席位上。

吾良越发快步穿过走廊，进入廊子尽头的厕所，却连身后的板门也未关上。古义人为他关上厕所板门后，站在门外考虑该去哪里找一间供吾良睡觉的小房间。这时,只见眼前的南天竹丛和洗手盆之间出现两个男子,古义人吓得打了个寒战。好在其中一人是大川,在厕所窗口透出的淡淡光晕下,他的面色越发蜡黄了,他向古义人探过头来,用先前说话时的口气低声说道:

"今天晚上请回栈房去,把您的朋友也带上!还是这样做的好,古义人先生,就在今天晚上!这个人把你们送到村里后就回来!用三轮卡车!"

先前刚进厕所就要呕吐的吾良终于走了出来,即便在夜色中也看得出他面色苍白。这时,他的衬衫和长裤已被取来放在洗手盆一侧的窄廊上,古义人的衣服也拿了过来,踏脚石上则整齐地摆放着两人的鞋子。换下浴衣后,吾良像是已从醉酒中清醒过来,也就没必要再对他介绍此后的安排了。他们跟随在沉默不语地走在前面的年轻人——大川早已不见了身影——身后,走下位于杉林边缘、草叶反映着月光的那片斜坡,再经过吊桥,来到停放着三轮卡车的路边空地,古义人他们在这里上车离去。

3

经过摇晃的吊桥时,在幽深洞底般的河面上熠熠生辉的月光。在驾驶座两旁而非货厢上,两人紧贴着坐在用螺丝将金属板固定在背后货厢上的那个狭小座位上。默不作声地驾驶着三轮卡车的年轻人那看似营养不良的黑黢黢脖颈,每逢大幅度转动方向盘时便挨近过来。坐在另一侧的吾良同样默不作声,看着他那在月光中神奇浮现出来的侧脸,自己不敢转而开口搭话。古义人现在回想起这一切,觉察到自己既担心皮特发现吾良离去肯定会表示不满,大黄可能因此而开着小卡车追赶上来,同时,古义人又为能够独占吾良并带他前往自己老家而感到兴奋。

也就是说,他极尽所能地想象着这一天里经历的种种焦虑、愤怒和不安,以及与吾良、皮特和大黄之间愈加清晰的人际关系,同时也在思考着尚未深刻思辨过任何问题的十七岁的自己。

扑面而来的树枝较之白昼更增添了几分生气,车子从枝叶间蹭擦而过,只能望着被前大灯不停摇曳着照亮了的路面。经由隧道旁的三岔路口驶上县道后,群山远去,峡谷深邃,在一片黑暗之中,惟有细长的河面在反映着月光。

三轮卡车往黑暗深处驶去,吾良望着前方的黑暗,用少年的茫然声音说道:

"的确是深山大谷啊。以前也知道这种说法,却不知道该怎么用。"

"还要往更深处去呢。"古义人应声说道,"这里地势高,周围的山离公路都非常远,没有被封闭在里面的感觉,但是,我们村子可就不是这样了。"

吾良沉默下来,古义人意识到自己从不曾引发吾良的这种沉默,虽说这与任何实际感情没有关联,古义人还是感觉到几分自豪。

这时,古义人想起一件必须预先告诉吾良的事情,便以渐渐焦躁起来的心情开口说道:

"我母亲脸上有一边应该长着耳朵的地方,却粘着像是鱼或爬虫类的鳍那样的东西。她总是在头上缠着按外国的风俗叫作包头巾似的头巾。不过,现在已经是半夜了,如果取下头巾出来的话,惊吓着你就不好了,所以先向你打个招呼。"

"不会吃惊的。"吾良冷淡地回答,不过很显然,他对古义人所说的内容产生了兴趣。

"我觉得,与其一点儿也不吃惊……不如自然反应,这样不会造成伤害。在母亲还健康的时候,她自己甚至还像说笑话一样说起过这耳朵呢。如果不说得详细一些,是很难听明白的……"

"那你就说详细一些吧。"吾良说道。

至于古义人接下去的叙述给吾良留下了什么样的视觉印象,多年后在分镜头素描中的一幅人物画面上得到了印证:已过中年的妇女脸部左半侧面颊上,粘着一只大蜗牛。

古义人首先从母亲的祖父说起,是他直截了当为母亲命名为"鳍"的。即便从隧道出口处的三岔路口算起,三轮卡车开到古义人家也需要大约四十分钟,因此有足够的时间从头说起。在母亲这位嫡系单传的孙女七岁那年冬天,刚才说到的祖父便去世了。万延元年①农民暴动之际,身任村吏②的曾祖父不得不杀死领导暴动的胞弟。曾祖父长寿活至明治维新之后,当他的曾孙女诞生时,一只耳朵畸形的消息经由产婆之口立刻传遍村子,人们传说这是杀害亲弟弟的天谴。然而祖父却全然不介意,甚至索性将孙女命名为鳍。及至孙女渐渐长大,少女却仍然不合时宜地坐在壮硕的老人的膝头,听祖父讲述让她终生难忘的嘱咐:虽说今后的西洋医学对于耳朵整形会轻而易举,不过鳍儿啊,你就保留着自己这与生俱来的耳朵!过去有很多老话,现在这里不还在流传着那些老话的意思吗?鳍就是其中之一,说是表示才能和气量。在《玉尘抄》③里,就有"实学良才无觅处,平庸之辈惟借鳍",说的是无德无能之辈装出有才干的样子,装出有气量的样子。你是一个有鳍的孩子,如果镇上和村里都是一些嫌弃你这个耳朵而不娶你为妻的男人,那你就去远处,无论去多远都

---

① 为公元一八六〇年。
② 日本江户时期,在郡代或代官这两级地方官吏领导下,负责本村诸事务的公吏。
③ 《玉尘抄》于日本永禄年间(十六世纪)成立,全五十五卷,为禅僧高妙安所抄。

行,去找懂得你这个鳍的好处的男人结婚。

"也许是伯母担心你这对大耳朵,才特地说了这些话吧。不过,那可是个有教养的老爷子。"

"《玉尘抄》云云,是母亲小时候听来的,记得并不清楚。后来,我特地查了辞典。"

"你真是爱查辞典⋯⋯不过,仅仅是我迄今听过的,其中就有很多卡夫卡可能会去写的故事,在你古义人家里!"

将三轮卡车停在与古义人家下面那条水渠平行的私有道路上后,开车的青年第一次开口,他用经过反复考虑的语调对吾良说:

"关于栈房太太的耳朵那些话呀,是古义人先生的夸张!"

古义人和吾良走过了水渠上的石桥。在石墙这一侧,由于狭长房屋的门板开始朽烂,已经蒙上白铁皮做了应急处理,这大门上挂着一个灯泡,昏暗的灯光只能照到几步开外的前方。古义人对仍站在三轮卡车旁的年轻人招呼道:

"你可以回去了!"

"栈房太太还没睡下,等她让古义人您俩进了门,对俺说声没事了,俺再回去!"

沿着划出浅浅弧线后通往陈旧的主屋方向去的铺石路,古义人借着月光走在吾良前面。经过老朽得不再使用的栈房门口所谓停车门廊时,三轮卡车的喇叭以娴熟的节奏响了三下。

像是相应这喇嘛声似的,毗连着栈房的那间增建的小巧别致的平房大门里亮起了灯光。走到门前刚刚站下,大门上的便门就被拉开一条缝隙,那个从门缝里望外打量的人——从对方的形迹上,古义人看出那不是母亲而是妹妹——猛然间大开便门,探出穿着黄色毛衣的半个肩头,嘟囔着说道:

"是古义人哥哥吗?怎么了?这么晚才回家。"

"是和朋友一起来的……已经吃过晚饭了。"古义人回答道。

妹妹往后退去,古义人进入便门后催促吾良进来。与便门附着的大门相同宽度的土间,一直延续到里面洗碗筷的地方,妹妹身着毛衣和裙子,趿拉一双木屐站在土间里,在好奇心的驱使下注视着吾良。而吾良尽管被毛衣那近似土黄的黄色惊异得直眨眼睛,却还是微微颔首致意,妹妹也慌忙低头回礼。

"那么,你们马上就要睡吗?我去后间给你们准备被褥。不过,你需要去给妈妈道个安吧?阿忠已经睡下了。"

古义人不理睬打算继续说下去的妹妹,让吾良随他走上通往主屋中仍使用着的那部分的廊子。两人沿着凹凸不平的走廊向深处走去,途中看见一侧的隔扇拉门里亮着灯光,这表示母亲还没睡下。古义人对吾良指点了厕所的位置后,便走向自己那间四铺席半的房间。妹妹从他们身边敏捷地挤过去,前往古义人房间隔壁那个靠近水渠一侧的后间,为他们整理睡觉的地方。

吾良在古义人的书桌前坐下,打量着贴在正面墙壁上的手抄诗句,那是古义人从小林秀雄翻译的《兰波诗集》上抄录下来的。古义人觉得有些尴尬。之所以这么说,是因为吾良曾送给他法国水星版的《诗篇》,古义人以此为教科书向其学习法文,尽管准备升学考试以来已经间隔了很长一段时间。吾良当时已经收集了兰波的一些信函和相关书籍,在个人授课之初,便讲明今后不要再读译文。

话虽如此,小林秀雄翻译的《诀别》还是古义人转校前往松山之前喜爱阅读的读物。而且,得到吾良拥有的两本《诗集》里的一本后,古义人随即确认了其中并不包括《诀别》。古义人在想,如果被吾良问起来,是可以把事情说清楚的。古义人还在想,倘若吾良沉溺于抄写诗句前半段结尾处的"话虽如此,不会有任何友爱之手!我该向何处寻求援救?"那又该怎么办呢?

但是,既然母亲确实在等候着自己,就不会有余暇为这等事情苦恼。借口妹妹在隔扇拉门彼侧起劲儿铺整被褥的声音,古义人只对吾良做个示意,便折回母亲的房间去了。

母亲整整齐齐地穿着夹衣,缠着相同布料头巾的脑袋从脖颈处垂挂下来,坐在铺于佛坛前的被褥与靠近这一侧的隔扇拉门之间的狭小空间里。古义人回想起,儿时尽管知道母亲耳朵的情况,却总是对这缠头巾感到奇异。他在榻榻米和走廊间显出高低差的地方坐下,向母亲请安。之所以连隔扇拉门也不关上,是借此向母亲明确表明,很快还要回到朋友那里去。

"本来打算明天过来的……所以就来晚了。"

"你的朋友,就是你最近常常说起的吾良吗?亚沙说,还是个高中生,就满嘴酒气!好像是坐大黄农场的三轮卡车回来的,你怎么跑到大黄那里去了?"

"大黄读了前些日子的报纸,知道我在占领军的图书馆里学习,就去找我了。那里的军官对大黄的农场产生兴趣,就想去那里看看……"

母亲不说修炼道场而使用了农场这个说法,古义人便也借这个说法作了简单回答。

"不要把事情都推到别人身上……就说你自己对大黄的农场有兴趣,我也是不会反对的!如果有美国军官来做客,大黄肯定用酒招待了吧?他还大吹大擂地炫耀自己有中国人厨师了吧?细想起来,大川是挺可怜的……"

古义人沉默下来。他预料到了这个情况:母亲与其说是在盘问自己,不如说她本人开始叙述自己的想法。不过,母亲并没有展开话题,她抬头注视着古义人,随即再度垂下头去:

"那么,今天晚上你就和朋友去睡吧,好好休息!"然后继续说道,"去告诉驾驶大黄那辆三轮卡车过来的年轻人,让他再等三十分钟。有现成的柏饼①,再送点儿茶水过去!"

后半段话是吩咐妹妹的,她已经来到走廊,正从古义人身后探头探脑。如果有柏饼的话,自己和吾良也可以吃啊,古义人孩子气地想着。为了不让妹妹看穿内心所想,便皱起眉头,这次是他从妹妹身边挤过,回自己房间去了。

完全移开隔在自己房间和后间之间的隔扇拉门,后间便显得宽敞了许多,在两张并排铺放的被褥内侧,已经换上单和服的吾良正等待着古义人。

"那个译文,尽管过多掺进了译者个人情感,还是挺不错的!"

"是啊。"古义人喜不自禁地回答道。

两年前,在抄写这首诗歌时,对于第一行中所言"我们全力追寻神圣的光明",古义人认为自己并没有可以称之为"我们"的朋友。

现在,就在这里,"我们"中的另一个人,在和我为同一首诗而感动。古义人如此想着。尽管这首诗前半段的结尾处,有刚才提到的"话虽如此,不会有任何友爱之手!我该向何处寻求援救?",古义人的喜悦之情仍然丝毫没有褪色。而吾良则更像是在直接支持这份喜悦般地说道:

"我感到这首诗里写着咱们的未来。兰波这位诗人真了不起!"

至于吾良对于他自己所说的咱们的未来持有什么具体的印象,古义人并未多想,只觉得刚才那句话本身使得自己的喜悦成倍地增加了。按照古义人用不同于高中课堂上讲授的辞典查阅法,在CIE图书馆发现的单词来说,这种心情应该叫作 flattered②。

---

① 用槲树叶包裹的带馅儿年糕。
② 英语,大意为"荣幸的"。

"我抄录的只是前半段,如果你想看后半段的话,我这里有诗集。"本人也换上了单和服的古义人说着,从书架上取下创元丛书版的诗集递给了吾良。

吾良赶紧钻进被子,迎着古义人的妹妹放置在两人被褥之间的台灯,读起了《兰波诗集》。他在被褥下舒适地伸展开修长的身体,从被子里斜斜地笔直伸出的、宛如圆柱体般的脖颈和漂亮的下颚,使得古义人感到自豪。

4

古义人发现,那天夜晚躺下来后,主要是吾良在讲述有关小林秀雄翻译的《诀别》的感想,那个感想则在剧本和分镜头素描里体现了出来。吾良原本就厌恶所谓"艺术电影"和"前卫电影"的手法,他试图采用即便在古义人看来也很普通的文法,为自己的最后一部电影写下这个脚本。不过,有好几处——后面将会说到这一点,就是在剧本中为最后一个镜头写了两种结局,就阅读者古义人的印象而言,这是等值并存的关系——仍然沿用了超越寻常电影制作方法的技法。两者的情节都很自然地展开,这正是吾良的风格。

作为小说家,每当沿着以往的时间轴线再现某个情景却写不下去时,古义人便感到有必要修改那条轴线。就这个意义而言,他觉得很容易理解脚本里的相关表现——吾良在那个夜晚有关兰波的谈论,四十年后却变成了他与古义人相对而坐、共同回想的场景。

现在的**吾良**:(面对同为现在的**古义人**,不过,没必要真实地意识到实际存在的古义人。背着身子的黑色稻草人那样的印象也未尝不可。或者干脆不设古义人一角,此场景改由**吾良**为送给**古义人**的对话磁带进行录音,深夜里长时间自言自语。这里的**吾良**一角,由导演本人扮演。)

　　夜晚,在林中峡谷你的家里,咱说,自己觉察到兰波的《诀别》一诗中,好像写着咱们的未来。你没有出声应答,不过咱知道你理解了咱的意思。咱说了那么 naive 的话,如果你对此嘲笑着应付过去的话,咱也只能受到伤害并就此闭嘴。

　　现在咱手里的这本不是小林秀雄的译本,而是你最近推荐给咱的筑摩文库版,咱重新读了这里面的《诀别》,发现咱所说过的那些话呀,被那之后咱俩的生涯都给证实了。完全是那样,真是让人痛心啊。

　　咱知道你喜欢开首的短句。咱也说了同样的话。但是,那个时候咱就已经无法描绘出非常美好的未来图像了。而且,可以说这都是在兰波诗作的引导下,细想起来不很可怜吗?那段诗句是这么写的:"秋天了。沉滞的雾霭中孕育出的我们这只小舟,向着悲惨的港口,向着被火焰和污泥玷污了无垠天际的巨大都市驶去。"

　　接下去的那一段,是置身于都市里"还回忆起了这样的自己"吧?"我的皮肤被污泥和鼠疫侵蚀蹂躏,头发和腋下生满蛆虫,心脏里则蠕动着更多更肥的蛆虫,直挺挺躺在不辨年龄亦无感情的人群之中……或许,我已经死在那里……"

　　咱可以保证,这就是有关未来的非常准确和具体的图像。你的事情咱不知道。在这里,咱们暂且这么说!说到咱本人并不久远的未来图像嘛,那真是分毫不差。不论早晚,咱都会从高处跳下、坠落而死吧。这倒是个最最可靠的方法,因为无法在中途放弃念头。在坠落过程中,当然不可能像电影倒片那样再倒回去往上浮,也无法像电影定格那样固定在某一点上。空间性迟疑造成的伤害之类的玩意儿,是不可能出现的。

假如咱的肉体能够像卡夫卡笔下变成甲虫的那个男人一样,钻到沙发下悄悄死去(还记得吧,咱把那虫子解释为蚜虫①?那个时代还没有出现蟑螂之类令人讨厌的名词),而且不被任何人发现……咱俯瞰着这个都市中心的高楼大厦形成的胡同,幻想着"咕咚"一声坠落下去的肉体,钻到堆积在下面的小山一般的纸箱底下。然后,就像这首诗所说的那样"受到创伤"的话,咱就理当完全像那样死去。

　　不仅如此,读到下面这段诗,咱还是会想起自己制作的电影。"我创造了应有尽有的庆典和祭祀,应有尽有的胜利,应有尽有的戏剧。我尝试着编织出新的花卉,新的星辰,新的肉体,新的语言。我甚至相信已经获得超自然的力量。"

　　有个家伙总爱用老一套嘲弄你古义人,说什么你的作品是歧视亚文化的、落后于时代的纯文学,你本人是纯艺术指向的蠢货。不过,咱可不这么想。长年来你一直在写小说,因此你不可能不知道,包括你写的东西在内,所有文学,毋宁说,所有艺术,从根本上来说,都是媚俗的。如此说来,咱自己就把咱亲手制作的入座率很高的电影给罩上了媚俗的光晕。这时再吹大牛说什么咱创造了应有尽有的庆典和祭祀,应有尽有的胜利,应有尽有的戏剧,不就让你见笑了吗?

　　作为小说家,有时你也想说出尝试着编织出新的花卉,新的星辰,新的肉体,新的语言吧?最近,在你古义人的小说里,不时就会出现那种超自然的力量。总之,咱俩是始自于十六七岁的老友了,在这种程度上认可彼此多年来的工作,也没什么不合适吧?何况还是咱俩之间的只在这里说的话。

---

① 日语原文为あぶら虫,兼有蚜虫和蟑螂的语义。

兰波接下去是这么说的:"无奈,我必须埋葬自己的想象力和回忆!艺术家和说故事者的伟大光荣将被剥夺!"……"总之,我靠谎言为食养育自身,请饶恕我吧。然后,该上路了。"

现在,这一段对咱来说可是感受至深。古义人,你也是这样吧?从干咱们这种职业的人……长年零售媚俗的新的花卉、媚俗的新的星辰的人看来,残年无多,也只能作好这种精神准备了!篁先生怎么样了?

在他因患癌症入住的病房里,你没试着问他这种问题?你该不会说"篁先生的音乐才是真正的纯艺术,与媚俗没有任何关系"吧?假如最后有什么事让篁先生感到厌弃的话,那就是你古义人终于忍不住感伤起来,坚持这种说法的时候!

自从与十六岁的古义人相识以来,咱就一直告诫你不要撒谎,一直对你说,无论是为了让人高兴还是为了安慰别人,你都不要撒谎。不久前还曾对你这么说过吧?然而,咱本人靠谎言为食养育自身却是名副其实。咱们俩也一起向谁请求饶恕吧。然后,就该上路了。

不言而喻,这一次上路,只是咱一个人。到了咱们这个年岁,只要横下心来独自上路,那就无法停歇下来。别人当然无法阻止,即便本人也阻止不了!诗歌前半段的结尾处,不是描绘了这种上路的情景吗?"话虽如此,不会有任何友爱之手!我该向何处寻求援救?"

古义人呀,咱对《诀别》这首诗的理解程度,其实也就到此为止了。也可以说,是因为与现实生活接壤,才得以如此理解的……之所以这么说,也是由于咱有一种心情,认为只有上路之后,才能够完全理解诗歌的结尾处。不是有一种间隔很短、接连闪光的连续照片吗?舞台剧一度风行借助这种效果进行演出。

咱呀,仿佛已经看到上路之后的情景被那闪光灯瞬间映照出来。如此一来,就觉得真的理解诗歌后半段那几行的意思了。

比如说这一处:"残酷的夜晚!凝固的血污涂抹在我的面孔,除了恐怖的灌木丛,背后一无所有!……"

如此看来,咱们经历过的那事,确实被兰波栩栩如生地吟咏出来了!咱发现在这首诗的这一节里,涂满了自己的过去。

在剧本的这一部分里,吾良写下诚如不久后实践了的、从高处跳下的相关情节,古义人为此而感到震惊。而且,在阅读剧本的过程中,古义人觉察到自己产生了记忆幻觉①。这是被吾良留下来的那幅他躺在半空中、手握田龟的画——那幅画似乎相当于这个剧本中的分镜头素描——给直接诱发的。他隐约感到曾在田龟对话中听吾良说过这些话。古义人涨红着脸,竟然心神不定地站起身来。

剧本和分镜头素描经由千樫转到自己手上时,已是吾良去世之后的事情了。"不过……"古义人不禁狼狈地想道,倘若尽早去听装在小提箱里送来的、为田龟对话录制的那些磁带,即便没有如此清晰,哪怕从那些磁带中发现吾良想要轻生的蛛丝马迹,也可以告诉千樫,让她去与梅子商量,或许她们就会带吾良去他在拍摄以死在医院为主题的电影时认识的那位名医所在的医院,请老年忧郁症专家进行诊治。

古义人取出硬质铝合金小提箱,这里面的磁带已经全部听过,他还将内容记录在了附于磁带的标签上。此时,他花了半天时间,以这些标签为线索,将所有磁带快速重新听了一遍。而且,为了看清标签上的内容,古义人在光线明亮的起居室里做着这一切,所以当千樫看

---

① 心理学术语,表示原本没有任何经验,却有似曾相识的体验,亦称为似曾相识症。

到头戴田龟耳机的古义人后,不禁露出极为震惊的神色,阿亮也对一反常态的父亲忙碌地操作着磁带而感到不安。结果,古义人并未发现记忆幻觉中的那段录音。尽管如此,"田龟其构思本身,不正是吾良发出的求救信号吗?"吾良刚死时,一直让古义人自责不已的这个想法已被再度唤起……

然而,在与此不同的另一个层面上,在刚才引用过的《诀别》里,又出现一个刚刚刺入的短句:"残酷的夜晚!凝固的血污涂抹在我的面孔,除了恐怖的灌木丛,背后一无所有!……"

而且,吾良还理所当然地对古义人如此倾述道:"如此看来,咱们经历过的那事,确实被兰波栩栩如生地吟咏了出来!"

5

吾良和古义人在峡谷中的家里醒来时,已是时过正午了。是妹妹唤醒他们的,说是母亲就要出去干活儿,这才由自己过来的。连同昨晚打开的那扇便门,现在整个儿大门全都打开,两人在已敞开大门的土间刚一露面,便看到早已换好下田干活儿装束的母亲正坐在廊边等候着。

"欢迎你来!承蒙你关照古义人了。"母亲对吾良亲切地招呼道。

"昨天晚上惊扰您了。"

吾良浮现出真挚的微笑,并优美地颔首回致敬意。古义人从不曾见过与自己年龄相仿的人竟能够如此优美地颔首致意。不过,当这简单的寒暄结束后,母亲刚一走出土间大门,吾良便毫无顾忌地大声说道:

"包头巾,果然缠着呢!"

就在这时，他们听到与昨晚相同的三轮卡车的三声喇嘛，此前一直躲在古义人妹妹背后直愣愣盯着吾良的弟弟阿忠，便追赶着母亲离去了，妹妹则在土间对面连接着厨房的地炉旁准备着早饭。

阿忠领回来的修炼道场那个年轻人就那么站在土间，对着刚开始吃饭的吾良和古义人说话。想必他的祖上就一直用这相同的姿势和语气对栈房当家人及其家人说话的吧。说话间的谈吐也很复杂，掺混着谦恭和想要表示的要求。

"大黄先生很担心，说是不知道古义人兄弟他们怎么回松山去！他说，今天还好，是星期天，不过古义人兄弟他们如果明天不去学校的话，栈房太太可就要生气了……昨天晚上，带回来的朋友喝醉酒的事又被太太看穿了。因此，就让俺来接您二位回去……说是如果把您二位拉回修炼道场，虽然那位皮特先生回一趟基地，可他傍晚时还会返回来，那时候您二位再坐那辆外国汽车回松山就行了……大黄先生还说，太太可能从古义人兄弟那里听说了昨天的事，会嘱咐古义人兄弟不要再出席让未成年人喝酒的席面，可他的朋友对于太太来说是外人，太太恐怕不便干涉，现在已经是民主主义的时代了！

"俺也在想，今天是星期天，太太从大中午起就去干活儿，这是对古义人先生生气了吧……算俺多嘴了。"

母亲这是去药草园遗址了，就在从峡谷的洼地出发、往山上"在"那边去的途中。在当地的传承故事中，那是创建了村子的领导人开拓的。目前，这里与其说生长着药草，不如说覆盖着灌木丛。就在这其中一块土地上，还有当年留下的、却已经野生化了的植被，母亲就从中整理出一些有用的药草。她从战争时期以来一直这么劳作，估计就是在这种工作中，想到把一种叫作大黄的植物……这一带也称为羊蹄……当作到家里来的年轻人的绰号了。

听了三轮卡车司机对古义人所说的话，正在吃饭的吾良当即表示了返回修炼道场的意愿,似乎还对古义人的犹豫感到难以理解。

回到修炼道场——已经是下午四点——后,古义人记得,在经过吊桥往斜坡上的草地走去时,吾良的面部显出另一种疑惑的神情。古义人原本也以为宴会早已再度开始。虽然没有与此相关的明显响动,道场那边却好像人声嘈杂。

三轮卡车司机告诉古义人和吾良,大黄正在本部的建筑物内等候他们。这栋建筑物的建筑样式,与古义人他村里叫作天理教的教堂相似,门口有着高高的台阶。走进本部大门后,受到的欢迎果然不同于昨天,以致最初甚至怀疑事务里空无一人。再留神一看,才发现大黄歪斜着身子坐在最里面靠墙的长沙发上。此时,他正从搁在地板上的一升装酒瓶往茶碗里倒着浊酒。随后,他把脸转向这边,神情郁暗得让人无法接近,与昨晚宴会上的表情截然不同,只是嘴巴上倒还和蔼。

"怎么样,来上一杯?吾良不是海量吗!"大黄招呼道,"长江先生的夫人捎信来狠狠训了咱一顿……咱就不劝古义人兄弟喝酒了!"

"大白天的,就不喝了吧。"吾良仍用与其年龄很不相称的说法予以拒绝。

大黄径自端起斟上浊酒的茶碗,把屁股塞到长沙发的角落里,再将那双光脚丫搁到地板上。吾良在移出的这一侧坐下来,没有坐处的古义人便把椅子转过向来坐在上面。不知为什么,大黄用傲慢无礼的脸色看着这一切,然后无视古义人,对吾良一人说起话来:

"您能回来,我非常高兴!皮特是今天早上走的,还要回来。在他临走前,俺对他说,吾良他们傍晚也会回到这里来。对方也是狡诈之辈,说是当他带着故障枪支回来时,假如看不到吾良,绝不会再像昨天晚上那样上当受骗了,就不让卸下运来的枪支,要原封不动地再拉回去!

"听了这些话的小伙子们,宴会快结束时由于都没再讲究虚礼,正喝到兴头上,也就没了什么顾虑,血气方刚却没有头脑的家伙就反驳他说,你不把运来的东西交给俺们,这里人是饶不了你的!

"这么一来,皮特可就露出了真面目,竟然说:'这是直接的威胁,与其说自己作为占领军军人的权利,毋宁说作为义务,我应该一枪毙了你这家伙!考虑到这个必要,回去后再来的时候,不仅会运来损坏了的枪支,还会带上一支能够实际使用的家伙,这是为了自卫!'

"不过,皮特毕竟少不更事,何必说那些没必要说的话呢?听了他说的这番话,小伙子们全都振奋起来,觉得可以搞到能够正常使用的武器了。估计带来的又不是自动步枪,只带一把手枪来的对手,豁出去一个人被击中,五个人一起扑上去!那还不轻而易举地就把他给按倒了?何况这当中还有富有战斗经验的复员兵呢!皮特也真是说了不该说的话呀。

"尽管如此,皮特还以为唬住了小伙子们,当他绷着脸离开时,俺还担心在没走远的卡迪拉克里能听到动静,小伙子们就爆发出了欢呼声!俺就在想,听到这雷鸣般欢呼的皮特该不会觉得事情有变,从而返回来查看情况吧……

"小伙子们开了个紧急会议,应该已经制定好了他们的作战方案。如果皮特带着手枪回到这里,那就首先夺取他的枪支。不过,皮特也算是个占领军的军官,假如被抢夺了手枪和子弹,他是绝不会沉默的!虽说他本人也会受到惩罚,可是占领军说不定会对这里进行搜查,从而把俺们全都送到冲绳去强制劳动。至于皮特,问题的性质可也要变了!就不会是把报废枪支私下倒卖给收购废铜烂铁的商人那种儿戏似的简单了。"先前未曾意识到古义人和吾良进来时的那种满脸郁暗的神色，现在又回到了大黄的面部。古义人忍不住向他质问道：

"你对我们说的计划，原来是儿戏？"

"在俺来说，当然不是什么儿戏。"大黄一口喝干茶碗里的浊酒，吐出一口长气之后，将极为冷漠的眼神转向古义人，"栈房太太说了，不准向你灌输长江先生的思想。还说俺们像是一窝想要毒害她儿子的毒虫。俺可没有那个想法。尽管这样，俺也不愿意俺们千辛万苦筹划的计划被你说成是儿戏！

"这话曾经说过一次，对于这个国家有史以来第一次被占领期间，在日本国民甚至没有进行过一次武装抵抗的情况下，媾和条约就开始生效，这是俺们绝对不能容忍的。但是，在警察制度非常完备的这个国家里，是无法组建武装集团的。如果存在这种可能的话，怎么至今还不见有谁反抗呢？因此，就想出了这个退而求其次的方法。俺们十个人，端着外表看不出早已损坏了的自动步枪，从营地的正面冲进去。在美军士兵的集中射击之下，俺们会被全部消灭。

"尽管这样，在俺们玉碎之后，一旦弄清楚攻击是用报废枪支进行的，被射杀的实际上是非武装的日本平民（即使占领军不公布事实真相，修炼道场幸存下来的伙伴也是会全力传播的。那时候，由于占领期已经结束，占领军将无法对新闻进行控制！）即便是这么一个窝囊的日本，也会激发出国民规模的巨大愤怒吧。俺们深信，这个事件将会决定媾和条约生效后的日本的命运！因为，这就是俺们多年积累下来的思想！

"而且，这跟长江先生同样以非武装形式袭击银行而被枪杀的思想，不是也有相通之处吗？俺可从没有教育小伙子们'去杀人'呀。而是通过被人杀死来唤醒日本人已然失去的的国家思想。就是这么一回事！

"……与此相反,夺来一把手枪又能如何?请看看出于偶然而杀了对手后的情况。那就是杀了亲日的青年日语军官,虽说他是占领军的军人。出现这种事态怎么办?现今主张和平的日本人会产生共鸣吗?可是呀,那些年轻人被浅薄而轻率的念头弄得头昏脑涨,根本就听不进俺讲的话!有个蠢货甚至说,假如在抢夺手枪的战斗中杀死了对手,那不正好是在媾和条约生效前歼灭了一名占领军士兵吗?大家还为这蠢话鼓掌喝彩呢!还有个看似伶俐的家伙,说是与其眼睁睁看着被抢夺了手枪的对手逃跑,并且把占领军引到这里来,还不如从一开始就杀了他。

"也有人说,如果有了一把手枪,总比端着报废的自动步枪袭击基地胆子要壮一些呀……

"最终,这帮家伙根本听不懂俺讲的话。实在是愚蠢的乡巴佬!"

说完后,大黄将浊酒再次斟满已被端起的茶碗,用震颤着的手端到嘴边喝干。他用手背抹了抹从下巴湿到喉头的酒渍,也不顾还没抹净,就转而面对吾良,几乎是以施恩者的口吻说了起来,他似乎认为,自己为了解除皮特的危险而做了很大努力,尽管没有成功,吾良仍然应该向他表示感谢。

"如果连皮特也感到情况有异而不回来的话,那就什么也不会发生了……不过,皮特一门心思想见吾良,这会儿说不定正开着卡迪拉克往这里赶呢……"

说完,大黄毫不掩饰地想要避开古义人的视线,将被阳光晒得黑红的后脖颈转向古义人。而古义人却质问道:

"你本来就是在利用吾良引来皮特,刚才你不是还说,吾良回来你很高兴吗?这与你那些等待杀死皮特的同伙儿没有任何区别!你只是在准备不在杀人现场的见证人,在皮特被杀死之后,证明你反对这么做,却被那些年轻人撇到了一边。你是在把我们当作见证人!"

"不,俺呀,是这么想的:吾良也已经回来了……就像最初筹划的那样,皮特不掏出手枪,享受他与吾良的重逢……留下十支报废的自动步枪回去,俺想的只有这些。"转过身来直视着古义人的大黄脸上布满郁暗的神色,"和昨天一样,已经烧好了温泉水,也安排好了宴会……今天让小伙子们宰了一头小牛,准备了一些牛肉……仅此而已呀。而且,如果皮特和吾良情投意合,想要一起睡的话,也已经为他们俩把寝室都给准备好了。

"俺的计划原本就是和平的计划,因此,只要一切进展顺利,皮特心满意足地回去,俺们得到那十支报废的自动步枪,从那个时候起,才是俺们大和男儿大干一番事业的开始……"

古义人刚站起身,就向正窥探着自己脸色的大黄右眼下方踢了过去。甚至让人怀疑是在主动配合似的,大黄发出很大声响,轻而易举地从沙发摔倒在地板上。然后,用那只独臂茫然地摸索着,试图支起扁平的上半身……

"古义人,你为什么这么容易发火?做下这种事成何体统?"同样站起身来的吾良说。

吾良似乎担心古义人继续踢仍然可怜兮兮躺在地上的大黄的后脑勺和肋部,便想要制止古义人。实际上,大黄示威般轻易倒地并孱弱地摸索着的模样,激起了古义人新的怒火。不过,他也不打算违逆已用手臂揽住自己肩头并转向门口的吾良。

随后,古义人和吾良像是在与大黄的对决中败北——至少没有取胜——般意气消沉,蹲在本部门外高高的台阶上穿好鞋子,往那大片斜坡上随风倒伏的绿草地走去。

6

　　天空晴朗,离黄昏虽然还有段时间,略微泛黄的微弱阳光却已经洒在绿草坡地上,洒在峡谷对面崖头覆盖住整个山体、像是要挤压过来似的阔叶林上。从山涧卷上来的风已经有了凉意。斜坡正中放置着一架跳箱状的台架,是用间伐下来的拳头粗细的木材做成的。

　　吾良和古义人一直走到那里。他们面对斜坡下方,在最上面那根横木坐了下来,把脚搁在下面的横木上。

　　"吾良,回去吧。"古义人说道。

　　"为什么? 不是挺好玩儿吗?"

　　"我觉得,对那种事情抱有好奇心是毫无意义的。"

　　"古义人所说的那种事,准确地说,是指什么事?"

　　"那么,你为什么要留下来?"

　　"皮特将冒着危险回到这里,对他来说,并没有什么特别的利益可言。"

　　"那是因为他听说你要回来。"

　　"那就表明在皮特回到这里的时候,咱不在就更不合适了。"

　　"对谁不合适?"

　　"对于皮特。还有,对于咱的自尊心也是如此。咱讨厌有咱标识的封皮里装的是空签。"

　　"因此,吾良你就准备自我牺牲了?"

　　"咱绝不干自己不愿意干的事。"

　　"可是皮特或许会用手枪威胁你。"古义人感到自己极为幼稚,却又没有别的话可讲。

"哪怕受到手枪威胁，咱也是不会干的，只要是咱不想干的事……"

"没必要把自己逼到必须进行那种选择的地步吧？因为，那里就有人等着用三轮卡车把我们送回松山。"

"……你是能够走到停放三轮卡车那地方的，这里是你父亲的弟子建造的秘密基地……但是，咱也能顺利过桥走到那里吗？"

古义人注视着斜坡顶端、右角处那座吊桥的桥头，那里聚集着大黄所谓小伙子们中的好几个人。时间在吾良和古义人彼此间的简短对话中流逝，现在已经无法从聚集在桥头的那些年轻人脸上读出他们的表情来了。古义人在心里惦记着的，是那些年轻人的肢体动作已经有了当地人醉酒后特有的夸张。在昨天晚上的宴会上，古义人没看到一个年轻人喝酒。说是宴会在后半段进入了高潮，那是对前半段拘谨的逆反吗？是不讲虚礼后全都开怀畅饮的余波吗？还是与大黄产生对立后，年轻人今天在日落之前就你一口我一口地转着喝那浊酒？有的酒甚至灌装在啤酒瓶里……难道真是这样的吗？另一方面，大黄本人也一直在独自喝那浊酒。难道说，双方都背负着必须借酒才得以消解的重负吗？倘若那帮家伙全都喝醉了的话……这种畏惧感袭上古义人的心头。

斜坡下方顶头处的左侧，是一处萌发出红褐色嫩芽的繁茂灌木丛，五六个年轻人从其深处现身而出，像是隐藏在里面干什么活计的模样。

他们先将装满那些又深又大的水桶里的东西，像是往峡谷里倾倒一样，往此处看不见的河面倾倒一空。也有人把无法装入水桶的大块东西抱过来扔下河里。还是从那处灌木丛中，猛然急吼吼地蹿出两只黑狗，扑向已将东西扔入河中、正用薅下的杂草仔细擦拭水桶的年轻人，像是紧紧叼住什么的模样，随后，两只狗被驱赶开，沿着斜坡上看不见的死角处的道路,一溜烟地直奔河谷而去。

就在这期间,古义人发现更多的年轻人拎着重新装满东西的水桶,三三两两地爬上斜坡。又见两个大块头年轻人,将卷成筒状、有些地方支棱出棱角、像是地毯状的东西扛在肩头,也往这边抬上来。用了很长时间才爬上斜坡的那些年轻人头部、面部、肩膀和前胸的污渍也逐渐清晰,明显可以看出,他们都已经喝醉了。

他们的脚步更慢了,装出恰好需要经过吾良和古义人正坐着的那座木台旁边的模样,渐渐挨近过来。古义人看出,装在水桶里拎上来的,是大黄所说的那头被宰杀并解体了的小牛的牛肉和内脏,而被两人扛在肩头上的,则是虽说是小牛,却也相当大的一张牛皮。

不过,这些或拎水桶或扛牛皮的年轻人,像是庆典祭祀活动中出现于峡谷大道上的"在"里那些少年原样长大了似的,微醉后只是默默地哧笑着,全然不知道他们的用心。这些人中有个好像挺有人缘的年轻人毫不费力地拎着最大、最深的水桶,既不算对古义人也不算对吾良招呼道:

"真不错啊,美男子就是占便宜啊!"

沉默了一会儿,吾良用平静的声音回应道:

"占什么便宜?"虽说这是一句很平实的诘问,其中却也包含着鄙视这帮年轻人的那种从容……

"要说是'占什么便宜'的话……俺们干这种体力活计,浑身又是血又是油的,还不让到澡堂里洗洗身子!把这重得要死的水桶送到厨房大叔那里后,只能下到谷底去,在那下面用冰凉的河水擦洗身子!就在啃那些污秽东西的狗畜生旁边啊!

"可你们就大不一样啦!只需要在烧好的温泉里泡得舒舒服服,然后就又吃又喝的,不是吗?只要把屁眼儿洗得干干净净,就旺得弗、三克油、歪瑞歪瑞玛其①了。不是吗？"

包括说这话的小伙子在内，年轻人一起哄笑起来，这笑声听起来既像是挑衅，又像含有羞涩，还带有几分孩子气。他们无理取闹的方式、哄笑声以及所有这些找碴的举动，都让古义人感觉到自己家乡的乡亲们的这种丑陋，使得他因为气愤和紧张而颤抖起来。然而，吾良那幅泰然处之的神态却没有任何变化。于是，古义人只得回敬那些年轻人几句：

"你们呀，既然自认为像狗畜生那么卑贱，那就去跟狗畜生一起洗刷身上的污秽好啦！干吗还眼巴巴地站在这里？那么重的东西又是拎又是扛的，杵在这里不难受啊？"

那些年轻人哄堂大笑。古义人觉察到，这是因为自己在激愤之下说了与他们相同的方言，才使得他们觉得可笑的，于是古义人越发生气了。这帮家伙何等卑劣呀！同样是因为吾良，他为包括自己在内的这些家伙感到羞耻。这时，将刚剥下的牛皮大致卷成筒状扛在肩上的那两个年轻人虽然也在笑着，却做出了另一种反应。他们俩走到古义人和吾良身边时便停下脚步，反唇相讥道：

"的确是难受啊，不过那是因为呀……有些人用自己干干净净的屁股……把这个对俺们污秽的工作必不可少的台架呀……给占了！"

说完，便以非常敏捷的动作，将刚才扛在肩头的牛皮展开，往古义人和吾良的头上蒙了下来。古义人和吾良在台架上忍受着失去重心和平衡带来的惊慌，在血腥气味、湿热的黑暗笼罩下，手臂异常沉重，腿脚也无法自由蹬踢……隔着厚厚墙壁一般的牛皮，经受着或远或近的哄笑大浪的冲刷……

"残酷的夜晚！凝固的血污涂抹在我的面孔，除了恐怖的灌木

---

① wonderful, thank you, very very much 等英语单词的不准确发音。

丛,背后一无所有!……"

对于两人终于被从小牛皮下解放出来之后的、在古义人记忆中并不很清晰的情景,吾良在脚本里做了准确的描述。

古义人:我们过桥吧。

吾　良:就这么脏着身子走吗?即便要走,也要等洗过澡再走。

〇　在渐渐黑下来的天色中,那些年轻人将两人围在中间,张开大口狂笑着。

吾　良:(无视那些年轻人)我要洗洗身子。衬衫和裤子都给弄脏了,也需要洗一洗。这么脏,没法再往身上穿。

〇　那些年轻人仍在笑着,同时探头探脑地想要听清两人的对话。

古义人:(越发焦急)我可要回去了。(说着,便向坡下走去,回头看去,吾良并没有跟随上来。)

〇　顺着下坡的势头,脚步越来越快。不时绊一下,跟跟跄跄往坡下而去的古义人。目送他离去的吾良视线,逐渐开阔,越过草原,捕捉薄暮中的全景。从深邃的峡谷翻涌而上的雾气。并未受到那些年轻人的阻拦,顺利走过吊桥的古义人。对应于此的、草原对面一角黑乎乎的灌木丛的浓密茂盛。随后,画面深处的高地有了动静,忽隐忽现、逐渐远去的三轮卡车。音乐。长江亮的《悲伤No.2》(用时二分十秒),可以直接使用。

刚才也曾提到,吾良经常基于实际经历的情景写作剧本。毋宁说,纪录片的严谨手法在他的第一部成名之作《葬礼》①中就已经明

---

① 原文为英语 *Funeral*。

显体现出来。如果现在这个剧本被实际拍成电影，吾良的这种风格就会在其电影制作生涯中首尾一致、贯穿始终了。

于是，对于吾良视线所不能及之后的古义人的举止，也就是吾良没有描述到的那部分，古义人打算用同样已成为自己人生习惯的小说家的技法予以再现。

古义人走过吊桥，刚来到县道上，站在三轮卡车旁的小伙子便毫不犹豫地骑跨上鞍座，发动了车子，好像早就料到会是古义人独自前来。古义人爬到空无一物的车厢上，抓住驾驶台上的篷布框架。在吾良原本一定会拍摄的电影中，如果使用在微弱光线下也能清晰取景的望远镜头，就能拍下站在三轮卡车货厢上、双手用力抓住篷布框架以抵御颠簸摇晃的可怜的少年。转瞬间，这幅画面在叶丛不很稠密的空隙处闪现而出，随即又被遮蔽，如此不断反复……

古义人搭乘的三轮卡车驶出大约二十分钟，便来到距离隧道旁的三岔路口还有一半路程的地方，发现从高处开下来的汽车的灯光。为了将对面来车让过去，三轮卡车预先停靠在森林采伐的木材堆积场等待会车。对面来车是皮特驾驶的卡迪拉克。

在越发临近的大型轿车前大灯照射下，古义人觉得自己是在被迫接受无情的身体检查。凯迪拉克挨着停在路边的三轮卡车旁停下。皮特从车窗内探出脸来，却由于天已经黑了，因而无法看清他的表情，大概他的眼睛已经在驾驶台两侧和车厢上的古义人身后扫视了一遍。稍后，皮特用日语问道：

"你在这里干什么？吾良呢？"

尽管觉得模仿美国人的举止有失体统，古义人还是高高扬起手臂，往身后的远方指去。皮特理解了，重新驾车远去。三轮卡车回到道路上时，一阵强风吹打在脸上，古义人的眼睛疼痛得流下了眼泪。他不得不承认，挂念吾良自不必说，因受到皮特的漠视而气恼也是原因之一。

三轮卡车停在在离隧道不远处的三岔路口旁,古义人跳下车,脚下是残留着收获过后的残根烂叶的菜地边缘。

"送到这里就行了。"古义人对驾驶台招呼道。

小伙子沉默不语。古义人试着走了几步,便往坡度相当大的那块田地的高处走去,及至到了那里后回头一看,三轮卡车已被移到道路挨峡谷那侧路边清理出来的一小块空地,小伙子绕到车后,放下后车厢板并坐在车厢边上。

古义人自己也坐在田埂上,遥望着黑黢黢的山谷对面。重峦叠嶂的棱线部位起初还泛着些微蓝光,天空则是浓郁的黄褐色,看着看着,周围便沉入了一片黑暗,甚至让人怀疑刚才那一抹弱光只是虚幻的影像而已。

又过去将近两个小时,路面开始从周围的树丛间略微浮现而出,就在这片黑暗中,吾良顺着道路大步流星的往上面走来。古义人急忙从高处跑下去,不时将脚下的土块儿踩碎。吾良黑乎乎的面孔虽然朝向这边,却一言不发,径直往在隧道入口处的灯光下浮现出来的三轮卡车走去。

"要去哪里?"古义人问道。即便在自己的耳朵里,那声音听起来也像是愤怒而自闭的幼稚者说出来的。

"除了回新立,还能去哪里?"吾良说出寺院所在地区的地名。

"皮特不会追来吧?"

吾良摇摇黑乎乎的面孔,惟有耳朵的边缘在泛着银光,这让古义人永远都不会忘却。当三轮卡车摸到围绕寺院地皮的土墙边时,已是半夜时分了。吾良对着佛堂唤醒了千樫。吾良和古义人在佛堂后面光裸着擦洗身体,千樫则将浴巾和两人份的内衣放在佛堂木板窗外的窄廊上。当古义人和吾良换好内衣进入佛堂时,千樫已经蒙头入睡了,被褥就铺在像是她平日领域的佛坛旁边。由于疲劳和寒冷,两个颤抖着的少年分别钻进在这一侧宽敞处并排铺下的两床被褥里,相互间没说一句话。在行驶了两个小时的三轮卡车的车厢上,也是一直如此。

7

与吾良制作电影基于他在实际体验中的观察——此前已经反复提到过这一点——这个定义相矛盾,作为描绘他们经历过的那个极为重要的场景的剧本,吾良留下了两个全然不同的文本。而且,古义人无从判断哪个剧本才是真实发生的事情。直截了当地说,那是叙述古义人搭乘三轮卡车离开修炼道场之后所发生之事的场景。

附有分镜头素描的脚本中的第一个版本,如下所述:

○　吾良坐在没有浴室的别栋门前深色石阶上。他是在等待着什么,好像在那里等了好一会儿,已经开始焦躁不安了。画面下方,皮特在态度平和的小伙子们簇拥下,从草原右下角往上走来。他们往道场走去。

吾良像是断然决然地站起身来,刚要往回到道场本部的那条路走去,大黄突然挡在面前,他领着吾良还是第一次见到的两个姑娘和两个少年。

大黄:瞧你弄成了这副脏兮兮的模样!(与先前的郁暗和内闭的醉态判然有别,已经恢复了精神,却也没有过分到无礼的程度。)

○　另一方面,是对吾良身上的污秽表现出诚实反应的姑娘和少年们。他们显现出实在像是无知孩子的那种不加掩饰的蔑视。大黄吩咐这四人先去建筑物内的浴室,然后,他开始对吾良进行辩白。

大黄：没让你带澡堂钥匙，所以你就自己过来拿？因为情况发生了变化嘛。如果让你这么一副脏兮兮的样子泡到池子里去，那还了得！说是温泉，其实是把水烧热后加进去的构造，所以无法临时换水！先看看情况吧，如果皮特无论如何也一定要你吾良的话，那时就再说那时候的话吧！在那之前，就请你吾良先在事务所里等着。喝点儿浊酒也没关系。

〇　阴暗的室内。吾良坐在木椅上像是陷入了沉思。大概是由于身上沾染了小牛的血污和油脂，不便坐在长沙发上吧。（这时，大黄大大咧咧地走进来，拎起地板上的一升装酒瓶往茶碗里倒酒。一口气灌了下去。面部的阴翳表情已经没有一丝痕迹。大黄非常高兴，这高兴中却有让人不敢大意的那种狡诈的农民带有的恶意。）

大黄：车到山前必有路呀！皮特好像对姑娘和男孩儿都很中意。只从天花板上偷看可真让人受不了，咱也加入他们，下到池子里去了！长江先生到底是个有先见之明的人啊！（说着难以理解的怪话的大黄。被搅和得无言以对的吾良。）

大黄：（已经不再尊称吾良）你呀，可以回去了！话虽如此，如果现在就下山的话，小伙子们是会敲诈你的！事务所后面有一条上山干活儿的小道，顺着那条路走下去，在进入森林深处之前有一处沼泽。再沿着山谷里那条河往下走，就是公路边的那条河了。那两只狗嘛，大概还在找大畜生的脏东西。只要不去惹它，你就会安全爬上公路！

〇　在阴暗的树丛中疾步上坡的吾良。艰难地从黑黢黢的沼泽地下山的吾良。

附有分镜头素描的剧本中的第二个版本,则如下所述:

○ 吾良在浴室的冲洗处将洗净的衬衫和长裤堆在一旁,正精心、彻底地清洗手脚。外面传来动静。站起身来从窗子望下去。显出疑虑和孤独神情的面庞侧部。切换镜头,锁住正往草原斜坡上攀爬的皮特。毋宁说,像是游戏一般,小伙子们在后面追赶。皮特站住,回转身体,举起手枪。小伙子们如扁蜘蛛般匍匐在地。皮特重新往坡上跑来。小伙子们再度追赶。皮特站住,举起手枪。如此反复。

○ 最终,皮特真的开枪。意想不到的震天轰响,使得小伙子们匍匐在地,不敢动弹。

○ 转瞬间,扬扬得意的皮特提着手枪出现在浴室里。

吾良:(裸身站立,毫无怯意地问道)以枪胁迫,你打算干什么?

皮特:(温柔甚至谦恭地)我不会做那种事的,吾良!

○ 赤裸着身体、当然没有携带手枪、全身白皙的皮特,站在泡在浴池中的吾良面前。

○ 传来浴室门扉被撞破的声响。

○ 转瞬之间,足以塞满浴室的众多年轻人闯了进来。

○ 诸多手臂抬举着赤裸的皮特,如同抬着神辇般往草原斜坡下奔去。其中一人绊倒。众人尽皆向前扑倒,皮特被凭空抛出。诸多年轻人再度将瘫软的皮特擎举而起,再度摔倒。被凭空抛出的皮特。更加狂野地重复这种亢奋到近似野蛮的游戏,奔入斜坡下方繁茂的灌木丛中。

○ 片刻之后,传来犹如大声呼喊般的惨叫。

○ 将潮湿的衬衫和长裤穿在身上的吾良,走下早已不见那些年轻人身影的黑暗草原。

当古义人读完附有分镜头素描的剧本,将其放回琥珀色皮包时,千樫提出了似乎思考已久的问题:

"你们在佛堂后面清洗身体时,吾良的身上也特别脏,那是他后来又出了大汗吗?此外,我感到不可思议的是,在那之后,就没再看到你和吾良在一起。听说你考进了东京大学,我母亲想当然地认为你已经有空闲了,不是还请你去神田的旧书店帮她找书了吗?直至那时为止,吾良和你的交往难道中断了吗?"

一如千樫所言。不过,在那事之后不久,千樫已经迁往母亲再婚的人家,古义人曾前往吾良独自一人留住的佛堂,在那里待了一夜。从那年的四月二十八日晚间十点三十分开始,在一个小时之内,古义人和吾良默然无语地坐在调到 NHK 频道上的收音机前。并没有插播的临时新闻。又等了一个小时,吾良作出什么事也没发生的结论后,提议为古义人拍一张照片以作纪念。他有一台继父赠送的尼康相机。在这一年间为古义人讲授法语时,由于没有黑板,吾良将教材抄写在纸张上进行说明,而古义人则将其翻译在其他纸上,这就积攒下了很多纸张。吾良想出一个摄影构图,就是将镜子放置在平铺着的这些纸张正中,古义人则将自己的侧脸搁在镜面上。拍摄完毕后,已是时近拂晓了。古义人提出要为吾良拍照时,吾良谢绝道:

"咱认为今后将会以电影为生,而你将以笔耕而非照相机作为自己的工作,因此,你还是写下文章来作纪念吧。"

终　章　莫里斯·桑达克的绘画本

1

整理古义人旅居德国期间使用的大皮箱时，千樫发现了两本图书，在感觉上有异于丈夫以往从海外带回来的书籍。古义人旅居国外时，尤其是在国外的大学里担任教职期间，总会购买大量图书。这次是去柏林，由于不能阅读德语而买得不多，可是即便如此，也另行托运回家超过二十个邮包。因此，通常装进皮箱里的，只是底稿和笔记、成套西装以及内衣，还有钢笔和备份眼镜等。能够一同被装进皮箱里的书，充其量也只是辞书类而已。

然而，古义人这次却将包着纸皮的两本薄书夹在西装里放入皮箱带了回来。

千樫也曾读过几本莫里斯·桑达克[①]的书，可眼前这本书名为《在那遥远的地方》[②]的绘画本却不同于自己所熟悉的印象。另一本

[①] 莫里斯·桑达克（Maurice Sendak），美国著名儿童文学作家、漫画家，著有绘画本《在那遥远的地方》《野兽国》等。
[②] 原文为英语 *Outside Over There*。

是题为《偷换的孩子》①的非卖品小册子,封面上有自己熟识的莫里斯·桑达克风格的可爱小怪物。在加利福尼亚大学伯克利分校的研究所主办的研讨会记录上,除了莫里斯·桑达克之外,还印有三个学者的名字。倘若那三人中有谁是古义人的朋友,那就可能是在柏林高等研究所再度邂逅之际,便以此书作为纪念物相赠的吧。事实上,情况也果然如此。

千樫只是略微有些好奇才翻开这本书的,却从双联版扉页上的图样中不可思议地感受到新鲜的印象。再度翻过封面仔细打量,千樫随即觉察到自己已被那幅画面深深吸引。及至在这种魅惑中读完全书,千樫陷入了沉思。

如此沉思了许久之后,千樫对自己说道:

"这本书里那位名叫爱达的少女,就是我呀。"

反复翻阅这本绘画本之余,在故事尚未开始的少女绘画中,千樫终于找到诱发自己内心深处奥秘的根源:从少女长长连衣裙的裙裾下可以窥见——毋宁说,画面整体构图以此形成焦点——的光脚!

舒展、流畅的肢体,由天蓝色连衣裙里显露出来的,惟有同为天蓝色的缎带束缚着长发的头部,被领口白色花边围拥着的脖颈,然后是手臂,再就是从折有一条横向裙褶的裙裾下露出的光脚。对那双脚的强调,甚至达到了表现主义的风格……

作为少女的脚,显出令人意外的壮实和硕大。或许是因为成熟女性的脚从孩子连衣裙的裙裾下露出来,便越发显得壮实和硕大了。小腿肚肌肉柔和、富有弹性并逐渐变细,被粗壮的踝骨有力地支撑着。与那里相连接的阿基里斯腱尤其表现出坚韧的力量。脚趾坚实地吸附在地面上,圆饼般的脚后跟使得整个画面具有一种稳定感。

---

① 原文为英语 *Changelings*。

倘若用少女的脚与绘画本中其他人的脚进行比较，则可以发现，母亲穿着小号平底鞋，只能看见纤细而白皙的脚背；婴儿那双脚毕竟还是婴儿的小脚；盗取婴儿后从窗口逃走的戈布林——辞书中的解释为：小鬼"作弄人类、形似丑陋矮人的妖精"——的脚也是小而无力。

千樫的眼睛无法从少女那双壮实的光脚上移开，一定有其缘由！她想低头直接去看自己的脚，却总觉得有些迟疑，便前往卧室，要从堆放在墙边地板上的书籍和素描簿中找出自己想要的东西。

战前，与父亲合作拍摄电影的德国导演送了他一台莱卡相机，有一段时间，父亲便用这台相机拍了大量照片，留下两册密密麻麻贴满照片的相簿。千樫将其找了出来，在其中发现一幅少女时代的自己攀爬橡树或槲树时抓拍的照片。尽管那是冒险的姿势，少女的面庞仍然带有几分老成的大人气。不过从站在一旁的吾良的模样推算起来，自己那时应该只有五六岁。对于绘画本中同样显现出几分成年人表情的少女年龄，这一点为千樫的解读带来了启示。不过，最重要的是倒挂在乔木低矮树杈上的自己那双光脚，与绘画本中少女的脚简直一模一样。

2

绘画本第一页就表明，正在讲述的故事发生在爸爸出海期间。妈妈头戴佩有系带的女帽，全身包裹在连脚面都被盖住的长袍里，只能看见左手的手指，柔弱无力地指向正从海湾对面驶向大海的帆船。在妈妈身边，是怀抱婴儿——在这个场景里，婴儿温顺却有个性的面庞朝向这边——并用强有力的双脚踏在大石头上的爱达，她正目送爸爸的帆船远去。

与描绘这母子三人站立姿势的页码对开的那个页码的左角,用附有大头巾的风衣将全身包裹起来的两个人,坐在已被拉上岸的小船里——旁边意味深长地搁着一架梯子——也在目送帆船离去。

在下一个对开页的大幅画面上,诚如解说文字所表示的"妈妈在树荫下"那样,妈妈脱下帽子,茫然坐在前院枝蔓满架的木结构葡萄架下。后来丈夫为千樫解说,说是在研讨会的记录中,画家自己表明,树荫,也就是 arbor 这个单词,在桑达克来说,与他幼儿期非常重要的记忆相连接。

在离妈妈不远的地方,爱达抱着号啕大哭的婴儿,显出困惑和近似绝望的神情,但是并没有忘记自己的责任。虽说是婴儿,脑袋甚至比爱达的还大,体长也相当于爱达身高的一半。

刚才穿着带有头巾的风衣的那两个人,抬着梯子试图从画面左角穿行而过。

大幅画的构图本身就存在足以唤起不安感的因素,千樫尤其对画面中央那条被描绘得栩栩如生的德国牧羊犬感到不可思议。她认为这与绘图本讲述的故事似乎没有什么关联。及至千樫就这条德国牧羊犬问了丈夫后,古义人才知道她对桑达克的这部画作抱有非同寻常的兴趣。

古义人原本是因为自己的兴趣才将那两本书放进皮箱里带回来的,这样一来,便只得同意千樫将那两本书带回她本人的卧室占为己有。不仅如此,还从另行托运、已经送达的那批书中,将与桑达克有关的图书搬到楼下的起居室来。然后,他翻开几本让千樫过目,并从前面已经写到的内容开始,为她进行种种说明。古义人告诉千樫,幼年期的桑达克曾遇上致使其遭受心理性外伤的事件,那就是林白[①]

[①] 林白(Lindbergh, Charles Augustus, 1902—1974),美国飞行家。

夫妇的爱子被诱拐事件。这个绘画本本身，就是那个记忆被唤醒后而创作的。在第一页里，仿佛自我介绍似的朝向这边的婴儿身上，就有林白爱子的面影……

桑达克说，他在孩童时代曾经想过，林白夫妇家有威风凛凛的德国牧羊犬，它应该能够保护这个家庭，可幼儿最终还是被诱拐走了，像自己这样贫穷移民的孩子如果被诱拐犯罪分子盯上，那就无论如何也逃脱不了啦……千樫感到疑惑不解的，毋宁说是绘画的手法问题，她无法理解为何单单对这条狗采用了甚至可以说是超写实主义的绘画手法。听千樫说了这个疑惑后，古义人找来一本新近出版的、收入极为丰富的彩色和黑白照片的写真版大部头图书，他打开其中一幅图片，是桑达克正在遛一条德国牧羊犬。古义人说，总之，模特儿似乎就在画家的身边……

其实，绘画本中另有一处镌刻在了千樫心里，她却没有对古义人说起。坦率地来，就是千樫还认为，"这位妈妈正是我的母亲！"

的确，千樫的母亲如同在树荫下陷入沉思的爱达的妈妈那样，经常显现出茫然的表情。至于妈妈为何仅仅因为爸爸出海便如此忧愁和茫然若失，绘画本原书并没有予以说明。不过，美丽的画面倒是充分表现出这位女性怀有难以化解的忧愁和悲伤。

尽管爱达不可能知道为什么会是这样，可也意识到妈妈时而在树荫下茫然这件事，在自己来说是无可奈何的。爱达主动承担了照顾婴儿的工作，无论多么困难也不想向妈妈求助。

不久，事件便发生了。

为了哄劝哭闹不休的婴儿，爱达吹起了圆号，自己却很快便沉浸其中，甚至难以认真照看婴儿。爱达对着窗外盛开的硕大向日葵热烈地吹着，婴儿也像是听得入了迷。就在这时，从正面凹进来的那边墙壁上的窗口出现两个从梯子爬上来、风衣里只见浓浓黑影的家伙。

那是戈布林们来了。他们带走了婴儿,留下一个用冰块儿做成的冒牌货。由于受到极度惊吓,婴儿连哭喊声都没能发出,便被从窗口劫了出去。与此同时,一个白色的丑陋婴儿则被留在摇篮中……

可怜的爱达还不知道已经发生的一切,只是把偷换的孩子①——研讨会以此为这部绘画本的主题并展开争论——紧紧抱在怀中,喃喃自语地说道:"我是多么爱你呀!"

她将面颊贴在婴儿总是戴在头上的黄色帽子上,紧紧抱住毫无表情的冰雕婴儿,沉入自己的忧虑之中。戈布林们逃逸而去的窗口,变幻成映照出远方情景的银幕,只见帆船歪斜着船身,航行在越发汹涌起来的波涛间……

在这一页里,千樫感受到的是近似痛楚的印象:爱达将圆号放在窗台上,从这个窗口向室内窥伺的向日葵,无论是花儿的数量还是叶片的繁茂状态,都增至足以让人感觉到攻击性的程度。千樫无法从语言上理解这与爱达的情感波动有着什么样的呼应关系,却可以从画面上清晰地感觉到一切。

紧抱婴儿跪在地上的爱达,难道是在表现自己的悔意吗?尽管她还不知道自己抱着的婴儿其实是偷换的孩子……千樫如此想着。难道在吹圆号期间,爱达将自己从内心里解放出来了?因为,这与她希望没有这个婴儿的存在是等值并存的。

对于这种悔意,千樫曾有切身体会。幼儿时期自不必说,就是成长为少女之后,千樫的面庞也是浅黑色柿子核儿似的尊容。另一方面,吾良却是连妹妹也为之自豪的俊美男孩儿。千樫感觉到的当然不可能只是自豪。尽管没有吾良那样的心理学兴趣,千樫也还知道,

---

① 源自于英语词汇 changeling。这是在欧洲各国,尤其在英格兰和苏格兰流传甚广的民间故事,说的是每当美丽婴儿出生后,侏儒小鬼戈布林常会用自己丑陋的冰雕婴儿偷偷换走那美丽的婴儿。这个被留下来的丑孩子即为 changeling。

很多孩子都有一种想法，认为在自己之后，妈妈如果不再生弟弟或妹妹就好了……如果没有弟弟或妹妹就好了。不过吾良不是她的弟弟，情况正好相反，生来侵犯哥哥权利的倒是她千樫。然而，千樫早在不到三岁时就实实在在地感觉到，自己在那场权利争夺战中是个失败者……

爱达很快就觉察到发生了的一切。"冰雕婴儿滴着水滴，只是一动不动地凝视着地板。爱达知道戈布林已经来过这里，她愤怒得简直要发疯。"书中是这么描述的。她向那个滴着水滴、低着头的怪物挥舞着拳头，爱达表现出了愤怒的神情。窗口的银幕上映现出波涛汹涌的大海，帆船触礁搁浅，空中电闪雷鸣。

在聚于窗前，恍如探头凑过来的面孔般的向日葵前，爱达用那双大脚用力踏在地板上，表示了自己的决心。书中写着这样的文字：那些家伙偷走妹妹，是为了让她做肮脏、卑鄙的戈布林的新娘！然后，在"爱达匆忙地"之处结束了。

千樫再度感到震惊。此前一直以为是男孩儿的那个婴儿，原来是个女孩儿。说是要将她劫去做肮脏、卑鄙的戈布林的新娘，这该是多么残酷呀！

翻到下一页，爱达急匆匆地想要去干什么就非常清楚了。原来，她急急取下妈妈的雨衣。那件金黄色雨衣似乎具有某种魔力。爱达将雨衣宽宽大大地裹在身上，同时把圆号放在口袋里。据绘画本书上说，爱达此时犯了一个错误。

她是背着身子飞出窗口的！的确，爱达就像漂浮在水面上那样，面朝天空浮游在半空中。

天空放晴，连月亮也出来了，以此为背景，包裹着雨衣、仰面朝天飞翔着的爱达。几个戈布林带着被劫持的婴儿赶往深远下方的海边洞穴。关于这里和下一个场景，古义人愉快地解说道，在《神话和民间传说的构造分析》中,生死的秘密隐藏于地下的黑暗中,而不在于明亮的天上。仰面朝上飞行是错误的。倘若不是面向下飞行的话,是不可能亲眼看到秘密的。

爱达听到了爸爸的歌声,告诉她改变朝向以飞往正确方向。随后,爱达降落下来进入戈布林的洞穴。然而,那里全都是与婴儿相同脸型、相同姿势的小人儿,如何从中辨认出真正的婴儿呢?

爱达倾注感情吹起了圆号,婴儿们于是一边跳舞一边行走起来。不过,那不是很容易跳的舞蹈,每个跳舞的婴儿很快就感到难受,想要回到床上去,却又无法停下跳舞的步伐,只要爱达的圆号继续吹奏!跳舞的婴儿们现出了痛苦神色,目光严厉的爱达却跨开大步,毫不留情地继续吹奏着圆号。

在下一个场景,戈布林们误入冒着水泡的水中淹死,做完这一切的爱达非常镇静地看着一只手上拿着的圆号。然后,爱达充满慈爱地低头看着坐在大蛋壳里向自己伸出手来的妹妹。

该是回家的时候了,爱达怀抱婴儿行走在林中道路上。这条道路沿着小河,在对岸的小小房屋里,莫扎特在弹奏着钢琴!

爱达和妹妹放下心来,眺望着这个景色。不过,千樫的心里却出现了某种迟滞。她认为,莫扎特突然出现在河流对面的红屋顶小屋里弹奏钢琴,这倒也没什么不可思议。因为我们在人生的各种局面中,都会想起莫扎特的音乐。然而,在怀抱婴儿回家去的爱达面前,出现像是张开双臂挡住去路的树干底端树枝以及五只蝴蝶,那又意味着什么呢?

千樫深切感觉到,这部绘画本在讲述自己一生中的很多事情。而且她还感觉到,今后要把这本书继续读下去,较之于文本的语言文字,更有必要通过画面的细部,来加深解读对自己来说过于暧昧的暗喻部分。

越是重读就越觉得这部不可思议的绘画本所描绘的爱达，其实正是千樫本人。自从识字以来直至年逾五十的今天，原本已经读了很多书，却从不曾邂逅与自己如此多有重叠之处的人物。尽管这样，千樫还感觉到，把读完的绘画本放在膝头、凝望空际的自己，与那位坐在树荫下、陷入沉思的妈妈也颇为相似……

3

千樫那位才华横溢、俊美异常、被很多人所喜爱——尽管还是孩子，却被大家敬畏般宠爱着——的哥哥，从某个时候起，身上开始隐藏着某种陌生的东西，变为与此前并不同的人。

其后不久，千樫认为吾良仍是自己可以信赖的、优雅的、值得自豪的哥哥。但是对于这位哥哥，千樫有时却觉得这个吾良并不是真正的吾良，现在学习了桑达克所谓偷换的孩子这句话语，她终于能够正确地表现这个现象了。

与古义人结婚后等待生产第一个孩子的时候，千樫所考虑的是——这也是在阅读了桑达克的绘画本后，第一次被赋予的准确表现的能力，那就是凭借爱达那样的勇敢——去做与找回原本的吾良相同的事情：我要代替母亲，再次生下那位俊美的孩子，让被偷换走而已经不在的真正吾良，作为新生儿诞生下来……

千樫认为，即便没有用语言表述出来，当时的自己也是有那种决心的。不过在我的计划里，古义人扮演了什么样的角色？千樫没能在思索中得到答案。她觉得自己是在眺望谜一般的风景，只是那风景以往隐于雾气中，现在仍然隐于雾气中，虽然那风景一直存留在自己的心里……我为什么会选择古义人来当新生儿——被替换回来的吾良——的父亲呢？

回想起来,在千樫来说,古义人这个人总有一些让人难以理解的地方。就其根本,便是古义人并不是独立存在,而是与吾良连接在一起的人,感到他总是努力在做可能会让吾良高兴的事,即便在吾良的所有朋友当中,自己对他似乎也是另眼相看。然而,当自己表现出与古义人结婚的意思后,吾良随即开始激烈反对起来。结果,我与古义人尽管结了婚,其实并不知道究竟是什么引导自己做出了这个决断……

现在,解释这个问题的方法却好像出人意料地浮现而出。如果采用桑达克的书为线索进行分析,我在内心深处应该这么考虑吧:与这个人结婚,就是为了找回真正的吾良而于夜晚飞出窗口。这或许是那种体位颠倒的错误飞行方式,但是我必须尽快飞出夜晚的窗口,决不能迷失此人。为什么这么说呢?因为与那个俊美的吾良共处到最后时刻的,正是这个人。

我还记得这个人早在还是少年的时候,就与年岁相仿的吾良出门去往"Outside Over There"/在那遥远的地方那个发生了某种可怕事情的场所,实际经历了可怕事情于深夜回来后的情景。现在细想起来,在那一夜之前,吾良确实在一段时间内缓慢转变了,而从那一夜开始,吾良便去了一个再也无法返回的场所……

在陌生场所度过两天后,吾良回来了。深夜里,想必在佛堂前院小声地喊过我一两声吧,否则,住在寺院里与佛堂相连接的那排房子顶端的住持大女儿房间的灯光也不会点亮,我也没必要战战兢兢地蹑手蹑脚。在那一夜和前一夜,我都在侧耳细听佛堂外的动静。

为了不去打破深夜的寂静,我小心翼翼地打开佛堂的板门,从自己腋下泄出去的微弱光亮,映照出两位站在门外的少年,即便在少女的眼中,他们也显得可怜楚楚。尽管还是个孩子,千樫却不是那种易动感情的类型,可眼前这两个狼狈和无助的少年,还是让她感觉到了厌恶。虽然记忆已经不像感情色彩那么浓艳了，千樫仍然能够回想起后来两个少年是怎样动作、自己又怎样配合他们而做了哪些事。两人虽然迫于需要而在做一些事，在整个过程中却又实在慢慢吞吞。千樫在一旁守护似的看着他们，与其说感到焦躁，毋宁说更是觉得困惑。

吾良他们绕到了佛堂后院，为使灯光照到那里，千樫便配合着打开佛堂侧面的木板套窗，同时关上面向前院的木板套窗。她似乎理解到，吾良他们要去做必须避开他人眼目的事情。导水管一直通到置放在光裸着的动物似的紫薇树根处的石臼，千樫将吾良的衣物分作两人份，连同浴巾一同放在石臼前的木板窗外的窄廊上。当时还很罕见的浴巾，是母亲预见到战时物资将匮乏，为了因患结核病而在疗养的父亲买下的，吾良则不用这种浴巾就不高兴。

吾良回过头来，只看了看千樫的举动，他那位朋友则背着身子低垂脑袋。千樫隐身于木板套窗内侧守望着他们，在她的注视下，吾良从腰部往上擦洗着光裸的上半身。站在他身旁的朋友不知不觉间也学着他的样子。这两人都用形状奇怪的布条咯吱咯吱地擦洗身体，先是瘦削的肩膀，继而是单薄的胸部，然后是看似镌刻着横条皱纹的、犹如圆筒般的脖颈和腹部。那布条难道是他们自己的背心？脱下的衣服则堆放在他们脚边的地面上。远看过去，宛若两个脑袋尖尖的黑色小鬼以十厘米的身高差距并肩站在那里。这是他们将脑袋扎入石臼的水里洗头，过长的头发打湿后形成了这副模样。吾良若无其事地脱掉内裤，他的朋友也照样脱下。千樫在想，他们疲惫得连羞耻都感觉不到了。用那双早已习惯于黑暗的眼睛，千樫看到他们小小的屁股，还看到如同婴儿攥紧的拳头般大小的睾丸，甚至看到犹如从底腹伸到外面来的手指似的阴茎。吾良和朋友在用浴巾擦拭身体，为了换上干净的衬衣、内裤以及长裤,他们将那令人毛骨悚然的面孔转向窄廊走了过来,于是千樫赶紧回到佛堂阴影下自己的被褥里,用被子将自己连头蒙住,听着自己的呼吸声。两个人好像慢吞吞地走上了佛堂,让千樫越发为他们感到可怜。

4

与古义人结婚前——在松山的佛堂见到两个可怜的少年之后有一段空白时期,后来请古义人在旧书店寻购《小熊维尼》和《维尼小熊的家》并开始通信之后的五年间——千樫把他作为读书人予以尊重,隐约感到"古义人今后大概会从事与读书人相关的职业",同时觉得古义人身上具有读书人的那种孩子气的单纯。这一点使得她往与古义人结婚的方向不断前行,却也是因此而对与古义人结婚感到犹豫的原因,尽管这与吾良的反对性质并不相同。而且,她对古义人的这种看法就是在婚后也没有什么改变。

在吾良死去前,有一次千樫曾深切感觉到,丈夫作为读书人与年轻时全然没有二致。那是古义人当时将阅读新书后所感受到的昂扬带到晚餐的饭桌上,并围绕他敬爱的圣经学者所著的《马可福音之研究》说了起来。

倘若被问及丈夫在社会生活中是否是个公平的人,千樫将有所保留。即便如此,不论对书中内容赞成与否,古义人都不会将作者的意图作单纯化的论述。自从古义人终生的导师、也是他们媒妁之人的六隅先生那次批评得以致他回想起来都感到痛苦——古义人倒是没有说起过此事——以来,他好像就形成了这种风格。

古义人首先朗读了研究专著作者指导的研究会的新译中存在的几处问题,然后开始进行讲述。那是抹大拉的马利亚和雅各的马利亚以及撒罗米打算前去为耶稣膏香料的章节①。平常在这种时候千樫很少迅速接上话头,这次却难得地发表意见,认为这样的翻译会让她对女眷们的举动很自然地产生同感。

"在我们女人来说,即便至爱的人遭杀害并被埋入墓穴,如果能去那里为尸体膏香料……虽然我并不知道所谓为尸体膏香料是怎么回事……"

"我也不太清楚。"丈夫心情愉快地回应道。

"总之,会鼓起勇气前去,在途中向同行的人慢慢了解情况。即便如此,由于是第一次经历如此可怕之事,大家都低头看着地面急急行走。是这样的吧?但是,抬起眼睛一看,哎呀,只见那块石头已经滚移开,这一处呀,我觉得确实就是这样。"

"是呀,不过,她们毕竟不是寻常的女人啊。……你对此抱有同感,可见也不是寻常的女人……

"这么说来,义兄淹死的时候,亚沙也是单凭一个女人的体力,就把遗体打捞上来,并且守护遗体不让看热闹的人挨近,直到警察赶到……"

"有了像亚沙和我这样不寻常的女人们做后盾,你和吾良就都放心了吧?"

古义人没去理睬带有几分嘲讽的反应,继而朗读下一段天使在墓穴中等候的情景。天使嘱咐她们将此处发生之事,也就是耶稣复活并已先行前往加利利之事告诉彼得,可是"马可福音"并未说明她们为何惊恐不安且不发一言,"马可福音"便告结束,关于这个问题,古义人对作者的想法作了一番解说。

古义人还说,福音书文本与阅读该书的读者之间的关系,由此处

---

① 参阅《圣经·新约》"马可福音"第十六章。

清晰地浮现而出,饶有趣味,像自己这种职业的人尤其会感悟到个中妙处。虽然古义人不认为小说家的思维对福音书的解释有什么意义,可是自己觉得这个故事的结束方式,无论对于叙述者本身还是对于此后出现的读者而言,都是具有效果性的高超技法……

古义人接着指出,这种研究在日本这个国家还很少见,在显示了具有细微差异的方法论后,再一一检讨自己和他人的学说,不啻为优秀论文。

千樫近似恍惚地听着古义人继续如此评述。她已经在梦幻般地想象着。从耶稣传播福音的最初阶段便在其身边的那些女人,她们本人也都各自经受了严峻的考验。当耶稣被钉在十字架上的时候,男性门徒争相逃去之后,惟有她们始终守望着耶稣,是一群有胆有识的女人。

那些女人从墓穴里逃了出来,由于害怕而噤若寒蝉,这怎么能说没有意义呢?是否可以理解为,"马可福音"的结尾部分只是强调了天使的嘱托没有被传达到弟子这个否定意义?

倘若天使虽然那般嘱托了,耶稣在加利利却没能与弟子们相会,倘若这是因为女人们未将天使的话传给弟子而犯下的错误所致,她们的沉默便会被写在"马可福音"上,势必将永远遭受责难。然而,尽管女人们的沉默使得天使的嘱托落空,耶稣不还是向弟子们实实在在地显现复活了的自己吗?

千樫继续思考着。在那个黑暗的深夜,我在恐惧中连续两天等待着哥哥的归来。当哥哥和他的朋友一起回来时,我更为那副可怜模样而颤抖,差点儿失去知觉。而且,对谁也没再说起,因为太可怕了……

而且,我只是如此,深感恐惧……不过,那个黑黢黢的黎明前的恐怖,至今还实际存在于我的内心里,这件事本身怎么能说没有意义呢？虽不能因此说这给哥哥、丈夫以及我自己带来了积极意义，那黑黢黢的深夜却也在我心里持续至今，怎么能说这没有意义呢？

两千年前，惊恐地从墓穴里逃之夭夭的女人们各自躲藏在家中，就在这段时间里，复活了的耶稣想要在加利利与弟子们会面……千樫在想象着这个情景。女人们因恐惧而噤若寒蝉，另一方面，向着以马忤斯村走去的弟子们——在"路加福音"里，从女人们那里听说耶稣复活之事的人们——因与中途出现的同行者之间的对话而感到心头火热起来。他们并不知道那位同行者就是耶稣，只是听了他的话语后便感到心头热起来。千樫在思考那些弟子和因惧怕而噤若寒蝉的女人们，感到已将自己与那些女人感同身受地联系在了一起，内心里便感觉到一种极致的恬然……

接着，千樫又想到古义人从柏林带回来的那册绘画本，是那样剧烈地撼动了自己。爱达的妈妈满面愁容、一动不动地坐在树荫下，看上去是一个柔弱无力的女性，然而，却又像是将"马可福音"中那些因恐惧而噤若寒蝉的女人浓缩为一人描绘在画面上的人物。第一次看那册绘画本的时候，就对坐在树荫下的那位母亲产生了眷念感……

说到自己经历可怕之事时逃开并沉默不语，是在我产下畸形儿的时候。在支撑起来的光裸双腿的对面，接下刚刚诞生的婴儿的那位护士，突然"啊！"地惊叫一声。其后一直存留在我内心郁暗深处的，就是那喊叫声的回音。我甚至经常在想，这喊叫声或许就是看到深夜归来的吾良和他朋友时，猛然涌上喉咙却又被生生压下的那声叫喊吧。那天当我从昏迷中苏醒过来时，却惊异自己并不是在阴暗、寒冷的佛堂里睁开睡眼，而是躺在医院的单人病房里。

5

　　只为见古义人这个目的而来访,这在吾良来说已是多年不曾有过的事了。话虽如此,在他前往从电影界不景气时便租下摄影棚的旧大手的多摩川摄影时,还是会经常顺便来到相距并不很远的成城学园的家里。

　　千樫一直觉得有趣的事情之一,就是古义人虽然从不喜欢别人碰自己的藏书,可只要来的是吾良,不仅毫不客气地伸手就翻,还会把古义人尚未来得及读的书也任意带走。而且一旦带走,就要读到完全理解为止,这就是吾良的做派,实在无法指望那书还能完好无损地被送回来。

　　吾良来的那天,装在箱子里的《没有个性的男人》校订版英译本正好送上门来,这是连千樫也能感受到其中魅力的书。古义人便解释道,穆西尔[①]的遗稿部分被用与以往不同的编辑方法汇编而成。古义人还说,自己在阅读此前的翻译文本时,倒是被"习作""初期习作"以及"草案"和"备忘录"等颇具水准的部分所吸引,甚至想要写出以这种形式构成作品主体的小说……

　　吾良那时已经没有时间直接阅读英语小说,他看了一会儿将穆西尔面部照片加工过后的装帧,便将目光投向窗外,眺望刚刚出现红叶的四照花以及挂着深红色花朵、于秋天开放的玫瑰。千樫想起那玫瑰有个夸张的名字"威廉·莎士比亚",继而由此联想到吾良的头发还是乌黑乌黑的。梅子也曾说过,那头发多半是染过的……

　　吾良这时如此说道:

---

① 穆西尔(Musil Rober,1880—1942),奥地利作家,著有《没有个性的男人》等。

"你第一次读《没有个性的男人》,是在阿亮出生那年前后吧?记得你当时说过,按照这个写法,或许可以把此前无法下笔的主题写出来。但是,后来你没有写。"

千樫并没有从吾良的口吻中听出批评的含意,古义人却像是受到诘问似的分辩道:

"我会再次认真阅读这个版本里的习作和备忘录部分,还要探讨当时让我确信'按照这个写法,或许可以把此前无法下笔的主题写出来'的那些内容。毕竟在那之后,二十年以来,我一直在推敲小说的写作方法,这次或许会设法写出来。"

对于古义人的这一番话,吾良——让千樫感到罕见地——像是迎合般地附和道:

"咱可是希望你能发现那种表现的文体。因为,那终究是咱们共同的表现……"

后来反省时意识到是因为受不了两人这种假演对手戏式的对话,千樫当时插嘴说道:

"就吾良而言,说到自己的表现,那应该是电影吧……"

"不、不,并不那么单纯呀。"吾良说,注视着窗外缓缓摇曳着的、花茎修长的秋玫瑰。

时至今日,吾良已经故去,千樫则被古义人从柏林带回来的桑达克的绘画本所吸引,就在她以此为契机,重新开始回顾长年来积淀在自己内心的往事之际,古义人却说出了同当时他与吾良的那番对话直接关联的话语。而在此前,千樫已经要求古义人写出那天夜晚所发生的事情。

"你自己不是已经找到一种文体,能够表现出你总是牵挂的那件事吗?那是与吾良的表现、与我的表现全然不同的另一种艺术形式……如果你画出绘画本的话,吾良也会觉得有趣的。"

千樫没有回答。她从幼儿时起，就意识到自己与哥哥在性格和才能上的差异，甚至认为兄妹俩之间根本不存在类似之处。尽管如此，家里的一位朋友还是指出，两人的绘画能力是相同的。千樫本人觉得，吾良的画与自己的画完全不同。吾良在生命的最后阶段夸赞了千樫画作的风格，这在千樫来说毋宁是个意外，而且，她也不认为自己能够把那件对吾良和古义人极为重要的事件描绘在绘画本中。

花开两朵，各表一枝。与古义人结婚之后，千樫注意到一个现象，那就是就丈夫的性格而言，只要他被问及就绝不会沉默不语。自己和吾良——这也是兄妹俩难得的共同点——却是另一种类型的人，觉得与其出言反驳，不如沉默以对更为自然。一天之中，千樫总有几次被丈夫问及却不作答复。原来，从开始交往直至结婚后相当长的一个时期内，千樫并不很清楚丈夫所说的内容。在丈夫与吾良谈话时，她也时常看到吾良对丈夫的问话沉默不语。在这种时候，虽然不是每次都如此，古义人似乎也会愤愤然，千樫尽管暗自担忧，却也无可奈何。

邂逅那部自认为与自己亲近得不可思议的、从各方面都有号召力的绘画本以来，千樫确实在非常深入地对这件事进行思考，却并不认为自己把这一切描绘在绘画本上后会让古义人过目。同样，在吾良来说，那部电影不也是如此吗？

千樫在想，在自己对丈夫显示出来的沉默，与吾良同样面对古义人时显示出来的沉默之间，或许有一种共同的东西，这也算是兄妹俩间难得的相同。

6

那天深夜，从必须立刻去警察局的梅子那里接到吾良跳楼自杀的通知——事件本身发生于刚入夜之时——后,千樫去了放置着睡床、亦为古义人卧室的书库。明知这样会将熟睡中的丈夫叫醒却仍然走进那间卧室,自结婚以来这是第二次。第一次尽管已是凌晨,时间却还非常早,千樫上去通知他:

"肯尼迪被暗杀了!"

那天凌晨,千樫醒来后随即听到插播的这条临时新闻并激动起来。即便那么英俊的美男子、拥有非常优秀的资质、因成功表现了自己的才能而为世人所爱戴的人物,也会被丑陋、卑微的人轻易毁灭掉。千樫觉得自己触及了"彰显"。而且,那还是借助吾良少年时期发生的那件事而感悟到的,即便吾良知道后一定会苦笑着反问,"咱是肯尼迪?!"邂逅桑达克绘画本的时候,千樫也感觉到自己知道所有这一切。据说,桑达克是因为林白夫妇的爱子被诱拐的事件而受到启示的,那么肯尼迪遭暗杀也同样是那种光明与黑暗相混杂吗?得知肯尼迪被暗杀的那个早晨,千樫认为自己开始触及目前已知事情最为重要的核心。

那个时期,丈夫习惯于读书至深夜,然后喝下半杯威士忌就寝。那天凌晨被唤醒后,只见他从毛毯中露出寂寥、虚脱般的面孔,及至听完千樫所言,脸上的表情越发寂寥、虚脱了,一言不发地用毛毯将脑袋蒙上。千樫似乎在期待古义人回答,"是的,那种类型的人就是因为办事走极端才遭此厄运。"千樫在想,倘若当时古义人这么说了,那么当她前去告知吾良跳楼自杀的消息时,而且自己想起当年的这段话并说出口来,丈夫一定会予以响应,也会像那个凌晨一样,认为吾良就是那种注定要遭此厄运的人……

围绕"马可福音"的最新研究专著展开的讨论过去大约一个星期后,千樫看到古义人显现出与那时的开朗正好相反的阴郁表情。丈夫将已不见黑发的脑袋抵在起居室的窗玻璃上凝望着庭院。千樫从背后看到他那副不同寻常的模样，未加询问便回到自己的房间。过了一个小时，她再次来到起居室，丈夫还是那个姿势。已经完全进入老年阶段的男人，平常并不这样吧。"假如古义人越发上了年岁，开始详细回忆自己人生中的懊悔之事，"千樫怜悯地想道，"就不会再有人把指头插入他早已花白的头发里，帮他除去痛苦的记忆了。"

这对于吾良不也是同样如此吗？因为，他的电影已经显示出，如果他也并不例外地有着懊悔的人生场景，他这种人便会将经历过的细部坚固地凝结为长久记忆——对于古义人的记忆力，吾良经常说，倘若古义人是善于记忆语言的那种类型的人，那么吾良他自己就是在复原情景方面具有非凡才能的人——那该是多么痛苦啊！他证明了可以采用并不复杂的手段，通过暴力破坏掉人类原本具有的精密记忆装置……

千樫重新收回视线，这也是因为她不忍看着古义人以不自然的姿势一动不动地站了大约两个小时，便在他身后坐了下来。古义人虽然不是运动员类型，却也是经常活动身体的那类人，除了读书、写作，还极少看到他长时间处于静止状态。究竟什么时候变成这样的呢？千樫回过神来时，阿亮正站在自己身旁。他看出不仅仅是父亲一副奇怪模样，就连母亲也受到了感染，便动了动微妙的面色，对着父母这样发问道：

"你们俩！究竟怎么啦？"

千樫深切地感觉到凄苦，一如自己在阻止吾良自我毁灭方面难有作为那样，眼下在预防古义人作出同样举动时，甚至还不如阿亮的作为，自己——更不用说像爱达那样听了爸爸的歌声后便采取了正确的行动——仍然束手无策……

这天迟至很晚，阿亮回到自己的寝室后，千樫坐在丈夫工作用扶手椅旁的沙发上，古义人将黄褐色板条镶边的黑色画板搁在膝头正在工作,那是他从柏林买回来的、除了书籍以外的惟一物品。这时,古义人抬起长满乱糟糟胡须的脸来,自从发须变白后,这胡须便像是长得越发快了。他显露出要向千樫问话的神情,平日里的这种时候,他总是像等待已久似的说起有关当天读书的感想,而古义人现在却并非如此,由此可见,他内心里的郁闷多么深重。

"今天白天呀,你只是一动不动地盯着院子里看,以前还没有这样过吧?"

"我是意识到你在观察我,可就是不想变换姿势。"古义人答道。

"那是为什么?"

"……不是有个叫作蚁松的家伙吗?像是跟在吾良身边帮闲的,又不完全像……那家伙来了一封信,就是今天,你和阿亮出门去医院取药之后,用的还是快件挂号……或者是单挂号信?是比那个大牌记者所擅长的双挂号更简单的变奏曲吧。大体说来,就是为今后在揭发文章里进入'信函已发出并理应送达了'而采取的预备措施。这帮家伙,都在模仿同一个前辈啊。我们即使从一开始就回应对方也是毫无意义的。那家伙知道这一点,会以此作为文章的引子,说什么古义人那家伙耍权威,全然无视我写的那封'郑重其事'的信函。"

说到这一点,蚁松的信倒是认认真真地写在二百字的稿纸上,然后复印下来的。

"……这与吾良有什么关系吗?"

"说是,'记不清是哪家周刊杂志了,总之,报道上写的那位女子呀,倦于躲避在国外的生活,回到日本来了。你不认为负有见她一面并听她说说的义务吗?'还写着,'我从若干记者处听说,虽然你对阿亮那样的家人过度保护,对无名的弱者却是一副拒绝的态度。'……"

"我觉得你没有任何义务,不过,那位女性与你见面会有什么好处吗?"

"所以,蚁松打算以我们不理睬他的提议为由,从这一点开始做他的文章。就算这样一位女性确有其人,可是蚁松这家伙是否受到她的什么委托,还很可疑呀。"

"就为了这么一件事,你就陷入了那么深的沉思之中?"

千樫说这句话时并未含带什么意图,古义人却显现出与那几乎全都白了的乱糟糟胡须不相称的狼狈。

"……因为我在毫无根据地想象,曾经和你说起过的、三年前在柏林电影节上与吾良相识的那位姑娘呀,如果她真的沦落到被蚁松这样的家伙都说为'悲惨的女子'的境地……"

"如果你考虑的是这么一件事的话,恐怕那并不是毫无根据的想象。与你在柏林听说的消息有关吗?"

"确实听到一些传闻,不过我觉得与蚁松所说的事例并不相同。浮现在我头脑里的,是另一位出现在吾良录了音的磁带中的姑娘。吾良送来的那幅画,据你说,画的时候有个年轻人在他身旁……我在想,可能就是那位姑娘吧?只要听听那磁带的内容,就会知道那是吾良留在这个世界上的、难得如此明朗的证明。想到吾良在人生的最后阶段邂逅了这样的人际关系,就连我们自己好像也感受到积极的鼓励……然而,蚁松那封信的毒汁好像也浸透到了那里似的。"

"是我让你停止与吾良通过录音进行对话的,所以难以说出口来,可是我也想听听那磁带,尽管那里面似乎是吾良想要单独对你说的内容,从你对此一直保持沉默就可以看出这一点。不过……

"如果确实是吾良在人生最后阶段经历过的明朗的证明的话,我也想听一听……"

千樫说完这番话后,古义人没有立即回答,这在他来说并不多见。尽管如此,千樫翌日清晨起床后,只见餐厅的餐桌上放着录音磁带,上面贴着写有序列号和内容概要的标签。磁带旁边,放着装上了电池的田龟。千樫推迟准备早餐,回到了自己的寝室。磁带虽然有三盘,却显然各自都被倒带至需要听的地方。

  在咱这个年岁,还有你多少也知道的咱以往的性爱史,却从一个货真价实的小姑娘那里得到了有关"性爱世界"的新体验……甚至可以说是新认识。听到这里,你该不是露出复杂的表情来了吧?这可是与可怜又可悲的性倒错毫无关系啊!是那种悠然自得和健康的"性爱世界"。咱只能坚持说,自己确实亲身体验了刚才所说的"性爱世界"。

  首先是,不,应该说从开始到结束都是接吻。对,只是接吻。起初,咱以为这个小姑娘充其量只经历过孩子和妈妈之间的那种接吻……也就是那种程度的接吻方式和被吻方式。然而,她接吻的进步却非常快。由于半天时间里只是接吻,这种进步也许是理所当然的。不过,她天生就是一个热心于接吻的学习者和创造者。以舌头的所有使用方法,去吻口唇的所有部分,进而是口腔的所有部分。变化和反复,然后就是新发现。还有牙齿的效用。在这过程中,就连咱也前所未有地成为热心接吻的学习者,还成为热心接吻的创新者。就是咱这个久负盛名、经验丰富的老手。一个小时,两个小时,只是接吻,脑袋也好,整个身体也好,都被欲望给烧得火热。用你的话来说,就是让咱的性来上一次"活性化"!已经很久没能这样了。咱把手指插入姑娘半启的口唇左侧。被唾液濡湿而闪烁着光亮的牙齿咬住手指。即便在这期间,姑娘也从口唇右侧伸出舌头来接吻。咱也是半开口唇,蠕动着舌头。然而,她却猛然将头往后面仰去,面颊泛起红潮,像是刚刚做过运动似的,姑娘笑着说道:

"这可不行,过于色情了!"

姑娘虽然知道色情这个日语单词,使用起来恐怕还是第一次。咱可是这么想的。不过包括使用法方面的错误在内,所表现出来的东西却是非常切实的!这不就是潇洒①吗?纯粹,宽宏,甚至还有男子气……诚如六隅先生所定义的 chic 原本的意思。

接吻的同时,咱把双手插入骑坐在咱膝头的姑娘长裤里,抚摩着她的腰部和屁股。没有多余脂肪的、滑溜溜的小屁股。纯净如结晶的性爱。在这过程中,咱的右手滑向她平坦的腹部。经过很多天、很多天以后,手指才得以从腹部向下腹部前进。指头触摸到了毛发上端的边缘。姑娘并没有特别表现出愤然。随后,触及毛发的边缘就成了惯例②。因为阵地一旦被攻占,便不会让她再夺回去。但是,姑娘绝不允许手指继续向下方挺进。采用的是不伤害咱自尊的那种明快和优雅的婉拒。像是在测量地形一样,咱确定了那里的范围。

互相拥抱着躺倒在沙发上。潜入到长裤下面的手,与其说沿着内裤,毋宁说按照视觉印象探寻高衩泳衣边缘一般,从骨盆下方往大腿根滑降而下。万一不慎碰触到性器的话,或许会遭到断然拒绝,只怕无法重新再来上一遍。仿佛有个铅锤始终将手指的前进方向指向外侧似的,手指在小心翼翼地前行。而且,在那手指缓慢进展的同时,咱还能享受到切实的性爱。雄性在

---

① 原文为英语 chic。
② 原文为英语 routine。

性方面的能动性，只存在于接吻以及隔着长裤磨蹭姑娘大腿的那份昂奋之中。接吻，就那么长时间地进行着。

姑娘十八岁生日那天，为了生日晚宴上她的衣着，咱送她一条柔软的米黄色连衣裙——柏林的百货商店非常质朴，为让顾客挑上满意的商品而富有献身精神——后，姑娘穿着连衣裙喝了半杯索泰尔纳酒便有了几分醉意，在微醺中热衷于接吻，并不顾及在沙发上会把新衣弄得满是皱褶。沿着大腿根摸索前行的手指，遇到内裤的边缘后便迷失了方向。在相互激烈擦蹭下肢期间，姑娘那漂亮的薄薄内裤想必是歪扭了，手指犹豫着想要回到已被批准的路线上去，食指的指腹却压在肥厚的隆起上，感觉到那里肌肤的边缘已经濡湿。指腹按在了与毛发边缘的柔毛全然不同的苴壮和卷曲的粗毛上。姑娘断然扭动着腹部，不仅手指，就连整个手掌都给驱赶到大腿外侧来了。

"不许破坏规则，不许破坏约定。"充满勇气的声音说道。现在，姑娘已经濡湿，可以说甚至已经漫溢到了外缘。这个发现的喜悦让咱感到心脏在悸动。仅仅只是接吻的性爱，已经变为强韧的、全身性的东西。

仅仅只是进行接吻，咱的感觉为什么会如此丰富？如此复杂？用咱并不愿意使用的单词来表述的话，那就是为什么会如此深邃？对于咱如此自言自语般的感慨，那姑娘像是经过深思熟虑似的回答道："因为，我希望只靠接吻就攀爬到能够达到的高潮上去！中途我一度停止接吻，说这过于色情了，你还教育我，说我的日语使用法有问题。不过，当时我似乎到达了'某条线'，才羞涩地那么说的。本来我以为只是我一人有这种感受，后来你也说,照这样下去,好像就要到达高潮了。我听了很高兴,就大声喊着说,'那就到达高潮吧!'"

姑娘有意把说岔了的话题拉回来,便认真地这么说道:"我知道无法和你做爱,所以才希望接吻能攀多高就攀多高。"

临近回国的某一天,只有一次,两人都同意脱下长裤。由于是躺在床上,便乘势把她的内裤也给扒了下来。看不到性器,不过肚脐周围恍若圆形薄饼般的脂肪以及仍是圆形的毛发倒是清晰可见。姑娘说道:"我们把身体垒叠起来试试,看起来不舒畅,不妨把你那粗的东西——今天特别粗大——放在我的两腿之间。"然后像个有经验的人那样(或者正是因为没有经验),姑娘高高举起了双膝,却不让插进去。姑娘允许咱在她的手掌心里射出,用她的话来说,那就是"虽然不是做爱,却比做爱更棒"。姑娘后来告诉咱,这是她历来感觉最棒的一次,虽然没有达到高潮。回想起来,包括这一切在内,这可是咱一生中数一数二的性爱经历。

咱为什么不与这个姑娘做爱呢?是因为这个姑娘有些地方与年轻时的咱自己长得一模一样。咱与千樫长得很相似,可是比起妹妹来,这个姑娘与年纪幼小还分辨不出是男孩儿还是女孩儿时的咱呀,简直就是一模一样。面对这个有着咱幼年时面影的姑娘呀,咱无法和她性交。在这里面有着极其危险的东西。不过,咱们还是非常充分地重复了这种性爱经历。

千樫听到这里便告一段落并关上田龟。阿亮这时已经起床,正在起居室用微弱的声音收听 FM 的吉田秀和的古典音乐节目。二十五年以来,阿亮从不间断地收听这个节目。也就是说,今天是星期天了。千樫感到自己受到吾良那明朗声音的影响,要好好做一顿早餐。她打算把这些磁带占为己有,不再归还给古义人。千樫甚至感觉到了相违太久的性方面的昂奋。

根据刚才听到的吾良讲述的内容,千樫确信,这位姑娘不可能沦落为记者们所说的悲惨的女子那种人。

7

此后过了不到三个月,吾良曾那么热切谈论的姑娘前来找千樫了。

姑娘首先打来了电话。这是千樫真心欢迎的电话。吾良死后,由于陌生人挂来的电话一时间急剧增加,使得千樫对电话本身心生畏惧。就某种意义而言,这甚至比此前古义人因工作原因而几度招致的、来自在政治上分属于左右两翼的大量电话更为残酷。然而,这个电话中的声音和说话口吻,却让千樫在尚未知晓来自于何人所为何事的时候,就觉得电话也是个好东西!通过电话线的微弱电流使得并不相识的人连接起来的这个系统,多么能够抚慰人心啊,可是自己为什么竟然忘了这一切?这个电话有一种力量,将千樫从她已经意识不到的长时间孤立感中解脱出来的力量,即便只在短短的转瞬之间。

"这个电话号码,是堉吾良先生三年前在柏林告诉我的,当时我为他做些工作。您就是千樫女士吧?我想和您就这样谈一会儿……我叫西玛·乌拉。"

电话里的音质确实是最近经常听到女孩儿爱用的那种抹去感情色彩、毫无强加于人意思的平直单调,却也表现出让人好感的一面。"吾良在柏林与之交往的女性"这个想法引发的震惊,随即被温暖的慰藉之心所包拥。

"您请说。"千樫由衷地说道。

"……谢谢您。请恕我免去客套。我有一个冒昧的请求,在一九九七年的柏林电影节期间,吾良先生曾用国际特快专递给千樫女士寄了一幅水彩画,能请您为我彩色复印一份吗?吾良先生绘制这幅画的时候,我以翻译兼陪同的身份在他身旁。目前我从德国短期回国,希望无论如何……虽说这是任性的想法,可我还是希望带着那幅画作的彩色复印件回去。我希望能够如愿以偿。"

"你所说的水彩画,是用彩色铅笔先绘出来,再以湿毛笔加以湿染吧,是那种描绘方法吗?画的是柏林冬日里的树丛……"

"是的,吾良先生行走在库塔姆大街……是柏林相当于银座那样的地方……时注意到的,说是找外景时方便素描,就买了一套那种彩色铅笔。"

千樫恍若看到了吾良略微流露出高兴的神色,娴熟而大方地购物的身影。

"现在,这幅画就在我的房间里,我可以去附近的文具店复印一份彩色的。"

"谢谢您。您看我什么时候去取比较合适?"

"如果是这一周的周末或下一周的前几天,我都会在家……周三要去医院看望吾良的母亲,下午很晚才能回来。"

"那就承蒙您的好意,明后天或周六的下午两点钟前去打扰,可以吗?如果可能的话,还想占用您大约一个小时的时间谈一谈,那我就太高兴了。不过……要是有可能妨碍古义人先生工作的话,那我就不进去,在大门口取了画就离开。"

"周六的下午,他和儿子要去游泳池,所以没问题。"

千樫挂断电话后即去卧室取画。画作诚如刚才所说的用毛笔湿染技法绘制而成，可要实际操作起来，好像就不那么简单了。古义人临去柏林前，言谈中说到了吾良，夫妇俩便观赏了这幅画作。千樫将古义人观赏后为她制作的画框卸下，重新看着画面右下角与日期并排的那行文字，在彩色铅笔的色彩濡湿后浸润之下，那淡淡的文字越发不清晰了，但看得出那不是吾良的署名，而是"与浦岛太郎，于Wallotstrasse"。

若是以西玛·乌拉这个名字担任翻译兼陪同，在柏林一般会称为乌拉·西玛吧。由此为年轻姑娘起了浦岛太郎①这个绰号，是吾良从年轻时就经常玩起的语言游戏。

千樫将水彩画夹放在自己使用的写生簿封套中，骑上自行车往车站急急而去，顺便购买制作晚餐需要的材料。如此说来，千樫觉得是好像是听吾良说起过，他曾将德国女性的名字 Urashima 冠以日本带有古风的汉字名"浦"，并以此为其命名。

浦小姐抵达时比她与千樫约好的时间略微晚了一些。将前往中野的泳池游泳的古义人和阿亮送出门后，千樫就在庭院里整理几乎都已凋零了的玫瑰花的盆钵。梅雨暂时停歇下来，阳光微弱地洒在地面上。在狭小的庭院里，包括种在地里和盆钵里的，千樫一共种植了一百二十种英国玫瑰。挪动叶茂茎高的盆栽玫瑰花时，千樫意识到，照顾在吾良突然死去后快速增加的这许多玫瑰，恰好取代了自己原本想要热切从事的事物。

及至回过神来，只见在繁茂的四照花以及丰茂叶片反映出明亮光泽的山茶花对面，一辆素雅的绿色轿车轻巧地挨近并停下来，于是千樫经过狭窄的通道迎向院门。一位身着质地柔软的米黄色连衣

---

① 浦岛太郎是日本童话故事中的渔夫，浦岛的日语发音为 Urashima，与乌拉·西玛谐音。

裙——正是吾良的情趣——的高个子姑娘将深褐色头发束在脑后,迈着平稳的步子低头走来。

"你是开车来的?早知道这样,就该把地图用传真发给你,而不是给你从车站来这里的路线。"千樫招呼道,"不太好找吧?"

"不,刚才很顺利。我是岛、浦①。"姑娘的大眼睛注视着千樫并致意。

浦小姐的身高比千樫要高十厘米,倘若穿的不是平地帆布鞋而是高跟鞋的话,差距就会更大。千樫刚开始与古义人交往的时候,心情还算好的吾良就曾说过,"你们的身高几乎相同,千樫今后可穿不了高跟鞋喽。"大致说来,吾良喜欢高个子女性。

浦小姐环顾着狭小庭院层层摆放着的玫瑰花盆,像是在犹豫着,难以将抱着的那束用结实的茶色彩纸包裹着的花束递过去。

"这是从送到我家来的玫瑰里分出来的,如果知道您自己种花,就不会带来了。"

"你也看到了,这里的花都凋谢了。"千樫接过宛若砂糖点心上可爱条纹般的粉色玫瑰——估计是"维克斯·加普里斯"——前去插在花瓶里,一边走一边大声回应着。

千樫回到起居室时,发现浦小姐正看着以孩童时代的千樫自己和吾良为模特儿的绘画,尤其凝神观看头戴贝雷帽、大手托腮的吾良那幅素描。画作的作者在吾良和千樫读高中时曾教过这兄妹俩,后来此人成了知名画家,古义人为千樫从他那里买下了这些画。

"您和吾良先生非常相似。"浦小姐用那双夹在挺括的鼻梁两侧、两眼间距过大、同时显出滑稽感和美感——这也是吾良与众不同的情趣——的眼睛回视着千樫。

---

① 即西玛·乌拉,与岛、浦的日语发音相谐。

"儿时还不是这样。吾良曾经说,'等到了一定年龄,年岁更老的时候,咱们看上去就会像是一对老夫妻!'"

千樫对沉默不语的浦小姐补充道:"吾良的水彩画已经复印好了,就放在桌子上,请你先看一看。我这就去沏茶。"

浦小姐和千樫就这样开始了谈话:水彩画所描绘的那些枯叶落尽的树木会是什么树?那些树现在应该绿叶满枝了吧,冬日里无法辨明的树种,这时候应该可以看出来了;透过枝丫清晰可见的树丛彼侧的湖水也好,对岸的建筑物也罢,从这窗子里大概看不到了……在谈话过程中,浦小姐像是再度下了决心似的重新坐端正。面对紧张起来的千樫,同样显现出紧张神色的浦小姐提起了另一个话题:

"我被介绍到吾良先生那里去工作,是在我十八岁那年的冬天。我在汉堡获得了升入大学的资格……想在入学前到社会上工作一两年。后来,就开始在叫作柏林日德中心的机构打工,也真是幸运,很快就被选为前来参加电影节的吾良先生的陪同。作为翻译,我不知道自己是否很好地发挥了作用……

"在我来说,那些日子我第一次感觉到自己不是一个空有一双丑陋大脚的笨姑娘,而是个娇嫩的女孩儿,我为此感到幸福。"

"我认为,即使对于吾良,那也是一段幸福时光……在他画这幅水彩画的时候,你就在吾良身边吧?因此,虽然面对的是寂寞季节里的风景,可我知道他在很开心地画着,最终就画成了这幅明朗的画。"

浦小姐的大眼睛下方泛起了红潮,仿佛从内里温暖着那里细嫩而厚实的肌肤。

"我父母的口头禅是'有着丑陋大脚的笨女孩儿',还说,因为学校里的偏差值比较高,你就利用这一点提高成绩以便将来引起关注,我自己也有这种心理准备。吾良先生却引用'丑小鸭'的故事,说是以我的脸型和身材,到了一定时候会急剧发生变化,那时候,漂亮得甚至会让熟人意外地笑出来。吾良先生说,这个结论不是出于心理学,而是来自他对我这种类型的女孩儿的长期观察。吾良先生还说,我的变化已经开始了……"

说到这里,浦小姐连眼睛也红了起来。

"吾良……曾对我说过这些。"千樫不认为自己是在撒谎,"不是直接告诉我的,而是在录音磁带里,不过,除此以外,吾良还非常认真地谈到对你的观察,如果你是女权主义者的话,或许会指责他的那些观察本身甚至是对女性的歧视。"

"我知道,因为吾良先生录音时,我就在他身边。是以接受教育的心情听他说的。"

千樫看着浦小姐这么说着的同时低俯下去的面庞,那里显现出了羞耻感,事实上,对常规的滑稽超逸已被纯粹的美好整合在了一起。两人陷入了沉默,千樫不认为自己此时想起磁带中的一段录音有失庄重。

　　那是与成熟女子的性器所不同的、更为原始的性器官本身。一个宽广而丰沛的处所。即便想要根据以往的经验,指出解剖学意义上的这个部分和那个部分,却也是无从说出。光滑平顺的广阔,极度的濡湿。与健康的欲望相重叠的极致的纯洁。其本身就是年轻姑娘独立的性表露。也就是说,那不是通往性交的准备过程。

……千樫和浦小姐渐渐又聊了起来:吾良曾对浦小姐说起一本连环画册,将熊和猿猴逼真地逐步变化为人的面容,借以对人们的脸型进行分类,于是浦小姐就要求去旧书店寻找,吾良便陪同她一起去了;另外,从浦小姐儿时的快照——多半是父亲拍下的,尽管自己是个有着丑陋大脚的笨女孩儿,在家里却并不是得不到宠爱,这就让人放心了——中,吾良将其描绘为滑稽女人的面孔,当然同样逼真,还为浦小姐画了一幅肖像,让她感叹若果然成为画中美女该有多好……

　　这时,浦小姐突然现出令人费解的表情和小小动作。与其说这来自于心理因素,不如说更是那种现实的……浦小姐突然站起身来,表示"想借用一下洗手间,也知道第一次登门拜访就提出如此要求很失礼,只是感到恶心……"千樫将浦小姐刚刚领入玄关旁的客用卫生间,她便面向便器跪下去,开始呕吐起来,千樫痛心地俯视着肌肉发达的宽厚肩头,为她关上了门扉。

8

　　尽管多少有一些精神准备,可是看见回到起居室来的浦小姐那年轻的皮肤下失去了血色,脸上像是戴着击剑面罩一般,千樫还是感到震惊。

　　"恕我冒昧问一句,你怀孕了吧?"

　　"……有四个月了。"浦小姐满脸沮丧地说。

　　"是打算回娘家生孩子,这才回国的吗?"

　　"不,是为了堕胎才回来的。听男的说,在日本堕胎很简单……"

　　千樫觉得姑娘的表情倒真像是又笨又丑的小女孩长大了的模样,尤其是听到姑娘用非常生动的语感说到"男的"这句话时,千樫再度感受到了震惊。

　　"这么说话真是个不负责任的人。"

　　"他说不想和我继续保持关系,以提供这个信息来表示他承担的责任。我，现在根本不去想他。本来也只是他的脸型长得像吾良先生，我才被他吸引的。从一开始，我对这男的所说的话就没有兴趣。所以……只要我们见面，除了做爱之外再无其他。"

"……现在，你还是打算把孩子处理掉吗？"

"不，不是那样的。……回这里时搭乘的是经由汉堡的航班，机票很便宜，在飞机上读了德国南部发行的报纸上登载的古义人先生的文章，就是 *Süddeutsche Zeitung* 的周日版增刊。于是，我就想要设法把这孩子生下来。"

"听你这么说，我倒是想起他是说起过，在柏林期间，他写了一篇被译成德语的文章。该不是为了方便译者理解而用英语写的吧？如果这篇文章有日语文本的话，估计他也会让我看的……"

浦小姐拽过像是塞满文件类物品的大型手提包，就是机场免税店出售处广告所称"高级白领专用"的那种提包，从中取出周刊杂志内页般薄薄的几张纸。

"您要看看吗？"

"我不懂德语……"

"我翻译成日语，您听听好吗？是一段不可思议的故事，以回答'孩子为什么必须去上学？'这个问题的方式写成的……写了古义人先生儿时的经历和直至阿亮从保健学校毕业这期间的往事……前半部分尤其不可思议。战争刚刚结束，作者每天带着植物图鉴进入森林，不去学校而在森林中学习有关树木的知识，故事就从这里开始。"

  仲秋时节，在一个天降大雨的日子里，我仍然走进了森林。下个不停的雨越发大了，森林里到处出现不曾有过的径流，道路也被冲毁。直至夜幕降临，我都没能走出森林下山回到峡谷。而且，我还开始发起烧来，到第三天，村里消防队的那些人才把昏倒在一株巨大的日本七叶树树洞里的我解救出来。

回家后还是高烧不退,从村子附近的镇子里请来的医生——我恍若在梦境中似的听着——留下一句"已经没有方法和药物可以救治"后便回去了。只有母亲还不放弃希望,一直守护在我的身旁。一天深夜,虽然还发着烧,身子也很虚弱,却从此前那个被热风包裹着的、噩梦般的状态中醒来,意识到我的头脑非常清楚。

　　即便农村现在也不那样了,当时的日本人家里,是把被褥直接铺放在榻榻米上,我就躺在那样的被褥里。肯定已经连续好几天没有睡觉的母亲就坐在我的枕头旁,低头看着我。我用那种就连自己也感到奇怪的缓慢和微弱的声音问道:

　　"妈妈,我就要死了吧?"

　　"妈妈认为你不会死,希望你不要死去。"

　　"我听到医生说,这个孩子就要死了,已经无药可治了。我觉得自己会死去的。"

　　母亲沉默了一会儿,然后这样说道:"即使你死了,妈妈也会再把你生出来,所以,你不用担心。"

　　"……不过,那个孩子和现在就要死去的我,不是同一个孩子吧?"

　　"不,是同一个。"母亲说,"妈妈会把你出生以来所见所闻的事物,读过的书,自己做过的事,把这一切全都告诉新的你。然后,新的你就也会说现在的你所知道的语言,所以说,两个孩子其实完全是一样的。"

　　虽然我不太明白母亲所说的意思,却真的静下心来沉睡过去,从第二天早晨开始,身体就逐渐恢复了,尽管恢复得非常缓慢。到了初冬时节,在自己的要求下,甚至可以到学校去上学了。

在教室里学习时,或是在运动场打棒球——那是战争结束后开始盛行的体育运动——时,我经常会不知不觉地陷入茫然,独自思考目前身处这里的我自己,是在那个遭受高烧折磨的孩子死去后,妈妈又生出来的一个新孩子吗?难道妈妈把那个死去的孩子所见所闻的事物、读过的书、做过的事全都告诉了我,以致我认为这一切只是自己以前的记忆?难道我继承了那个死去的孩子所使用过的语言,并在如此思考和说话?

教室里或运动场上的孩子们,难道也被告知那些没能长大成人就死去的孩子们所见所闻、读过的书、做过的所有事,并因此而成了他们的替身?其证据就是我们在接受并使用着相同的语言。

而且,我们都是为了更好地掌握这种语言,才到学校来学习的吧?为了继承死去的那些孩子的语言,不仅要学习国语,还有理科和算术,甚至包括体操都是非常必要的!一人独自进入森林,只是将眼前的树木与植物图鉴进行对照,是无法替代死去的孩子以便成为与那个孩子完全一样的新孩子的。所以,我们就需要到学校来,与大家一同学习和游戏……

也许大家会认为我刚才的说话内容非常奇怪。其实,就连我自己在时隔多年后想起当年经历过的这段往事时,对于那年初冬终于病愈后,怀着恬静的喜悦前往学校时就已经清晰理解了的事情,现在早已成长为大人的我自己都觉得不太明白了。

与此同时,我还是抱有一个希望,那就是希望现在的孩子们、你们这些新孩子,或许都能够完全理解,因此就把至今没有写过的这些想法说了出来。

"就是这种意思的文章。前半部分,大约有三分之一……我觉得与古义人先生用日语书写的文体完全不同,像是另一种东西。"

"我可不这么认为。"千樫充满感情地说道,"只要是以孩子们为听众而写文章,我觉得古义人也是会写出那种文章来的。估计我婆母曾用森林里的方言对还是孩子的古义人说过那些话,所以文章中的那一段才更显现出一种现实感。

"……不过,这篇文章为什么会促使你下决心生下孩子?其实,我多少也猜到了其中原因,却还是想请浦小姐自己说出来,好吗?"

浦小姐在朗读从杂志上裁剪下来的那几张页码时,戴着一副像是男性常用的那种粗框架、有棱角的眼镜,如此回望着千樫的那张面孔显现出知性,刚才那满脸的沮丧早已不见踪影,甚至从鲜活而剔透的皮肤下,似乎浮现出崭新和积极的红潮。

"我要为死去的孩子再生出一个新孩子,要把死去的孩子所见所读和所做的一切,全都告诉新孩子……要把死去的孩子曾说过的话教给新孩子,我想成为这样的母亲。"

"你是说,想生个替代吾良的孩子……"

"或许您会认为,这个小姑娘太狂妄了吧?"

"不,我丝毫没有那么想。"千樫发自内心地说道,"因为,我的母亲、梅子,还有我,都无法对死去的吾良说,'我会再生你一次。'"

浦小姐像是亲近又像是挑衅似的,用强烈的眼神注视着千樫。

"今年,当古义人先生出席哈佛大学授予他名誉博士的仪式时,您没能同行,我估计您是在为吾良先生服丧。我就明白了,您是可以依赖的。"

说这话时,她已经满脸通红,毫不掩饰地放声大哭。

不管是谁在哭,只要千樫在那人身旁——吾良死后,哪怕看到坚强的梅子面对电视台摄影机哭泣着述说的场面——自己的心情就会不可避免地跟着难受。虽然如此,尽管不太明白是否去哈佛大学云云具有什么意义,现在的心态倒是能够平静、稳定。正在哭泣着的浦小姐,作为一个完全独立的人,为成年人所要面对的问题而痛快淋漓地放声大哭,她的这种状态让千樫产生了共鸣。千樫想起与吾良针对其他场合所说的有些相似的一句话:从哭泣着的浦小姐对意志的控制和丰富的情感流露之间的调和中,感觉到了健康和自然。千樫接着在想,这个人因妊娠而陷入困境,同时想要实现自己的心愿,只要我能帮上忙,那就帮她吧。

浦小姐收起眼泪,冷静下来,对再度振奋精神、认真倾听的千樫说了下面这段话:浦小姐从柏林用电话向父母说了自己的困境,当时,对于女儿犯下的过失,无论父亲还是母亲都很宽容。他们赞成浦小姐回东京做人工流产的手术,并表示将提供具体经济支持。他们认为,事情既然已经发生,那就踏踏实实地做好善后处理,然后重新做好精神准备,要将自己在柏林自由大学已经开始的本科生学业,作为今后升入硕士课程后进行专业研究的基础。他们希望浦小姐能够继而升入博士课程。

("你是柏林自由大学的学生?那么,你知道上个冬天的研究班是古义人教的吗?"

对于千樫的提问,浦小姐用解释的口吻说道:

"我在为今后学习经济人类学而预做准备。各系的建筑物相互间也离得比较远。那男的是日语系,所以报名参加了古义人先生的讲座。他好像以为是用日语进行教学,可实际情况却不是那样,他就说古义人先生的英语难以听懂,不那么热心去上课了。可是他又想取得学分,就在办公时间前去询问是否可以用日语写小论文,回答则是日本学生的小论文需要用日语以外的文字写。为此,他还发了牢骚。在此期间我们分了手,后来的情况我就不了解了……")

浦小姐的父母亲是大学同学,似乎都希望将来成为研究者,却由于过早结婚而必须参加工作,也就双双与做学问的经历无缘了。目前父亲在商社任现职干部,也算是人生的成功者。母亲则寄希望于浦小姐,希望她将来成为大学教授,以圆她自己与丈夫的学者梦。基于以上原因,浦小姐觉得父母的宽大来自于以下算计:较之于本科毕业后立即结婚,还是忍受痛苦去做人工流产手术,尽管这样会很痛苦,如果能够汲取这个痛苦教训,最终或许还能把坏事变为好事。

由此看起来也是理所当然,当浦小姐刚刚提出不做人工流产手术、生下孩子带去德国的想法后,父母的态度马上为之一变:在国外单身带着孩子生活,学习成绩是不可能脱颖而出的;绝不认可回到德国的家里生养孩子这种任性的想法,因此不能同意怀着胎儿回到德国这个非常手段;将不再提供各种费用,现在的住所是归父亲所有的公寓房,将作为柏林驻东京工作人员的宿舍而出卖给公司,这个交易早先就曾经谈过。总之,父母亲的意图就是逼迫浦小姐在东京尽快做人工流产手术。为了这个目的,他们连浦小姐回柏林的机票也不给准备。

千樫留下先前准备好的彩色复印件,将原画装回画框中作为礼物送给谈了三个小时后正要回去的浦小姐,并约浦小姐一周后与今天相同的时间再次来访。千樫还叮嘱浦小姐,在那之前,不要在父母的威胁性要求下让步。

浦小姐离去后,在古义人和阿亮从游泳俱乐部回来前,独自在家的千樫翻开了桑达克的《在那遥远的地方》,长时间凝视着要去寻找妹妹的爱达刚飞出夜色中的窗口时采用的错误姿势这个场景。千樫本人也必须采取慎重而正确的行动了。

9

一直存在于莫里斯·桑达克的绘画本赋予千樫感情体验之中心

的,是"爱达就是我自己"这个念头。在反复阅读文本以至都可以熟记于心的过程中,千樫还为自己翻译出来。在让古义人看这个译稿时,由于他素来就是看见稿子就要修改的那种性格,用浅浅的红铅笔加注后退还给了妻子。他觉察到妻子对桑达克的兴趣仍在持续,便将先前说到的研讨会上的小册子,还有曾让千樫看过的、附有带着德国牧羊犬散步的桑达克照片的、题为《天使与怪物——莫里斯·桑达克的典型诗学》①的大部头图书送给了千樫,这意味着千樫自己可以在这本书上勾画红线并加写注释。

为了忆起自己一生中的"故事",千樫开始一点一点地阅读桑达克的绘画本和其他有关他的书籍。如此过了些日子,千樫注意到,自己的"故事"虽然和爱达的故事深深地掺杂在一起,却也有明显不一致的地方。这并不是说不一致就终将导致成为截然不同的其他东西,相反,这个不一致使得连接两者的意义越发深厚了。

古义人在《小说的手法》②一书中——将其作为新书进行修改或在教育电视台作为连续节目中连续播出时——曾提出"包含差异的重复"这一观点,千樫对此产生了兴趣。古义人在书中分析道,尤其是小说中叙述的展开与时间的前进相重叠时,差异更会显现出特别意义。

千樫看到了与此相似的功能,从桑达克的书以及自己只是反复回忆却没有下笔的自己终生"故事"中。为了更好地进行理解,千樫结合具体问题试着做了一番梳理,将桑达克在研讨会上发言中提及和在随笔中写到的有关他对"changeling"的阐释,与自己对吾良和阿亮所持有的"偷换的孩子"这一想法之间相似和相异的地方写了

---

① 原文为英语题名 *Angels and Wild Things–The Archetypal Poetics of Maurice Sendak*。
② 大江健三郎曾于一九七八年出版文论《小说的方法》。

出来。

（1）戈布林们前来偷走爱达的妹妹——为什么不是直接偷走爱达本人呢？我可以不去考虑这个问题，因为我知道，自己身上不存在被戈布林们偷走的因素——并留下冰雕婴儿。爱达从内心深处感到痛苦，觉得自己对此事负有责任。她随即出发解救妹妹，却在出发时犯下错误。爱达把母亲的金色雨衣包裹在身上，飞向窗外的夜色中，却是背着身子出发的。文本和绘画极为完美地描绘出了爱达的冒险和她的窘境！

（2）我把吾良留下来的、装入琥珀色皮包的电影脚本和分镜头素描交给古义人后，他很快就对照田龟中的录音，将理应拍为电影的部分按照顺序整理过后退还给了我。

再度阅读了那些资料后，我询问古义人，在拍摄电影的最后场景时，吾良会在两个电影脚本中选择哪一个？之所以没问哪个版本忠实于事实，是因为我知道，古义人显然不在现场，他无法回答这个问题。

"既然如此精密地描绘了分镜头场景，想必吾良这两个都打算拍。"古义人回答说。

我原本在期待不这么暧昧的答复。不过，我没有在这一点上追究下去，而是从这些场面追根溯源，在了解古义人实际看到和知道的那些事情过程中，我意识到存在着丈夫直至现在还不知道的有关吾良当时的一些事实。

在古义人把吾良介绍给皮特之后的那一周，古义人总是相信自己是吾良和皮特的介绍人，也就是说，古义人认为在自己不在场的情况下，吾良和皮特从不曾单独见面。但是我记得，在那连续两天外出之前的几天里，吾良有一天曾从早晨就开始逃课，乘坐市电去了 CIE，在皮特工作的办公室查阅关于电影的资料。

当时，皮特建议吾良前去自己的母校加利福尼亚大学洛杉矶分校留学，进入那里的电影系学习，将来像父亲那样成为电影导演。回来之后，吾良近似天真无邪地把这件事很高兴地说了出来。

当时，听说吾良得到前往美国留学的机会后，我感到非常不安，担心这是否意味着哥哥将被拐走？

记不清是第二天还是第三天，吾良又说要和皮特去开车兜风，我感觉到了同样的不安。因为开车兜风要去的地方，是他朋友在彼处生活长大的深山里。吾良当时说着滑稽的笑话，同时告诉我，那里还存留着奇风异俗和信仰仪式。

吾良出去开车兜风了，在他没回来的那两天里，我感到非常害怕。他是否成了深山老林中的秘密山寨的俘虏？或是在某处被拐上军舰去了美国？直到第三天将近黎明时分，吾良和他朋友回来的时候，可怜而怪异的模样极为可怕地震慑了我……

（3）吾良他们逃回来之后，那座秘密山寨究竟发生了什么？从吾良那两个附有分镜头素描的电影脚本中，我无法清晰地解读出来。对于这一点，古义人和吾良似乎也都怀有同样的疑问。

吾良后来成为电影导演，尤其是《蒲公英》在美国获得巨大成功后，便时常前往美国，甚至还在洛杉矶开设了制片公司在当地的事务所。

就算当时没有发生血腥事件，按照偷带军用品（尽管是故障枪支）罪，皮特也完全有可能被遣送回国。服完刑之后，作为普通市民回归社会的皮特会一直留意有关日本电影导演的信息，有朝一日突然出现在已成为国际级导演的自己面前……吾良曾经梦想过这种大团圆的结局吧？在这个梦想的背后，却有一个凶险阴影般的噩梦在终生痛苦地折磨着吾良。

(4)在经历了那两个夜晚的吾良身上,我越来越强烈地感觉到他发生了根本性变化,这个想法最后终于固定下来。

我在一无所知的情况下,第一次看到桑达克的《在那遥远的地方》里的扉页图时,就感受到一种震撼,在后来的反复阅读中,又发现好几处启示。那天在黎明前的黑暗中,我原本应该对吾良的回家感到高兴,却反而好像遭到了威胁,这是因为站在那里的似乎是被用来偷换真正吾良的"changeling"。在那之后的吾良仍然是真正的哥哥,因此,在这一点上与桑达克的书之间存在着差异。尽管如此,却可以借用桑达克的话语来表述自己当时所感受到的情景,那就是"回来的吾良身上沾有外头那边的痕迹"。而且,我觉得从那时起,外头那边的痕迹一直与吾良同在。

在桑达克的绘画本里,爱达将妹妹从戈布林那里解救出来并一同走在林中小道上,前方却画有一株大树张开如同手臂般的枝丫像是要伤害她们,在树木的阴影中,另有几只令人毛骨悚然的蝴蝶在飞舞。而爱达则仍是一副紧张的神情。

关于这个情景中的阴暗预言性,桑达克本人在研讨会的讨论中表示:

"这说明爱达获取的宁静只是短暂的一瞬。在那幅画面上的每一个空间,都充满了一种声音,以表示危险就在前方。她能够获得的宁静,只有非常短暂的时间。"

"真是那样的吗?"面对研讨会上如此提问的同僚,桑达克作了更为详尽的解说:

"是的,那棵树眼看就要抓住她了。五只蝴蝶在飞舞,是表明此处就有那么多的戈布林。"

吾良遭到埋伏在暗处的黑社会打手袭击时,让我感到最为害怕的是他遭到了来自于——当时我还不知道这句话——外头那边的袭击。在古义人被那些来路不明的人砸烂左脚大拇指根儿那天,我陪着去了医院。当我听到丈夫对医生绝不说出真相的时候,我也曾感觉到他是被外头那边来的人用暴力手段砸烂了左脚吗?而且,这样的袭击还不止这一次。

(5)对于我来说,古义人从一开始就是个有些地方让人不太明白的人。尽管如此,我还要和他结婚,虽说不是原因的全部,可是不是因为吾良被带到在那遥远的地方的时候,古义人是与之同行的惟一的人?

古义人还年轻的时候,在夏威夷的文学会议上结识了沃雷·索因卡①,当索因卡来日本时,我去听了他与丈夫的公开对谈。那是因为我事先听古义人说起索因卡的《国王和马弁》这台戏,是将死去的国王引往冥府的领路人的故事。

我恍然觉得古义人就是把吾良引往在那遥远的地方的领路人。吾良之所以激烈反对古义人和我的婚事,也是因为他不想让与在那遥远的地方有关系的人介入妹妹的人生中来的缘故吧?

(6)阿亮刚生下来时,后脑勺长着一个犹如另一个脑袋般的瘤子,或许是因为带着这个瘤子通过产道的原因,看上去像是个奇怪而细长且满是皱纹的面孔。前来探视的吾良就说"简直就是个老太婆",让我听了非常气愤。之所以如此,也是由于我希望生下一个如同幼儿时期的吾良那么漂亮的儿子。现在回想起来,那是我在意识深处想要找回已经失去的纯洁无垢的

---

① 沃雷·索因卡(Wole Soyinka,1934—),尼日利亚诗人、剧作家、小说家,一九八六年度诺贝尔文学奖获得者,著有长篇小说《阐释者》、剧本《国王和马弁》《森林之舞》等。

吾良。

知道我对"changeling"产生兴趣后,古义人找来好几种有关精灵以及妖精的百科事典。书中那些插图里的"changeling",全都是如同狡猾的老人般面孔的婴儿。

这个孩子虽然患有先天性智力障碍,当他长大成人后能够创作音乐时,我觉得阿亮通过音乐,已经完全找回了美好的自己。在爱达穿过恐怖的森林回到家里时,桑达克也在小河对岸画了一幢歌剧布景式的小屋子,并在说明文字中表示莫扎特正在屋里创作《魔笛》。音乐鼓励了爱达。

(7)吾良摄制《宁静的生活》后,我在试映现场的黑暗中听着经久不息的掌声,为吾良借助摄制这部电影也找回了原本纯洁无垢的自己而高兴。然而,在那之后没多久,吾良就从楼顶上跳了下去。他在以多么错误的出行方式去了在那遥远的地方啊!

阿亮写了题为"Goro①"的大提琴和钢琴曲,用以悼念他的舅舅。我认为,借助创作这个曲子,阿亮已经从他自己并不很了解的悲伤和恐怖中恢复过来。吾良的死给古义人带来了很大痛苦,使得他沉溺于田龟对话之中。不过,丈夫不久后也将能够真实地写出外头那边来吧?

或许,这将表明丈夫在死亡降临前的、毕生作为小说家的真正意义。迄今为止,我从不曾对古义人说出"我爱你"这句话。这是性格使然,也是在"不言而行"。当目睹古义人将白发苍苍的脑袋数小时地抵在窗玻璃上时,我的心都要碎了。然而,无论我们共同生活了多少年,却丝毫没有彼此相似。我只能守望着

---

① 吾良的日语发音为 Goro。

他自由地从事最后的工作。

至于我,又将如何呢?我该为此做哪些准备呢?倘若是爱达,她会怎么做呢?千樫如此思考着。而且,千樫也知道,如此诘问自己,意味着自己将鼓起勇气,去接受已经决定好了的答案。

在那之后,千樫和浦小姐又见了好几次面,在交谈中,千樫把自己的决心告诉浦小姐并征得了她的同意。古义人曾围绕阿亮写过两本随笔集,千樫将用为这些随笔集绘制插图而得到的版税,作为浦小姐回到柏林后租住公寓时的租约定金。在为她购买返回柏林的机票时,千樫将同时买好自己前往柏林的机票,以便照顾浦小姐的产后生活。

千樫在考虑,倘若被古义人问起理由,就答以"因为自己决不让装扮成各种模样、挨近过来的戈布林盗走浦小姐的婴儿"。千樫还打算告诉古义人,他本人翻译的、在公开对话中引用的《死神和国王的马弁》结尾处的台词,正好表现了自己的想法:

在激越的气势中,悲剧达到高潮、骤然终结,其后,市场上的女人们唱着挽歌并不停摇摆身体。女长老依雅拉加向她们呼唤道:

"忘却死去的人们吧,连同活着的人们也一并忘却。只将你们的心扉,向尚未出生的孩子们敞开!"

小说作者大江健三郎与长江古义人的对话

[日]大江健三郎

自我开始写作小说以来,及至明年春天,便是五十年了。此前,我不曾拥有制作特别装帧版的经历,这次却在亦为朋友的编辑们鼓励之下,烦请我们的"书籍装帧巧匠"菊地信义先生设计了装入函套里的这三卷本。

函套里的作品是《被偷换的孩子》《愁容童子》和《别了,我的书!》这三部曲,也是因为这三部曲没能得到总括起来的整体性评论而心有遗憾,在为这三本书作设计的过程中,便制作了一份小册子,让作者同与他重叠的小说人物在对话中坦率地探讨彼此。尤其这大约二十年以来,我一直有意识地作为小说主题并将其引为写作手法的单位是"奇怪的二人配",现在,我亦将此用作三部曲的总书名。

我选择这三部曲的理由,首先是出于一种预感——虽然打算再继续写上几年小说,可是拥有如此结构和题材深度的长篇小说,这三部曲该会是终点吧。至于另一个理由,我想告诉大家,那是因为《被偷换的孩子》的序章,作为我此生中写出的篇幅稍长的短篇小说,它最为重要。

除此之外还有一个理由,那就是我在三部曲的最后一部作品

《别了,我的书!》里,频频引用西胁顺三郎翻译的 T.S.艾略特的《四个四重奏》,当我重新阅读这三部曲时,耳边似乎听到了我不曾直接引用的"小吉丁"以下这一节:

　　在暮色渐淡的黑暗中/我直盯盯地打量那低俯的面庞/仿佛用锐利的目光审视这初次见到的陌生人之际/突然,醒悟到这面庞/与我熟识却已故去的一位大师相似。/然而,原本早已忘却,现在却想起一半来的/这既是一张脸,同时也是很多张脸。(中略)/因而我扮演了双重角色,一面喊叫,/一面听着对手的喊叫之声——/"怎么,你竟然会在这种地方?"

是的,我竟然会在这种地方! 我怀着如此感慨,谨将此书献给使我承蒙多年友谊并让我心怀眷念的人们,还要献给我希望其能垂读此书的新时代的人们。

二〇〇六年岁末

　　I naturally thought of the Pseudocouple Mercier- Camier. The next time they enter the field, moving slowly towards each other. I shall know they are going to collide, fall and disappear, and this will perhaps enable me to observe them better.

—— *The Unnamable*, Samuel Beckett①

(一)

长江古义人(以下称为**长江**):我有这样的疑惑:你能清楚记得

---

① 大江本人将这段英文译为:当然,我考虑到了奇怪的二人配,即梅西埃和卡米埃。其后他们将会出现,彼此缓慢地相向移动而去。我也知道,他们将会相撞、倒下并消失,因此,我或将得以更好地观察他们。
　　　　——《无名的人》,塞缪尔·贝克特

自己已写小说的细部吗？之所以这么问，这也是因为，即便只限于我被赋予这个奇怪名字而出场的"奇怪的二人配"三部曲，也是多次出现了相同细部的缘故。大多是有关我自己的记述，嗯，即使写的是相同事物，我也只会觉得，"该不是又来了吧？"不过，那种相同事物在细微之处却有异于先前已出现过的事物，这当然会让我感到忧虑。

小说作者(以下称为**作者**)：我也是这样呀，的确是关于这三部曲的。首先从这些日子经常遇到的实际事例说起吧。也有作为小说技法而被自己有意使用的地方……可是一旦将其说出来，却又像是在辩解。

嗯，还有上了年岁这种告白，要写一个场景。在这一过程中，回想起曾写过与此相同的情景，觉得在以前的书里似乎也曾写过。可是，翻了翻眼前的书，却怎么也找不到那些处所，这就麻烦了。这类事情会经常遇上。忘记曾经写过这个场景，不知不觉间就会写出相同场景。这可不是被编辑指出来的。

长江：你所说的是"实际事例"……

作者：这无非是出场人物长江古义人经历的往事，而且是作为重要记忆而写下的事物，对你讲述这些事也是显得滑稽，不过……那是此前不仅在小说里还在随笔中也曾写过的、我这位小说作者本人的特殊记忆。

我曾因刚才说到的情况而多次查找肯定写过的小说内容。终于找到的时候，就会为今后的查对需要而夹上浮签纸片。还是来朗读一段吧。

首先是引自三部曲最后一部小说《别了，我的书!》中的如下内容：

> 九岁那年夏天，古义人沿着自家屋旁那条圆石铺就的狭窄坡道往下走去，差点儿淹死在河水里。他潜至由激流冲刷大岩石而形成的深潭深

处,发现在岩石水下裂缝内里的明亮空间里,石斑鱼群在逆着水流游动。(中略)一天早晨,他下了决心,从激流的上游顺流而下,贴伏在大岩石上。他倒立起光裸的瘦小身子,从岩石的裂缝向里面窥视……在接下去的那个瞬间,头顶和下颚蓦然被叼入岩石缝中,自己便手忙脚乱地挣扎起来。然后,腕力近似强悍的手腕抓住双脚拧了一小圈,帮助自己回到了自由的水中……

长江:啊啊,是这里呀。我也读到了小说的这一段,第一次把握了那天发生在自己身上的这件事的整体形象。而且虽说如此,却还是感到很久以前就知道了这件事的意义。也可以说这其中存有"想起"①的作用吧,在把握整体形象的瞬间,让我的记忆确切地恢复了这件事的全部。

作者:作为作者,我期待这一点。小说的出场人物从其被设定为"这样的人"那时起,有关过去自不必说,有时甚至直到未来呀,都理应从小说作者那里得到了身份识别牌。然而,其实无论对于出场人物还是作者,直至写出小说那一段来之前,现在实际感受到的某种体验之意义,对于该人来说都是模糊不清的。于是就经常会一下子变得清晰无比。

古义人九岁时差点儿淹死这个突发事件,没出现在三部曲第一部《被偷换的孩子》里。这对于《被偷换的孩子》中的你来说等于不存在,对于读者来说同样如此。然而,在第二部《愁容童子》里,从一开始就借助你母亲所说的不可思议的话语,你本人不就开始"想起"曾发生过什么事了吗?

长江:作为作者,你期待这一点,又向读者递送眼色,还使用唯有

---

① 原文引自古希腊语 anamneis,柏拉图曾借此表示人的灵魂通过回忆获得真正知识或理念的过程。

小说作者才能说出的"不可思议的话语"这种方法……

作者：小说中的母亲知道儿子的朋友吾良（一如《被偷换的孩子》开首处所讲述的自杀事件那样）已经自杀，于是对古义人说，那人"去世了，无论你一时间是当真那样想还是并非那样想的时候……都不再会有朋友劝你'不要干那感伤之事了'"。这就是说，母亲知道我一时间试图干那种感伤之事，也就是一时间试图自杀，而且差一点儿几乎就实施成功了。

长江：那个长江古义人，也就是我，甚至两次试图干那种感伤之事，第一次是以潜至河中深潭去看石斑鱼为借口，关于想要干（不过是否当真想要那么做，我这个小说人物尚不清楚）的那个行为的情景，现在得以现实地"想起"来了。

作者：因为我这个作者在稿纸上是这样写的嘛：

> 孩童时代的自己为什么要冒如此之大的危险，把脑袋潜入大岩石间的夹缝之中呢？那夹缝深处恍若横置了一个硕大的壶，使得视野豁然开阔起来，数百尾石斑鱼正在微光中游弋。指示出一个方向，静静地与水流等速游动着的、泛出银灰色泽的蓝色石斑鱼。（中略）受到强烈的诱惑，想要挨近一些以便看得更清晰。然而，转向石斑鱼的脑袋却被岩石紧紧夹住。恐慌来临了……巨大者的手捏住在水中扑打的双脚，向里面塞了进去。然后拧转身体。向着难以估算的巨大疼痛……

长江：作为自己的事而解读并领会这个场景，使我不得不了解到，自己在九岁时确实尝试过自杀，却被母亲借助暴力方式阻止了此事。读者也是和我一样。可是呀，你在写这个场景的时候，母亲已经去世了。在母亲生前，作为曾是这个场景中的九岁孩子的我本人，后来为了那时尝试自杀而道歉、为了得救而致谢了吗？

作者：……没能这样做。你认为能够对孕育出本人生命的人说出口来吗？说出自己不仅仅一次甚而两次企图自杀了吗？

长江：于是，你就在《愁容童子》结尾处，让我再次经受那般痛苦，一面哭喊着一面原原本本地述说了九岁时被母亲所救助的往事。

作者：确实如此……对不起呀。

（二）

长江：从一开始，话语就变得过于深刻……还是转到小说技法的侧面上来吧。我想看看三部曲中存在于根本之处的结构。你让作品中的我与作品中的各种人物勾连起来，把"奇怪的二人配"创造出来并发展下去。回顾在小说里如此生活过来的自己，确实只能被称为"奇怪的二人配"的其中一人，我承认自己与这个称谓很般配。因为是那么一种性格和资质的人，甚至是以夸张这一点的生活方式生活过来的嘛。不过，这个"奇怪的二人配"之话语，并不是你的发明。你不是写过吗，那是你在其他什么地方发现的吧？

作者：确实如此，这句话语直接显示在我面前的时间并不那么久远。然而，要说出现在自己小说里的二人组合，那我很早以前就意识到了。毋宁说，我知道假如不设定为二人组合，自己的小说就无法开始启动。在《饲养》这个短篇以及在稍短的长篇里展开这二人组合的《揪芽打仔》（连续写出这两篇小说时，我才二十三岁）中，少年叙述者和他弟弟这对二人组合就已经在发挥作用了。不过呀，如果去除孩子所具有的或多或少的滑稽，这个少年及其伙伴作为"奇怪的二人配"便不再独特……

从那以后，在长年写作小说的过程中，我充分意识到自己的人生观之根本存在于"奇怪的二人配"之中。即便作为读书人，我也会在小说呀戏剧（甚或在评传呀诗歌）中发现"奇怪的二人配"。现在往家里的书柜看过去，也全都是那种二人组合。

长江：在《别了，我的书！》里，作为出场人物的长江古义人，也就是我，同样拥有建筑家繁这个伙伴并到达了终极的"奇怪的二人配"。我和繁都曾有意识地对此作了种种探讨。首先，鲁滨逊小说的构想就是那样。我与奈奥姑娘谈起的斯坦尼斯拉夫·莱姆①的《索拉里斯星》中的宇航员和索拉里斯海送来的那位死去妻子的复制女性，也是一对在 SF 技巧方面达到极致的"奇怪的二人配"。

作者：且说对我这位小说作者指出"奇怪的二人配"这句话语的人物，正如你也知道的那样，我在小说里已经写明了，他就是评论了在这套三部曲之前不久创作的《空翻》的那位文学理论家弗雷德里克·詹姆逊②。"大江一直在写的，总是'奇怪的二人配'"，说了这话后，他从塞缪尔·贝克特③的小说三部曲中引用了《无名的人》里的一段文字，用来定义"奇怪的二人配"这个术语。

我已把那段英语版的原文引用在我们对话中的格言诗里，按照自己风格翻译出来后是这样的："当然，我考虑到了'奇怪的二人配'，即梅西埃和卡米埃。随后他们将会出现，彼此缓慢地相向移动而去，我也知道，他们将会相撞、倒下并消失，因此，我或将得以更好地观察他们。"

在这里引为例证的梅西埃和卡米埃的故事，是贝克特的早期小说之一，作品里所描绘的"奇怪的二人配"模特儿那彻底的程度可真

---

① 斯坦尼斯拉夫·莱姆（Stanislaw Lem, 1921—2005），波兰科幻作家，其代表作为《索拉里斯星》（Solaris），该作品分别由苏联（1972）和美国（2002）拍成电影。莱姆还著有《星空归来》和《机器人大师历险记》等重要作品。
② 弗雷德里克·詹姆逊（Fredric Jameson, 1934—   ），美国文艺理论批评家，著有《马克思主义与形成》《语言的牢笼》和《政治无意识》等。
③ 塞缪尔·贝克特（Samuel Beckett, 1906—1989），出生于爱尔兰的法国剧作家、小说家，一九六九年度诺贝尔文学奖获得者，其代表作为《莫洛依》《马龙之死》和《无名的人》等长篇小说以及《等待戈多》等剧本。

是厉害呀,比如业已做完这种古风般说法竟然脱口而出。而且,《等待戈多》自不待言,直至到达最后那套小说三部曲的道路,也让像我这样平凡的小说作者因恐惧而简直要缩成一团……

即便如此,受詹姆逊那段评论所鼓舞,回过头来一看呀,我不仅在小说里一直写着"奇怪的二人配",即便在现实生活里,也是作为若干"奇怪的二人配"中的一方而生活过来的……全然不接受教训地一直在重复着这样的生活!我就被这个自我发现所引导。

而且,与其说这一切始自青年时代,不如说始自少年时代,如果再追溯下去的话,从幼年时代起便是如此了。况且,倘若从那时一直连接到当下,就会发现在人生不同时期的"奇怪的二人配"中,曾为师傅地位的友人全都去了彼界,仍然存活着的,唯有我独自一人。这就要经受寂寥的孤独感的折磨呀,假如连我也移往那彼界的话,"奇怪的二人配"之记忆就将完全湮灭。于是,我就一直在写着连我自己都觉得执拗的这个主题。

长江:在你的如此这般的小说里,我经常被作为"奇怪的二人配"的一方而塑造,依我看来,身为小说作者的你的想法,照例就是我的想法。尽管如此,我还是有着自己的担忧,那就是身为小说出场人物的我呀,是否如同身为作者的你那样将自己的背景予以意识化。因此呀,我想借这次对话的机会,重新听听你这位小说作者的解说!假如你是在模仿贝克特最后的小说中的叙述者,那就是为了更好地理解我本人亦为其中一方的"奇怪的二人配"嘛。

作者:如果需要预先说上一句的话,便是刚才提到的贝克特小说里的叙述者,在说起那段话语之前,就已经否定了那个可能性啊。即仅有一语的句节"Wrong",亦即"不是那样的"……

（三）

作者：尽管如此，总之，还是继续说下去吧……

我已经讲过，在幼年时期就遇上了二人组合里的另一方，我甚至想说，那是我最初的记忆。实际上，我与这个主题可说是非常熟悉的老交情了，曾在三部曲第二部小说《愁容童子》里写过此事。

长江：因此呀，也就是说，这还成了我这位小说人物的记忆，我要出声读出那段引文：

> 直至今日，古义人曾多次要把那个时间确定下来，虽说早已确认是五岁这个时间段，他一直认为在与另一个自我一同生活，就像家庭其他成员所称谓的那样，古义人将另一个自我称之为古义。
>
> 然而，大约一年以后，古义竟独自一人飘飞到森林上空去了。古义人对母亲说了这一切，却没有得到回应。于是，他又将古义如何飘飞而去的过程详细述说了一遍。古义起先站在里间的走廊眺望森林，却忽然踏着木栏下方防止地板端头翘曲的横木条爬上扶手，随即便将两腿并拢，一动也不动，然后就非常自然地抬腿迈步，悬空行走起来。当走到河流上空时，他舒展开穿着短外褂的两臂，宛如大鸟一般乘风而去。从古义人所在的位置看过去，他逐渐消失在被屋檐遮住而看不见的长空……

作者：起初那段时期，我经常说起去往森林高处的古义之事，这甚至都成了家人间的老话题。可是呀，这个古义渐渐地被我给内在化了……

长江：关于此事原委，我也因着《愁容童子》而知道了。而且我还在想呀，借助在家人之间发生的那件事，长江古义人的，亦即作品中我的性格是因此而得以形成的吧：

> 起初，亲属们都觉得很新奇。

"你说古义到森林里去了,那么,仍在这里的古义又是谁呢?"

"是梦呀。"这样回答以后,古义人引起更为激烈的大笑。

秋祭那一天,客人上午就来了,古义人被唤到正开着宴席的客厅,父亲让他与哥哥们当堂问答。

"古义,眼下你呀,其实在哪里?"

提这个问题的,是亲戚中的某一位,但催促回答的,却是机敏而善于应酬的长兄。古义人抬起右臂,指向河那边森林的高处,却每每遭到二哥的反对。或许,这位具有自立个性的少年,较之于不愿看到弟弟成为笑料,更是不能忍受一帮醉鬼的这种游戏。他用双手抓住古义人的手腕往下摁去,而古义人却认为准确指示出古义所在地非常重要,因而绝不低头屈服,便与二哥扭成一团,一同摔倒在地,古义人右臂也因此而脱臼。

作者:可是我呀,并没有忘记二人组合的另一方,也就是说,不再对人说起就这样被我内在化了的古义,而是开始与自己交谈这位古义。其证据,则是从那时起,我每隔上四五年,就会前往森林的高处和峡谷里的河流去寻找古义,直至后来经历了那段濒临死亡的体验……

很久很久以后,我在结构论的文学议论热潮中了解到这两处场所的意义。构成我和家人生活于斯的峡谷里的民众之中心部的,是沿着县道的那条狭长平面。与此相照应的,则是以下这两个危险的周边、边缘。

森林高处

↑

平面

平面

↓

河流深处

我一无遗漏地偏向了这两个禁忌的场所。受其影响,此后当我沿着县道沿线行走时,就会听到"不要跟那孩子一起玩儿!"这种喝令孩子们的声音。

长江: 在这两个经历里,关于潜入河流深处的那次偏向,先前我们已经谈论过了。然后,你给我说了孩子图谋自杀的那些行为中被本人清晰意识到的另一面和并非如此的另一面,还说了我没能很好记住(该说是你这位小说作者尚未写过)的往事。

可是更有甚者,较之于潜入峡谷这个共同体下方的边缘,你攀上共同体上方的边缘,亦即森林高处之事,在这套三部曲中几乎未被提及,所以我无法"想起"此事。

作者: 那是因为在《同时代游戏》里写过了呀,再说攀上森林那阵子,比我险些死在河里那时更加幼小嘛,其实我也记不清楚了,有时甚至怀疑那是不是梦里之事。还有一点,就是那次的偏向,与其说是我独自的断然决定,倒是被古义所诱惑的因素更大一些……

长江: 那么,这就属于我不知道的范围了。

作者: 直至十五年或是二十年前,每当我前往森林中的峡谷里省亲,都会有不少老人过来对我说起往事,说是当年在那株叫作"千年锥栗"的大锥栗树的树洞里,我感染上肺炎,就像一块滚烫的小肉团……还说呀,当年的那些消防队员呀,上山救援之际,由于山路因大雨而如同急流一般,救援工作非常艰难!

我上山的时候还没下雨,满月映照着森林,乌云在月面剧烈地翻滚着(已经起风了)。暗淡月光下的阴暗树丛间,我被古义引导着只顾一个劲儿地往山上攀去。在与我分开的那几年间,古义长大了,他身体的成长明显要早于仍在峡谷里的我。尽管如此,他还是穿着从里间扶手上飞起时的服装,因而从短外褂中伸出的两只胳膊长长得近似滑稽。露出来的两条腿也很长,那白白的小腿肚子,几乎是在擦着地面滑翔而去。就在一个劲儿地紧随其身后那期间,我振奋地想道,今后要跟古义在森林深处一同生活下去,决不再回到峡谷里去……

当时只惦念着一件事,那就是深夜里听到古义在外面呼叫,我刚离家出来,古义随即就开始前行,由于他都没有回头看我一眼,所以在不断地爬山期间,我没能看到古义的脸……

可是,那时我相信只要如此进入森林之中,就会以二人组合的形式开始那永久永久的共同生活,因此当我被从森林里抱下来时,虽然正发着烧且身体衰弱,却仍然凶猛地挣扎着……这段往事也成了当年的消防队员们讲述并传播下来的故事。

还有一个更玄乎的传说,说是我那小小身体散发出山里兽类的异臭,刚从森林里下到县道一带,峡谷里的狗就惊悚地狂吠不止……

(四)

长江:这也无法成为我"想起"的对象(也就是说,由于这是你没写在书里的内容,也就不会存在于我记忆的历史断层上),不过《被偷换的孩子》这部小说里的故事,始于塙吾良自杀那个夜晚,这个塙吾良就成为从森林的高处……也是从河流的深处归来的古义了吧?再度归去的他的做法,既不是飞往高处,也不是潜往深处,而是"咚——"的一声坠落在混凝土路面上……

作者:假如说起事情最初的形态呀,古义是存在于我的"内部"的。此后,即便他来到了外面,也是在我的身旁。突然间他飞到森林的高处去了,于是我就想要追赶上去。可是塙吾良却来自于"外部"。然后,就把我引去了我所不知道的场所。他与古义可是截然相反的存在。

长江：在我转学去的那所学校里呀，(用现在的话来说，那也是遭到来自班级全体同学的霸凌，不过我将其视为对转学来的同学施加的通过仪礼，从而独自一人打扫教室，就在此时出现的)墒吾良向我打了招呼。假如没有那个瞬间，我就不会如此这般地成为小说故事里的人物……

作者：如果没有那事儿，当然我也不会成为小说的作者嘛。墒吾良这个人物的原型，就这样从"外部"出现了，最终却还是消失在了"外部"。这是"奇怪的二人配"中的，而且是师傅地位的另一方的、无可置疑的典型性类型。

长江：即便在三部曲的所有出场人物中，尤其对于墒吾良如何出现，又如何消失这个问题，比任何人都更为留神关注、仔细思考的，是他的妹妹千樫呀。

作者：是啊，甚至比我这位小说作者本人还要……重新阅读三部曲后，我深切地感受到了这一点。千樫两度失去其兄长吾良。毋宁说，唯有吾良，才是千樫的古义。就这样，发生了第一次失去兄长之事。这一点，是写了这部小说的我此前或许未能清晰意识到的。

长江：你说的这一点，我这里也全然没有考虑过啊。在《被偷换的孩子》终章处，千樫失去了以自杀形式死去的兄长，此时她想起了第一次失去兄长时的往事，我们就读读这里吧。在这里，被千樫唤作这个人的，是兄长的朋友、不久后与自己结婚的人物，换言之，也就是我这个人物呀……

　　千樫那位才华横溢、俊美异常、被很多人所喜爱——尽管还是孩子，却被大家敬畏般宠爱着——的哥哥，从某个时候起，身上开始隐藏着某种陌生的东西，变为与此前并不同的人。

　　我还记得这个人早在还是少年的时候，就与年岁相仿的吾良出门去往"Outside Over There"/在那遥远的地方那个发生了某种可怕事情的场所,实际经历了可怕事情于深夜回来后的情景。现在细想起来,在那一夜之前,吾良确实在一段时间内缓慢转变了,而从那一夜开始,吾良便去了一个再也无法返回的场所……

就这样,从我和塙吾良这对"奇怪的二人配"创立之初的那个时点开始,直至吾良独自一人"咚——"地移往彼界那时为止,千樫是一直守护过来的。

(五)

作者:不过,在你和塙吾良这对"奇怪的二人配"中,从师傅地位的吾良那里,身处弟子地位的你认为自己所受教育的核心是什么?

长江:你是在询问我这个小说人物吗?我所知道的一切、我在小说里絮叨的和思考的一切,不都是你构想和写出来的吗?

作者:是那样的。但是我经常在想呀,你说的我那写作方法呀,该不是把小说人物的原型,也就是小说家我,还有身为电影导演的朋友这实际上的两者关系,在小说里给写得单纯化了吧。作为小说人物,或许你曾怀疑这两者在现实生活中的相互关系更为复杂吧。我就在想呀,假如存在这种因素的话,我希望知道这一切。

长江:若说起在小说里我从师傅地位的吾良那里所受教育的核心,那就是关于文学。更具体地说,是关于诗歌,尤其是关于兰波的诗歌。

从我们成为"奇怪的二人配"的初始阶段起,塙吾良就为我讲评兰波的诗歌。而且,在洞悉我过度依赖小林秀雄的译本后,他还把法国水星版的《诗篇》送给了我。(这就成了我一生中的第一部法文书籍……你明白这是多么大的一件事吗?)然后,他就以此为教科书,为我进行讲评。

作者：而且，他还特意住进我租住的房间……

长江：塙吾良的法语能力究竟达到什么程度，这我无法说清楚，不过，在我本人考入大学的法国文学专业之后，我们也经常以七星丛书版的兰波诗集为文本展开讨论。无论初始阶段还是后来，他所说的内容，都被我作为师傅的话语接受下来。因为呀，塙吾良的兰波讲义始自于我们的少年时代，即便在他死后，在我从千樫那里收到的、附有图示分镜头剧本的电影剧本草案里，也包括我们实际讨论过的、有关兰波的对话记录。这种情况覆盖了我们这对"奇怪的二人配"的全部。

身为小说人物，要对小说作者你说这样的话未免显得狂妄，不过我总觉得，如果没有塙吾良的这番法语入门辅导，即便倾倒于法国文学学者六隅许六出版的岩波新书①（告诉我那位六隅先生是东京大学法文专业在职教授的，不也是塙吾良吗！），也很难说你能否考上东京大学法国文学专业。总之，就算你本人可能有所保留，我在文学上也是受教于塙吾良的。

作者：倘若这成了长江古义人你确信不疑的信念，那就证明我成功写作了《被偷换的孩子》嘛，因此作为小说作者，我为此而感到高兴。在塙吾良的原型与我之间长达约四十年的现实生活中的关系里，细想起来，我们从最初起就一直（中间也曾疏远过一段时期，却很快就恢复了良好关系，直至他去世为止）是只要见面，就只谈论文学话题。在这套三部曲中，考虑到小说应有的平衡，就插入了能够回

---

① 大江健三郎在高三时曾于松山大街道的书店购买东京大学法国文学专业的渡边一夫教授所著《法国 文艺复兴断章》（岩波新书版），为其中的宽容精神所震撼，从好友伊丹十三处得知渡边一夫为东京大学法国文学专业的教授后，决定改而报考东京大学并师从渡边一夫教授。

想起来的、与文学并无直接关联的对话。是存在这种想法的哟。

长江：我们就寻往作品中的我与堉吾良之间有关文学的对话吧（而且用我所知道的方法，也就是结合小说来寻往尤其是关于兰波的讨论）。因为这种做法，能够最为自然地驱动我的"想起"机制……

堉吾良坠楼而死的翌日，千樫和我前去看望遗属，我把千樫留在那里，自己独自返回了东京。夜深了。躺在书库的行军床上，我首先想起的，是一直与吾良借助田龟这个奇怪道具谈论着的最近的主题，即小林秀雄翻译的兰波的《诀别》：

拂晓，用狂热的忍耐武装起来，我们将进入辉煌的都市。

吾良对田龟录下这段话语之际，肯定已经下定死去的决心……

在小说后半部，我回想起与吾良邂逅相识后不久便把他带回森林峡谷间的老家那一天。查阅了先前谈到的、吾良遗下的附有图示分镜头剧本的电影剧本后，发现了此前一晚我们躺在一起时所作的对话，已被吾良详细地复原出来。他是这么说的：

夜晚，在林中峡谷你的家里，咱说，自己觉察到兰波的《诀别》一诗中，好像写着咱们的未来。你没有出声应答，不过咱知道你理解了咱的意思。

说了这些后，吾良（在小说里，我还原样写了把选中的新译者的译本送给吾良，而他则用那译本）再度朗读《诀别》中的诗人围绕其死亡而想象的场面，空想着假如出于某种原因，从楼顶平台坠落下来的自己尸体未被任何人发现的状态；然后，就像这首诗所说的那样"受到创伤"的话，咱就理当完全像那样死去。

兰波接下去是这么说的："无奈，我必须埋葬自己的想象力和回忆！艺术家和说故事者的伟大光荣将被剥夺！"……"总之，我靠谎言为食养育自身,请饶恕我吧。然后,该上路了。"

现在,这一段对咱来说可是感受至深。古义人,你也是这样吧?

作为小说人物的话语呀,我知道这么说同样显得不知分寸,不过我认为这对二人组合、如此深切交谈的二人组合,却是深深浸泡在钟爱文学的热情之中的两个人物。从青春时期直至迈入老境后不久,甚至在觉悟到死之将至之后,这两人都一直如此这般地以兰波为文本,谈论将来的人生以及业已实际生活过来的人生,我想把这两人称为生活在被文学之光照耀着的生涯里的人。在这样的交谈中应该还有喜悦,因而这未必就只能是悲惨结局的小说,难道不是这样吗?

而且,由千樫主导的、充满恢复预感的终章来到了……作为小说里的一个人物,我还想说的是,对你这位小说作者,我可是存有良好的感情啊。

(六)

作者:现在,我感到从你(而且,较之于从三部曲中的长江古义人那里,更是从通过我中期之后的几乎所有小说而处于中心位置的你)这里得到了令人喜悦的致意。

与此同时,我还感觉到惊悚——与小说里这位知根知底的伙伴分别之后,该不会相见无期了吧……坦率地说,我甚至都感到不知所措了。彼此已是这个年岁了(因为都是同年同月同日出生的嘛),无须再相互争论感伤之事。在三部曲最后那部小说里,我曾以《别了,我的书!》为书名,这可是让我感到呀,永远实在于那部小说里的你(这是说,倘若有人阅读的话),是在向我这位小说作者说"别了"。

然后,我回忆起来的,依然是艾略特的《四个四重奏》呀,而且是结尾部分出现的"小吉丁"里的一节。诗歌作者处身于德国空军夜间轰炸之下的伦敦。假如照例引用西胁顺三郎译文的话,则是"老人袖口的灰烬/是燃烧的蔷薇残留下的所有灰烬"。这些灰烬,就是落在正巡视着因遭轰炸而燃烧起来的街道的那位男子袖口上的灰烬。诗歌里的"我",被意想不到的人物所招呼:

> 在暮色渐淡的黑暗中/我直盯盯地打量那低俯的面庞/仿佛用锐利的目光审视这初次见到的陌生人之际/突然,醒悟到这面庞/与我熟识却已故去的一位大师相似。/然而,原本早已忘却,现在却想起一半来的/这既是一张脸,同时也是很多张脸。(中略)/因而我扮演了双重角色,一面喊叫,/一面听着对手的喊叫之声——/"怎么,你竟然会在这种地方?"

就这样,我想象着你对尚存活于现世的我(可不是过于遥远之将来的某个夜晚呀)突然开口打招呼……的那个情形。唯有"小吉丁"中的这一节,与艾略特版"二人组合"的《J.阿尔弗雷德·普鲁弗洛克的情歌》中"那么就去吧,你和我"之年轻的二人组合,仿佛在相隔多年后相互辉映。

长江:真就是这样呀……"怎么,你竟然会在这种地方"吗?……虽然我一直存在于你的三部曲之中(这也要一如你说的那样,假如还有人阅读的话),可是身为小说作者的你,却又在什么地方呢?

作者:"别了,我的作者!"……唯有在你的这个想法中,才存有切实的现实感。我也要想象如何答复"怎么,你竟然会在这种地方?"之询问,这是针对在你说了这番话语离去后仍停留在这一侧的衰老的我提出的询问。而且,即便在那些场面中的任何一个场面里,小说作者的前景也比小说人物的更为沉重和严酷啊。

长江:可是,对于生活在现世的你来说,就像《别了,我的书!》的终章所描述的那样,"巨大声音"响起,一举得以解决。而我,却只能在有谁翻开书页时才存在于那里。这不也是要长久经历相当沉重和严酷的岁月吗？也就是说，这是同病相怜吧？

作者：是呀……我也围绕长年与之打交道的、同病相怜这个问题向你请教：关于《别了，我的书!》的结尾部分，身为小说人物的你，是否想到可否有更为不同的应对之法？

长江：即便仅限于"奇怪的二人配"这三部曲而言，一个小说人物一旦被赋予小说叙述者的地位，他便兼有了小说作者其本人的身份，小说的结尾部分就将留有并不洗练之处。在小说尚未结束之际，甚至就已经让作者从楼顶上"咚——"地跳了下去，小说当然也将无从继续亦无从结束了。

不过，我可是认为，唯有这套三部曲呀，纵观其全作，有可能存在着不同于实际写出之内容的终结方法，存在着赋予长江古义人以明确的终结方法的手法。莫如说，作为小说作者，你本身已尝试着几乎写了那一切呀。

毋宁说，在你刚才提起"小吉丁"之际，我就已经在思考那个问题了。如果说，在艾略特那样地位的诗人不会以丑闻终结的人生中，也曾例外有过激烈瞬间的终结的话，就该是在"小吉丁"里的夜间轰炸下四处巡视之际，轰隆一声被炸死的情形了吧。即便试想一下他在伦敦的住所已被炸毁，就知道这不也是可能的吗？

我有个与此相同的空想。今天我们的对话或许会被指责为与其过于趋同了，那是《别了，我的书!》终章稍前的、"'奇怪的二人配'之合作"那一章的最后部分。作为小说中的人物，自己也是融入了对伙伴的亲近之情而这么说的。在这部小说里，我所喜欢的人物是名叫奈奥的姑娘。深夜里，这个奈奥在电话中对我说，她害怕地震。奈奥的最后这番话语让我很喜欢："啊，实在可怕……还在摇晃……假如我不全力以赴地防止发生火灾的话，真不知道大武还能回到哪里去……即便小武作为死人归来之时！"在电话里接听这段惊恐话语的,倘若恰好是我,但不是作为仍活着的长江古义人,而是作为业已死去的长江古义人听到的话……我在空想着……以甘美且悲痛的思绪在如此空想着。

作者:那么,古义人是怎么死去的呢?

长江:你真的想不起来了吗?在你作为小说作者而选择并写下的那个故事周围,理应还有其他许多故事,即便你写完了自己的故事,它们仍会在那里摇曳不止。而且呀,其实你已经让奈奥在这个电话里讲述了古义人如此这般的死亡是可能的:

  昨天夜里,长江先生当时正在那里睡觉的二楼房间的灯光熄灭后,小武对大武说,事情既然已经这样,就干脆把实施爆破的时间再度提前,连同正在睡觉的长江一起,把这座别墅给整个儿炸掉。咱们的爆破也应该包括对那些自以为非暴力手段总能行得通的民主主义者进行的批判。这个思路是合理的,而且,只要长江被炸死,繁先生也就不能无视咱们的呼吁!

  于是大武就说了下面这番话语,据说表示了反对:自己也认为这不失为一种方法,可是奈奥怎么办?如果把她叫起来外出避难,她一定会反对炸死长江先生。听说大武还这样说道:长江先生去年弥留之际,好像自认为把以塙导演为首的死去的朋友和老师都带回到生界来了。说是每到夜晚,他们就来和长江先生说话。难道要把那些幽灵也全都给炸飞吗?

  虽然最后那部分像是年轻人的玩笑话,可小武还是撤回了自己的主张。在危险时刻捡了一条命啊,长江先生!

作者:可真实的情况却是大武未能说服小武,长江古义人被炸死了。然后,古义人……总之……当然也得以在人生的最后阶段避免了那老一套的批判——"自己这个人是绝不当悲剧的(或是悲剧性)当事者的旁观者(不过那些年轻人将被杀害)。"……

我承认，这可是散发着魅力的情节发展。但是身为小说作者，我却有一个忧虑——我可以怎样写"奇怪的二人配"三部曲这个故事的结尾部分？

长江：关于这一点呀，你在三部曲第一部小说的第一页里，就已经揭示了具体做法。那就是头脑聪敏的田龟装置嘛。长江古义人也好，奈奥也好，这两人都被炸死了。可是这天深夜，微弱的电流将电话里的往来对话从一个场所传送到另一个场所。然后，未能"在危险时刻捡了一条命"的古义人和奈奥，也就是说，双方都在移往彼界的这两人，基于没有选择牺牲年轻人生命的那种满足感，平静地进行交谈……不这么安排岂不是太可惜了吗？"所以特地备下了这台田龟装置"嘛。"奇怪的二人配"三部曲在这本应平稳的地方为什么没能平稳下来呢？

作者：大家都这么说啊，小说中的人物确实要比小说作者聪敏！如此这般重新装帧了的三部曲，被重新装入创意新颖的函套里送达读者。这三部曲直至被实际阅读将会经过一段时间，届时，恐怕小说作者也肯定去了彼界，他将借助田龟装置，向那些从已然陈旧的函套里取出并终于读完这三部曲的未来的年轻人送上感谢的问候。这个场面，也被我写了下来！

"就你那边的时间而言，现在已经很晚了。休息吧！"

许金龙 译
浙江越秀外国语学院外国语言文化研究院